本书得到教育部人文社会科学研究《周作人对中国传统文学的发现与转化》

（项目批准号：16XJA751001）项目资助

天水师范学院“中国现当代文学重点学科”建设经费资助

周作人

对中国传统文学的发现和转化

郭文元◎著

中国社会科学出版社

图书在版编目(CIP)数据

周作人对中国传统文学的发现和转化/郭文元著．—北京：中国社会科学出版社，2016.10

ISBN 978-7-5161-8600-8

Ⅰ.①周… Ⅱ.①郭… Ⅲ.①中国文学-古典文学研究 Ⅳ.①I206.2

中国版本图书馆CIP数据核字(2016)第170179号

出 版 人　赵剑英
选题策划　曲弘梅
责任编辑　慈明亮
责任校对　郝阳洋
责任印制　戴　宽

出　　版　中国社会科学出版社
社　　址　北京鼓楼西大街甲158号
邮　　编　100720
网　　址　http://www.csspw.cn
发 行 部　010-84083685
门 市 部　010-84029450
经　　销　新华书店及其他书店

印　　刷　北京君升印刷有限公司
装　　订　廊坊市广阳区广增装订厂
版　　次　2016年10月第1版
印　　次　2016年10月第1次印刷

开　　本　710×1000　1/16
印　　张　16.75
插　　页　2
字　　数　293千字
定　　价　62.00元

目　录

绪　论

晚清至“五四”，中国文学由传统向现代转型。这一过程中，中国文学在吸收外来异质文化、复兴自身传统时，既有对传统文学的全盘否定，也有把传统文学“照在现代科学知识的日光里”① 的重新发现和建构。只是，从晚清开始的激进文化思潮在20世纪逐渐占主导地位，遮蔽了相对温和的对传统文学复兴的意义。20世纪80年代以来，“五四”新文化运动造成的“文化断裂说”② 在一定程度上模糊了“五四”新文化运动划时代的价值和意义。作为兼容传统文化和现代思想的新文学运动代表性人物鲁迅、周作人、胡适等，一面批判传统文学，一面又在提倡中国文艺复兴③，在现代性内在冲突中，在传统文学内部发现并构建出一种非正统的中

① 周作人：《论八股文》，钟叔河编订《周作人散文全集》第5卷，广西师范大学出版社2009年版，第657页。（注：本书所引周作人散文文献都出自钟叔河编订《周作人散文全集》，广西师范大学出版社2009年版，为避免重复，下文只注卷次和页码，不再注出版社及出版时间。）

② 八九十年代，部分作家、学者认为“五四”新文化运动“偏激”地斩断了传统文化，造成了中国文化的大断裂，全盘反传统与全盘西化彻底断送了中国传统文化的精髓，使得中国的人文精神失落。持这种观点的主要人物有郑义（《跨越文化断裂带》，《文艺报》1985年7月13日）、林毓生［《中国意识的危机——“五四”时期激烈的反传统主义》，穆善培译，贵州人民出版社1988年版］、余英时［《中国近代思想史中的激进与保守》，《历史月刊》（台北）1990第29期］、郑敏（《世纪末的回顾：汉语语言变革与中国新诗创作》，《文学评论》1993年第3期）等人。

③ 周作人在1924年作的《生活之艺术》中说：“中国现在所切要的是一种新的自由与新的节制，去建造中国的新文明，也就是复兴千年前的旧文明。”（见《周作人散文全集》第3卷，第514页）他在1926年作的《〈陶庵梦忆〉序》中说：“现代的散文在新文学中受外国的影响最少，这与其说是文学革命的还不如说是文艺复兴的产物。”（见《周作人散文全集》第4卷，第832页）

国文学传统，将新文学建基于再发明的传统文学之上①。由于周作人历史身份的特殊，周作人研究在80年代才得以逐渐重新起步，而对周作人用现代意识考掘与重造本土性文学资源以建设现代中国文学的论题，到目前为止，学术界研究仍显得不足。因此，本书选择周作人对中国传统文学的发现与转化为研究对象，考辨中国传统文学在周作人的现代转型中如何被取舍、重构和激活，从而成为现代中国文学本土性资源的问题，以观察中国文学现代转型情状，思考“五四”反传统文学与当前弘扬传统文学的内在联系。

一

周作人的文学创作从20世纪初开始到60年代结束，历经半个多世纪，对其散文的研究断断续续已近一个世纪。20世纪文化潮流以激进为主，周作人研究中，关于周作人与中国传统文学关系的研究，80年代前研究不足，80年代后重要性渐显，21世纪研究开始深入，仍然缺少专门系统的研究。

从“五四”新文学运动到1945年入狱前，有众多论者在评论周作人散文时涉及其与传统文学的关系，虽未成为主要话题，也可看出不同价值立场。在“五四”新文学运动时期，由于文学家、评论家都集中注意力于文学革命，并没人注意周作人对传统文学的态度，朱光潜在评价《雨天的书》时捎带过一句，认为周作人散文文字的简洁“得力于古文”②。虽然周作人在1924年就提到要“建造中国的新文明”“复兴千年前的旧文明”③，1926年提出现代散文是“文艺复兴”的产物的说法，但这种文学“复兴”的说法一直要到1928年周作人发表《闭户读经论》后才开始引起人们的注意，到1932年周作人发表《中国新文学的源流》，以“载道”与“言志”标准重构中国文学传统，才有评论者谈论周作人对中国传统文学的态度。在批评方面，钱锺书补充诠释周作人“文艺复兴”的说法，认为周作人所列举的文学“复兴”的历史正是文学“革命”的历史④；陈子展认为周作人推重公安“三袁”是意在争文学上的正统地位⑤；许杰代表左翼批评家立场，

① 参见张旭东的《现代散文与传统的再发明——作为激进诠释学的〈中国新文学的源流〉》，《现代中国》第12辑，北京大学出版社2009年版。

② 见明石（朱光潜）《〈雨天的书〉》，《一般》第1卷第3号，1926年11月。

③ 见周作人《生活与艺术》，《周作人散文全集》第3卷，第514页。

④ 见中书君（钱锺书）《〈中国新文学的源流〉》，《新月》第4卷第4期，1932年11月1日。

⑤ 见陈子展《公安竟陵与小品文》，陈望道编《小品文与漫画》，生活书店1935年版。

认为周作人提出的“五四”新文学运动是晚明文学思想复兴的观点，是“机械的循环论”文学史观的证明[①]。这些评论者由于强调“五四”新文学对传统文学的革命性，因而对周作人的看法主要持批评态度。在持认同态度方面，有曹聚仁、林语堂、废名、韩侍桁、蔽芾等人，他们认同周作人以“言志”与“载道”的交替来叙述中国文学历史变化的看法，[②] 并且废名认为周作人散文似陶渊明诗，在平淡中蕴藉着至味，与公安派的“才情之作”不同[③]，贺凯认为周作人在欣赏明朝小品文是在强调“反抗”意识[④]。这些评论者更看重周作人对现代新散文的建设意识，因此对周作人对传统文学资源的发现和对文学秩序的重构持认同态度。废名、贺凯等的看法在当时并没能引起评论者的重视，直到20世纪90年代才有舒芜、钱理群、刘绪源、黄开发等学人指出他们看法的重要性。以上两方面的评论，体现了评论者所持立场的不同，也显示了周作人文学思想与中国传统文学关系本身的复杂性。

抗战期间由于周作人政治上的附逆，周作人与中国传统文学关系的研究受到极大影响，对周作人此期散文的研究主要在沦陷区进行。倒是周作人在多篇文章中谈自己对传统文学的态度[⑤]，并做了大量对中国传统文学整理的工作。沦陷区的文载道、胡兰成、南冠、莫庵、黄陇西等在认同周作人抗战时期散文中的“文言”成分时，努力发掘周作人散文中“真诚”“亲切”“醇厚”的味道等，[⑥] 这些评论沿着抗战前对周作人散文思想认同的评论话语展开，是对周作人“文艺复兴”思想的再次肯定，也在一定程度上体现出周作人附逆之前与之后对中国传统文学态度的内在一致性，而这一点多不为后来研究者所注意。

纵观“五四”新文学运动到1945年周作人入狱前的研究史可以看到，不同价值立场的评论者对周作人与中国传统文学关系的看法是不一样的，但是不同历史时期认同周作人与中国传统文学关系的评论者，对周作

① 见许杰《周作人论》，《文学》第3卷第1号，1934年7月。

② 这些文章分别有曹聚仁的《从孔融到陶渊明的路》、林语堂的《小品文的遗绪》、废名的《〈周作人散文抄〉序》和《周作人散文抄》、韩侍桁的《关于〈自己的园地〉》等。

③ 见废名《关于派别》，《人间世》第26期，1935年4月20日。

④ 见贺凯《周作人的趣味文学》，载于陶明志编《周作人论》，北新书局1934年版。

⑤ 如《汉文学的传统》《怎样研究中国文学》《中国文学上的两种思想》《汉文学的前途》《新中国文学复兴之途径》《文艺复兴之梦》等文。

⑥ 这些文章分别有文载道的《读〈药堂杂文〉》，胡兰成的《周作人与路易士》，南冠的《读〈药堂语录〉》，莫庵的《读知堂文偶记》，黄陇西的《读〈药堂语录〉》。

人散文的评论又有前后的一致性。“五四”时期的评论家和20世纪30年代左翼评论家看重周作人散文思想中革命性、反传统的一面，而自由主义倾向的评论家看重周作人复兴传统文学来建设新散文的一面，两者的论述并不在同一层面，在整体上也都缺乏系统性。

1945年周作人入狱到1980年，此期间由于政治原因，国内的周作人研究几成一片荒芜状。王瑶的《中国新文学史稿》[①] 虽也涉及周作人散文创作，并“在当时的情况下尽可能地保持了一个文学史家的求实精神和稳重的态度”[②]，文中也不触及周作人与中国传统文学的关系。复旦大学中文系编写的《中国现代文学史》[③] 则对周作人散文持全面“批判”的态度。这一时期，对周作人与中国传统文学关系有深度的研究，是由一些海外汉学者做出的，如日本学者木山英雄、伊藤德也、英国学者卜立德等。木山英雄认为周作人“所坚信的作为文学之自我表现的最自然、最自由形态的散文，（是）通过回归文学和自我的传统之无拘无束，却得以持续地发展下来”的散文[④]，周作人对中国传统文学的选择主要受“自身及自身所代表的本国国民的素质和趣味”影响，在此基础上他将“文学革命”重新定义为“文艺复兴”，创造出了“这风致是属于中国文学的，是那样地旧又这样地新”的散文理念，并将散文推崇为“文学发达的极致”[⑤]。这种从周作人身受的传统文化来讨论周作人文学思想与中国传统文学思想的关系，在理论上更有系统性。日本学人伊藤德也认为木山英雄的这种论述对于理解转变时期的中国文学思想，是一个非常富于启示的结论[⑥]，并进一步认为作为思想改革家的周作人在注意到蔼理斯的“生活的艺术”观后，把文学艺术放在了宽广的“生活的艺术”中，因此写的东西也就不再局限于“文学作品”或是“文艺批评”的“纯文学”中，这种趣味使得周作人明确意识到了古代中国文学的趣味。木山英雄、伊藤德

---

① 王瑶：《中国新文学史稿上》，新文艺出版社1954年版。

② 黄开发：《人在旅途周作人的思想和文体》，人民文学出版社1999年版，第233页。

③ 复旦大学中文系现代文学组学生集体编：《中国现代文学史》第1册，上海文艺出版社1959年版。

④ 参见［日］木山英雄《实力与文章的关系——周氏兄弟与散文的发展》，《文学复古与文学革命——木山英雄中国现代文学思想论集》，赵京华译，北京大学出版社2004年版。

⑤ 参见［日］木山英雄《周作人——文学与思想》，《文学复古与文学革命——木山英雄中国现代文学思想论集》，赵京华译，北京大学出版社2004年版。

⑥ 参见［日］伊藤德也《艺术的本义——周作人〈生活的艺术〉的构造》，孙郁、黄乔生编《回望周作人——研究述评》，河南大学出版社2004年版。

也的研究为周作人与中国传统文学思想的现代转化研究提供了一种新的研究思路。另外，英国学者卜立德的《一个中国人的文学观——周作人的文艺思想》①，采用西方现代语言学中词源学的研究手法，将周作人文艺思想中一些重要概念放在古代文学领域内进行了梳理。海外学者的研究采用不同于国内学者的研究思路和视角，在 80 年代后传入国内，对周作人的研究产生了重大影响。

20 世纪 80 年代对周作人与中国传统文学关系的研究主要体现在舒芜的研究中。舒芜在整体上概括了周作人散文的一些审美特点，如“苦味”“丰腴”“质朴”“高远清雅”“蕴藉而恢诡的趣味”“善于吸收运用文言文的成分”，这些评论是对三四十年代周作人散文评论的一种概括，但与前人不同，舒芜认为周作人是“把中国古代的隐士文学也加以现代化”，“到了一九二八年，周作人给他要提倡的现代隐士文学（亦即现代化的明末小品文学）找到一个支点：不革命，而有反抗性”。② 后来舒芜又从周作人散文历来被认为闲适平淡之处感到了内在的辛辣味，认为 1928—1945 年的周作人散文是“刊落浮华，枯淡瘦劲，而腴润自在其中，文境更高”，对周作人“抄书体”散文大加赞赏。③ 这样的论述中，舒芜完成了对周作人三四十年代文学思想和中国传统文学思想关系的一个隐约定位，即周作人是用现代思想重构中国传统文学秩序。

进入 90 年代，舒芜注意到周作人不同时期对不同传统文体的看重，五四时期也看重传统小说的周作人到 20 年代中后期“差不多完全否定了小说和诗，只看重杂文学”，“这与当时的那种只看重纯文学，尤其是看重小说新诗的一般文学观念比较起来，就有很大不同”④，周作人 30 年代后期到 40 年代初期的文章观是倾向于中国传统文章观的，但思想却是现代的⑤。舒芜进一步分析了周作人对八股文体、唐宋八大家、桐城派文学的批判⑥，他的研究不单在评价周作人的文学思想，也是在探寻中国新文学的发生史，这种研究部分地揭开了周作人文学思想和中国传统文学思想

---

① ［英］卜立德：《一个中国人的文学观——周作人的文艺思想》，陈广宏译，复旦大学出版社 2001 年版。

② 舒芜：《周作人概观》，《中国社会科学》1986 年第 4 期、第 5 期。

③ 舒芜：《周作人后期散文的审美世界》，《中国现代文学研究丛刊》1987 年第 1 期。

④ 舒芜：《向低处广处看——周作人的文艺文化结构观》，《中国文化》1991 年第 2 期。

⑤ 参见舒芜《重在思想革命——周作人论新文学新文化运动》，《中国文化》1995 年第 1 期。

⑥ 参见舒芜《中国新文学史的“溯源”——周作人对唐宋八大家和桐城派的批判》《八股文与新文学》，《周作人的是非功过》，辽宁教育出版社 2000 年版。

现代转变的复杂关系。舒芜具有开阔的理论视野，能把周作人的文学思想和中国传统文学思想的现代转化真正放在中国文学流变的过程中来考察，这使其成为周作人文学思想与传统文学关系研究中最重要的研究者之一。后黄开发说："周作人对新文学源流的看法引起过人们不同程度的注目，而他对新文学建设的主张则极少有人问津。"[①] 这说明周作人与中国传统文学思想的关系中的大量具体问题还没有引起更多周作人研究者的注意。

90 年代，钱理群认为周作人"寻找五四新文学与传统文学的内在联系"，是要"使五四新文学真正在本民族的土壤上扎下根来"[②]，明确定位周作人对传统文学现代转化的现代性价值，学界始深入探究周对传统文学转化和对新文学建设的内在理路。陈平原的《现代中国的"魏晋风度"与"六朝文章"》发掘周叙述"六朝文章"而实现的传统文学的创造性转化，认为经周作人解构、挑选、转化、重建的六朝文作为重要传统资源滋养着现代中国散文。[③] 钱理群、赵京华、刘绪源、文载道、张中行等人在谈论周作人散文时，视域有向周作人三四十年代散文转移的趋向，[④] 这种转移对发掘被忽视了近半个世纪的周作人三四十年代散文起了非常重要的作用，只是他们研究的重心并不在直接论述周作人文学思想和中国传统文学思想的具体关系上。这种对周作人三四十年代散文的研究，引起了王福湘、解志熙等人的严厉批评，认为周作人研究中存在着"摒弃历史观点，切断文学和时代、和社会生活的联系"，"从根本上颠覆中国文学审美中重视人品与文品关系的优良传统"的偏颇。[⑤] 针对这种批评，舒芜指出，周作人"在文学上思想上的成就太大，我们不应该用一顶'汉奸文学'的帽子一笔抹杀，那不符合历史，也不利于我们继承这一份不该拒绝的遗产。至于他叛国附敌，这是政治行为，对此当然要用政治标准，无须曲为

---

① 黄开发：《新时期周作人研究述评》，《文学评论》1999 年第 5 期。

② 钱理群：《周作人传》，北京十月文艺出版社 1990 年版，第 369 页。

③ 陈平原：《现代中国的"魏晋风度"与"六朝文章"》，《中国文化》1997 年第 Z1 期。

④ 相关文章有钱理群的《关于周作人散文艺术的断想》，赵京华的《周作人审美理想与散文艺术综论》，刘绪源的《解读周作人》《知堂的回忆文——〈苦雨斋主〉序》，黄开发的《知堂小品散文的文体研究》，金性尧（文载道）的《知堂的两本书》，张中行的《再谈苦雨斋》等文。

⑤ 参见王福湘的《关于周作人研究的几个问题》，《中国现代文学研究丛刊》1996 年第 1 期；解志熙的《文化批评的历史性原则——从近期的周作人研究谈起》，《中州学刊》1996 年第 4 期。

之讳，更不能像前几年有人造出新奇之说来为他翻这一案。”① 这种批评与反批评在一定程度上为周作人与中国传统文学思想关系的研究铺平了道路。

进入21世纪，有关周作人文学思想与中国传统文学关系的研究开始出现大量的成果，并多有专题研究。首先是对周作人与中国传统文学关系在学术思想上的现代性价值的定位。纽约大学张旭东发掘周作人对传统文学转化的内在策略，认为周把一种线性的、“新与旧”冲突的文学史观转移成对传统内部一种激进异质性文学传统的重新定义和建构，在对传统的密切参与与无情区分中，将现代性冲突放在“传统”内，将新文学重新建基于再发明的传统之上。② 张说超越激进与保守、现代与古代的争论，深刻剖析周氏小品文中蕴含的政治审美，代表本论题研究所实现的理论深度。其次是专题研究。周作人与晚明小品关系之研究一直是研究热点，成果数量众多，研究在多层面展开。如周荷初、黄开发、郝庆军、谭佳、何亦聪等人③，考察周作人与晚明文学思潮的关系、晚明小品的“反抗”性，辨析周氏小品文的晚明小品印迹，进而研究周氏“晚明叙事”及其审美现代性，认为周发掘晚明小品反抗性是重构现代散文精神源头，“创构”现代散文理论话语。周作人与六朝文关系方面，权绘锦对周提出的“人情物理”“趣味”“自然”等批评术语与六朝文进行了探源比较，指出周认同的六朝文是经过特殊选择的；④ 高俊林的博士论文《现代文人与“魏晋风度”——以章太炎与周氏兄弟为个案之研究》继续追溯周与六朝文的精神联系⑤。周作人与清人文章关系方面，陈平原梳理周作人对清代一大批此前不太被看好文章的重新阐释，认为周藏学问于随笔，散文体现

---

① 舒芜：《理论勇气和宽容精神》，《读书》1995年第12期。

② 参见张旭东《“五四”与中国现代性文化的激进诠释学》，《现代中文学刊》2009年第1期，《现代散文与传统的再发明——作为激进诠释学的〈中国新文学的源流〉》，《现代中国》第12辑，北京大学出版社2009年版。

③ 参见周荷初《周作人与晚明文学》，《鲁迅研究月刊》2002年第6期，黄开发《一个晚明小品选本与一次文学思潮》（《文学评论》2006年第2期），郝庆军《两个“晚明”在现代中国的复活——鲁迅与周作人在文学史观上的分野和冲突》（《中国现代文学研究丛刊》2007年第6期），谭佳的《“晚明叙事”的美学话语建构与中国的审美现代性问题——以周作人的晚明研究为考察点》（《文艺争鸣》2008年第11期），何亦聪《周作人与晚明人士》（《鲁迅研究月刊》2011年第9期）。

④ 参见权绘锦的《周作人与〈文心雕龙〉》（《求索》2007年第4期）、《周作人与六朝文学》《山西师大学报》（社会科学版）2007年第5期。

⑤ 高俊林：《现代文人与“魏晋风度”》，博士学位论文，北京师范大学，2004年。

现代人眼光与趣味，实现“古典散文的现代阐释”；[①] 葛飞考辨周氏文体、思想与清儒笔记的关系，发现周摘抄清儒笔记的策略——将自己所受的藏不示人的西学“新名词”一一对应地找出自己加以选择、改造并纳入自己话语系统的“旧名称”；[②] 周荷初认为周用“非正宗的别择法”发掘清儒笔记、日记、尺牍等“旁岔伏流”，有为“言志”新文学张本和抵制“新道学”左翼文学话语的策略意向。[③] 以上研究寻绎周之学养及言说策略，研究深化。周作人与唐宋文、桐城文关系方面，丁文等在周与1930年左翼文学批评的对峙与对话中考察其对古文的挖根式批判，认为周对传统文学发掘的深层原因是批判左翼文学背离了“五四”新文学言志方向。[④] 总体来看，本题研究，与晚明和六朝文相关的研究成果居多，与清人文章之关系的研究已趋深入，与原始儒家典籍之关系研究不足，与唐宋古文关系之研究重与左翼论争语境，内理研究偏少。

通过以上对80年代以来周作人文学思想与中国传统文学关系研究史的梳理，我们看到以往的研究已经取得很大成绩，研究已摆脱政治束缚，专注于周作人文学思想与中国传统文学的多方面关系，尤其在局部问题上，如周作人对六朝文章、唐宋文、桐城文、晚明小品、清人笔记的发掘方面都有专文论述，海外研究的传入也带来了对周作人传统文学观的不同理解。同时我们也看到，现有研究还没有对周作人对传统文学的选择重构问题做专门整体性梳理、研究，周作人在不同历史时期对不同时段传统文学的发掘，以及这种发掘中涉及的问题还未被充分注意到。

二

周作人一生的文学思想倾向经历了“五四”新文学运动前的文学复古时期，运动中的文学革命时期和运动后的文学复兴时期，不同时期不同的文学思想倾向极大地影响了周作人的散文创作，也决定了周作人对传统文学选择建构的态度。在这种文学思想倾向的变化过程中，前一阶段的文学思想倾向并不在后一阶段中彻底消失，而是以另外一种方式影响着后一阶段文学思想倾向的形成和发展。如在文学革命阶段，周作人前期的文学

---

① 参见陈平原的《古典散文的现代阐释》，《中山大学学报》（社会科学版）2004年第6期。

② 参见葛飞的《周作人与清儒笔记》，《鲁迅研究月刊》2003年第11期。

③ 参见周荷初的《周作人与清代散文》，《鲁迅研究月刊》2007年第6期。

④ 参见丁文的《周作人与1930年左翼文学批评的对峙与对话》，《中国现代文学研究丛刊》2009年第5期。

复古思想倾向极大地影响了此时期他的文学革命思想，文学复古思想倾向中的某些因素参与到了文学革命思想倾向的建构中；同样，在文学思想倾向文艺复兴的阶段，复古和革命的文学思想同样影响着他对此时期文学复兴思想倾向的建构。这种不同文学发展时期的不同文学思想倾向以及这种前后的影响，让周作人的文学思想倾向呈现出复杂状态，这种复杂状态也决定了他在选择中国传统文学和重构中国文学传统的独特性。

（一）文学复古中蕴含革新

1901 年，周作人来到南京就读水师学堂，很快读到了大量以前难以见到的当时各种书报，“庚子以后，在南京读到《新民丛报》和《新小说》，恍然如闻天启；读《饮冰室自由书》，觉得一言一语无不刻骨铭心，永不能忘”①。在接受各种新思想时，他开始以一种激进的态度对待自身所接受的传统思想。1902 年 7 月他拒绝回乡参加科举考试，12 月作《焚书》诗痛砭正统经史典籍，诗中有“举世惟知珍腐鼠，穷经毕竟负须麋。文章自古无真理，典籍于今多丐词”之句，诗后又说：

> 今世之人，珍经史如珍拱璧，此余所最不解者也；其他不具论，即以四书五经言之，其足以销磨涅伏者不可胜数，又且为专制之法，为独夫作俑，真堪痛恨。至于浮辞虚语，以并名学家所谓丐词者，尚其最小者耳。余尝恨秦皇不再，并非过论，同志之士，想亦为然。当不见斥为丧心病狂。然即斥为丧心病狂，亦余所不辞者也。②

由此可见当时态度之激烈。但是到 1905 年左右，周作人思想出现变化，1 月 17 日日记中有言：“近来我之思想大变，昔主强权，今主悲悯，昔主欧化，今主国粹，其不同如是。”③ 1906 年作《孤儿记》，为弱者的孤独无告而哀叹，在“物竞天择，优胜劣汰”的时代思想背景下，周作人思想的变化显得有些不合时宜。这种变化一定程度上是受了佛经的影响④。到 1906 年秋，周作人东渡日本，后《新生》流产，1908 年听章太

---

① 周作人：《我的负债》，《周作人散文全集》第 3 卷，第 325 页。

② 此处引文录自周作人 1902 年农历十一月十七日日记，《周作人日记》（影印本），大象出版社 1996 年版，第 362 页。

③ 周作人：《周作人日记》（影印本），大象出版社 1996 年版，第 403 页。

④ 1905 年 2 月始，周作人初次阅读佛经，佛经在他后来文章中留下了深深的印记，读佛经事周作人在日记中也有记载。

炎讲学，“听章炳麟讲学，则使周作人得以窥见中国文化的神髓”[①]，周作人至此开始了“五四”新文化运动前将近十年的文学复古。

章太炎师从学问大师俞樾，在“五四”前提倡国粹和文学复古，胡适称其为“一个复古的文家”[②]。“章氏论文，推崇诸子史家之文，讲究质实雅洁，对文士之文则多针砭。在他看来，近世文士，尤其唐宋以降，行文往往没有内容，纵横使气，而又缺乏节制。”[③] 章太炎的复古，并不因循守旧，而是“以复古为革新”，带有反清排满的民族革命色彩。周作人在东京听章太炎讲学为期约一年多光景，其间大受章氏文学复古思想影响。

这种影响，首先体现在周作人的写作和翻译中。周作人说：“丙丁之际我们翻译小说，还多用林氏的笔调，这时候就有点不满意，即严氏的文章也嫌他有八股气了。以后写文多喜用本字古意，《域外小说集》中大都如此……”[④] 在翻译方面，鲁迅、周作人合译《域外小说集》，鲁迅在序言中说“《域外小说集》为书，词致朴讷，不足方近世名人译本。特收录至审慎，迻译亦期弗失文情。”[⑤] 蔡元培认为其小说“文笔之古奥，非浅学者所能解”[⑥]。周作人翻译的显克微支的《炭画》，是其认为自己译文里最中意的一篇，然而投给商务印书馆《小说月报》后的回信中说“行文生涩，读之如对古书，颇不通俗，殊为憾事”[⑦]。可能由于翻译中强调“文字上的复古”，早期周作人、鲁迅的翻译小说销量很小，他们的工作不得不以失败告终，但他们“词致朴讷”“弗失文情”的“直译”精神，全然不取悦于大众读者的态度，使其彻底摆脱了林纾意译、演义甚至改写的翻译，为现代翻译确立了正轨。

其次，此时期周作人学习古希腊文，也可说是出于“复古”的思想。周作人后来回忆中说：

> 我并不重视那正统古文，却有时候还到与立教大学有关系的“三一学院”去听希腊文的《福音书》讲义，这乃是那时代的希腊白

---

① 止庵：《周作人传》，山东画报出版社 2009 年版，第 33 页。

② 胡适：《五十年来中国之文学》，《胡适文集》第 4 卷，人民文学出版社 1998 年版，第 362 页。

③ 陈雪虎：《“文”的再认识：章太炎文论初探》，北京大学出版社 2008 年版，第 11 页。

④ 周作人：《关于鲁迅之二》，《周作人散文全集》第 7 卷，第 452 页。

⑤ 鲁迅：《〈域外小说集〉序言》，《鲁迅全集》第 10 卷，人民文学出版社 2005 年版，第 168 页。

⑥ 蔡元培：《答林琴南书》，《大公报》1919 年 4 月 1 日。

⑦ 周作人：《关于〈炭画〉》，《周作人散文全集》第 4 卷，第 640—641 页。

> 话文，是一般“引车卖浆”之徒所用的语言，所以耶稣的弟子那班犹太人也都懂得，能够用以著书。我这样做，并不是不知道古希腊学术的重要，不想去看那些学者们的著作，实在我是抱有另外一种野心的。正如严几道努力把赫胥黎弄成周秦诸子，（虽然章太炎先生说他“载飞载鸣”的不脱时文调子），林琴南把司各得做得像司马迁一样，我也想把《新约》或至少是《四福音书》译成佛经似的古雅的。我在南京学堂里时候，听过比我高两班的同学胡朝梁——这是他的原名，后来成为诗人，称作胡诗庐了——的议论，强调《圣书》的文学性，说学英文的人不可不读，这在一六一一年英王钦定的译本是不错的，但是我读汉文译的《圣书》，白话本是不必说了，便是用古文写的，也总是觉得不够古奥，不能与佛经相比。佛经本来读得很不多，但那时已经读到《楞严经》和《菩萨投身饲饿虎经》，觉得这中间实在很有一段距离，我的野心便是来弥补这个缺恨。①

虽然后来周作人放弃了这一计划，但掌握古希腊文，对其直溯西方文化源头的古希腊文化起到了重要作用，周作人也利用这一能力在后来译介了大量古希腊作家的作品。

第三，周作人对文学语言的态度——认为要“以雅正为归，易俗语而为文言”，也能显出其“复古”倾向。在 1914 年作的《小说与社会》一文中，周作人说：

> 西方小说已多历更革，进于醇文，而中国则犹在元始时代，仍犹市井平话，以凡众知识为标准。故其书多芜秽，盖社会之中不肖者恒多于贤，使务为悦俗，以一般趣味为主，则自降而愈下，流弊所至，有不可免者，因以害及人心，斯亦其所也。……往昔之作，存之足备研究，若在方来，当别辟道涂，以雅正为归，易俗语而为文言，勿复执著社会。②

周作人认为宋元以降小说语言的俗化不是新小说的发展方向，但这种俗话在胡适那里恰被当作新文学“白话”语言的历史资源。

另外，周作人回忆在绍兴教育会的四五年中编辑过的教育杂志《绍

---

① 周作人：《学希腊文》，《周作人散文全集》第 13 卷，第 384—385 页。

② 周作人：《小说与社会》，《周作人散文全集》第 1 卷，第 318 页。

兴县教育会月刊》时说，“文章是用古文，那是不必说了，起初几期还是每句用圈断句，等到后来索性不断句了，理由是古文本不难懂，中国人的义务本应该能读懂古文的文章，所以没有加圈点的必要。”[①] 在这一刊物上，周作人发表有关古童话和童话中某些故事原型的文章，如在《古童话释义》中认为“用童话者，当上采古籍之遗留，下集口碑所传道，次更远求异文，补其缺少，庶为富足”[②]，并详细解释了古童话中“吴洞”“旁㐌”“女雀”的意义，后又作《童话释义》，对有关“蛇郎”“老虎外婆”“老虎怕漏”“老虎精”“狡鹿”等童话原型进行考辨，这些文章明显受到章太炎用古字来显本义的复古思想的影响。1915 年到 1916 年，周作人作有 22 篇“读书杂录”，其内容全是对绍兴古文人、书籍、碑文墓志、题词、金石的记录与考辨。

1922 年周作人作《我的复古的经验》，对自己的复古思想进行了反思：

> 我们这样的复古，耗废了不少的时间与精力，但也因此得到一个极大的利益，便是“此路不通”的一个教训。玄同因为写楷体篆书，确知汉字之根本破产，所以澈悟过来，有那“辟历一声国学家之大狼狈”的废汉字的主张；我虽然没有心得，但也因此知道古文之决不可用了。这样看来，古也非不可复，只要复的彻底，言行一致的去做，不但没有坏处，而且反能因此寻到新的道路，这是的确可信的。所以对于现在青年的复古思想，我觉得用不着什么诧异，因为这是当然，将来复的碰壁，自然会觉醒过来的。所可怕者是那些言行不一致的复古家，口头说得热闹，却不去试验实行，既不穿深衣，也不写小篆，甚至于连古文也写得不能亨通，这样下去，便永没有回头的日子，好像一个人站在死胡同的口头硬说这条路是国道，却不肯自己走到尽头去看一看，只好一辈子站在那里罢了。[③]

在 1922 年“五四”新文化运动高潮已过，“复古”思想卷土重来之

---

① 见周作人《在教育界里》，《周作人散文全集》第 13 卷，第 445 页。在晚年的回忆中，周作人认为：“这主张简直有点荒谬了，复古到了极端，这便与清朝的江声书小札或购物开账用篆文差不多。”（见周作人《在教育界里》，《周作人散文全集》第 13 卷，第 445 页）

② 周作人：《〈古童话释义〉引言》，《周作人散文全集》第 1 卷，第 340 页。

③ 周作人：《我的复古经验》，《周作人散文全集》第 2 卷，第 795—796 页。

际，周作人作这样的文章主要是对“复古”思想进行批判，但我们并不能据此文的态度完全否定周作人在“五四”新文学运动之前“文学复古”的价值，因为周作人是在“言行一致”的复古后才产生了对“新的道路”的寻找，因此周作人把自己这次失败的文学复古定位为光绪末年“革命的复古思想”①。

从上面的梳理中可以看到，在“五四”新文学运动之前周作人是认真地进行了一次“复古”尝试，但是周作人等人的这种“复古”针对的是清末民初文学的空疏流弊，是为变革清末民初文学现状的一种“复古”，其中暗含后来文学革命思想的因子。而“五四”新文化运动高潮后的文学复古潮流却是对文学革命的反动和盲目拟古。周作人等的复古和后者的复古所针对的对象并不一样，虽都是在复古，但核心内容不一样。章太炎的“复古”思想深为“五四”新文化运动之前的周作人、鲁迅所认可，在于章太炎是一位“有学问的革命家”，而在“五四”新文化运动后，当章太炎在1926年与军阀吴佩孚、孙传芳打得火热并发电文要讨伐南方“赤党”时，章太炎的思想逐渐与“五四”新文化思想相背离，为此周作人不惜作《谢本师》，与其分道扬镳，可以看出章太炎前后思想中求变革的倾向并不一致，而周作人、鲁迅前期复古与后期革命中求文学革新的思想倾向倒是一致的。

（二）文学革命中留有余地

周作人是“五四”新文学运动的代表性人物，其《人的文学》《平民文学》《思想革命》等文章为文学革命运动指明了方向。不过，文学革命前的文学复古经历也极大地影响了周作人后期的文学革命思想，他在两者的相互冲撞中寻找契合点，前期的复古思想参与了对文学革命思想的建构。

在1917年周作人写的白话文《古诗今译》② 中，周作人用“口语”将古希腊诗人谛阿克列多思（Theocritus）的牧歌翻译成了自由体散文，他认为“只有口语可以译他”，所谓“口语”是“照呼吸的长短作句”，“口语”是一种完全解放的写作语言。③ 同时胡适的白话诗经历了由最初

① 见周作人《国语改造的意见》，《周作人散文全集》第2卷，第753页。

② 见《周作人散文全集》第1卷，第514页。

③ 参见周作人《古诗今译 Apologia》，《周作人散文全集》第2卷，第12页。

传统诗歌形式的白话诗向形式自由的现代白话诗转变的过程。① "在诗体解放的意义上，周作人这篇译作与以自由体为标志的现代中国新诗的开端，几乎是绑在一起出现的。相比于胡适的从清末的俗语化趋势中发展而来的'白话'，周作人的'口语'似乎更具革命意味，它一出场便具备了建构新诗体的魄力，因为只要'照呼吸的长短作句'，便是摆脱了一切诗体成规的'自由诗'。"② 在胡适强调文学革命的目标"就是用白话来作一切文学的工具"③ 时，周作人虽也用"白话"来写新文学，但与胡适不同，他看重的却是"自由诗"形式的自由，周作人是"先讲'诗'，而后才是'白话'；作为白话诗最早的积极倡导者，胡适则是先讲'白话'，后才是'诗'。"④ 这种"自由诗"的实验在文学革命前周作人用文言翻译时就已经有过实验，因此在文学革命中，在别人强调诗歌语言的白话时，周作人强调的是诗歌更内在的有关形式自由的问题。⑤

在新文学的书写语言方面，周作人与胡适在文学革命一开始就显示出了不同。在胡适那里，新文学的语言是白话文，而且只能是白话文，"他的观念中，书面语是口语的绝对附庸，从'五四'期间的现实论争到'五四'以后的历史梳理，这都是他一以贯之的标准。1928 年《白话文学史》出版，表明胡适的立场没有任何弹性可言。"⑥ 而在周作人这里，他认为纯粹用白话文写文章是有困难的，"明清小说专是叙事的，即使在一方面有了完全的成就，也还不能包括全体；我们于叙事以外还需要抒情与说理的文字，这便非是明清小说所能供给的了。"⑦ 周作人并不认为"纯

---

① 1922 年，周作人在《古文学》中还说"试看近几年的有韵新诗，有的是'白话唐诗'，有的是词曲，有的是——小调，而且那旧诗里最不幸的'挂脚韵'与'趁韵'也常常出现。"可见新诗发展的内在首要问题还在形式的解放。

② 张丽华：《无声的"口语"——从〈古诗今译〉透视周作人的白话理想》，《中国现代文学研究丛刊》2011 年第 1 期。

③ 胡适：《〈中国新文学大系·建设理论集〉导言》，《胡适文集》第 3 卷，人民文学出版社 1998 年版，第 281 页。

④ 陈平原：《触摸历史与进入五四》，北京大学出版社 2005 年版，第 239 页。

⑤ 参阅王风的《周氏兄弟早期著译与汉语现代书写语言》（《鲁迅研究月刊》2009 年第 12 期），张丽华的《无声的"口语"——从〈古诗今译〉透视周作人的白话理想》（《中国现代文学研究丛刊》2011 年第 1 期）。

⑥ 王风：《刘师培文学观的学术资源与论争背景》，陈平原主编《中国文学研究现代化进程二编》，北京大学出版社 2002 年版，第 22 页。

⑦ 周作人：《国语改造的意见》，《周作人散文全集》第 2 卷，第 754 页。

用老百姓的白话可以作文"[1]，他主张在用白话的基础上采纳古语、方言和新名词，建立一种"合古今中外的分子融合而成的一种中国语"，以此让白话"尽量的使他化为高深复杂，足以表现一切高上精微的感情与思想，作艺术学问的工具"。[2]只是在"五四"文学革命伊始，这种思想显得不合时宜，因此在文学革命初期周作人并没谈他的文学语言观，而"'五四'甫一落潮，周作人就要与文言'五族共和'，'把古文请进国语文学里来'，以为'现代国语须是合古今中外的分子融合而成的一种中国语'。显然，文学革命时他之所以在这个问题上绝口不言是由于行格势禁，究其本心，他和胡适的语言观是有分歧的。"[3]周作人这样的看法在当时并没引起人们的注意，不少新文化人出于对"复古"势力的戒备，对这种文言对白话的渗透持警惕态度。周作人这种文白共融的语言观，实来源于刘师培的观点，刘师培在1903年的《中国文字流弊论》一文中就提出"宜用俗语"的主张，称"言语与文字合则识字者多，言语与文字离则识字者少"[4]，在《论文杂记》第二则中提到，"一修俗语，以启瀹齐民；一用古文，以保存国学"[5]，二元论的语言观为"白话"留下了位置。至此，我们可以看到周作人很早就突破了胡适等人新文学语言的一元观，而周作人这种不同的认识恰源于文学革命之前的文学复古思想。

面对胡适、陈独秀的全面彻底反传统和钱玄同痛批"桐城谬种，选学妖孽"，周作人的转变比较缓慢。一开始周作人基本上没有介入当时的文白讨论，直到1922年"五四"新文学落潮、又有"复古"思想泛起并对"五四"新文学的发展构成威胁时，周作人才发表《思想界的倾向》，对时兴"国粹"颇有微词。当"京沪各处有人提倡孔门的礼乐，以及朱谦之君的讲'古学'，梅胡诸君的《学衡》……最后是章太炎先生的讲学"等事发生时，周作人为"五四"新文学的发展而担忧，因为"照现在的情形下去，不出两年大家将投身于国粹，着古衣冠，用古文字，制礼作乐，或参禅炼丹，或习技击，或治乩卜，或作骈律，共臻东方化之至治"。但这种微词和担忧并不是针对骈文、古学、国粹本身的复兴，而是

---

① 周作人：《国语文学谈》，《周作人散文全集》第4卷，第484页。

② 周作人：《国语改造的意见》，《周作人散文全集》第2卷，第755页。

③ 王风：《刘师培文学观的学术资源与论争背景》，陈平原主编《中国文学研究现代化进程二编》，北京大学出版社2002年版，第30页。

④ 李妙根编：《刘师培论学论政》，复旦大学出版社1990年版，第5页。

⑤ 洪治纲主编：《刘师培经典文存》，上海大学出版社2004年版，第248页。

担忧“国粹主义”的“勃兴”，因为这种局面必然带来两种倾向——“复古与排外”，虽然“国粹派未必真会去复兴明堂或实行攘夷，但是在思想上这些倾向却已显著了”。在文学上来讲，“国粹主义”的“勃兴”势必要“照中国的旧说”把“载道之文当然为文学之正宗，小说戏曲都是玩物丧志，至少也是文学的末入流罢了”，这样“白话新文学都是毫无价值的东西了”。[①] 因此，不同于胡适、陈独秀等人彻底反传统的革命思想，周作人的文学革命思想是建立在对传统文学留有一定余地的基础上的。在“五四”新文学退潮后，激烈反传统的先驱们多有对传统文学和“五四”新文学运动过程的反思，总的来说，他们对自己的立场是持肯定态度的，钱玄同回忆早年壮举，仍是不改其辞。[②] 而从晚清文化论争中走过来的周作人和鲁迅，在“五四”新文化运动中对“桐城谬种，选学妖孽”的热门话题并没有过多的讨论，而是在新文学站稳脚跟后，“凭借现代的新学说新方法”[③]，开始了持续多年的对传统文学的现代发掘整理和现代转化，这一点尤其在周作人身上表现得明显。

周作人从“口语”角度强调新诗形式的自由，在语言方面强调多种语言的融合，可以看出周作人在文学革命开始时，就与全面反传统文学的其他人表现出不太一样的态度，他在文学革命中对传统文学留有一定的余地。五四新文化运动后，周作人对传统文学采取辨别、选择、重构的态度，同样对文学革命思想的发展也取辨别的态度，这种态度实际成了后来周作人文艺复兴思想的基础。

（三）文艺复兴中坚守建设

“五四”新文化运动的高潮过去后，传统旧文学被打倒，但新文学又面临着建设和发展的问题，在多数新文学运动者尝试文学的新变时，周作人开始了对传统文学资源的发现与文学传统的重构。在1922年的《古文学》中他就说“研究本国的古文学，不是国民的义务，乃是国民的权利”[④]，在1924年作的《生活之艺术》中说“中国现在所切要的是一种新的自由与新的节制，去建造中国的新文明，也就是复兴千年前的旧文

① 周作人：《思想界的倾向》，《周作人散文全集》第2卷，第634—635页。

② 1934年，周作人的《五十自寿诗》引来众人相和，钱玄同所和的诗中有诗句：“推翻桐选驱邪鬼，打倒纲伦斩毒蛇。”对自己当年激烈地反对桐城派、选学派颇感自豪。

③ 周作人：《思想界的倾向》，《周作人散文全集》第2卷，第634页。

④ 周作人：《古文学》，《周作人散文全集》第2卷，第525页。

明。”① 到1926年，周作人在《国语文学谈》中开始强调白话文章和古文的关联性：

> 我相信所谓古文与白话文都是华语的一种文章语，并不是绝对地不同的东西……五四前后，古文还坐着正统宝位的时候，我们的恶骂力攻都是对的，到了已经逊位列入齐民，如还是不承认他是华语文学的一分子，正如中华民国人民还说满洲一族是别国人……我常说国语文学，只是汉文学的新名称，包含所有以汉文写出的文学，连八股文试贴诗都在里边，因为他们实在是一种特别文体的代表作品，虽然文艺的价值自然没有什么。②

在文章语言方面，周作人开始明确提倡白话对文言的吸收，同时在文体方面也开始重新思考传统体式，不再强调新文学对传统文学的革命，而是由革命转向选择，转向重构。在1926年为俞平伯重刊《陶庵梦忆》作序时，周作人说："我常这样想，现代的散文在新文学中受外国的影响最少，这与其说是文学革命的还不如说是文艺复兴的产物，虽然在文学发达的程途上复兴与革命是同一样的进展。"③ 在为俞平伯《杂拌儿》作的跋中，周作人再次阐释了"复兴"与"革命""新"文学与"旧"传统的辩证关系："现代的散文好像是一条湮没在沙土下的河水，多少年后又在下流被掘了出来；这是一条古河，却又是新的。"④ 在经历了"五四"新文学运动前近十年的文学复古尝试，又作为代表性人物参与了近十年"五四"新文学的革命历程后，周作人开始发掘传统文学对现代新文学建设的价值，并且逐渐把自己的目光聚焦在了传统散文上。

对新文学建设的思考让周作人把目光重新拉回到已经打倒的旧文学上，不过此时周作人的文艺复兴所针对的问题与"五四"前周作人文学复古所针对的问题完全不同，也与30年代要否定新文学而复古的文学潮流不同，虽然看起来三者有相似之处。周作人此时进入传统文学是要建设新文学，他的眼光已经是现代的，因此面对传统文学，他是主动辨别选择，而不是单纯批判，更不是墨守成规。更重要的是周作人认为新文学发

---

① 周作人：《生活之艺术》，《周作人散文全集》第3卷，第514页。

② 周作人：《国语文学谈》，《周作人散文全集》第4卷，第483—484页。

③ 周作人：《〈陶庵梦忆〉序》，《周作人散文全集》第4卷，第832页。

④ 周作人：《〈杂拌儿〉跋》，《周作人散文全集》第5卷，第455—456页。

展中出现的革命文学、左翼文学等流变，是新的“载道”文学，偏离了他心目中的新文学方向。因此，建设新文学，周作人需要一种新的文学传统，其依据现代思想在中国传统文学中发掘并建构出了非正宗的“言志”文学传统，为新文学寻找合法根基。无论是重新进入传统文学，还是批评左翼文学，周作人的“文艺复兴”思想，都是对“五四”新文学的建设。

30 年代中期，鲁迅认为新文化运动以来“散文小品的成功，几乎在小说戏曲和诗歌之上”①，后胡适、曾朴、朱自清、周作人等都有过类似的判断，陈平原说“根据当事人的这些描述，文学史家很容易演绎出另一个更加有趣的命题：散文小品之所以获得成功，得益于其丰厚的传统资源。”② 周作人散文的成功也是获益于其文艺复兴思想。需要补充说明的是，周作人的“文艺复兴”，其范围触及整个中国文学，既有《诗经》、原始儒家典籍、六朝文章、晚明小品、清人笔记，还有唐宋古文、桐城文章。从 1926 年到 1945 年近二十年的时间中，周作人花大量的时间精力于对传统散文的选择鉴别中。在前十年（1926—1935）中，周作人最初由发掘晚明小品为新文学寻找文学反抗的精神，到仰慕六朝文章气象，重构“言志”文学传统来批判唐宋古文、桐城文的“载道”传统，也批判左翼文学；在后十年（1935—1945）中，周作人把精力主要放在对清人笔记等非正统文体的梳理鉴别选择中，创作出“苦涩苍老，炉火纯青，归入古雅遒劲的一途”③ 的大量散文，这些散文成就了周作人最重要的、也最有传统意味、最具民族特征的现代散文。

三

舒芜说“在如何坚持五四传统上，鲁迅和周作人成了两面旗帜”④，“不了解周作人，就不可能了解一部完整的中国新文学史和新文化运动史”⑤。我们不了解周作人对中国传统文学的发现与诠释，也就无法了解现代文学思想对中国文学传统秩序的创造性重构，无法完整了解中国文学在 20 世纪初发生的重大现代转型，也就无法了解周作人对新文学的现代

① 鲁迅：《小品文的危机》，《鲁迅全集》第 4 卷，人民文学出版社 2005 年版，第 592 页。

② 陈平原：《中国现代学术之建立——以章太炎、胡适为中心》，北京大学出版社 1998 年版，第 342 页。

③ 郁达夫：《〈中国新文学大系散文二集〉导言》，刘运峰编《1917—1927 中国新文学大系导言集》，天津人民出版社 2009 年版，第 139 页。

④ 舒芜：《关于“周作人现象”的思考——访舒芜》，《光明日报》1988 年 9 月 1 日。

⑤ 舒芜：《周作人概观》，湖南人民出版社 1986 年版，第 3 页。

构建。

中国文学从传统向现代的转型不可能靠一代人来完成，陈平原先生在《触摸历史与进入五四》中说正是经过晚清、“五四”两代人的共谋与合力，才完成了中国文化从古典到现代的转型[①]，而“五四”新文化运动又“包含着思想启蒙与文化复兴两大主题：五四前期主要表现为思想启蒙，五四学生爱国运动后，文化复兴的主题凸现，文化运动在形式上也由文化批判（反传统）转变为文化建构（再造文明）。”[②] 作为中国文学现代转型中重要引导者，周作人的文学思想经历了“五四”前的文学复古，“五四”中文学革命，“五四”后的文艺复兴三个阶段，这三个阶段都属于周作人探寻中国文学求新求变的现代化过程，只是在不同历史时期因所面对的现实问题不同而有所不同，这一经历也让周作人能更清楚地认识传统文学的价值，以及新散文的发展路向。

在周作人将中国传统文学放置在其所接受的西方现代文学的视域中时，周作人在传统“载道”文学之外发现了“非正宗”的“言志”文学支流，并着力建构这一“非正宗”文学对正统文学所具有的反抗性，以此来建构“五四”新文学的革命合法性。这样，周作人把中国文学与西方文学的差异性问题转变为中国现代文学与传统文学的冲突性问题，并进一步把这一现代与传统的冲突，转变为传统文学内部的冲突。张旭东先生深刻地指出了中国文学从传统向现代转型过程中这些“五四”新文学革新者所采用的这种策略：

> 如果说五四启蒙运动初始阶段的特征主要体现为激烈地呼唤“人的解放”、“个体的自我决断”这些“现代”观念，那么在接下来的那个阶段，也就是我们要处理的统称为“1930年代”的这个历史阶段，我们看到的是一种规模庞大的、体系化的努力：即将现代性的种子（作为从西方盗取的“火种”）栽种在中国独特的文化——历史的土壤里。对于那些深深赞同“世界主义”图景——一个更具普遍性的意识形态，即进化论，强化了这一图景——的那些五四知识分子们来说，着手处理传统绝非意味着重新召唤一个神话的年代，从而接纳一个由象征仪式和集体无意识构成的非历史的空间。事实上，正是在现代性的内在冲突中，他们重新发现了传统，在构造“现在的”

① 参见陈平原《触摸历史与进入五四》，北京大学出版社2005年版，第3页。

② 洪峻峰：《思想启蒙与文化复兴：五四思想史论》，人民出版社2006年版，第26页。

> 文化的过程中，他们再次发明了传统。在社会和文化领域里同对手面对面地交战使五四知识分子意识到这样一个事实：为了建立“中国新文化”体制并将其合法化，他们必须使传统也参与进来，也就是说，在这场极其政治化的斗争中要解构和重新激发一个“过去”。①

因此，张旭东认为周作人把一种线性的、“新与旧”冲突的文学史观转移成在传统内部发掘一种激进异质性，在重新一头扎进传统文学进行披沙拣金的分辨工作，以自己的方式重新定义和建构传统文学中的文学传统，并以此为基建构新文学，是将新文学重新建基于一个再发明的传统之上。在此基础上，我们才能理解周作人谈论中国新文学的源流时，将视野投向中国传统文学，并在中国传统文学中建构出“载道”与“言志”相冲突的两条脉络，是要在传统文学中重新建构出一个“非正宗”的所谓“言志”文学，为新文学的合法性正名。在这里，“载道”和“言志”这一传统文学中的批评话语经过周作人的改造而融入了现代意识，即含有了“非人”与“人”的思想，“载道”的文学被周作人建构为会束缚现代人思想情感的文学而被否定，“言志”的文学具有解放个性的意义而被周作人所肯定。以现代“人”的“文学”为标准，建构出的“言志”文学传统就具有现代“人的文学”思想。因此在周作人的视野中，我们看到的是经过挑选、重新阐释后的“原始儒家”、晚明小品、六朝文章、清人笔记，这些不被前朝学者所重的文学焕发出鲜活的生命力。周作人给中国传统文学吹进了一股现代思想之风，激活了传统文学中那些被压抑的非正统文学的生命。

周作人用重释中国传统文学的策略在中国传统文学中建构出了新的中国文学传统，并将新文学建基在这样发现和重构的中国文学传统上，实质上暗中借西方现代文学思想实现了中国文学的现代转型。当然，就文学术语本身来说，周作人的这种表述也在一定程度上造成了钱锺书等人认为的理解上的障碍。在周作人发表《中国新文学的源流》一文后，明眼的钱锺书作文，考辨中国古代文学批评领域中“载道”与“言志”的概念，指出周作人这种文学传统的区分是“文学自主论”的结果。因为在传统文学批评话语中，“载道”和“言志”对应的是两种文体，前者“文以载道”的“文”通常指“古文”或散文，并不用来涵盖一切近世所谓的

---

① 张旭东：《现代散文与传统的再发明——作为激进诠释学的〈中国新文学的源流〉》，陈平原主编《现代中国》第12辑，北京大学出版社2009年版，第93页。

“文学”，后者“诗以言志”的“诗”是“古文”之余事，亦非近世所谓的“文学”。“道”是客观抽象的，需要“文”来载，“志”是主观感性的，需要“诗”来抒发，两者相对的文体不同，书写方式也不相通。因此，钱锺书认为“载道”和“言志”“原是并行不背的，无所谓两‘派’”[①]。钱锺书的批评指出周作人对“言志”和“载道”这一古代文学术语的混用，但并未理解周作人对这一术语变革性使用的意义。1918年周作人发表《人的文学》，以“人的文学”来概括新文学，以此区分新旧文学的本质区别，现代的“人”和现代的“文学”几乎同时在周作人这里被发现。1919年周作人发表《平民的文学》，提出“平民文学”概念，具体化“人的文学”，针对“修饰的，享乐的，或游戏的”的“贵族文学”，强调“普遍与真挚”的文学，强调“普遍的思想与事实”和“世间普通男女的悲欢成败”，新文学要“记真挚的思想与事实”，要“研究平民生活——人的生活”，要“研究全体的人的生活”。后在1920年的《新文学的要求》，周作人把“人的文学”再具体化为“人生的艺术”，也即“生活之艺术”，以表现作者情感为目的，以个人主义的人间本位主义为根本，由于“己在所爱之中”，“我即是人类”，批判“无我”伪善的超人间的道德和承载这种道德的旧文学——“载道文学”。“人的文学”为中国现代文学设立现代品格，“非人”与“人”的区分成了“五四”新文学倡导者区分传统文学与现代文学的价值标准，“载道文学”成为“非人”旧文学的统称。“五四”新文学运动落潮后，很快就有旧文学的复古倾向，周作人更担忧新文学将重新变成新的“载道文学”[②]。面对这两种境况，周作人用“载道”和“言志”重构中国文学传统，将这两个词提出来分别赋予了特定意义，借助“五四”时期形成的对“载道”文学的反感，为新文学个性化创作赢取空间。如张旭东先生所说：“1930年代最具创新精神的作家和知识分子们，他们没有把‘现在’浸染在整体性的‘过去’中，或者以‘现在’之棱镜来评价过去，而是以各自的方式对传统进行着无声的但有条理的区分和识别，这一项工作，在每个意义上，都重新激发了历史的活力，把历史重构成了一个持续冲突和矛盾的进程，因而，使历史成为现代性的一种叙事，或者说现代性的一个内在

---

① 钱锺书：《〈中国新文学的源流〉》，《新月》第4卷第4期，1932年11月1日。

② 参见周作人《〈枣〉和〈桥〉的序》，《周作人散文全集》第5卷，第766页。

剧场。”①

在重新进入传统后，周作人无论是对晚明小品反抗性精神的发掘，对六朝文学气象的发现，对原始儒家典籍的文学解读，对清人笔记的选择和整理，对唐宋文、桐城文的批驳，都带有了明确的目的性。在这一过程中，“周作人的策略在于，有意地把自己所受的西方影响藏不示人，却把‘旧名词’加以一番别择、改造，纳入也可以说是营建了自己的话语系统；为‘新名词’一一对应地找出旧名称，如八股、策论、文统、道统等等，只不过加上了‘洋’、‘新’等定语而已；其所持之衡史论人之具，亦往往是儒家所强调的‘人情’、‘中庸’、‘忠恕’、‘知之为知之，不知为不知’等等。”② “人的文学”被具体化为讲“人情物理”的文学，在讲“人情物理”的文学史中，周作人构建六经之首《诗经》的文学性，发掘能够“体察物理人情”、又有“意趣”和“见识”者的解诗；强调儒家典籍是“六经之教原本于人情”的本来面目；钦慕“理性通达，感情温厚，气象冲和，文词渊雅”的六朝文章，其有为两汉、唐宋文章所不及的气象；提倡晚明文章中的“性灵”气和反抗性，其给中国文学注入了自由解放的空气；翻检出了大量清人笔记对人情物理的思考、对文章的认识。除过构建出讲“人情物理”的一条文学史发展脉络，周作人还描绘出了与之相对的另一条不讲“人情物理”“非人”的文学史发展脉络，即“载道”的文学史，周作人把重心放在对唐宋八大家散文、程朱理学、桐城古文，以及新的“载道文学”的针砭上。周作人批判传统文学中“载道文学”，意欲达到对新文学中各中“载道文学”变种的批判，而“言志”讲“人情物理”的传统文学脉络，则成了周作人建构现代散文发展的重要文学资源。

以“言志”的、讲“人情物理”的标准重构中国传统文学秩序，周作人并没有用一套庞大严密的学术理论来论证自己的体系，而是发掘出了传统文学中大量能够体现“人情物理”的文学材料，用大量的材料来呈现他看到的中国传统文学秩序。无论是对传统正统“载道”文学的批判，还是对非正统的“言志”文学的发掘，周作人都是从切实的、看似琐碎的、点点滴滴的材料来进行积累，从这样点滴的生活“常识”中做起，最终构建出他视域中的中国传统文学图像。把“人情物理”转变为文学，

---

① 张旭东：《现代散文与传统的再发明——作为激进诠释学的〈中国新文学的源流〉》，陈平原主编《现代中国》第12辑，北京大学出版社2009年版，第94页。

② 葛飞：《周作人与清儒笔记》，《鲁迅研究月刊》2003年第11期。

在周作人这里就是把写作变成“生活的艺术”，他用一生的散文写作来寻找对凡俗人世中各种物理人情“普遍”“真挚”情感的艺术表现，这样的写作或是生活的艺术，既不是为传播各名教的大“道”，也不是尚老庄的“避世”，也不单是自我修养，而是在这样一种存在方式中与先贤和后世者结缘，让“相见者好生看待，不至怅怅来去”。以此安身立命，周作人创造出了属于他自己的、也是中国的现代散文，我们才在周作人的散文中深味到“天堂”和“地狱”之外凡俗人世中女人、小孩、老人、父母、游女、勤苦生民等的喜惧和哀乐，也知道鬼后有情，风物有情，自然生物中有生人伦理，也感知着有关生命的哲理……

第一章

周作人对《诗经》的文学研究

周作人文章中，《诗经》是其提及次数最多的古代文学典籍。周作人对《诗经》的论述，虽然都比较零散，但在梳理后我们仍可脉络分明地看到他对《诗经》的文学研究，对其有关《诗经》文学论述过程的梳理即可展现出《诗经》由传统经学研究向现代文学研究转变的重要过程。作为这一过程的重要导引者，周作人在论述《诗经》文学性时既涉及如何突破传统《诗经》经学研究的问题，也涉及现代《诗经》文学研究中出现的新问题。在这一转变过程中，周作人的特殊处在于其对《诗经》新旧研究既有批评又有继承，周作人并没完全否定对《诗经》的经学研究，而是在批判的基础上又从《诗经》经学研究中发掘出了他认可的《诗经》文学研究，并且梳理出了一条线索，这种在经学研究中找到的《诗经》文学研究线索为现代《诗经》的文学研究夯实了基础。同时，周作人对现代《诗经》文学研究中出现的非文学研究又时刻抱有警惕，对其不断提出尖锐批评，这为现代《诗经》的文学研究清理了新的路障。

五四时期，《诗经》的文学研究者"持异域的文学观对中国传统的《诗》学重新审视，得出一个基本结论——中国传统《诗》学中根本没有'文学的研究'，而全是经学研究"[①]，此后《诗经》研究者在论及《诗经》的文学性时皆认可胡适的"民间歌谣总集"说。后人在总结时说，20 世纪《诗经》研究的最大贡献"是揭去了历代经学家堆积在《诗经》之上的层层'瓦砾'，恢复了《诗经》文学的本来面目，并由此而定义说：《诗经》是中国最早的一部诗歌总集。"[②] 但是，21 世纪以来，有学者开始反思"五四"以来《诗经》研究中这种彻底否定《诗经》经学研

① 谭德兴：《什么是〈诗经〉的文学研究——关于经学与文学关系之思考》，《贵州文史丛刊》2003 年第 3 期。

② 刘毓庆：《〈从文学到经学〉序》，中国诗经学会编《诗经研究丛刊十七辑》，学苑出版社 2008 年版，第 26 页。

究的文学研究，开始注意“五四”以前传统《诗经》研究中的文学研究。[①] 然而，作为曾亲身经历并导引了《诗经》研究从经学研究向现代文学研究转变的周作人的《诗经》研究，却一直不被《诗经》文学研究者所注意，也为周作人研究者所忽视。需要注意的是，进入21世纪后，对传统《诗经》经学研究中文学研究材料的整理发掘，对传统《诗经》经学研究中文学研究线索的整理，恰就是沿着当初周作人对《诗经》文学研究的路向展开的。由于周作人并不以研究者的面目出现，其研究成果也散落在多篇文章中，因此即使到21世纪，周作人对《诗经》经学研究中文学研究脉络的梳理仍不被《诗经》研究者注意。从经学到文学，周作人的《诗经》文学研究，“求新声于异邦”，介绍《圣经》的文学研究，用“人的文学”观解构传统《诗经》经学研究，批评现代《诗经》文学研究所中的经学之毒；“发新潮于旧泽”，在传统《诗经》经学研究中发掘了大量文学研究材料，建构了《诗经》文学研究之源流。

第一节　《诗经》经学研究的解构

一　周作人早期对《诗经》经学研究的解构

至少从汉代以来，《诗经》被作为经学经典为后世学者所研究和尊

① 莫励锋先生有文《从经学走向文学：朱熹“淫诗”说实质》（《文学评论》2001年第2期），刘毓庆先生著有《从经学到文学——明代〈诗经〉学史论》（商务印书馆2001年版），皆认为宋、明《诗》学研究是《诗》学转向文学研究的开始。而汪祚民认为：“在现代之前的漫长封建社会里，《诗经》的文学阐释始终没有超过经学阐释，《诗经》阐释真正实现‘从经学到文学’的转向是在五四之后。我们讨论现代之前的《诗经》文学阐释，只能在承认经学阐释为主流的前提下进行。”（见汪祚民《诗经文学阐释史　先秦—隋唐》，人民出版社2005年版，第375页）李兆禄在博士学位论文《清前中期〈诗经〉文学诠释史论》也持这种观点。霍松林先生在给汪著的序中也说：“在中国漫长的古代社会里，《诗经》被奉为政治教化的经典，《诗经》的阐释，长期以宣讲义理的经学阐释为主，其文学阐释处于零散的边缘化状态。直到‘五四’以后，《诗经》作为我国最早的诗歌总集的文学身份才得到正式确立，与之相应的文学阐释才逐渐成为《诗经》阐释的主体。《诗经》文学阐释的这种历史境遇，不仅容易导致学术界对它的忽略与疏离，也给全面总结其发展演变过程带来许多困难。近来相继问世的《诗经》研究著作，或较少关注《诗经》的文学阐释，或局限宋明以后一些文学性较强的《诗经》阐释个案的探讨，就证实了这一点。”在《诗经》文学研究时代的自觉上，霍先生持与莫、刘先生不同的观点。

崇，发掘其中的微言大义从《毛诗序》始就一直是后世经学者的主要任务。1907 年鲁迅发表《摩罗诗力说》，1908 年周作人发表《论文章之意义暨其使命因及中国近时论文之失》，皆猛烈批评传统儒家诗教。周作人说，“《葛屦》见唐民之衰，《小戎》兆秦人之霸，事理之感应则然，宁信有甚深奥义者哉?”又说：

> 今言中国国民思想……类皆拘囚蜷屈，莫得自展，而文运所至，又多从风会为转移，其能自作时世者殆鲜见也。此其象为大否。拘挛臣伏，垂数千载。牛山萌蘖，既摧折于古之小儒；根叶所遗，暴君又重而践踏之。嗟夫！丰林之木将坐此以终歼欤？未可知也。夫中国者吾之故土，宁不欲歌美而甚念之？然今不免自诅所亲，刺其零落者，盖诚出于无如何，而为吾之长恨者矣！试观上古，文章首出，厥惟风诗。原数三千馀篇中，十三国美感至情，曲折深微，皆于是乎在，本无愧于天地至文，乃至删诗之时，而运遂厄。孔子以儒教之宗，承帝王教法，割取而制定之，曰：“诗三百，一言以蔽之，曰思无邪。”夫邪正之谓，本亦何常？此所谓正，特准一人为言，正厉王雄主之所喜而下民之所呻楚者耳！儒者历世经营，本无当于宗教，然后世强为之词，则字之帝王之教可已。观其称述周公，上承文武，以至有尧，素王之号，所有由来。删诗定礼，夭阏国民思想之春华，阴以为帝王之右助，推其后祸，犹秦火也。夫孔子为中国文章之匠宗，而束缚人心至于如此，则后之零落又何待夫言说欤！①

周作人认为孔子删诗，定儒教，成就帝王之教，以至后世《诗》教禁锢思想，束缚人心，其祸犹如秦火，因此在周作人看来要解放人心，传统诗教是首要批判对象。清末民初，《诗经》经学研究仍占统治地位，在这样的时期周作人看到儒家诗教对后世士人思想的束缚，对我国数千年儒家诗教进行激烈的全方位否定，这在当时具有重要的思想启蒙价值，尽管我们站在今天的历史场域中看，年轻的鲁迅、周作人对中国传统诗教的批判、消解有明显过激之处，对孔子删诗的批判和对传统诗教的全盘否定中

---

① 周作人：《论文章之意义暨其使命因及中国近时论文之失》，《周作人散文全集》第 1 卷，第 92 页。

有“杂抄文学概论”及西方文学史的痕迹。[1] 由此可以说，周作人、鲁迅一开始论及《诗经》就针对其经学研究，这种解构中就已经包含了革命性。

二　对外来圣书文学研究的介绍

清末民初的《诗经》研究在根本上还囿于传统经学研究，而康有为、梁启超等以社会改良为目的的今文经学派对《诗经》的论述是当时学术界高度关注的话语，周作人、鲁迅由于自己思想还不够成熟，其对《诗经》经学研究的批判声音在当时显得极为微弱，并不能引起人们注意，而且这种对经学研究的批评主要是在解放思想的角度进行的，并没有明确提出《诗经》的文学研究，周作人对《诗经》文学论述的大放异彩要到“五四”新文化运动时期。“五四”新文学运动前后，文学革命者逐渐把目光集中在对《诗经》经学研究的批判上时，周作人早已经历过了简单套用西化文艺理论批判《诗经》经学研究的过程，他不再是单纯批判《诗经》经学研究学，而是开始重新定位对《诗经》的理解，其策略是“求新声于异邦”，然后发“新潮”于“旧泽”，周作人最早介绍过来的“异邦”声音是基督教典籍的文学研究，他要以此来定性《诗经》的文学性质。

1921 年 1 月 1 日周作人于《新青年》发表《〈旧约〉与恋爱诗》，最早提出对《诗经》的现代文学理解：

> 《旧约》是犹太教与基督教的经典，但一面也是古代希伯来的国民文学，正同中国的五经一样。《诗经》中间有许多情诗，小学生在书房里高声背诵；《旧约》的《雅歌》更是热烈奔放、神甫们也说是表神之爱的。但这是旧事重提，欧洲现今的情形便已不然了：美国神学博士模尔（G. F. Moore）在所著《旧约的文学》第二十四章内说：“这书（指《雅歌》）中反复申说的一个题旨，是男女间的热烈的官能的恋爱。……在一世纪时，这书虽然题着所罗门的名字，在严正的宗派看来不是圣经；后来等到他们发见——或者不如说加上——了一个譬喻的意义，说他是借了夫妇的爱情在那里咏叹神与以色列的关系，这才将他收到经文里去。”这几句话说的很是明了，可见《雅

---

① 参阅周作人《〈河南〉—〈新生〉甲编》，《周作人散文全集》第 13 卷，第 382 页；北冈正子《摩罗诗力说材源考》，何乃英译，北京师范大学出版社 1983 年版，第 1—4 页。

> 歌》的价值全是文学上的，因为他本是恋爱歌集；那些宗教的解释，都是后人附加上去的了。[①]

周作人在这里介绍了《旧约》的《雅歌》如何变成了圣经的一部分又如何被发现是文学的过程，可以借此理解《诗经》经学研究。《诗经》作为经学经典已被尊认两千余年，要对历史如此久远且被历朝历代奉为经典的典籍做“国民文学”、甚至是“情诗”的指认，不能不说是要冒天下之大不韪。这篇文章的主要内容看似都在介绍欧洲对《旧约》文学研究的事，在行文上周作人也尽量采用客观的态度，以事实说话，实际上想以此达到对《诗经》文学定性的目的，文章结尾还对经学研究者的盲目自大和故步自封有着辛辣而又含蓄的讽刺：“中国从前有一个‘韩文公’，他不看佛教的书，却做了什么《原道》，攻击佛教，留下很大的笑话。我们所以应该注意，不要做新韩文公才好。”[②]

此后不到十日，周作人又发表《圣书与中国文学》，更加系统地介绍外来圣书的文学研究，论述自己对《诗经》文学性质的理解：

> 新旧约的内容，正和中国的四书五经相似，在教义上是经典，一面也是国民的文学；中国现在虽然还没有将经书作文学研究的专书，圣书之文学的研究在欧洲却很普通，英国《万人丛书》（Everyman's Library）里的一部《旧约》，便题作《古代希伯来文学》。[③]

在把欧洲的“圣书之文学的研究”来类比中国经书研究后，周作人首先分析圣书和文学在精神层面的关系，“宗教上的圣书即使不当作文学看待，但与真正的文学里的宗教的感情，根本上有一致的地方”，“人类所有最高的感情便是宗教的感情；所以艺术必须是宗教的，才是最高上的艺术”。在如此铺垫之后，周作人才开始谈及欧洲圣书与中国文学的特别关系：

> 我们所注意的原在新的一方面，便是说圣书的精神与形式，在中国新文学的研究及创造上，可以有如何的影响；但旧的一方面，现今

① 周作人：《〈旧约〉与恋爱诗》，《周作人散文全集》第2卷，第291—292页。

② 同上书，第292页。

③ 周作人：《圣书与中国文学》，《周作人散文全集》第2卷，第298页。

欧洲的圣书之文学的考据的研究，也有许多地方可以作中国整理国故的方法的参考，所以顺便也将它说及。①

与多数新文学运动者关注“新”的方面不同，周作人关注的是“新”“旧”两方面。与1908年作《论文章之意义暨其使命因及中国近时论文之失》时那种对《诗经》经学研究持激烈的批判态度不同，此时周作人对《诗经》研究的态度更多一种理性思辨的味道：

我刚才提及新旧约的内容正和中国的经书相似……《诗篇》《哀歌》《雅歌》与《诗经》，都很有类似的地方；但欧洲对于《圣书》，不仅是神学的，还有史学与文学的研究，成了实证的有统系的批评，不像是中国的经学不大能够离开了微言大义的。②

周作人列举了美国神学博士谟尔（George F. Moore）在著作《旧约之文学》中对《旧约》所做的国民文学研究：

这《旧约》在犹太及基督教会的宗教的价值之外，又便是国民文学的残余，尽有独立研究的价值。这里边的杰作，即使不管著作的年代与情状，随便取读，也很是愉快而且有益；但如明了了它的时代与在全体文学中的位置，我们将更能赏鉴与理解它了。希伯来人民的政治史，他们文明及宗教史的资源，也都在这文学里面。③

在介绍了欧洲对圣书的文学研究后，周作人把议论的话题转向中国的经学研究：

中国的经学却是怎样？我们单以《诗经》为例；《雅》《颂》的性质约略与《哀歌》及《诗篇》相似，现在也暂且不论，只就《国风》里的恋爱诗拿来比较，觉得这一方面的研究没有什么满足的结果。这个最大原因大抵便由于尊守古训，没有独立实证的批判；譬如近代龚橙的《诗本谊》（1889出版，但系1840年作）反对毛传，但

① 周作人：《圣书与中国文学》，《周作人散文全集》第2卷，第301页。

② 同上。

③ 同上书，第301页。

> 一面又尊守三家遗说，便是一例……他这样大胆的人，也还不能完全摆脱束缚；倘若离开了正经古说训这些观念，用纯粹的历史批评的方法，将他当作国民文学去研究，一定可以得到更为满足的结果。这是圣书研究可以给予中国治理旧文学的一个极大的教训与帮助。①

周作人通过介绍欧洲圣书的文学研究，认为《诗经》可以当作“国民文学”来研究，这一提法为《诗经》由经学研究向文学研究的过渡首开风气。

周作人《圣书与中国文学》发表后不久，梁指南翻译的《英文圣经之文学价值》刊发于《北新》第2卷第14期，随后《小说月报》刊发英国 Prof. WH. Hudson 著，汤澄波和叶启芳合译的《圣经之文学的研究》(载《小说月报》第13卷第10号，1922年10月10日)，后郑振铎在1927年出版的《文学大纲》里专门设置章节讨论《圣经》的文学性，赵景深在1929年版的《浪漫主义与基督教》里讨论了浪漫主义文学与基督教之间的渊源关系，国内20世纪20年代逐渐形成了对《圣经》的文学研究风气，而对欧洲圣书的文学性理解自然为中国经书的文学性理解起到了张目的重要作用。周作人后，新文化运动健将钱玄同在《论诗经真相书》(1922) 中更是极端地说：“《诗经》只是最古的‘总集’，与《文选》、《花间集》、《太平乐府》等书性质全同，与什么‘圣经’是风马牛不相及的。这书的编纂，和孔老头儿也全不相干，不过他老人家曾经读过它罢了。”② 1925年，胡适发表《谈谈〈诗经〉》进一步为《诗经》定性：“《诗经》并不是一部圣经，确实是一部古代歌谣的总集，可以做社会史的材料，可以做政治史的材料，可以做文化史的材料。万不能说它是一部神圣经典。”③ 无论是周作人的“国民文学”，钱玄同的“总集”，还是胡适的“歌谣的总集”，这些说法在后人看去虽都有欠准确之处，但他们都共同强调《诗经》的文学性质，“五四”这些新文化运动先驱者改变了《诗经》的经学面目，开始自觉地从文学角度对其进行研究从文学角度进行研究和“变成文学”是两个问题，《诗经》时代尚无纯的文学观念而是一种总集，对其进行文学研究，是研究文学性，但不是说也只是文学，而在这种《诗经》研究的现代转变中周作人所起的开风气的作用可

---

① 周作人：《圣书与中国文学》，《周作人散文全集》第2卷，第303页。

② 顾颉刚编著：《古史辨》第1册，景山书社1926年版，第46页。

③ 胡适：《谈谈诗经》，《胡适全集》第4卷，安徽教育出版社2003年版，第603页。

谓非常重要。

三　对《诗经》经学研究的批判

单是介绍国外圣书的文学研究，并不能彻底解决《诗经》经学研究的问题。因此，周作人在介绍国外圣书的文学研究时，又在不断批判《诗经》的经学研究，同时警惕《诗经》文学研究中的新问题。

在1922年作的《诗的效用》一文中周作人说：

> 《圣经》上的故事诚然是艺术的高尚作品，但是大多数的人是否真能艺术的了解赏鉴，不免是个疑问。我们参照中国人读经书的实例，推测基督教国的民众的读圣经，恐怕他的结果也只在文句之末，即使感受到若干印象，也为教条的传统所拘，仍旧貌似而神非了。譬如中国的《诗经》，凡是"读书人"无不读过一遍，自己以为明白了，但真是知道《关雎》这一篇是什么诗的人，一千人里还不晓得有没有一个呢。[①]

如果是以读经的方式读《诗经》，再怎么读也无法触及《诗经》原本的真味、脉搏，如果不打破对《诗经》的经学理解范式，再多的读书仍会被拘禁在经学苑囿中无法自拔。只有先在观念上突破《诗经》"经"的面目，才有可能在《诗经》中读出文学的精神来。要突破《诗经》的经学面目，首先要批判孔子以降的"业儒"们附加在《诗经》上的经学大义，因此周作人在1922年的《古文学》中说：

> 我们既然认定研究古文学为权利而非义务，所以没有服从传统的必要。我们读古代文学，最妨碍我们的享乐，使我们失了正解或者堕入魔道的，是历来那些"业儒"的人的解说，正如玉帛钟鼓本是正当的礼乐，他们却要另外加上一个名分的意义一般，于是在一切叙事抒情的诗文上也到处加了一层纲常名教的涂饰。《关关雎鸠》原是好好的一首恋爱诗，他们却说这是"后妃之德也，风之始也，所以风天下而正夫妇也"。《南有樛木》也是结婚歌，却说是"后妃逮下也，言能逮下而无嫉妒之心也"。经了这样的一番解说，那业儒者所崇拜的多妻主义似乎得了一重拥护，但是已经把诗的真意完全抹杀，倘若

① 周作人：《诗的效用》，《周作人散文全集》第2卷，第523页。

> 不是我们将他订正，这两篇诗的真价便不会出现了。……我们若是将《诗经》旧说订正，把《国风》当作一部古代民谣去读，于现在的歌谣研究或新诗创作上一定很有效用，这是可以断言的。中国历代的诗未尝不受《诗经》的影响，只因有传统关系，仍旧囚在“美刺”的束缚里，那正与小说的讲劝惩相同，完全成了名教的奴隶了。……中国文艺上传统的主张，正是这虚憍的“为名教的艺术”；这个主张倘不先行打破，冒冒失失地研究古代文学，非但得不到好处，而且还要上当，走入迷途，这是不可不用心警戒的事。①

周作人的此番批评不光是沿着前面几篇文章中的观念进一步来消解《诗经》经学的价值承载，此处来强调“文学”，更重要的是进一步对传统《诗经》经学的研究范式、方法、观念进行解构。这种对研究方法、观念的解构使《诗经》经学研究在当代失去了合法性依据，也是在更深层面消解《诗经》“经”的性质。这种在研究方法上进行的批判，使周作人能够更深入地看到《诗经》经学研究中的问题，更能看到现代《诗经》文学研究所受的传统经学潜移默化的束缚。周作人所担心的这种新问题，恰在后来被尊为五四《诗经》研究大家——胡适的文章《谈谈〈诗经〉》中显露出来。

1925 年，胡适发表《谈谈〈诗经〉》，提出《诗经》为“一部古代歌谣的总集”的说法，进一步消解两千年来奉为神圣经典的《诗经》身上的神圣光环。胡适的“古代歌谣的总集”的提法也是对周作人《诗经》“国民文学”、“古代民谣”说的一种呼应，其对后来《诗经》研究影响重大，但就是在这样一篇非常重要的文章中，周作人看出了胡适所受传统《诗经》经学研究的影响。1925 年 12 月周作人发表批评文章《谈〈谈谈诗经〉》说：

> 《野有死麇》胡先生说是男子勾引女子的诗，自然是对的，但他以为吉士真是打死了鹿以献女子，却未免可笑。……胡先生说：“《葛覃》诗是描写女工人放假急忙要归的情景。”我猜想这里胡先生是在讲笑话，不然，恐怕这与“初民社会”不合。……胡先生只见汉口有些纱厂的女工的情形，却忘记这是两千年前的事了。倘若那时也有女工，那么我也可以说太史坐了火车采风，孔子拿着红蓝铅笔删

① 周作人：《古文学》，《周作人散文全集》第 2 卷，第 525—526 页。

> 诗了。《嘒彼小星》一诗，胡先生说“是妓女星夜求欢的描写”，引《老残游记》里山东有窑子送铺盖上店为证。①

胡适是从人类学或民俗学的角度解《野有死麇》，但周作人不但看到民俗一面，也知道民俗演化过程中，留言而失实的情状。周作人批评胡适的解诗，过于咬实文字，由于要一味咬实反，致穿凿附会，不符合当时社会情形。这样的“用社会学说诗”以求“篇篇咬实”的研究方法、思路，在周作人看来正是“中着传统之毒”的表现。周作人批评的重心自然并不是批评胡适这些看法的不恰当，而是重在批评类似胡适这样的文学解诗中难免出现的传统经学解诗的影响。胡适的《诗经》研究还没有用文学的思维读《诗经》，以实证思想为主导的《诗经》文学研究不仅减少了《诗经》作为诗歌的意蕴，而且又形成了一种新的“武断”；而周作人能在胡适这样的极力批判《诗经》经学研究的研究者的论作中看到其反传统与传统本身的深层关系，这需要力透纸背的功力，这种功力实非一般人能具有。

周作人提出阅读《诗经》的方式可以是“不求甚解”，“因为甚解多不免是穿凿”，对某些不能完全明了的“阙疑”“不求甚解”的态度，一方面符合对文学的模糊性理解，符合文学阅读中对读者感性审美的重视，一方面又符合文学研究的科学性，在模糊性中保证了《诗经》作为文学作品的丰厚意蕴。传统《诗经》研究者，在寻求他们自认为存在的“微言大义”时，自己的思想被完全束缚，自然也用这样的思想束缚一代又一代《诗经》读者的思想，而一味求新求变革的现代《诗经》研究者也极易重蹈覆辙。在“五四”新文化中提出“人的文学”的周作人，时刻提防着这种传统经学之毒，“守旧的固然是武断，过于求新者也容易流为别的武断。”②

第二节　《诗经》文学研究源流的建构

对《诗经》的文学性有了认识后，还必须要拿出切实的研究成果，才可以巩固阵地。因此在确认《诗经》的文学性质后，周作人逐渐开始

---

① 周作人：《谈〈谈谈诗经〉》，《周作人散文全集》第4卷，第373—374页。

② 同上书，第375页。

建构《诗经》文学研究的体系。在《诗经》由经学向文学的转变过程中，与单纯求新求变革而全盘否定传统《诗经》经学研究者不同，周作人依据“人的文学”思想提出要“正式读经”：

> 把儒教的重要的经典，例如易，诗，书，一部部地来讲读，照在现代科学知识的日光里，用言语历史学来解释它的意义，用“社会人类学”来阐明它的本相，看它到底是什么东西，此其一。在现今大家高呼伦理化的时代，固然也未必会有人胆敢出来提倡打倒圣经，即使当日真有“废孔子庙罢其寺”的呼声，他们如没有先去好好地读一番经，那么也还是白呼的。[①]

要先把这些经典“照在现代科学知识的日光里”才可能避免中了传统的毒，但如果仅仅有革命的“呼声”而不去认真地“好好地读一番经”，对传统经学的批判不仅击不中要害，甚至还会走向传统经学。

“五四”新文学运动者依据外来现代思想，对传统文学观念、《诗经》经学性质进行了颠覆性批判，而到新文学站稳脚跟后，他们面临的是对新文学、中国文学的重新建构。作为反传统先驱者，周作人在走过筚路蓝缕、披荆斩棘的开拓性路程后，现在又要一头扎进浩如烟海的传统经典中感受毒性、披沙拣金，要在传统《诗经》研究中发掘出新质。周作人希望有切切实实的学术研究来打破传统经学的束缚，因为只有真正进入传统《诗经》的经学研究才能感知其“毒”性，也才能挑出金子，这样的读经是一种真革命。我们在此还需要注意的是，用“现代科学知识”的眼光读经，重构传统文学，其精神不同于在“五四”新文学运动前在传统文学中寻找现代突破，一倒一顺，两种眼光看到的传统文学是不一样的。在后者的眼光中看传统文学的现代突破不可避免地会带上长长的传统文学的拖影，显示出突破传统文学的艰难性，而在前者的眼光中，这种重构由于是完全摆脱了传统文学的束缚，完全是一种新眼光，一种自主的选择，其对传统文学的发见、挑拣、构建将具有更明显的现代性。

周作人这样的认真读经大约开始在1928年发表《闭户读经论》前后，此后近20年时间中，对中国传统文学的发见与诠释是周作人散文创作中最重要的内容。但周作人的这种姿态在旁人看来似有复古的倾向，尤其在当时社会思潮倾向激进时，周作人此后的姿态让年轻的读者看去似在

---

① 周作人：《论八股文》，《周作人散文全集》第5卷，第657页。

开历史的倒车，周作人由原来的“叛徒”变成消极、保守的“隐士”了，他们难以体会到周作人这种转变的重要性。“闭户读经”后，周作人对《诗经》的研究主要集中在发掘《诗经》传统经学研究中的文学研究材料，并在中国传统《诗经》经学研究中梳理出了一条《诗经》文学研究的线索。

持“人的文学”观，周作人认为《诗经》是“国民文学”“古代民谣”，所以他强调理解《诗经》，须要懂人情物理，而不是探寻微言大义。《颜氏家训·文章》中云：“《诗》云，萧萧马鸣，悠悠旆旌，《毛传》云，言不喧哗也。吾每叹此解有情致，籍诗生于此意耳。”周作人对这两者解诗赞叹说：“此是很古的诗话之一，可谓要言不烦，抑又何其‘有情致’耶，后来作者卷册益多，言辞愈富，而妙悟更不易得，岂真今不如古，亦因人情物理难能会解，故不免常有所蔽也。”① 周作人强调解诗首先要懂人情物理，只要懂人情物理，便无论是古人还是今人，无论是经师还是业儒，都是周作人搜寻认可的对象，这种开放的眼光使其不为“五四”时期激进反传统思想所束缚。

最能体现人情物理的解诗者，周作人首先发现的是清代郝懿行和夫人王照圆。在《郝氏〈说诗〉》中周作人说，“清朝女作家中我觉得最可佩服的是郝懿行的夫人王照圆”，“王说之能体察物理人情，真有解颐之妙”。周作人大段摘引《诗说》《诗问》中有关王照圆解诗的内容，如：

> 瑞玉问：女心伤悲应作何解？余曰：恐是怀春之意，《管子》亦云，春女悲。瑞玉曰，非也，所以伤悲，乃为女子有行，远父母故耳。盖瑞玉性孝，故所言如此。余曰，此匡鼎说诗也。

又如：

> 《七月》“遵彼微行”注云：余问，微行，传云墙下径？瑞玉曰，野中亦有小径。余问，遵小径以女步迟取近耶？曰，女子避人尔。

再如：

> 瑞玉因言，《东山》诗何故四章俱云零雨其濛，盖行者思家惟雨

① 周作人：《〈颜氏家训〉》，《周作人散文全集》第6卷，第270页。

> 雪之际尤难为怀，所以《东山》劳归士则言雨，《采薇》之遣戍则言雪，《出车》之劳还率亦言雪。①

周作人认为王照圆解诗"虽不必确，亦殊有意趣，此种说经中有脉搏也。"后又成段成段地摘引，其中有对《氓》中"三岁食贫""总角之宴"、《丘中有麻》《风雨》《溱洧》中诗句的解读，周作人都是在强调王照圆解诗中对"人情物理"的细微体察。同时周作人也赞赏王照圆解诗时的见识，王照圆从《诗经·东山》"自我不见，于今三年"一语中深感周公之"悯归士"，同时"知越王勾践之生聚其民，不过欺卖之耳"，周作人认为王照圆"此语殊有见识，即士大夫少有人能及"，可见对其之佩服。王照圆解诗不为传统诗教束缚，其中有自己真性情，如此也才可有自己识见，这深为周作人所喜欢。另外，周作人还佩服王氏解诗对"训诂名物亦多新意，而又多本于常识。故似新奇而实平实"。我们把上文周作人对王照圆解诗的认同做一梳理，可以看到周作人所认可的文学解诗，首先要能够"体察物理人情"，其次要有"意趣"，第三是要"有见识"。符合此标准的解诗才是文学解诗，这样的解诗才不会陷入解诗时妄说微言大义的桎梏中去，这样的解诗中才有生命的"脉搏"。在《郝氏〈说诗〉》中，周作人还引《诗说》数条：

> 《七月》诗中有画，《东山》亦然。
>
> 古人文字不可及处在一真字，如《东山》诗言情写景，亦止是真处不可及耳。
>
> 有敦瓜苦，烝在栗薪。触物惊心，曷胜今昔之感，所谓尽是刘郎去后栽者也。二句描写村居篱落间小景如画，诗中正复何所不有。
>
> 晋人论诗，亟赏昔我往矣，杨柳依依，今我来思，雨雪霏霏，及讦谟定命，远犹辰告，以为佳句。余谓固然，佳句不止此也，如鸡栖于埘，日之夕矣，牛羊下来，写乡村晚景，睹物怀人如画。又如蒹葭苍苍，白露为霜，所谓伊人，在水一方，渺然有天际真人想。其室则迩，其人则远，渺渺予怀，悠然言外。东门之栗，有践家室，止有践二字便带画景。至如汉之广兮，不可泳思，江之永兮，不可方思，尤所谓别情雲属，文外独绝者也。②

① 周作人：《郝氏〈说诗〉》，《周作人散文全集》第6卷，第853—855页。

② 同上书，第855—856页。

周作人欣赏郝懿行论诗，不光看重普通人眼中的日常景物及人之常情，还注重诗中情感和景物的关系，诗歌与画的关系，诗歌感情的真实性，这些讨论正是新文学发端期所关涉的重要内容。郝懿行作为清代著名经学家，王照圆作为其夫人，一女性，解读《诗经》能做到如此通达，有文学性，让周作人对其二人《诗》论非常看重，在此后的文章中多次引用、提及。

后来周作人又作《文人之行》[①]，介绍经师张尔岐（1612—1678，号蒿庵）的《蒿庵闲话》，文中提到张尔岐对《女曰鸡鸣》第二章“琴瑟在御，莫不好静”的理解。张尔岐说：“盖诗人一面叙述，一面点缀，大类后世弦索曲子，三百篇中述语叙景，错杂成文，如此类者甚多，《溱洧》及《鸡鸣》皆是也。”周作人认为“近世说《诗》唯姚首源及郝懿行夫妇颇有思致，关于《女曰鸡鸣》亦均未想到，蒿庵所说算是最好了”。对《溱洧》，姚际恒解诗：“序谓淫诗，此刺淫诗也，篇中士女字甚多，非士与女所自作明矣。”郝懿行云：“序云，刺乱也。瑞玉曰，郑国之俗，三月上巳修禊溱洧之滨，士女游观，折华相赠，自择昏姻，诗人述其谣俗尔。”在引述上二人解诗后周作人说：“王夫人所说新辟而实平妥，胜于姚君，诗人述其谣俗与旁人述所闻所见而成章，大意相同，而蒿庵复以弦索曲子比三百篇，则说得更妙，《闲话》二卷中此小文当推压卷之作了。”姚际恒言“刺淫诗”，一反《诗序》“淫诗”之说，但仍是在道德范围内谈诗，王照圆脱离了道德评价，从民风民俗看，言其诗在“述其谣俗尔”，近于实证，而张尔岐是从诗歌的书写方式上进行解说，更近文学内在分析，周作人对其三人解诗的分析可谓步步深入，层次分明。

此后周作人又发掘出明代戴君恩的《读〈风〉臆评》和清代陈继揆的《读〈风〉臆补》。周作人查到《四库书目提要》对戴君恩的《读〈风〉臆评》的批评：“是书取《诗经·国风》加以评语，纤仄佻巧，已渐开竟陵之门径，其于经义固了不相关也。”而周作人反认为：“《四库提要》的贬词在我们看来有些都可以照原样拿过来，当作赞词去看，如这里所云于经义了不相关，即是一例。我们读《诗经》……要注重把他当作文学看，切不可奉为经典，想去在里边求教训。”[②] 在具体诗评中，周作人很赞赏戴君恩对朱熹诗注过于求实、求道德评价的批评，欣赏戴氏、陈氏多引后人诗句来说诗的手法，在文中连引六例，赞赏这种“以诗说

① 周作人：《文人之行》，《周作人散文全集》第7卷，第91页。

② 见周作人《〈读《风》臆补〉》，《周作人散文全集》第7卷，第437页。

诗”中的“风致”，实是以文学性的方式——类比、暗示、象征、体验等方式来说诗歌，而非用考证、训诂的方式解诗，使《诗经》解诗有了更多的文学特性，而不是科学特性。另外，周作人还发现陈继揆解诗“别有一特色，为前人所无，即对于乱世苛政之慨叹”，陈氏的慨叹是真实感情的表白，是感同身受的伤叹，是把自己全身心投入诗歌内里后的共鸣。这点正是一个读者完全不受《诗经》所谓微言大义束缚后的真实情感，在举例多条后，周作人很有同感地说：

> 不佞小时候读《诗经》，苦不能多背诵了解，但读到这几篇如《王风》“彼黍离离”、“中谷有蓷”、“有兔爰爰”，《唐风》“山有枢”，《桧风》“隰有苌楚”，辄不禁愀然不乐。同时亦读唐诗，却少此种感觉，唯“垂死病中惊坐起”及“毋使蛟龙得”各章尚稍记得，但也只是友朋离别之情深尔，并不令人起身世之感如《国风》诸篇也。兴观群怨未知何属，而起人感触则是事实，此殆可以说是学诗之效乎。[①]

在这点上来说，周作人强调读诗引发的真感情，强调诗歌的抒情性，而不是强调经学中的大义或是道德，其真感情和抒情性也是文学性的表现。为此，周作人又说：

> 戴陈二君的书却仍有其价值，要读《诗经》的人还当一看，盖其谈《诗》只以文学论，与经义了不相关，实为绝大特色，打破千余年来的窠臼。中国古来的经书都是可以一读的，就只怕的钻进经义里去，变成古人的应声虫，《臆评》之类乃正是对症的药。[②]

清人牛空山的《诗志》是周作人发现的又一对象，周作人甚是喜欢，认为其书是不易得的真书。牛空山在《豳风·东山》后有批语云：

> 情艳之事与军人不相关，慰军人却最妙。虫鸟果蔬之事与情艳不相关，写情艳却最妙。凯旋劳军何等大关目，妙在一字不及公事。一篇悲喜离合都从室家男女生情。开端敦彼独宿，亦在车下，隐然动劳

---

① 见周作人《〈读《风》臆补〉》，《周作人散文全集》第7卷，第440—441页。

② 同上书，第441页。

人久旷之感。后文妇叹于室，其新孔嘉，倦倦于此三致意焉。夫人情所不能已圣人弗禁，东征之士谁无父母，岂鲜兄弟，而夫妇情艳之私尤所缱切。此诗曲体人情，无隐不透，直从三军肺腑们摅一过，而温挚婉恻，感激动人，悦以使民，民忘其死，信非周公不能作也。[①]

周作人认为："这几节话在牛空山只是读诗时感到的意思批在书眉上，可是说得极好，有情有理，一般儒生经师诗人及批评家都不能到这境地，是很难得的。"[②] 周作人赞赏牛空山对人情与文学审美情趣之关系的细微体察和独特认识。

到1937年，周作人又找出了明末贺贻孙、万茂先等人的诗论，并对古人文学性解诗的线索进行了完善。贺贻孙解诗，周作人虽然也说其"说《诗》仍从序说，虽然只取古序发端一语，以为此外皆汉儒续增不尽足据，其解释《诗》旨难得有新意思也是当然的"，但周作人却在其中发掘出贺贻孙文学解诗"颇多妙语"。如《卫风》"氓之蚩蚩"，虽然周作人并不认同贺贻孙"仍遵序云刺时"之说，但解诗的具体内容很让周作人喜欢。贺贻孙解诗说：

此篇与《谷风》篇才情悉敌，但《谷风》词正，此诗词曲，《谷风》怨而婉，此诗愿而婉。其旨微异耳。且其列叙事情，如首章幽约，次章私奔，三章自叹，四章被斥，五章反目，六章悲往，明是一本分出传奇，曲白关目悉备，如此丑事却费风人竭力描写，色色逼真，所谓化工，非画工也。今或从注说，谓必淫妇人自作乃能委悉如此，不知今古弃妇吟经曹子建辈锦心绣肠从旁揣摩，比妇人声口尤为酸楚，况抱布贸丝车来贿迁，分明是出像《会真记》，岂有妇人自供之理。

钟伯敬曰，子无良媒，谑之也，奔岂有媒乎。将子无怒，秋以为期，亦谑之也，盖贸丝春时事也，此时已许之矣，故又谑之。古今男女狎昵，情词不甚相达，但口齿蕴藉，后人不解，遂认真耳。[③]

这段文字先是从风格角度对比《氓》与《谷风》的细微差别；后又

---

① 周作人：《老年的书》，《周作人散文全集》第7卷，第650页。

② 同上。

③ 见周作人《贺贻孙论诗》，《周作人散文全集》第7卷，第756页。

从诗歌的叙事人手谈论诗歌构成，更有对传统诗序淫妇悔过之说的大胆批评，认为此诗是男性作家的揣摩之作，而“男女狎昵，情词不甚相达”之说更是对男女情感极细微的体味，发前人所未发，一举进入诗歌的内在分析，文学审美中带有生命脉搏。周作人盛赞如此文学解诗“气象平易阔宽”，“能够把《诗经》当作文艺看，开后世读诗的正当门径。”①

对周作人发现的《诗经》文学解读材料做一梳理，可以较清晰地看到周作人解诗看重的是文学性。以“人的文学”为核心价值，一面依据现代“人”的思想情感认为《诗经》为“国民文学”“古代民谣”，重前人解诗中对“人情物理”“见识”中生命“脉搏”的细微体察，一面依现代“文学”观重构《诗经》学中的文学审美研究，重前人诗论中情与景、诗与画、叙述风格、叙事结构、“以诗说诗”方式等诗歌内在的审美情趣。无论是对历代解诗材料的选择和再批评，还是对诗歌本身内部审美的探讨，周作人的着眼点始终都在《诗经》的文学性上。周作人的《诗经》文学研究，体现出《诗经》由经学研究向《诗经》内部文学研究的早期转变过程，研究范式的转变也体现出中国传统文学资源的现代转化。

周作人重新读经，不单要在传统《诗经》学中发掘文学解诗材料，更是企图构建出《诗经》文学解读的源流。依据自己所理解的文学性解诗，周作人最先把这种文学解诗的源头由清代上推到明代：

> 不将三百篇当作经而只当作诗读的人自古至今大约并不很多，至少这样讲法的书总是不大有，可以为证，若戴君者真是希有可贵，不愧为竟陵派的前驱矣。清代的姚首源著《诗经通论》，略可相比，郝兰皋以经师而能以文学说诗，时有妙解，亦是难得。今知咸丰中尚有陈君，律以五百年一贤犹比膊也之言，可谓此诗学外道之德亦并不怎么孤了。②

在发现了明代戴君恩、清初张尔岐、清代姚际恒、郝懿行、陈继揆等人后，1937 年，周作人又找到了明末贺贻孙、万茂先等人的诗论，对传统《诗经》学中文学解诗的历史脉络再做建构：

> 把《诗经》当作文艺看，开后世读诗的正当门径此风盖始于钟

① 见周作人《贺贻孙论诗》，《周作人散文全集》第 7 卷，第 755 页。

② 周作人：《〈读《风》臆补〉》，《周作人散文全集》第 7 卷，第 437—438 页。

伯敬，历戴忠甫、万茂先、贺子翼，清朝有姚首源、牛空山、郝兰皋以及陈舜百，此派虽被视为旁门外道，究竟还不落寞。①

经周作人这样的发掘整理，传统《诗经》经学研究中的文学研究脉络渐显清晰。

需要说明的是，周作人在建构《诗经》文学研究的源流时又一再提醒说，明清《诗经》的文学性解读，是依附在《诗经》经学解读中的，缺少自觉独立性，对《诗经》的文学看法在经学统治的世界中被“以外道相待”，“不认为正当的说法”，因此他认为这些经师能对《诗经》做文学解说，显得非常稀有可贵。周作人有如此说法，是深感于20世纪30年代新文艺都讲了二十年后仍“没有一部用新眼光解说的《诗经》”，而前人《诗经》文学解读的著述“现今绍述无人”，以致一部《诗经》仍佝偻在经学下难现文学真面目，中国的文艺复兴空有口号而无实际建树的文艺现状，因此他才不顾别人对自己的各种误解、诟病、攻击②，闭户埋头读经十余年，可谓用心良苦。

传统《诗经》研究的最终目的并不在诗歌本身，而在诗歌本身之外的微言大义，当其被定位为经开始，它就被赋予了这种外在的神圣的意义，因此历代研究者研究《诗经》总是要通过《诗经》这个载体寻找外在于诗的价值意义。到近代以来，《诗经》研究开始由经学向文学转变。“五四”之前，王国维在20世纪之初也曾用现代美学观念对《诗经》作过审美观照③，梁启超也认为姚际恒、崔述、方玉润独立于传统的汉学、宋学之外，不专主一家，称他们是“举叛旗的人”④，他们的论述中已包含对《诗经》做文学研究的萌芽，但他们并没有明确提出《诗经》的文学研究。“五四”新文学运动后的事，是“五四”学人的共同努力逐渐改变了《诗》是“经”的面目，最终明确了《诗经》的文学面目。在这种

① 周作人：《贺贻孙论诗》，《周作人散文全集》第7卷，第755页。

② 20世纪30年代，贺凯批评周作人是一个思想没有跟上时代的“资产阶级的说教者”，“幽闲趣味的赏鉴者”（见贺凯著《中国文学史纲要》，北平文化学社1931年12月版）。曹聚仁认为周作人经历了从“浮躁凌厉”到“思想消沉”的思想变迁（见曹聚仁《周作人先生的自寿诗——从孔融到陶渊明的路》，《申报·自由谈》1934年4月24日）。许杰代表左翼批评家立场批评“周作人是一个中庸主义者。他虽然是一个新文坛上的人物，但实在却是穿上近代的衣裳的士大夫”（见许杰《周作人论》，《文学》第3卷第1号，1934年7月1日）。

③ 参见夏传才《二十世纪诗经学》，学苑出版社2005年版，第64—67页。

④ 梁启超：《清代学者整理旧学之总成绩》，商务印书馆1999年版，第13页。

努力中，胡适的《诗经》“是一部古代歌谣的总集”说影响巨大，胡适把《诗经》从传统经学神坛上拉回到歌谣总集的日常生活中，但胡适对这一“古代歌谣总集”的关注并不完全在文学方面，而是这部总集“可以做社会史的材料，可以做政治史的材料，可以做文化史的材料”，这种提法并不能把《诗经》从经学研究导向文学研究。同时期顾颉刚等人对《诗经》的考辨也是在打破《诗经》是“圣经贤传”的权威地位，论证《诗经》“古代歌谣总集”的面貌，但其关注点也不在《诗经》的文学研究方面。胡适等人的社会学研究使《诗经》的经学研究转变为社会文化研究，其在打破传统经学束缚，极大解放《诗经》的现代研究方面起到了非常重要的作用，但在《诗经》的文学研究方面，他们并没有取得直接的研究效果。“五四”时期，《诗经》文学研究取得重大成绩者要算郭沫若、鲁迅、俞平伯等人[①]，但首次明确地并一直以《诗经》文学性为关注对象的人应算是周作人，更重要的是周作人的论诗一直是在《诗经》内部展开，并且与当时一些激进的反传统思想的《诗经》研究者大不相同，接受了外来异质文学观的周作人并不完全否定传统《诗经》经学研究中的文学研究，而是以现代的文学标准重新回到传统中寻找重构《诗经》的文学研究，这种“照在现代科学知识的日光里”的对传统《诗》学的现代转化更具有坚实的基础。周作人在五四时期，以“人的文学”标准定性《诗经》的文学性后，一直坚持在《诗经》内部展开文学审美的诗论，发掘前人的文学解诗，构建文学解诗源流，警惕现代解诗的非文学倾向，向后人指出了《诗经》文学研究的自觉之路。然而，1937 年抗战爆发后，民族存亡的危机让“输入学理”后的中国文学再难以进行“再造文明”的建设，中国传统文学现代转化的工作被迫中断，50 年代后，越发激进的文化思潮占据主导地位，直到 20 世纪末新世纪初，中国文艺复兴的工作才被重新接续。21 世纪，《诗经》的文学研究还存在“尚未完全从经学的阴影中摆脱出来”[②] 的问题，有些研究仍是“上了善于从儒家经书中发现微言大义的经师的当”，这样的研究自是和文学了无相关。同时，新

① 参见夏传才《二十世纪诗经学》，学苑出版社 2005 年版，第 103 页。

② 赵逵夫：《〈诗经〉研究的过去、现在和未来》，《西北师范大学学报》2006 年第 3 期。

世纪学者提出《诗经》的性质既是“诗”又是“经”[①]，在重新认同传统《诗经》经学研究的价值时，也更加明确地提出《诗经》的文学性来。对此，可以感受到周作人首次从传统经学中自觉地去发掘《诗经》的文学研究的工作在一个世纪后终有了切实的研究成果。

第三节 《诗经》中的生物考证与伦理自然化

周作人《诗经》研究的另一主要方面是对虫鱼鸟兽花草树木训诂的考证。生物研究可为《诗经》的文学研究提供相关的基础知识，虽然它本身并不是文学研究，但周作人对其的关注实际包含的是对“人”的现代关怀。

周作人对生物学的重视最先体现在1919年发表的《祖先崇拜》中，周作人说，“我不信世上有一部经典，可以千百年来当人类的教训的，只有纪载生物的生活现象的 Biology 才可供我们参考，定人类行为的标准。”[②] 1933年发表《〈蠕范〉》，周作人再次引述此段话，并解释说：

> 这是民八所写小文《祖先崇拜》里的几句话，至今我却还是这样想。万物之灵的人的生活的基础依旧还是动物的，正如西儒所说过，要想成为健全的人必须先成健全的动物，不幸人们数典忘祖，站直了之后增加了伶俐却损失了健全。鹿和羚羊遇见老虎，跑得快时保住性命，跑不脱便干脆的被吃了，老虎也老实的饱吃一顿而去，决没有什么膺惩以及破邪显正的费话。在交尾期固然要闹上一场，但他们决不借口无后为大而聚麀，更不会衔了一块肉骨头去买母狗的笑，至于鹿活草淫羊藿这种传说自然也并无其事。我们遏塞本性的发露，却耽溺于变态的嗜欲，又依恃智力造出许多玄妙的说明，拿了这样文明人的行为去和禽兽比较，那是多么可惭愧呀。人类变为家畜之后，退化当然是免不掉的，不过夸大狂的人类反以为这是生物的标准生活，

---

① “‘诗’是它自身的素质，而‘经’则是社会与历史赋予它的化角色。……作为‘诗’，它传递的是先民心灵的信息：而作为‘经’，它则肩负着传承礼乐文化、构建精神家园的伟大使命。”参见刘毓庆的《从文学到经学》《从经学到文学》等著作，赵敏俐《20世纪〈诗经〉研究中的几个问题》等文章。

② 周作人：《祖先崇拜》，《周作人散文全集》第2卷，第129页。

> 实在是太不成话了。要提醒他们的迷梦，最好还是吩咐他们去请教蚂蚁，不，不论任何昆虫鸟兽，均可得到智慧。读一本《昆虫记》，胜过一堆圣经贤传远矣，我之称赞生物学为最有益的青年必读书盖以此也。[①]

周作人对《诗经》中虫鱼鸟兽花草树木训诂的重视或源于此，通过认识生物的生活现象来比照人类行为。周作人的这种思想在当时社会中显得有些落伍、保守，因为晚清到民国初年的社会思潮皆在谈社会改革和社会革命，尤其是严复《天演论》中对达尔文生物进化论的介绍，加上社会进化论思潮其时尤为盛行，人们都认为从生物到人类社会是在往前发展。站在今天反思现代化的立场上，我们看到社会文明生态在不断恶化，而看似保守的周作人通过对生物本来状态的探究，不光是对抗经学对人生活意义的人为设定，更是要实现“伦理之自然化”，这种思考是极富深刻性和洞察力的。

1934年周作人在《〈花镜〉》一文中对传统《诗经》研究中对名物考证的研究进行了粗略的梳理，提到的著作有清代陈子的《秘传花镜》，徐鼎的《毛诗名物图说》，陈大章的《诗传名物集览》，赵佑的《校正》，焦循的《陆疏疏》，丁晏的《校正》，明代毛晋的《广要》，日本人江村如圭的《诗经名物辨解》，渊在宽的《陆疏图解》，民国罗振玉的《新校正》等。而《秘传花镜》作者，“他不像经学家的考名物，专坐在书斋里翻书，征引了一大堆到底仍旧不知道原物是什么。他把这些木本藤本草本的东西一一加以考察，疏状其形色，说明其喜恶宜忌，指点培植之法，我们读了未必足为写文字的帮助，但是会得种花木，他给我们以对于自然的爱好。”有“对于自然的爱好”，才有对生物现象的认识，也才有对人类行为标准的参照。周作人十几岁始就喜欢《秘传花镜》，直到晚年，他对这本书的“爱好之心始终未变”。[②]《秘传花镜》是一本花木栽培方面的园艺书，但它教给周作人的却不是如何种花，而是对自然的热爱，周作人早期对《秘传花镜》此类书的喜爱培养了周作人对草木虫鱼的极大兴趣。

然而另一方面，中国传统道教化与伦理化的自然观，如雀入大水为蛤、腐草化为萤、乌反哺、羔羊跪乳等，却常常使他感到困惑，为此他曾不止一次地抱怨中国没有真正的生物学，便“只好到外国书中去找寻

---

① 周作人：《〈蠕范〉》，《周作人散文全集》第6卷，第184—185页。

② 见周作人《生物学——我的杂学（九）》，《周作人散文全集》第9卷，第209页。

了”。他最初找到了怀特（G. White）的《塞耳彭自然史》，其后又得到了法布尔（J. H. Fabre）的《昆虫记》，后来还有威尔斯（H. G. Wells）、赫胥利（Sir J. S. Huxley）、汤姆森（J. A. Thom · son）、斯密斯（R. B. Smith）等人的著作。对国外这些博物学家书籍的接触增添了他对生物学的理解。周作人对于国外生物学的兴趣并不是一般的介绍，虽然不能排除纯粹的个人爱好，但“寻求教训”也是他从事这类杂学的目的之一。在《我的杂学》中，周作人借用《论语》上的话说，多识鸟兽草木之名，“可以兴，可以观，可以群，可以怨，迩之事父，远之事君”，他要从生物学中寻求人类的教训，生物学的知识未始不可以作为整个人生问题研究的参考资料，“定人类行为的标准”[①]。他告诫说“人类的生存的道德既然本是生物本能的崇高化或美化，我们当然不能再退缩回去，复归于禽道，但是同样的我们也须留意，不可太爬高走远，以至与自然违反。”[②] 按照周作人自己的说法，这种对《诗经》中生物学的关注：一是求伦理之自然化，二是求道义之事功化。

1934年周作人又发现了《百廿虫吟》，认为其“大有益于格物之学”，“其一是生物的生态之记录，于学术不无小补，其次是从这些记录里看出生物生活的原本，可以做人生问题的参考。”文中重要的是周作人有关生物学研究意义和现有研究状况的论述：

> 平常大家骂人总说禽兽，其实禽兽的行为无是非善恶之可言，乃是生物本然的生活，人因为有了理智，根本固然不能违反生物的原则，却想多少加以节制，这便成了所谓文明。但是一方面也可以更加放纵，利用理智来无理的掩饰，此乃是禽兽所不为的勾当，例如烧死异端说是救他的灵魂，占去满洲说是行王道之类是也。我们观察生物的生活，拿来与人生比勘，有几分与生物相同，是必要而健全的，有几分能够超出一点，有几分却是堕落到禽兽以下去了：这样的时常想想，实在是比讲道学还要切实的修身工夫，是有新的道德的意义的事。[③]

而传统《诗经》经学研究中：

---

① 见周作人《祖先崇拜》，《周作人散文全集》第2卷，第130页。

② 见周作人《梦想之一》，《周作人散文全集》第9卷，第109页。

③ 周作人：《百廿虫吟》，《周作人散文全集》第6卷，第354页。

> 不知道有多少年来中国读书人的聪明才力都分用在圣道与制艺这两件物事上面，玩物丧志垂为重戒，虽然经部的《诗》与《尔雅》，医家的《本草》，勉强保留一点动植物的考察，却不能渐成为专门，其平常人染指于此者自然更是寥寥了。①

传统《诗经》经学研究中都要在花鸟虫语中附加道德伦理："中国人拙于观察自然，往往喜欢去把他和人事连接在一起。最显著的例，第一是儒教化，如乌反哺，羔羊跪乳，或枭食母，都一一加以伦理的解说。第二是道教化，如桑虫化为果蠃，腐草化为萤，这恰似'仙人变形'，与六道轮回又自不同。"② 即使是朱熹解说，也不识"燕燕""鹌鹑"等鸟兽而"凡鸟兽草木尽袭旧注"，毛奇龄在《诗说·鸟鸣卷》中就讥讽朱子格物多"意为之"。为此周作人说，"名物之学向来为经学的附庸，其实却不是不重要的，有如中学课程中的博物，学得通时可以明了自然的情状，更能够知道世事，若没有这个只懂得文字，便不大改得过秀才气质也。"③ 由于传统《诗经》经学于草木虫鱼中附加着后儒附会的微言大义，因此在周作人这里，希望由对草木虫鱼的科学考辨出发，发现前人对草木虫鱼的错误理解和道德附会，从而实现批判传统《诗》的经学研究中陋俗、虚伪的道德时，又能从草木虫鱼中窥知人类生活的本然状态，实现对自然健全人性观的建构，因此他认为《诗经》生物学研究应该有其独立性。

周作人所做的具体工作，有对《诗·小雅·小宛》中"螟蛉有子，蜾蠃负之"的考辨。"注疏家向来都说蜾蠃是个老鳏夫，他硬去把桑虫的儿子抱来承继，给他接香烟。只有宋严粲的《诗缉》引了《解颐新语》，辨正旧说，云蜾蠃自有细卵如粟，寄螟蛉之身以养之，非螟蛉所化，而后之说诗者却都不接受。"对后世学者对前人正确观念不加继承反沿袭错误说法的做法，周作人认为这是他们缺少训诂中科学意识的体现。周作人对前人这种谬误有严厉批评："盖古代诗人虽然看错自可原谅，后世为名物之学者犹茫然不知，或更悍然回护旧说，那就很有点讲不过去了。"④ 而这种批评中也含有对当代《诗经》生物研究沿袭旧说冥顽不化者的批评。

在《〈诗经〉中的雀与鼠》一文中，周作人通过自己生活中对雀与鼠

① 周作人：《百廿虫吟》，《周作人散文全集》第6卷，第358页。

② 周作人：《螟蛉与萤火》，《周作人散文全集》第7卷，第127页。

③ 周作人：《毛氏说〈诗〉》，《周作人散文全集》第7卷，第39页。

④ 周作人：《螟蛉与萤火》，《周作人散文全集》第7卷，第130页。

生活习性的实地观察，论证《国风·行露》中“谁谓雀无角，何以穿我屋”“谁谓鼠无牙，何以穿我墉”两句。周作人认为：“诗人本来不是在用什么词藻，或假设，乃是老实的记其见闻。”在去掉历代《诗经》研究者附加在这两句上的意义后，周作人引郑渔仲《通志·昆虫草木略》中一段：

若曰“关关雎鸠，在河之洲”，不识雎鸠，则安知河洲之趣与关关之声乎。凡雁鹜之类其喙扁者则其声关关，鸡雉之类其喙锐者则其声鷕鷕，此天籁也。雎鸠之喙似凫雁，故其声如是，又得水边之趣也。小雅曰“呦呦鹿鸣，食野之苹”，不识鹿，则安知食草之趣与呦呦之声乎？凡牛羊之属有角无齿者则其声呦呦，驼马之属有齿无角者则其声萧萧，此亦天籁也。鹿之喙似牛羊，故其声如是，又得蒌蒿之趣也。使不识鸟兽之情状，则安知诗人关关呦呦之奥乎？若曰“有敦瓜苦，烝在栗薪”者，谓瓜苦引蔓于篱落间，而有敦然之系焉。若曰“桑之未落，其叶沃若”者，谓桑叶最茂，虽未落之时而有沃若之泽。使不识草木之精神，则安知诗人敦然沃若之奥乎？[①]

“不识鸟兽之情状”，自然是不知“诗人关关呦呦之奥”，“不识草木之精神”，自然是不知“诗人敦然沃若之奥”，但要“识鸟兽之情状”“识草木之精神”，则必须对草木虫语进行实地观察。但一些诗经研究者却是闭门造车，周作人举例说：

徐崑后山著《柳崖外编》……卷十五《断肠草》一则，辨证名物，别有意思，案语第二节中，辩《兼明书》谓蔓菁即萝菔之非，有云，“如黄鸟亦名仓庚，亦名黄鹂，《诗经》屡见，而乡人不作如此呼也。余少年初到家乡，时春日双桐斋畔黄鸟睍睆可听，而乡人呼之曰黄瓜娄，盖即黄栗留之转讹，若非羽毛声音显然可辨，又乌知黄瓜娄之即黄鸟也。世儒泥于章句，不暇向老农老圃细细商榷，妄逞臆说，未有不如《齐民要术》及《兼明书》之自以为是者。”此数语说尽笺注虫鱼之通病，只郝兰皋一人或可称例外耳。现代博物学家可以有兴趣来提倡古文，却无意于考订文史上的名物，此是别一种鄙陋，而其病源则一也。博雅之士，才真能使学术与艺文接触，中国到何时

① 周作人：《〈诗经〉中的雀与鼠》，《周作人散文全集》第8卷，第10页。

> 始有此希望，俟河之清，人寿几何，思之怅然。①

这种“怅然”中深含着周作人对贻误后人生命的学术研究的深深感慨。

1944年周作人发表《梦想之一》，把自己重视《诗经》中虫鱼草木研究的意义完整地展示了出来：“我个人却很看重所谓自然研究，觉得不但这本身的事情很有意思，而且动植物的生活状态也就是人生的基本，关于这方面有了充分的常识，则对于人生的意义与其途径自能更明确的了解认识”，这与“现代中国心理建设很是切要”，具体而言就是“伦理的自然化”。《孟子》说“人之所以异于禽兽者几希”，但道学家认为“人禽之辨只在一点儿上，但是二者之间距离极远，人若逾此一线堕入禽界”，而周作人认为人禽之辨中二者之间距离却很近，是似远实近。周作人说：

> 人也是生物，所以这本能自然也是有的。不过一般生物的求生是单纯的，只要能生存便不问手段，只要自己能生存，便不惜危害别个的生存，人则不然，他与生物同样的要求生存，但最初觉得单独不能达到目的，须与别个联络，互相扶助，才能好好的生存，随后又感到别人也与自己同样的有好恶，设法圆满的相处。前者是生存的方法，动物中也有能够做到的，后者乃是人所独有的生存的道德，古人云人之所以异于禽兽者几希，盖即此也。②

在说明了人与动物之间的距离后，周作人才说明了自己理解的人禽关系及动物生存方式对人类存在意义的参照价值：

> 人类的生存的道德既然本是生物本能的崇高化或美化，我们当然不能再退缩回去，复归于禽道，但是同样的我们也须留意，不可太爬高走远，以至与自然违反。古人虽然直觉的建立了这些健全的生存的道德，但因当时社会与时代的限制，后人的误解与利用种种原因，无意或有意的发生变化，与现代多有龃龉的地方，这样便会对于社会不但无益且将有害。比较笼统的说一句，大概其缘因出于与自然多有违反之故。人类摈绝强食弱肉，雌雄杂居的禽道，固是绝好的事，但以

---

① 周作人：《读〈柳崖外编〉》，《周作人散文全集》第8卷，第54页。

② 周作人：《中国的思想问题》，《周作人散文全集》第8卷，第711页。

前凭了君父之名也做出好些坏事，如宗教战争，思想文字狱，人身买卖，宰白鸭与卖淫等，也都是生物界所未有的，可以说是落到禽道以下去了。我们没有力量来改正道德，可是不可没有正当的认识与判断。我们应当根据了生物学人类学与文化史的知识，对于这类事情随时加以检讨，务要使得我们道德的理论与实际都保持水线上的位置，既不可不及，也不可过而反于自然，以致再落到淤泥下去。①

正因为“人类的生存的道德既然本是生物本能的崇高化或美化”的认识，周作人后来不断纠正大家习以为常的对《诗经》中鸟兽虫鱼草木理解的错误。在1939年发表的《蟋蟀之类》中提到多隆阿著的《毛诗多识》卷“蟋蟀在堂”的注解，多隆阿认为蟋蟀有在野与在堂两种，而诗中堂里堂外蟋蟀只为一种，其俗名为灶马，只因季节变化而由堂外进入堂内，而周作人据小时候乡间生活的见闻确认此处说的在野、在堂蟋蟀和灶马是三种小虫。面对这种误解他感慨地说：

以上三种小虫，乡里小儿无不知之甚审，而学者反不能辨，何欤？中国讲学论文太务严肃，孩童游戏，民间俗说，皆在所不顾，故非独不能眼学，亦并缺耳食，只于发策呫毕中求之，则所知自有限矣。多氏此书所征尚广博，不免此弊，他更可知。②

在1950年发表的《学名与俗名》又说：

清季的学者张啸山在笔记中曾叹说，读《诗经》《尔雅》，不明白那些动植物是什么形状，看见了实在的东西，又不知道他在书上是什么名称。这两句话很能说出向来研究名物的缺点。孔子教人学《诗》，说可以多识于鸟兽草木之名。后来学者便忠实的这样做去，记住了好些雎鸠卷耳的名字，及至见到了他们却又对面不相识，也并不想认识它们，但是著作起来可以写成整本的书，引据渊博，我们外行人看了还是不得要领。

……

中国革命后学问文字都有改革，论理应当更有进步了，然而也不

---

① 周作人：《梦想之一》，《周作人散文全集》第9卷，第109—110页。

② 周作人：《蟋蟀之类》，《周作人散文全集》第8卷，第211页。

> 尽然。现今的学者见到一种实物，当然是认得的，可是假如他只能说出拉丁文的学名来，那么这与旧学者之只知道古书上的古名没有什么差别，对于我们是同样的无用的。[①]

孔子言《诗经》“迩之事父，远之事君，多识于鸟兽草木之名”，只说借诗认识“鸟兽草木之名”，后世经学者言《诗经》鸟兽草木之名是以此来附会、宣扬儒教伦理道德，本不在鸟兽草木之名本身，这样的业儒，如清人刘家龙说的，即使“其胸罗万卷之书，谙练历代之典，而与人情物理一毫不达也”[②]。周作人重“虫鱼鸟兽草木”，除却生物学知识外，更是要在对自然的亲近中从动植物的存在方式中体味“自然的伦理化”，最终实现自然健全的人性的建构，以期实现“现代中国心理的建设”。

“五四”新文化运动后，《诗经》文学性研究的观念得以确立，其中周作人贡献重大，此后周作人也一直关注着《诗经》研究，不过他并没有把自己的眼光完全限制在文学研究中。在1941年的《怎样研究中国文学》中他也说：

> 研究国文的同学们，应该认识清楚，所谓文学不过是“文化”里的一部分，故而研究国文的范围一定要放大了，像哲学，史学，外国文学，经济……之类，算一块儿，才是整个儿的文化集团也就是每个研究中国文学的人们所需要的。此外还有一个要紧的部分，就是“生活”。方才我所说的哲学，史学……之类丰富了还不够，书本以外的东西，才更是有价值的常识，所谓书本以外的东西就是课外的生活。[③]

这是就研究视野来说，研究《诗经》要有广博的知识和广阔的见识。同时周作人又强调研究方法的科学性，认为“文学时时需要科学的帮忙”，而“现在研究文学的人有一个通病，是不考察是非”，由于“不会对证着考察是非，以致闹得一塌糊涂”。除了这种科学方法，周作人又强调研究《诗经》中“赏鉴”的态度，“关于史的思想、研究文学的人应该依着时代而判断其思想是否正确，而用一种客观的态度”，但“关于鉴赏

---

① 周作人：《学名与俗名》，《周作人散文全集》第10卷，第45—46页。

② 周作人：《〈读书疑〉》，《周作人散文全集》第9卷，第510页。

③ 周作人：《怎样研究中国文学》，《周作人散文全集》第8卷，第554页。

的思想，如方才所云，要抱着一种主观的不客气的态度”，“承继古人所遗留下来的遗产”，应该“抱有主观的合于自己的兴趣的，那才对于自己有莫大的利益”。[①]

这样周作人理解《诗经》时既有视野又有见识，同时在方法上有科学的研究也有主观的“赏鉴”，再加上他由文学复古到文学革命、再到文艺复兴思想的变化过程，其开放和综合的程度是一般人难以企及的。虽然周作人并不是一位专门的《诗经》研究专家，周作人有关《诗经》研究的论述也散见于多篇短文中，少专门的研究论文，但他在《诗经》文学研究方面所提出的观念、问题、批评，对一个世纪《诗经》文学研究具有倡导、引领的重要意义和价值，这种意义、价值远远大于他在《诗经》具体作品、问题方面的研究意义。用现代思想做底子，把传统文学“照在现代科学知识的日光里”，周作人《诗经》研究的思想意义远大于《诗经》本身研究，这种意义和价值应该得到21世纪《诗经》研究者的重新关注。

① 周作人：《怎样研究中国文学》，《周作人散文全集》第8卷，第556页。

第二章

周作人对原始儒家思想的发掘

第一节　周作人眼中的《论语》

周作人散文中，提到次数最多的文学典籍是《诗经》，其次是《水浒》，第三位是《论语》，谈到次数最多的古代人物是孔子。当然这里的孔子并不全是与《论语》相关的孔子，但大多数地方周作人在谈孔子时也是在谈《论语》，在周作人所选择的传统文学典籍中，《论语》对周作人文学思想影响巨大，它是周作人非常重视的传统文学典籍。

在探究周作人和《论语》之间的关系时，我们既应注意西方现代文学思想对周作人主动挑选、重构传统文学典籍时的规约，同时也应注意传统文学思想潜移默化地对周作人发掘传统文学思想时的影响。这两者的思想基础虽然不一样，前者是站在西来文学思想基础上重新挑选、建构传统文学思想，后者是受传统文学思想的影响来重新挑选构建中国传统文学思想，但这两者的目标或说效果是一样的，那就是都要实现传统文学思想的现代转化。因此，笔者首先选择梳理周作人对《论语》的描述、解读过程，以此来看周作人对《论语》的建构。

最先在 1908 年写《论文章之意义暨其使命因及中国近时论文之失》时，周作人对“统于一尊”的儒家思想进行过激烈批判。单独来看，周作人的这种批判自有其不正确之处，但在清末民初的社会环境中，在中国维新改良派与资产阶级革命派在日本正在讨论是否要用暴力手段来推翻清王朝的专制统治，是否要批判清王朝合法统治的文化根基——儒家文化时，周作人与当时的革命派站在一起，激烈地批判中国儒家文化，是有历史合理性的。当清政府被推翻后，周作人就由非常现实功利的反儒逐渐转向比较理性地批儒，其态度逐渐变得温和起来。辛亥革命后一系列复辟事件的刺激使“五四”知识分子走上了更为彻底的反传统道路，袁世凯称帝、康有为建立孔教会以及张勋复辟这一系列丑剧都是与孔教有着直接的联系，这使“五四”激进知识分子从整体上摒弃传统文化，第一次把中国传统文化当作一个整体加以否定。在这种激烈反传统的时代氛围中，周作人也把更多精力放在对传统专制思想的批判上。但是在这种批评中，周作人特别区分了汉前的原始儒家思想和汉后儒教思想的不同，周作人批判的对象并不是孔子本身的思想，而是汉代以后儒教徒的思想。这种区别最初体现在他1920年10月19日发表的《罗素与国粹》一文中，周作人说，中国古时候的“几部古书虽有些好处，在不肖子孙的眼中，只是白纸上写的黑字，任它蛀烂了原是可惜，教他保存，也不过装潢了放在傻子的书架上，灌不进他的脑里去的了”。[①] 与1908年的激烈、彻底的批判不同，此处周作人对儒家思想持一分为二的态度，开始把儒家分为原始儒家和汉后儒教。

1925年周作人有文《与友人论性道德书》，他表达了对传统文章功利性价值的怀疑：

> 我实在可叹，是一个很缺少“热狂”的人，我的言论多少都有点游戏态度。我也喜欢弄一点过激的思想，拨草寻蛇的去向道学家寻事，但是如法国拉勃来（Rabelais）那样只是到“要被火烤了为止”，未必有殉道的决心。好像是小孩踢球，觉得是颇愉快的事，但本不期望踢出什么东西来，踢到倦了也就停止，并不预备一直踢到把腿都踢折，——踢折之后岂不还只是一个球么？我们发表些关于两性伦理的意见也只是自己要说，难道就希冀能够于最近的或最远的将来发生什么效力！耶稣，孔丘，释迦，梭格拉底的话，究竟于世间有多大影响，我不能确说，其结果恐不过自己这样说了觉得满足，后人读了觉得满足——或不满足，如是而已。[②]

周作人说自己对写文章只抱有游戏心态，这当然并不完全是周作人内心意思，但也表示了他对急功近利的写作价值的怀疑。此处笔者更注意的是周作人的怀疑，他怀疑那些被后人列为圣人的言论对社会现实的价值，这并不是怀疑这些言论本身的思想价值，而是怀疑这些言论对社会现实的直接功效。传统文化中对这些典籍价值的认可正是认为这些典籍承载着治理天下、国家的“道”在里面，承载着微言大义在里面，而周作人只是

---

① 周作人：《罗素与国粹》，《周作人散文全集》第2卷，第252页。

② 周作人：《与友人论性道德书》，《周作人散文全集》第4卷，第165—166页。

把这些典籍当成如小孩踢皮球一样让人愉快的思想，只是在思想层面认同这些典籍，而对这些典籍的现实社会价值则持怀疑态度。在这样的论述中，周作人实际上把这些面目神圣的经典降低到了普通的、但有思想的书籍的地位。

虽然对待儒家思想，周作人与“五四”时期激进反传统知识分子彻底否定儒家典籍的立场不同，但在此篇文章后的十年时间中周作人并没直接触及儒家典籍，对《论语》的发掘论述一直要到周作人强调文艺复兴思想时的1935年。在1935年作的《关于讲道理》中，周作人在对义和团妄谈文化的批评中带出对当代妄谈孔子的批判：

> 孔子在太平天国的地位也不过与库书相上下耳，可发一笑。其实太平天国不尊崇孔子正是当然，盖原系隔教故也，其可笑处乃在妄谈文化，品题圣贤，虽然，此亦不足深责，天王贬孔子封为监军，历代帝王尊孔子封为文宣王，岂不同一可笑耶。[①]

在1935年，周作人作这样的文章是很奇怪的，周作人并不是历史学家，也并不是要研究太平天国运动，却谈论义和团的妄谈文化，并归结文章到对义和团与当代品评孔子的嘲讽。但是联系30年代社会情状，一方面是左翼文学呼应社会激进思潮对传统文化持比五四时期更加激烈的否定态度；另一方面是与之相对的尊孔思潮又开始盛行，周作人这篇文章的针对性立刻显露出来，周作人并不是在做游戏的文章。无论是不知儒家文化而显示出的无知无畏，还是遵循汉后儒生对原始儒家文化的曲解附会，两者都显示出对原始儒家文化的无知。此两者无论是批儒还是尊儒皆是对儒家原本模样的歪曲，两者立场相反，实际情理相通。周作人的批评，并不是要对当时这两家儒家批评各打五十大板，而是因为在他心目中自有原初儒家的模样，周作人此后论及儒家思想就是在不断发见、肯定他心目中的、也是汉儒之前的原始儒家形象，其对《论语》等儒家经典的理解都是在此基础上展开的。1935年到1945年的十年，是周作人散文中集中谈论儒家文学典籍的时期，有文章如《〈论语〉小记》《情理》《〈逸语〉与〈论语〉》《谈儒家》《谈文字狱》《道德漫谈》《中国的国民思想》《汉文学的前途》《两个鬼的文章》等。

---

① 周作人：《关于讲道理》，《周作人散文全集》第6卷，第470—471页。

第二节　《〈论语〉小记》论《论语》思想

1935年1月10日发表的《〈论语〉小记》，是周作人正式谈论儒家经典《论语》的文章。文章开头，周作人说“最近拿出《论语》来读，这或者由于听见南方读经之喊声甚高的缘故，或者不是，都难说”，周作人一方面在说作文是有现实针对性的，另一方面在澄清自己心目中的原始儒家是自己主动选择的结果。在现实中，1934年8月国民党政府在上海举行盛大的“孔诞纪念会”，这是“民国以来第二次的盛典”，参加“盛典”的有国民党党政官员及各界知名人士一千余人。[①] 周作人认为这种读经尊孔跟1914年袁世凯在北京主持的盛大祭孔没有什么两样，大有“故鬼重来”之感，虽然此时的周作人对儒家思想的态度是理性多了，但对现实社会中发生的尊孔却能一眼看出其实质来。周作人强调自己并不是儒教徒，说自己对《论语》的看法会让“热诚的儒教徒听了失望”，那在周作人看重的《论语》是什么模样？

周作人说：“我把《论语》白文重读了一遍，所得的印象只是平淡无奇四字。……非我单看不起《论语》也。”[②] “平淡无奇”的评价可谓是前无古人，周作人在这样的感受中首先要去掉《论语》作为“经”的神圣光环，同时也要去掉其所承载的经学大意，是要把它当成一部普通的能够给人思想智慧的书。周作人强调孔子的智性，强调孔子是一个“哲人”，但是周作人要破掉后儒给孔子身上加上的宗教感以及孔子的“教主”身份。作为爱智者，周作人看重的是古人的思想，这种看重是对古人思想的主动、独立的看重，而不是如宗教徒一样对某一对象的顶礼膜拜以表示自己的虔诚，因此周作人感觉到的孔子不是教主“耶稣”，而是智者“苏格拉底之流”，感觉《论语》“平淡无奇”，这是周作人自己阅读

---

① 见《申报》1934年8月30日报道，鲁迅文章《不知肉味和不知水味》中也提及此事：“1934年7月国民党政府根据国民党中央执行委员会常务会议通过的《先师孔子诞辰纪念办法》，明令公以8月27日孔子生日为‘国定纪念日’。当时南京、上海等地曾举行规模盛大的‘孔诞纪念会’。北洋政府时期，袁世凯曾于1914年2月颁布祀孔令，并于9月28日在北京主持盛大祭礼。”（见《鲁迅全集》第6卷，人民文学出版社2005年版，第116—117页）

② 周作人：《〈论语〉小记》《周作人散文全集》第6卷，第517页。本节所引文字未注明出处者，皆引自周作人《〈论语〉小记》，《周作人散文全集》第6卷，第517页。

《论语》后的感受，这种感受不是别人灌输给他的，因此其对《论语》的评价也就与众不同。周作人对《论语》或孔子的评价建立在非常明确独立的自我感觉之上，这种自我感觉的产生完全得益于周作人作为现代人自觉的自我意识，有了这种自觉的自我意识后，相信自己的判断，并把判断建立在自己的慎思基础上，周作人才得出这样一个对《论语》的感受。这种自觉的自我意识正是和宗教徒的无我意识相对照的。

这种对《论语》"平淡无奇"的感觉被周作人具体化为两方面："一面凸的是切实，一面凹的是空虚。""切实"是因为"《论语》二十篇所说多是做人处世的道理，不谈鬼神，不谈灵魂，不言性与天道"，谈的是实在的道理，"空虚"是效用，是因为："这里有好思想也是属于持身接物的，可以供后人的取法，却不能定做天经地义的教条，更没有什么政治哲学的精义，可以治国平天下，假如从这边看去，那么正是空虚了。"他不相信"半部论语治天下"的话。无论是"切实"还是"空虚"，两者都是建立在周作人自我阅读的基础上，是他自己的感受不是别人的传统的说法，这种自我感受一面是肯定《论语》的价值在"做人处世的道理"和"持物待人的思想"这种非常平实的思想方面，其消解《论语》"治国平天下"的神圣性；另一方面这种自我感受也贴近孔子的内心世界，因为周作人在《论语》中读到了孔子理想无法实现的空虚感和悲凉感，孔子因为无法实现自己的政治理想抱负后才转向讲学授徒，在讲学中宣扬自己的理想，讲学著述正是其现实政治理想不得实现后的一种表达方式。这种"切实"和"空虚"的感受，体现在周作人对《论语》思想的具体选择中。

首先是对"知之为知之，不知为不知，是知也"的思想的选择。《〈论语〉小记》中周作人首先提到的是《论语·为政》中的一章："子曰：由，诲汝知之乎，知之为知之，不知为不知，是知也。"这是孔子求"知"思想的体现，强调认知的诚实态度，周作人认为《论语》中多讲的是为人处世、待人接物的，非治国平天下的政治精义，既讲为人处世、待人接物，首先要诚实。

其次，是对"言而当"思想的选择。在《〈论语〉小记》中，周作人引《论语·公冶长》第五：

> 颜渊季路侍，子曰，盍各言尔志。子路曰，愿车马衣轻裘，与朋友共，敝之而无憾。颜渊曰，愿无伐善，无施劳。子路曰，愿闻子之志。子曰，老者安之，朋友信之，少者怀之。

周作人评价说：

> 我喜欢这一章，与其说是因为思想还不如说因为它的境界好。师弟三人闲居述志，并不像后来文人的说大话，动不动就是揽辔澄清，现在却只是老老实实地说说自己的愿望，虽有大小广狭之不同，其志在博施济众则无异，而说得那么质素，又各有分寸，恰如其人，此正是妙文也。我以为此一章可以见孔门的真气象，至为难得，如《先进》末篇子路曾皙冉有公西华侍坐那一章便不能及。①

从思想方面说，三人述的志向虽有大小不同，但都具有“仁”的道德指向，这种指向人与人亲善的愿望，又说得“老老实实”，没有虚假“大话”，“各有分寸，恰如其人”，更重要的是，这里作为老师的孔子，并没有立即来“揽辔澄清”，批评指点对方的理想，而是充分尊重了学生的说话资格，学生具有和老师平等交流的说话权，这一点最为周作人所重。孔子讲自己的人生理想，非讲治国平天下的“大道”②，师徒三人述志，周作人从中感到的是他们说话的真诚，说话氛围的自由、随和，人与人之间的平等性。这样的言说方式不同于汉后儒生的说话，开言必先讲大道，在文过饰非中没了自己真性情。周作人这里的孔子形象，面目变得可亲可敬，非后世儒教徒供奉起来不食人间烟火的儒教教主相比。因此周作人特赞赏说“此一章可以见孔门的真气象”，“孔门气象”便存在于这一实诚、有分寸、平等、自由的言说方式中。周作人也在自己的散文中营造这样一种书写氛围，注重说话的真诚和说话的分寸，尚友古人，对思想不取一端。而《论语·先进》末篇子路曾皙冉有公西华侍坐一章，周作人认为不及师徒三人述志一章，不光是学生思想缺少了“仁”，更是由于孔子哂笑了子路，师徒之间少了这种真诚、平等交流的氛围，孔子的形象便没有前章中那样慈祥可亲了。

第三，是对“默而当”思想的选择。周作人在《论语》中感到“切

① 周作人：《〈论语〉小记》，《周作人散文全集》第6卷，第518—519页。

② 当然《论语》的思想也有驳杂、矛盾地方的，此处是言“切实”的“知之为知之，不知为不知”的精神，在别处也言“知其不可为而为之”的精神，表达对理想的追求，因为孔子的政治理想不得实现，其不得已转而讲学，讲学的目的又是想把自己的政治理想寄希望于将来的社会，因此孔子在内心世界中又不得不承认自己追求的失败和空虚。《论语》中比孔子为“丧家狗”的形象，正是这种失败与空虚的体现。

实”的同时，还感受到的是孔子的“空虚”。在《〈论语〉小记》中，周作人选择《论语·阳货》第十七章：“子曰，予欲无言。子贡曰，子如不言，则小子何述焉？子曰，天何言哉，四时行焉，百物生焉，天何言哉。”这是对文字言说价值的怀疑，是指言说的“空虚”，是言不逮意，也有对意义本身的怀疑。周作人对传统文化中那些貌似有大道的文章一直进行着严厉的批判，如对《诗经》经学、汉后儒教、以韩愈为首的唐宋八大家、朱熹、桐城派等“载道文学”的批驳，同时周作人也对自己写作的“切实”性有反思。鲁迅也曾说过，“当我沉默着的时候，我觉得充实；我将开口，同时感到空虚”[①]。周作人与鲁迅一样对“空虚”有刻骨铭心的体验：“已有的事后必再有，已行的事后必再行，此人生之所以为虚空的虚空也欤？传道者之厌世盖无足怪。”[②] 与鲁迅一样，周作人也在反抗“空虚”中寻找存在的意义，与鲁迅的“反抗绝望”不同，周作人选择的是“伟大的捕风”：

> 他（传道者）说：“我又专心察明智慧狂妄和愚昧，乃知这也是捕风，因为多有智慧就多有愁烦，加增智识就加增忧伤。”话虽如此，对于虚空的唯一的办法其实还只有虚空之追迹，而对于狂妄与愚昧之察明乃是这虚无的世间第一有趣味的事，在这里我不得不和传道者的意见分歧了。……察明同类之狂妄和愚昧，与思索个人之老死病苦，一样是伟大的事业，积极的人可以当一种重大的工作，在消极的也不失为一种有趣的消遣，虚空尽由他虚空，知道他是虚空，而又偏去追迹，去察明，那么这是很有意义的事，这实在可以当得起说是伟大的捕风。[③]

虽然知道文字对社会的现实价值是“空虚”的，但这不代表思想本身的无意义，因此越是具有现代人的空虚感，周作人就越强调要用“明净的观照”“察明同类之狂妄和愚昧”。因此他不屑于只做一个文人，“自己觉得文士早已歇业了，现在如要分类，找一个冠冕的名称，仿佛可以称作爱智者”[④]。这种对“空虚”的“捕风”，抵抗住了“空虚”本身。

---

① 鲁迅：《野草·题辞》，《鲁迅全集》第2卷，人民文学出版社2005年版，第163页。

② 周作人：《伟大的捕风》，《周作人散文全集》第5卷，第568页。

③ 同上。

④ 周作人：《〈夜读抄〉后记》，《周作人散文全集》第6卷，第369页。

《〈论语〉小记》中，周作人后面所引的几节《论语》都是在肯定不对社会现实发言的隐士者的处世价值。周作人引《论语·微子》：

> 楚狂接舆歌而过孔子之门，曰，凤兮凤兮，何德之衰。往者不可谏，来者犹可追。已而已而，今之从政者殆而。孔子下，欲与之言。趋而避之，不得与之言。
>
> 长沮桀溺耦而耕。孔子过之，使子路问津焉。长沮曰，夫执舆者为谁？子路曰，为孔丘。曰，是鲁孔丘与？曰，是也。曰，是知津矣。问于桀溺，桀溺曰，子为谁？曰，为仲由。曰，是鲁孔丘之徒与？对曰，然。曰，滔滔者天下皆是也，而谁以易之，且而与其从辟人之士，岂若从辟世之士哉。耰而不辍。子路行以告，夫子怃然曰，鸟兽不可与同群，吾非斯人之徒与而谁与，天下有道，丘不与易也。
>
> 子路从而后，遇丈人以杖荷蓧，子路问曰，子见夫子乎？丈人曰，四体不勤，五谷不分，孰为夫子？植其杖而芸。子路拱而立。止子路宿，杀鸡为黍而食之，见其二子焉。明日子路行以告，子曰，隐者也。使子路反见之，至，则行矣。

这三则都在说不同于孔子的隐逸者，接舆、长沮、桀溺、荷蓧丈人等并不聚徒讲学或是著书立说，他们只在耕田，但其对天下事的看法并不比孔子肤浅。周作人说：

> 我对于这些隐者向来觉得喜欢，现在也仍是这样，他们所说的话大抵都不错。桀溺曰，滔滔者天下皆是也，而谁以易之，最能说出自家的态度。晨门曰，是知其不可而为之者，最能说出孔子的态度。说到底，二者还是一个源流，因为都知道不可，不过一个还要为，一个不想再为罢了。周朝以后一千年，只出过两个人，似乎可以代表这两派，即诸葛孔明与陶渊明，而人家多把他们看错作一姓的忠臣，令人闷损。中国的隐逸都是社会或政治的，他有一肚子理想，却看得社会浑浊无可实施，便只安分去做个农工，不再来多管，见了那知其不可而为之的人，却是所谓惺惺惜惺惺，好汉惜好汉，想了方法要留住他。看上面各人的言动虽然冷热不同，全都是好意，毫没有“道不同不相与谋”的意味，孔子的应付也是如此，这是颇有意思的事。外国的隐逸是宗教的，这与中国的截不相同，他们独居沙漠中，绝食苦祷，或牛皮裹身，或革带鞭背，但其目的在于救济灵魂，得遂永

> 生，故其热狂实在与在都市中指挥君民焚烧异端之大主教无以异也。二者相比，似积极与消极大有高下，我却并不一定这样想。对于自救灵魂我不敢赞一辞，若是不惜用强硬手段要去救人家的灵魂，那大可不必，反不如去荷蒉植杖之无害于人了。我从小读《论语》，现在得到的结果除中庸思想外乃是一点对于隐者的同情，这恐怕也是出于读经救国论者“意表之外”的罢?①

周作人把《论语》中的人物分成两类，一者为沮桀、荷莜丈人为代表的隐逸者，他们是“有一肚子理想，却看得社会浑浊无可实施，便只安分去做个农工，不再来多管”，便去过归隐的生活，不再言说世事，但这不言说并不是不明白，或是认为世事与己无干，而是认为空言无补，与其说空话害人不如不说或少说；另一者为孔子这样的人，“知其不可为而为之”，知其政治理想的失败，但仍要传播自己的思想。周作人读到的是两者精神的“息息相通”，认为两者都是“一个源流”无疑。对社会现实，如果说鲁迅走的是“知其不可为而为之”的道路的话，周作人却是逐渐走向了隐逸者，少了激越，多了理性的沉思。在给他人信中，周作人坦白说：“不佞自审日常行动与许多人一样，并不消极，只是相信空言无补，故少说话耳。大约长沮桀溺辈亦是如此，他们仍在耕田，与孔仲尼不同者只是不讲学，其与仲尼之同为儒家盖无疑也，匆匆。”② 看周作人自觉“闭户读经”，在自编文集中删除社会时评文章，后花大精力发掘清人笔记，终身做翻译工作，我们都可感觉到周作人对沮桀、荷莜丈人等在“默而当”隐居生活中做些切实工作的生活方式的躬身践行。

《〈论语〉小记》中周作人还有一段引文，《论语·微子》第十八：“大师挚适齐，亚饭干适楚，三饭缭适蔡，四饭缺适秦，鼓方叔入于河，播鼗武入于汉，少师阳击磬襄入于海。”周作人说这段文章很特别，“不晓得什么缘故，我在小时候读《论语》读到这一章，很感到一种悲凉之气，仿佛是大观园末期，贾母死后，一班女人都风流云散了的样子。这回重读，仍旧有这么样的一种印象，我前后读《论语》相去将有四十年之谱，当初的印象保存到现在的大约就只这一点了罢。”大观园最让人留念的是园中青春女子生命自由绽放的情状，《论语》中最让周作人留念的是“孔门气象”，是孔子和弟子之间、和隐逸者之间说话时的那种方式、分

① 周作人：《〈论语〉小记》，《周作人散文全集》第6卷，第521—522页。

② 周作人：《〈夜读抄〉后记》，《周作人散文全集》第6卷，第369页。

寸、自由、真诚等那样一种境界，而这样一种境界在后世就不再有了，读出此种味道的周作人不能不有悲凉感。

周作人在《论语》中选择的“知”“言而当”“默而当”的思想，在《〈论语〉小记》前后的文章中也多被强调。如在1932年发表的《知堂说》中，周作人就说：

> 孔子曰，知之为知之，不知为不知，是知也。荀子曰，言而当，知也；默而当，亦知也。此言甚妙，以名吾堂。昔杨伯起不受暮夜赠金，有四知之语，后人钦其高节，以为堂名，由来旧矣。吾堂后起，或当作新四知堂耳。虽然，孔荀二君生于周季，不新矣，且知亦不必以四限之，因截取其半，名曰知堂云尔。[①]

而在1944年《文坛之外》中对“知之为知之，不知为不知，是知也”的思想周作人有更详细的说明：

> 在书房里熟读四书，至今却已全盘忘记，只剩下零星二三章句，想起来觉得有点意思，其最得受用的乃是孔子教诲子路的话，即是知之为知之这一章。我先从不知为不知入手，自己切实的审查，关于某事物你真是有所知识么，这结果大抵是个不字，差不多有百分之九十以上就是这样地打消了。以前自以为有点知道，随便开口的有些问题，现在都搁了起来，不敢再来乱谈，表示十分的谨慎，可是留下来的百分之二三的事情，经过考虑觉得稍有所知的，那也就不能不坦白的承认，关于这些问题谈到时便须得不客气的说，即使知道得浅，但总不是虚谬。孔子的教训使我学得了九十分以上的谦虚，同时，却也造成了二三分的顽固，即对于有些问题的不客气或不让。自己知道一点的事情，愿意公之于人，只要不为名利，其所言者有利人群，虽或未能比诸法施，薪火相传，不知其尽，亦是有意思的事，学人著书的

---

① 周作人：《知堂说》，《周作人散文全集》第6卷，第24页。止庵先生对这段话有解释：“‘知之为知之，不知为不知，是知也’涉及‘知’的层面，‘是知也’即拥有真正的知识，也就是‘智’；‘言而当，知也；默而当，亦知也’涉及‘言’的层面，其中的‘知’都是‘智’。这是一个由‘知’而‘智’的过程。不写文学批评，近似‘不知为不知’；不写社会批评，仿佛‘默而当’；至于文章新的内容和新的写法，则体现了‘知之为知之’和‘言而当’罢。”止庵：《苦雨斋识小》，东方出版社2002年版，第61页。

> 究极目的大概即在于此。又或以己所知，照视世间种种言说行事，显然多是歪曲误谬，有如持灯照暗陬，灯光所及，遂尔破暗，则匡谬正俗实为当然之结果，虽不好辩，亦岂可得。鄙人于积极的著书立说之事犹病未能，唯平日鉴于乌烟瘴气充塞中国，深觉气闷，读吾乡王仲任遗书，对于他的疾虚妄的精神非常佩服，仿佛找着了一条道路，向着这方向如能走到一步是一步，虽然原是蜗牛上竹竿，不知道能够进得多少，但既是想这样做，则纵欲学为多点头少说话，南辕而北辙，殆不可能矣。①

知道自己有所不知，便不随便开口，但对自己所知的却是当仁不让。周作人自认为自己是懂文章的好坏的，虽然总自谦自己写不出好文章，但对好文章的表彰和对坏文章的批评却是非常自信，他也的确论述出了他心目中好文章之好和坏文章之坏，如对六朝文章、晚明小品、清代笔记等文章的肯定和对唐宋八大家、桐城派文章的批评，这一问题在后面章节中详细论述。

在《〈论语〉小记》中表达了对“知”“言而当”“默而当”的思想的选择后，1935年4月5日周作人写《情理》一文，表达自己说话写文章的为难。“老实说，我觉得无话可说。这里有三种理由。一，有话未必可说。二，说了未必有效。三，何况未必有话。”这第一句“有话未必可说”是什么意思呢？是对社会现实有批评看法，但这种话却不可以、不让、不能够说出来，与上文联系这是迫于社会环境，是外在环境不让自己说话，同时也是自我保护，有些话不再说出去，这是“默而当”。第二句“说了未必有效”，还是说有话说，但就是能够说出来又于世无补，那就不说算了，这正是“接舆、长沮、桀溺、荷莜丈人”等的态度，不是没话说，而是说了无效后不再说。而更沮丧的是第三句“何况未必有话”，这更是在“知之为知之，不知为不知”态度下的空虚感。周作人认为，“这第三点最重要，因为这与前二者不同，是关于我自己的。我想对于自己的言与行我们应当同样地负责任，假如明白这个道理而自己不能实行时便不该随便说……”“现在社会上忽然有读经的空气继续金刚时轮法会而涌起，这现象的好坏我暂且不谈，只说读九经或十三经，我的赞成的成分倒也可以有百分之十，因为现在至少有一经应该读，这里边至少也有一节应该熟读。这就是《论语》的《为政第二》中的一节：‘子曰，由，诲汝

① 周作人：《文坛之外》，《周作人散文全集》第9卷，第373—374页。

知之乎，知之为知之，不知为不知，是知也。'”周作人深感到“这种重知的态度是中国最好的思想，也与苏格拉底可以相比，是科学精神的源泉”，因此作为个人“先要认清自己究竟知道与否，切不可那样不讲情理地乱说”。[①] 对苏格拉底这一思想的认同，周作人在此前文章中就提到过，如1924年的文章《一年的长进》中周作人就说：“自知无所知却是我的第一个的真知也。”[②] 周作人在此把中国孔子的思想和西方哲人的思想进行了对比融合，孔子言“知”主要是在“诚实”的基础上谈为人处世、待人接物的道理和方式，而苏格拉底更多是在对个体认知局限性的哲学角度上警惕个人的盲目自大，这样周作人既看重“诚”，也看重“知”的科学性。

就在上文发表时间不久，1935年6月16日，周作人在《常识——星期偶感（二）》中又表达了这些意思：

> 轮到要写文章的时候了，文章照例写不出。这一个多月里见闻了许多事情，本来似乎应该有话可说，何况仅仅只是几百个字。可是不相干，不但仍旧写不出文章，而且更加觉得没有话说。[③]

而看到的文章又都是虚无的：

> 老实说，我觉得我们现在话已说得太多，文章也写得太多了。我坐在北平家里天天看报章杂志，所看得并不很多，却只是看见天天都是话，话，话。回过头来再看实际，又是一塌糊涂，无从说起。一个人在此刻如不是闭了眼睛塞住耳朵，以至昧了良心，再也不能张开口说出话来。我们高叫了多少年的取消不平等条约的口号，实际上有若何成绩，连三十四年前的辛丑条约还条条存在。不知道那些专叫口号贴标语的先生那里去了，对于过去的事可以不必再多说，但是我想以后总该注重实行，不要再想以笔舌成事，因这与画符念咒相去不远，究竟不能有什么效用也。[④]

---

① 周作人：《情理》，《周作人散文全集》第6卷，第614页。

② 周作人：《一年的长进》，《周作人散文全集》第3卷，第334页。

③ 周作人：《常识——星期偶感（二）》，《周作人散文全集》第6卷，第615页。

④ 同上。

在那样一个空言淹没真言的时代中，周作人一再言说写文章的艰难，以至自己“不能张开口说出话来”，但是自己又是一个“以说话为职业的人”，怎么办呢？

> 据我外行人想来，反正现在评论是不行，报告又不可，就是把北岩勋爵请来也是没有办法的，那么何妨将错就错，（还是将计就计呢，）去给读者做个谈天朋友，假如酒楼的柱子上贴着莫谈国事或其它二十年前的纸条，那么就谈谈天地万物，以交换智识而联络感情，不亦可乎。……我想，在言论不大自由的时代，不妨有几种报纸以评论政治报告消息为副课，去与平民为友，供给读者以常识。……我们如依据了这种知识，实心实意地做切切实实的文章，给读者去消遣也好，捧读也好，这样弄下去三年五年十年，必有一点成绩可言。①

这不正是对现实失望之后，对长沮、桀溺、荷蓧丈人等行为方式的认同吗！

1936年4月16日周作人又发表《〈逸语〉与〈论语〉》②，明确强调“自己也是儒家，不过不是儒教徒，我觉得自己可以算是孔子的朋友，远在许多徒孙之上”。这种强调中一方面是在表明自己的儒家文化立场，另一方面又明确区分自己立场不同于对孔子顶礼膜拜的儒教徒立场，因为“懂得儒道法各家的本意”，虽然“在专门学者面前抬不起头来”，但是“如对于一般孔教徒则我辈自称是孔圣人的朋友殆可决无愧色也”。这仍是强调原始儒家思想，体现出面对后世儒教徒时的自信。文中周作人又强调“知之为知之，不知为不知，是知也”的思想，如引《论语·先进》：“季路问事鬼神，子曰，未能事人，焉能事鬼。曰，敢问事死，曰，未知生，焉知死。”引《论语·子路》：“樊迟请学稼，子曰，吾不如老农。请学为圃，子曰，吾不如老圃。”又提《论语·卫灵公》记公问陈事，孔子答说“军旅之事未之学也”之说。接受这种“知”的思想，周作人又说“要中国好不难，第一是文人不谈武，武人不谈文。盖《大学》难懂，武人不读正是言之要也，大刀难使，文人不要便是行之至也，此即是智与仁也。”知道自己所知，同时又知道自己所不知道的范围对象，一旦守不住自己所知的范围，进入自己并不知的范围，那就只会“胡说乱道”，如果

---

① 周作人：《常识——星期偶感（二）》，《周作人散文全集》第6卷，第616页。

② 见《周作人散文全集》第7卷，第85页。

是普通的人如此说并不会产生多大的恶果，但如果是那些所谓的学问家，或是政府官员，一旦越界则会对整个社会文化产生极大的破坏，越是位高者越会产生严重的后果。因此，无论是处在哪一位置上首要的一条就是要有这种“自知之明”的精神，知道自己的“知”，守住自己“知”的范围，不要越界妄说。

而这种“知”的反面就是强以不知为知，而要达到他人对自己的相信，势必就要“文过饰非”。《论语·季氏第十六》云：“孔子曰，求，君子疾夫舍曰欲之而必更为之辞。”周作人说：“孔子这里所骂的，比以不知为知以不能为能，情节还要重大，因为这是文过饰非。因为我是儒家思想的，所以我平素很主张人禽之辨，而文过饰非乃是禽以下的勾当。”以不知为知是认知的错误，对错误的认识也是需要一个过程的，社会、文化的发展就是不断从未知到知、从错误认识到正确认识的过程，但“文过饰非”则不是认知层面的问题，是主观意识的问题，是明知有问题而故意掩饰的良知问题，因此孔子对其有严厉批评，周作人也说“文过饰非乃是禽以下的勾当”。周作人认为中国文化中有许多坏思想正是借了“文过饰非”的手段，最为可恶：

> 人的文化也并不一定都是向上的，人会恶用他的理智去干禽兽所不为的事，如暗杀，买淫，文字思想狱，为文明或王道的侵略，这末了一件正该当孔子所深恶痛疾的，文过饰非自然并不限于对外的暴举，不过这是最重大的一项罢了。[①]

正因为如此，对后世那些标榜是承继孔子思想的大人物，周作人总有“文过饰非”之疑：

> 我不很怕那大教祖，如孔子与耶稣总比孟子与保罗要好亲近一点，而韩退之又是自称是传孟子的道统的，愈往后传便自然气象愈小而架子愈大。[②]

在这样的怀疑下，周作人揪出了中国传统文化中一系列大人物的假道学，可见后文周作人对唐宋文、桐城文作者以及宋儒等思想的批判。

---

① 周作人：《〈逸语〉与〈论语〉》，《周作人散文全集》第7卷，第90页。

② 周作人：《文人之行》，《周作人散文全集》第7卷，第93页。

周作人除过论述了自己对《论语》思想的选择，还论述了他认为的儒道法三家的关系。在1936年12月4日发表的《谈儒家》中周作人说：

> 道儒法三家原只是一气化三清，是一个人的可能的三样态度，略有消极积极之分，却不是绝对对立的门户，至少在中间的儒家对于左右两家总不能那么歧视。……假如我们不负治国的责任，对于国事也非全不关心，那么这时的态度容易是儒家的，发些合理的半高调，虽然大抵不违背物理人情，却是难以实行，至多也是律己有馀而治人不足，我看一部《论语》便是如此，他是哲人的语录，可以做我们个人持己待人的指针，但绝不是什么政治哲学。略为消极一点觉得国事无可为，人生多忧患，便退一步愿以不才得终天年，入于道家，如《论语》所记的隐逸是也。又或积极起来，挺身出来办事，那么那一套书房里的高尚的中庸理论也须得放下，要求有实效一定非严格的法治不可，那就入于法家了。[①]

周作人认为儒道法三家并不截然分开，其举孔子任“大司寇行摄相事”时“诛鲁大夫乱政者少正卯”的事来说孔子管理行政司法时的法家态度，又举孔子与隐逸者接舆、长沮、桀溺、荷蓧丈人的关系来说孔子的道家态度。在分清三者的关系后，周作人才道出了他的真实目的，“我想儒法道三家本是一起的，那么妄分门户实在是不必要，从前儒教徒那样的说无非想要统制思想，定于一尊，到了现在我想大家应该都不再相信了罢。”“儒本非宗教，其此思想者正当应称儒家，今呼为儒教徒者，乃谓未必有儒家思想而挂此招牌之吃教者流也。”[②] 那些把《论语》定为圣经的、把孔子定为孔圣人、教主的“无非想要统制思想，定于一尊”，这才是他们神圣庄严面目下真正不可见人的面目。

四年后的1940年，周作人再谈儒家，却注意的是儒家思想本身的矛盾：

> 老实说，我平常是颇喜欢儒家，却又同时不很喜欢儒家的。从前与老朋友谈天，讲到古来哲人诸子，总多恕周秦而非汉，或又恕汉而非宋，非敢开倒车而复古也，不知怎的总看出些儒家的矛盾，以为这

---

① 周作人：《谈儒家》，《周作人散文全集》第7卷，第394—395页。

② 同上书，第395页。

大概是被后人弄坏的，世间常说孔孟是纯净的儒家，一误于汉而增加荒诞分子，再误于宋而转益严酷，我们也便是这样看法，虽然事实上并不很对，因为在孔孟书中那些矛盾也并不是没有。①

此前周作人在许多文章中对孔子思想多持肯定态度，对儒教的批评并不是对孔子的批评，但在这儿，周作人却提到孔孟思想的矛盾，并对儒家思想中的孟子思想有批评。这里的肯定和批判，除周作人自己对儒家思想的思考梳理外，更多也是对现实社会的反应。当“五四”以来的激进反传统思潮占主流地位时，周作人更多是在肯定他眼中看到的孔子思想；当社会现实中读经尊孔的思潮兴起时，周作人又读出了与主流读经不同的原始儒家思想；而在四十年代，在日本人统治下的沦陷区正在推行传统儒教文化来束缚国人思想时，周作人对儒家思想中的专制思想又进行了挖掘和批判，“我们把一切都归咎后儒，未免很有点冤枉的”，儒家的“毛病还是在于儒家本身里”，这种儒家本身的毛病就是周作人发现的孔子思想和孟子思想之间的矛盾。40 年代初周作人写有多篇谈论儒家文化的文章，便是对现实的一种间接的回应，但作为一名日人统治下的官员，周作人文章的委婉曲折又非一般读者可理解，如《汉文学的传统》(1940)、《中国的国民思想》(1941)、《汉文学的前途》(1943)，这些周作人自认为此时期最重要的文章，其意味已很难为人们所理解了。

第三节　对《孟子》《礼记》及其他典籍的文学拆解

周作人首谈《孟子》是在 1927 年作的《读〈孟子〉》② 一文中，起因于“奉直隶省长教育厅令开学校着即读经，中学校应该读《孟子》等因”。军阀们提倡读经自是为其统治的合法性，周作人却有意读经，从经中读到的是对各路军阀的讨伐，如《孟子》中的：“贼仁者谓之贼，贼义者谓之残，残贼之人谓之一夫。闻诛一夫纣矣，未闻弑君也。”“君之视臣如草芥，则臣视君如寇仇。”周作人调侃说，虽然因为说真话孟子“未免吃了一点小小苦头，中国有一回把他老人家逐出孔庙，日本神道则禁止他的书进口，凡载有孟轲七篇的商船便要中途覆没”。但是“现在，日本

① 周作人：《道德漫谈》，《周作人散文全集》第 8 卷，第 509—510 页。

② 见《周作人散文全集》第 5 卷，第 87 页。

的学者们也要谈什么民本主义了，又有了夷人的汽船，不再怕海龙王了，所以《孟子》之禁也就自然解除，至于中国则他又早已回到孔庙里去了，我却忘记了这是那一朝那一年的事”。面对当时复古思潮和军阀统治的互相应和，周作人并不是简单地去否定这种读经的思想，而是有意从所要求读的经中去找可以攻击复古思想和军阀专制的思想，也可说是用原始儒家思想去讨伐后世为维护统治政权的儒教思想，从而在思想文化上讨伐当时的各路军阀。出于这样的现实针对性，周作人对《孟子》思想多选择自己认同的内容。

而到1936年的文章《文人之行》① 中，周作人开始把孟子和孔子相比，在态度上明显肯定孔子而微词孟子，“我不很怕那大教祖，如孔子与耶稣总比孟子与保罗要好亲近一点”。再到1937年的《谈孟子的骂人》，周作人直指“孟子辟杨墨”时的文过饰非、罗织罪名一事。周作人先找到《梁惠王上》“庖有肥肉”五句，孟子云：“兽相食，人且恶之，为民父母行政，不免于率兽而食人，恶在其为民父母也。”周作人认为这句话说得极好，但是拿这段话来对照孟子对杨墨的态度，孟子在复引此句话后却说杨朱、墨翟要率兽食人，把不相干的两事硬拉到一起来批判杨墨，在这样的态度中周作人感到的是孟子的卫道思想：

> 孟子舆本来是战国时人，自然而然的也有点霸道，程明道也说孟子有些英气，又说英气甚害事，可谓知言，这里最露出破绽来，读去几乎有点欠亨。我对于无父无君这种说法有极大反感，差不多就是在书房读《孟子》的那时候种下的。②

周作人对这孟子这种卫道态度大为反感：

> 卫道大业并不那么容易做。这事须得靠英气，而有英气便会太快意太尽，有如讲台上瞋目顿足大声疾呼，一时博得掌声如雷，但实在毛病甚多，禁不得日后有人细心推敲。③

“禁不得日后有人细心推敲”就是因为要卫道便牵强附会，以致“毛

① 见《周作人散文全集》第7卷，第91页。

② 周作人：《谈孟子的骂人》，《周作人散文全集》第7卷，第764页。

③ 同上书，第765页。

病甚多”了。这种批判中不光是针对古人孟子，更是针对现实社会中如孟子样的卫“革命”之道的那些人。当然，周作人并不是彻底否定古人典籍思想，只是在某一时段对今人盲信古人或古人思想被某些人的利用一直抱警惕思想，一旦遇到总要揭开其中的虚妄和见不得人的勾当，因此即便是对《孟子》有苛责，实不过还是对现实思想的针砭。周作人并不是完全否定孟子思想，如在《老老恒言》中谈到对养老问题，对《孟子·离娄上》《梁惠王上》孟子谈论养老之孝就很认同。①

《礼记》也是周作人散文中多次谈到的儒家典籍，在《生活之艺术》中周作人说：

> 生活之艺术这个名词，用中国固有的字来说便是所谓礼。斯谛耳博士在《仪礼》序上说，“礼节并不单是一套仪式，空虚无用，如后世所沿袭者。这是用以养成自制与整饬的动作之习惯，唯有能领解万物感受一切之心的人才有这样安详的容止。”从前听说辜鸿铭先生批评英文《礼记》译名的不妥当，以为“礼”不是Rite而是Art，当时觉得有点乖僻，其实却是对的，不过这是指本来的礼，后来的礼仪礼教都是堕落了的东西，不足当这个称呼了。中国的礼早已丧失，只有如上文所说，还略存于茶酒之间而已。②

周作人并不将《礼记》看作儒家经典，其中有什么圣人危言，而是将其看成对一种礼节仪式的记录，认为其礼并不只是一种注重外在形式的Rite，一种仪式、典礼、习俗、惯例、礼拜等，而是认为其是“生活之艺术”的依据，是“唯有能领解万物感受一切之心的人”才能具有的，因此周作人特意强调区分了中国这“原本的礼”与“后来的礼仪礼教”的不同。“原本的礼”来自内心世界，强调的是人内心的自然而然，而“后来的礼仪礼教”只来自人外在的社会关系中，强调的是在社会关系中人应该遵守的某种社会秩序和规范，并不自然来于个体的内心世界，是外在社会要求个体要遵守的，而在这种外在的要求中个体时时会受到压制束缚。③ 因此周作人所认可的“礼”并不体现在那些威严的仪式、典礼、习俗等中，而是指向喝茶、吃酒、赏花、藏书、观雨、谈天、散步等这些日

① 见《周作人散文全集》第8卷，第428页。

② 周作人：《生活之艺术》，《周作人散文全集》第3卷，第513—514页。

③ 同上书，第305—306页。

常生活方式，在这样的生活中蕴有他所欣赏的对个体内心世界自由需要肯定的“礼”之真意。在现实社会中，“现在我们的同胞恐怕是世间最不知礼节的人之一种”，“虽在满口仁义礼智，不必问他心里如何，只看日常举动很少顾虑到人情物理，就可以知道了。”①

周作人喜欢《礼记》中《曲礼》对进食之礼和居丧之礼的记载：“毋抟饭，毋放饭，毋流歠，毋咤食，毋啮骨，毋反鱼肉，毋投与狗骨。”“邻有丧，舂不相，里有殡，不巷歌。适墓不歌，哭日不歌。送丧不由径，送葬不辟涂潦。”周作人说：“读这些文章，深觉得古人的神经之纤细与感情之深厚，视今人有过之无不及。”又举《论语》中记孔子“食于有丧者之侧，未尝饱也”和陶渊明《挽歌诗》“向来相送人，各自还其家，亲戚或余悲，他人亦已歌”两事例，言其皆是“非单旷达语，实乃善言世情”。② 因此周作人眼中的“礼”强调的是日常生活中发自内心的人情物理，而非后世的徒具虚名的礼仪形式。

周作人认为“礼”是日常生活中发自内心的人情物理，所举《礼记》中故事也多这一方面内容。如对《礼记·檀弓》的解读，周作人引的第一则是有关曾子的故事，其文为：

> 曾子寝疾，病。乐正子春坐于床下，曾元曾申坐于足，童子隅坐而执烛。童子曰：华而睆，大夫之箦与？子春曰：止！曾子闻之，瞿然曰：呼！曰：华而睆，大夫之箦与？曾子曰：然，斯季孙之赐也，我未之能易也。元，起易箦！曾元曰：夫子之病革矣，不可以变，幸而至于旦，请敬易之。曾子曰：尔之爱我也不如彼。君子之爱人也以德，细人之爱人也以姑息。吾何求哉，吾得正而毙焉，斯已矣。举扶而易之，反席未安而没。③

周作人对这一则感兴趣的并不是其中的思想，而是对曾子的描写：“本来曾子是怎么一个人物我也并不知道，但根据从《论语》得来的知识，曾子这临终的情形给予我很谐和的恰好的印象。”周作人认为文中所记的曾子调换席子的事很符合曾子的内在情感，曾子就该是这样的情形是他内心的道德支配了他的行为，这一则显示了曾子在日常生活中发自内心

① 周作人：《读戒律》，《周作人散文全集》第7卷，第305页。

② 同上书，第305—306页。

③ 周作人：《读〈檀弓〉》，《周作人散文全集》第7卷，第529—530页。

的对“礼”的认识。《礼记》中用这样大量日常生活细节来对曾子进行描绘，让我们看到了曾子“严肃而蕴藉的人格”，这一人格令千载之下读者为之移情。第二则是《原壤歌狸首》：

> 孔子之故人曰原壤，其母死，夫子助之沐淳。原壤登木曰：久矣予之不托于音也。歌曰：狸首之斑然，执女手之卷然。夫子为弗闻也者而过之。从者曰：子未可以已乎？夫子曰：丘闻之，亲者毋失其为亲，故者毋失其为故也。

周作人认为这一则“也是很好的文章，很能表出孔子的博大处，比《论语》‘宪问第十四’所载要好得多”。《论语》对这一则的记述为：

> 原壤夷俟。子曰：幼而不孙弟，长而无述焉，老而不死，是为贼。以杖叩其胫。

根据戴望注《礼》“六十杖于乡”，周作人认为孔子此时也是六十岁以上了，老年的孔子不会动不动就“以杖叩其胫”。《檀弓》与《论语》给周作人感觉大不相同，周作人认为老年的孔子应该是《檀弓》中描绘的那样会对原壤越礼表示宽容、理解，尤其是那句“亲者毋失其为亲，故者毋失其为故也”颇显浓浓人情味，而《论语》中孔子带有的是火性脾气，动不动还会“胡乱打骂”，没了老年的安详和人情。这儿有意思的是周作人并不辨《礼记》《论语》两者描述孔子的谁真谁假，只是说自己“不取扣胫之说，觉得沐椁一篇为胜”。胜在何处？“读《论语》中所记孔子与诸隐逸周旋之事，特别是对于楚狂接舆与长沮桀溺，都很有情意，并不滥用棒喝，何况原壤本是故人，益知不遗故旧为可信，且与经传中表示出来的孔子的整个气象相调和也。”① 原来周作人欣赏的并不是这些作品中的“经”义，而是这些文章中体现出的人与人之间的细微动人的感情，是这种友善、和气、宽容的气氛让人感动是周作人自己所看重的。同时重要的是，周作人的这种解读恰恰在消解无论是《论语》还是《礼记》神圣的“经”义，后世的儒生奉其为经典，其中的记述的内容是不容怀疑和品评的，而周作人依据普通人情物理从两相对比中看到《论语》中记述孔子的妄诞内容。对《论语》《礼记》这样的“经”典，周作人把他们

① 周作人：《读〈檀弓〉》，《周作人散文全集》第7卷，第530—532页。

只当文学作品来看，“此本非经，只是很好的一篇描写，若作历史事实看便误”，消解掉《论语》《礼记》的“经”义，将其当很好的文学作品看，《论语》《礼记》等典籍中的孔子这些大圣人都变成了日常生活中的普通人，他们身上充满着普通人具有的人情物理，也有“饮食男女人之大欲”，而这样的内容、思想周作人认为才是原始儒家的内容。

同样，周作人对别的儒学“经”典也是从文学的角度来品评的，也是用文学方式消解掉了这些经典所附着的束缚后人思想的各种条律。如对《左传》，周作人看重其文章的裁剪，人物的描绘，实是当小说似的来看待之，对其“经”的意义并不论及。在《历史的小说性》中，周作人对《左传》《史记》的真实性也是有怀疑的，从书写的角度看，“就是正史也原是编辑而成，里边所用的野史材料很不少，这在古时也本是小说类的东西，与演义说部虽是时代早晚不同，差不多是一类的，论到可信的程度实在是相去不远。”[①] 这种对史书的怀疑还见于《故事难讲》[②] 中，周作人讲英国洛利勋爵因一自己目睹事件尚难言尽信而悉焚其稿《世界通史》的事件，来说《左传》《史记》等古来史书更多是如此难言尽信，因此对《左传》《史记》这样的史书只是将其当作裁剪有意思的作品来看待，在这样的文学解读中周作人逐渐拆解掉了这些经学经典的神圣经意。

对《周易》，周作人说是“我所不懂的”[③]，对其没有论述。由于《易经》的难懂，对国民党在中学生中开设《易经》的做法周作人很不以为然。另外像《尚书》，周作人也认为难读难懂，在其散文中没有论述。

在考察完周作人对传统儒家经典的选择、评价后，我们可以看到周作人所选取的儒学典籍主要是《诗经》《论语》，对《孟子》《礼记》是稍有论述，其余经典几乎没有论述。周作人多次自报家门说自己的“经学”基础，除过《诗经》《论语》，其余之经于其多毫无益处，后来的能够略写文字及养成一种道德观念，乃是全从别的方面来的。[④] 对先秦这些儒家经学经典的解构，一是通过探究其原始思想，一是通过文学解读，两种角度都在很大程度上消解了经学附加在这些作品的意义和价值。通过人情物理的发见和文学性解读，这些经典又焕发出新的生命活力和气象，在中国文学史秩序中显现出了新的面貌。

---

① 周作人：《历史的小说性》，《周作人散文全集》第 11 卷，第 193 页。

② 见《周作人散文全集》第 10 卷，第 382 页。

③ 周作人：《贺贻孙论〈诗〉》，《周作人散文全集》第 7 卷，第 755 页。

④ 见周作人《我学国文的经验》，《周作人散文全集》第 4 卷，第 768 页。

第三章

周作人对六朝文章气象的发现

第一节 六朝文章的发见

作为中国文学史进程中重要环节的六朝文章，在周作人心目中占有非常重要的地位，这在一定程度上虽是其受章太炎、刘师培的影响，但更是周作人在五四新文学运动退潮以后对六朝文章的真正发见。在全面反传统文化、痛批“桐城谬种，选学妖孽”的五四文学革命时期，周作人对六朝文基本上没有讨论，在为新文学源流找到晚明小品后，周作人很快又发现其中的流弊，在中国文学中再次上溯，周作人才找到了六朝文章，并从中发掘出了为秦汉、唐宋、桐城文章所没有的六朝文章之气象，六朝文章的面貌才在周作人的述论中逐渐发生变化。

在“五四”新文化运动时期，钱玄同将清代盛行的文选派概括为“桐城谬种，选学妖孽”，“五四”新文学运动的矛头首先指向的就是桐城派和选学派。周作人在 1922 年发表的《思想界的倾向》一文中对当时模仿骈律的写作也有明显批评，因为在当时新文学根基还不牢固时，如何让其站稳脚跟还是首要问题，因此周作人对各地针对新文学发展的文学复古倾向持激烈的批判态度，甚至不惜点名批判自己老师章太炎的讲学。

在 20 年代中期，新文学逐渐站稳脚跟后，周作人开始了对传统文学的现代发掘、整理，但对这种整理，周作人强调思想和方法的现代性。在《思想界的倾向》中他说，“对于太炎先生的学问，我是极尊重的，但我觉得他在现在只适于专科的教授而不适于公众的讲演，否则容易变为复古运动的本营，即使他的本意并不如此。我们要整理国故，也必须凭借现代的新学说新方法，才能有点成就……”[①] 周作人并不是要否定“国粹”，而是认为对其的整理必须“凭借现代的新学说新方法”，没有新思想，就

---

① 周作人：《思想界的倾向》，《周作人散文全集》第 2 卷，第 634 页。

不会有“新学说新方法”，也就不会实现传统的现代转化，这种立场让周作人对待传统骈律的态度逐渐变得宽容起来。在1926年的《刘百昭的骈文》中，周作人对打着传统骈文的旗帜却作实际死文学的刘百昭等人大加讽刺，但对骈文本身态度有所好转：“我万料不到刘百昭先生会做骈文，虽然我以前也料不到杨荫榆女士会做那样上好的感言”，周作人嘲讽刘百昭、杨荫榆的骈文是因其文凭空卖弄词汇却言之无物，其针对的并不是骈文本身。周作人解释说：“我以为骈文也有好的，能做的人也未始不可以做：我绝不主张说骈文是死文学，实在是那些骈文却是真是死了，这并不是被新文学家所逼死，或是咒死的，实在是那些做骈文的人——杨荫榆女士刘百昭先辈生生地把他掐死了。吾人读杨女士之‘杞天’与刘先生之‘春雷’，便可知骈文之气绝也久矣。”① 周作人对骈文的态度不同于胡适，在胡适那里，新文学和骈文因语言的不同，两者之间没有调和的可能②，而在周作人这里，由于他采取的是文白等多语言共融的语言观，看重的是文学精神的死活，因此传统骈文和其他传统文学一样都是周作人要发掘、重构的对象。

在梳理了周作人“五四”新文学运动后对骈文态度的转变后，我们该看周作人如何注意骈文之源流的六朝文章。但是，由于周作人最先是为新文学在传统文学中寻找源流，因此先找到的传统文学资源是晚明小品，在20年代中后期六朝文章还没有真正进入周作人的视域。在1926年5月周作人作《与俞平伯书二通》，文中寻找中国散文小品的传统脉络，没有提及六朝文章。在1926年9月作的《我学国文的经验》中，周作人梳理自己学习国文的过程和经验，也没有提及六朝文。此后，无论是1926年的《〈陶庵梦忆〉序》、1928年的《〈杂拌儿〉跋》、1928年的《〈燕知草〉序》等几篇重要的谈论散文的文章中，六朝文章散文还没有被周作人发见。

周作人从晚明小品中转出来开始初及六朝文章，直到30年代。1930年的《〈冰雪小品选〉序》③ 中，他在追溯小品文的源头时说有一句话，“中国要在晋文里才能看到小品文的色彩”，再没下文。但在周作人开始

---

① 周作人：《刘百昭的骈文》，《周作人散文全集》第4卷，第472页。

② 参见王风《刘师培文学观的学术资源与论争背景》，陈平原主编《中国文学研究现代化进程二编》，北京大学出版社2002年版，第22页。

③ 此文在《苦雨斋序跋文》中改题目为《近代散文抄》，《周作人散文全集》第5卷，第694页。

用“载道”与“言志”的标准来论述中国文学史时，六朝文章成了一个时代“言志”文学的代表，六朝文章在周作人散文中呼之欲出。1931年周作人的《〈枣〉和〈桥〉的序》是篇特别需要注意的文章，文中最先透露出周作人由关注晚明小品转向关注六朝文章的原因。文中周作人称赞废名小说的“文章之美”，从文体变迁上着眼，他认为废名近一二年的文章显得晦涩，是由于文体之简洁或奇僻老辣似明季竟陵派的缘故。公安派初以“流丽取胜”于前后七子，然“其过在清纤”，继公安的竟陵派变流丽为奇僻，废名文的特点也正如此。周作人从传统文学的流变中为废名小说找到了独特价值，回到现代文学，周作人认为“民国的新文学差不多即是公安派的复兴”，其变化也同样不能免于公安派“其过在清纤”的弊端，本于“言志”主张、“信腕信口皆成律度”标准的现代文学在“庸熟之极”后不能不趋于变，简洁生辣文章之兴起，这是散文的趋势，也即说废名这样文章的出现正合散文发展趋势。但周作人又说：“同是新文学而公安之后继以竟陵，犹言志派新文学之后总有载道派的反动，此正是运命的必然，无所逃于天壤之间。”[①] 在认同文学发展历史中不同力量的循环发展外，对新文学发展中“载道派”文学将再次占主导地位的文学发展，周作人表现出了悲观态度，而后来的历史正证实了周作人30年代初的这种预言。周作人这里说的“载道派”的文学指的是当时势力强大的左翼文学，对于在五四时期就以批驳“载道文学”来建立新文学的周作人来说，这种“故鬼重来”的苍凉感，会迫使其对新文学的评论不会再有五四时那样的激情，这促使周作人更自觉地进入传统文学去做些更切实的工作。在别人大谈晚明小品的时候，周作人已经感到的是晚明小品的流弊和其作为新文学资源的严重不足，他需要在晚明小品的基础上重新发掘传统文学，六朝文章和清人笔记就这样进入到了周作人的视域中的。

周作人具体言说六朝文章是从1931年11月的《〈苦茶随笔〉小引》[②]开始的。文中周作人首先表白说“古代文人中我最喜欢诸葛孔明与陶渊明”，注意这里的“最喜欢”，这种表述在周作人以前的散文中并不见；又说“六朝的著作我也有些喜欢，如《世说新语》，《洛阳伽蓝记》，《颜氏家训》等，末一种尤有意思，颜之推虽皈依佛教，而思想宽博，文辞恬澹，几近渊明”。在明确表示了自己对六朝人、文的喜欢后，又说“降至明季公安竟陵两派的文章也很引起我的注意，三袁虽自称上承白苏，其

① 周作人：《〈枣〉和〈桥〉的序》，《周作人散文全集》第5卷，第766页。

② 见《周作人散文全集》第5卷，第797页。

实乃是独立的基业，中国文学史上言志派的革命至此才算初次成功，民国以来的新文学只是光复旧物的二次革命……”至此我们可以清楚地看到周作人的意图，他是要把新文学的传统接续到晚明小品再到接续到六朝文章。虽然这里周作人谦虚说“只是罗列个人偏好的几类文章，还没有敢来批评讲解的力气和意思，所以暂且不多谈了”。而到1932年3月3日作的《中国文学的变迁》中，在周作人用“言志”和“载道”描述中国文学变迁时，他已经明确地把民国新文学发生的源流上溯到晚明小品再到六朝文章，正式把六朝文放在自己重构的传统文学史序列中。其有较详细的论述：

> 魏时三国鼎立，晋代也只有很少年岁的统一局面，因而这时候的文学，又重新得到解放，所出的书籍都比较有趣一些。而在汉朝已起头的骈体文，到这时期也更加发达起来。更有趣的是这时候尚清谈的特别风气。后来有很多人以为清谈是晋朝的亡国之因，近来胡适之、顾颉刚诸先生已不以为然，我们也觉得政局的糟糕绝不能归咎于这样的事情。他们在当时清谈些什么，我们虽不能知道，但想来是一定很有趣味的事。《世说新语》是可以代表这时候的时代精神的一部书。另外还有很多的好文章，如六朝时的《洛阳伽蓝记》《水经注》《颜氏家训》等书内都有。《颜氏家训》本不是文学书，其中的文章却写得很好，尤其是颜之推的思想，其明达不但为两汉人所不及，即使他生在现代，也绝不算落伍的人物，对各方面他都具有很真切的了解，没一点固执之处。《水经注》是讲地理的书，而里边的文章也特别好。其他如《六朝文絜》内所有的文章，平心静气地讲，的确都是很好的，即使叫现代的文人写，怕也很难写得那样好。①

我们在前面梳理过周作人在讲六朝文章前对骈律的好感，骈文又在六朝大盛，可见周作人是先从六朝文章之美进入六朝文章，又发掘出了六朝文章的情趣、思想，或说是人情物理之美，六朝文章的面目焕然一新。

在《中国文学的变迁》中，我们还需要注意到周作人花较多笔墨于晚明小品这一事实，只有了解了周作人对晚明小品的全面评价后我们才可理解周作人在晚明小品的基础上再提出六朝文章的意义。对晚明小品，周作人此处的态度不同于以往单纯的赞赏肯定，而是在赞赏肯定其反抗的文

---

① 周作人：《中国文学的变迁》，《周作人散文全集》第6卷，第64—65页。

学精神之余又强调公安派后来产生的流弊，“所作文章都过于空疏浮华，清楚而不深厚”，竟陵派虽然有以奇僻对公安派进行补救的文学史价值，但后来周作人对竟陵派在肯定其补救价值时也有批评。在1936年作的《〈梅花草堂笔记谈〉等》中他就说：“我以为读公安竟陵的书首先要明了他们运动的意义，其次是考查成绩如何，最后才用了高的标准来鉴定其艺术的价值。我可以代他们说明，这末一层大概不会有很好的分数的……我常这样想，假如一个人不是厌恶韩退之的古文的，对于公安等文大抵不会满意，即使不表示厌恶。”① 如此说来，周作人对晚明小品的欣赏，是基于其对代表正统文学的唐宋八大家、桐城派等“载道”文学的反叛，是基于其在文学史上的价值，而其本身的艺术和思想价值是不应过高评价的。因此在30年代初，在晚明小品急剧升温的时候，周作人实际已经转向六朝文章现代意义的寻找。1932年9月6日周作人重新给沈启无编的《近代散文抄》作序，其中说“正宗派论文高则秦汉，低则唐宋，滔滔者天下皆是，以我旁门外道的目光来看，倒还是上有六朝下有明朝吧。……现今的新文学在官公私各学校里也还没有站得住脚呢。”② 周作人谈新文学的源流是“上有六朝下有明朝”，新文学的根基并不牢固，这让发掘六朝文的现实意义大大增加。1932年11月25日周作人作《〈杂拌儿之二〉序》，在批评了近今作品《绝俗楼我辈语》《燕子龛随笔》《浮生六记》《西青散记》《休庵影语》等散文集文辞思想的不佳后，却称赞俞平伯《杂拌儿之二》中文章的气味与雅致：

> 平伯那本集子里所收的文章大旨仍旧是“杂”的，有些是考据的，其文词气味的雅致与前编无异，有些是抒情说理的，如《中年》等，这里边兼有思想之美，是一般文士之文所万不能及的。此外有几篇讲两性或亲子问题的文章，这个倾向尤为显著。这是以科学常识为本，加上明净的感情与清澈的智理，调合成功的一种人生观，以此为志，言志固佳，以此为道，载道亦复何碍。“此刻现在”，中古圣徒遍于目前，欲找寻此种思想盖已甚难，其殆犹求陶渊明颜之推之徒于现代欤。③

---

① 周作人：《〈梅花草堂笔记谈〉等》，《周作人散文全集》第7卷，第187页。

② 周作人：《〈近代散文抄〉新序》，《周作人散文全集》第6卷，第112页。

③ 周作人：《〈杂拌儿之二〉序》，《周作人散文全集》第6卷，第122—123页。

并说“三国以后的文人里我所喜欢的有陶渊明颜之推两位先生，却巧都是六朝人物”。至此，周作人在把俞平伯散文和六朝文章相联系时，也把现代散文的文脉接续到了传统文学中的六朝文章上，周作人强调六朝文章的现代意义逐渐显露出来。后来周作人开始集中大谈六朝文章，以前文学中不被重视的六朝文章开始以新面貌出现在读者面前。

1934 年 4 月周作人作《〈颜氏家训〉》，明确表达自己对六朝文章的喜欢：

> 南北朝人的有些著作我颇喜欢。这所说的不是一篇篇的文章，原来只是史或子书，例如《世说新语》《华阳国志》《水经注》《洛阳伽蓝记》，以及《颜氏家训》。其中特别又是《颜氏家训》最为我所珍重，因为这在文章以外还有作者的思想与态度都很可佩服。①

后又对《颜氏家训》进行了专门论述，他把自己此前在孔德学校给学生们讲《颜氏家训》时的思考全化在了这篇文章中，具体内容本章第二节中专门论述。1934 年 12 月作《〈论语〉小记》，周作人再次表达自己对诸葛孔明与陶渊明文章的喜欢；1935 年 4 月作《关于英雄崇拜》也谈“诸葛亮陶渊明”；1935 年 8 月作《〈中国新文学大系散文一集〉导言》中重申前面对六朝文章的看法；1935 年 9 月作《文章的放荡》中盛赞梁简文诫子当阳公的话，“立身之道与文章异，立身先须谨重，文章且须放荡”②；在 1935 年 12 月作《宋人的文章思想》中说“我近年常这样想，读六朝文要比读八大家好，即受害亦较轻，用旧话来说，不至于害人心术”③；1936 年 1 月作《关于家训》，再赞《颜氏家训》是“见识情趣皆深厚，文章亦佳”，说颜之推、陶渊明更懂人情物理，又引伍绍棠跋彭兆荪所编《南北朝文抄》之语，“窃谓南北朝人所著书多以骈俪行之，亦均质雅可诵，如范蔚宗沈约之史论，刘勰《文心雕龙》，钟嵘《诗品》，郦道元《水经注》，杨衒之《洛阳伽蓝记》，斯皆篇章之珠泽，文采之邓林，诚使勒为一书，与此编相辅而行，足为词章家之圭臬。”④ 周作人很认同这种说法，认为其中还应加上《颜氏家训》。到 1936 年 8 月，周作

---

① 周作人：《〈颜氏家训〉》，《周作人散文全集》第 6 卷，第 267 页。

② 周作人：《文章的放荡》，《周作人散文全集》第 6 卷，第 756 页。

③ 周作人：《宋人的文章思想》，《周作人散文全集》第 7 卷，第 65 页。

④ 周作人：《关于家训》，《周作人散文全集》第 7 卷，第 45—46 页。

人在北京大学国文系增开“六朝散文”课，在课程纲要说明中再引伍绍棠跋《南北朝文抄》之说，并说“本课即本斯意，择取六朝一二小书，略为诵习，不必持与唐宋古文较短长，但使读者知此类散文亦自有其佳处耳。”在说明纲要后又说：“成忍斋示子弟帖云，近世论古文者以为坏于六朝而振于唐，然六朝人文有为唐人之所必不能为，而唐人文则为六朝才人之所不肯为矣。”[①] 从上面这么多的文章中我们逐渐可以看出，周作人对六朝文章由最初的情感表达逐渐转变为对六朝文章在文学史上的定位，不同于他人论文章是前有秦汉后有唐宋，周作人认为六朝文章其自有佳处，更重要的是“六朝人文有为唐人之所必不能为，而唐人文则为六朝才人之所不肯为”，这种极高的评价让六朝文在文学史上的地位有了极大的变化。

陈平原先生认为周作人在北京大学讲授中国散文，“由‘近代（明清）散文’而‘六朝散文’，不只是课程设置的变更，更代表其文学史图像的重新修订。”[②] 笔者认为在这种“文学史图像的重新修订”中，周作人也是在为现代新散文的发展寻找新的资源，为现代新散文的发展思考更合适的出路，无论是重构中国文学史图像还是为新散文发展寻找资源，在这样的思考中，周作人对六朝文章研究的范围将会更加扩大、理论体系将会更加完备深入。然而抗战的爆发，周作人的课程不再能开设，他对六朝文的学术思考也被迫停止，在那样大动荡的历史时期，周作人的苦心孤诣没能得到社会的回应，也难被世人理解，左翼阵营对其的批判更是曲解了他的本意。直到 1942 年到 1945 年，周作人的几篇文章中才再次出现了谈论六朝文章的文字。

1942 年 10 月 28 日周作人作《画钟进士像题记》，文中说六朝文章“或有杂用骈文句法者，不必对偶，而情趣自佳”，“那时译佛经的人用的亦是这种文体”[③]；1943 年 11 月 26 日作《陶集小记》，文中说：“陶诗大概真有其好处，由我个人看来，当由于意诚而辞达乎。”[④] 1944 年 5 月 28 日刊出的《古典文学》中说：“陶渊明诗向来喜欢，文不多而均极佳……骈文也颇爱好，虽然能否比诗多懂得原是疑问，阅孙隘庵的

---

① 周作人：《六朝散文》，《周作人散文全集》第 7 卷，第 300 页。

② 陈平原：《中国现代学术之建立——以章太炎、胡适之为中心》，北京大学出版社 1998 年版，第 348 页。

③ 周作人：《画钟进士像题记》，《周作人散文全集》第 8 卷，第 754 页。

④ 周作人：《陶集小记》，《周作人散文全集》第 9 卷，第 17 页。

《六朝丽指》却很多同感，仍不敢贪多，《六朝文絜》及黎氏笺注常备在座右而已。"[①] 这些说法还是30年代论六朝文之说法，但在《古典文学》一文中，周作人又说"以上就唐以前书举几个例，表明个人的偏好，大抵于文字之外看重所表现的气象与性情，自从韩愈文起八代之衰以后，便没有这种文字，加以科举的影响，后来即使有佳作，也总是质地薄，分量轻，显得是病后的体质了"，这里却是显出周作人评论六朝文时前后细微的变化。大抵此前周作人论说六朝文是重在六朝文的文体、文字和思想、情趣，而现在周作人更明确说的是六朝文"大抵于文字之外"所"所表现的气象与性情"，这种"气象和性情"正是此前说的六朝自有的佳处，是"六朝人文有为唐人之所必不能为，而唐人文则为六朝才人之所不肯为"的东西，此"气象"在精神上应是通于我们前文中说的《论语》中的"孔门气象"，两者皆重文辞的真诚与思想的宽博。此前周作人没有强调，而在此周作人有了自觉的发见，六朝文章在中国文学史上的独特性面貌才得以明确呈现。而且周作人深感这样的"孔门气象"和"六朝气象"在后世的文章中不再出现，本人认为这才是周作人如此看重六朝文章的根本原因。

而六朝文章"气象"的阔大万千，又与六朝人所受佛学思想的影响有重大关系。魏晋六朝是中国历史上佛教最为繁盛的时期，其佛教思想为中国文化发展另启一天窗，也使中国文学发展出现新气象，以往文学史家不注意，周作人却于此提出了自己的思考。周作人选择的六朝文章中，很重的一部分便是六朝佛经，不过周作人只把其当作一种书来看，当成一种文章来看，所得的也只在"文章及思想"。周作人有多篇散文论及六朝佛经，并计划于1937年8月在北京大学国文系又增开一门"佛经文学"的课。课程纲要说：

> 六朝时佛经翻译极盛，文亦多佳胜。汉末译文模仿诸子，别无新意味，唐代又以求信故，质胜于文，唯六朝所译，能运用当时文调，加以变化，于普通骈体散文外，造出一种新体制，其影响于后来文章者亦非浅鲜。今拟选取数种，稍稍讲读，注意于译经之文学的价值，亦并可作古代翻译文学看也。[②]

① 周作人：《古典文学》，《周作人散文全集》第9卷，第194页。

② 周作人：《佛经文学》，《周作人散文全集》第7卷，第786页。

从纲要中可看出周作人讲佛经，不在佛经义理，或是宗教信仰，而是在经文的文学性。只是这种想法也因抗战的爆发，自己处境的变迁而搁浅。后来周作人 1944 年作的《佛经我的杂学（十九）》[①] 一文中重提佛经文学时，周作人才对自己的看法做了较多的说明："进不到佛教里去，我只是把佛经当作书来看，而且这汉文的书，所得的自然也只在文章及思想这两点上而已。"在文章方面，"《四十二章经》与《佛遗教经》仿佛子书文笔，就是儒者也多喜称道，两晋六朝的译本多有文情俱胜者，什法师最有名，那种骈散合用的文体当然因新的需要的兴起，但能恰好的利用旧文字的能力去表出新意思，实在是很有意义的一种成就。"在思想方面，佛经思想"实在是印度古圣贤对于人生特别是近于入世法的一种广大厚生的态度，根本与儒家相通而更为彻底"，佛经戒律中有"大慈悲佛性种子"，佛教思想"明智通达""博大深厚"。以上这两方面的看法实际还是周作人对自己 30 年代谈论六朝佛经思想的一种梳理，说法并无变化，一面强调佛经的体式、文辞等文学意义，一面强调佛经思想对众生思想的意义。但紧接着周作人又说六朝佛经的出现"这固然是翻译史上的一段光辉，可是在国文学史上意义也很不小，六朝之散文著作与佛经很有一种因缘，交互的作用，值得有人来加以疏通证明，于汉文学的前途也有极大的关系"。这种"因缘"可不光是佛经散文和六朝文章的体式文辞方面的关系，或是文章作者思想的旷达开阔，而是对文章的重新理解，究竟是怎样新的理解，周作人没展开，也许也没想好，但肯定是意识到了，因为"这值得有人来加以疏通证明，于汉文学的前途也有极大的关系"。联系上文周作人对六朝文章前后的不同评价，强调六朝文章在文字之外的"气象和性情"，再加周作人对六朝文章和六朝佛经关系的启发，我们透过周作人的眼界看到的是面貌全新的六朝文章。

1944 年 12 月 5 日周作人作有《文坛之外》一文，其对自己执笔写文章四十年中的文学理念进行了一番梳理，很可看出周作人文章观念的变化。周作人说：

> 我写文章的态度，第一，完全不算是文学家，第二，写文章是有所为的。这样，便与当初写《自己的园地》时的意见很有不同了，因为那时说我们自己的园地是文艺，又说，弄文艺如种蔷薇地丁，花

---

① 见《周作人散文全集》第 9 卷，第 236 页。

> 固然美，亦未尝于人无益。现在的希望却是在有益于人，而花未尝不美。这恐怕是文人习气之留遗亦未可知，不过只顾实益而离美渐远，结果也将使人厌倦，与无聊的道学书相去不过五十步，无论什么苦心都等于白费了。我的理想是颜之推的家训，但是这怎能企及，明知是妄念，也是取法乎上的意思，所谓虽不能至，心向往之而已。这部《颜氏家训》所表示出来的，理性通达，感情温厚，气象冲和，文词渊雅，可以说是这类著作之极致，后世俗少有知者，唯赵瞰江以老年独为之注，其见识不可及，亦为鄙人所心折者也。①

这里列出了自己三种写文章的态度，首先是写《自己的园地》的时候，强调“花固然美，亦未尝与人无益”，在文章之美和文章之用中强调前者；其次是30年代到40年代，强调知之为知之、刺虚妄的为文，希望“有益于人，而花未尝不美”。但周作人对第二种为文强调文章之用的态度有着清醒的反思意识，这种强调“有益于人”的态度“恐怕是文人习气之留遗亦未可知，不过只顾实益而离美渐远，结果也将使人厌倦，与无聊的道学书相去不过五十步，无论什么苦心都等于白费了”。第三种为文的态度才是周作人最理想的态度，“我的理想是颜之推的家训”，是要“理性通达，感情温厚，气象冲和，文词渊雅”的境界，在兼有“质胜”和“文胜”时，更要有“气象”，虽然这种境界“后世俗少有知者”，而自己“怎能企及，明知是妄念”，周作人也要取法乎上“虽不能至，心向往之”。

这种有“气象”的文章在周作人心目中，“大概只有《诗经》，其中也以《国风》为主，《陶渊明集》和《颜氏家训》而已”②，再加上《论语》中部分章节。周作人觉得中国旧书能反复读了不生厌的实在很少，“中国文人著作，据私见说来，唐以前的其文章思想都有本色，其气象多可喜，自宋以后便觉得不佳，虽然别有其他好处亦不能抹煞。”③ 可见，在周作人心目中，中国文学中地位最高的文章既不是秦汉文，更不是唐宋八大家文，而是《诗经·国风》《论语》六朝文，这样的文章“文质彬彬，而后君子”。但这“气象”，如陶渊明诗之境界要具体言说时，只能

---

① 周作人：《文坛之外》，《周作人散文全集》第9卷，第374页。

② 周作人：《萤火》，《周作人散文全集》第9卷，第304页。

③ 周作人：《佛经十堂笔谈（八）》，《周作人散文全集》第9卷，第406页。

是“此中有真意，欲辨已忘言”。[1]

无独有偶，对六朝文章的这种“气象”废名也有过类似周作人这样的论述：

> 中国文章，以六朝人文章最不可及。我尝同朋友们戏言，如果要我打赌的话，乃所愿学则学六朝文。我知道这种文章是学不了的，只是表示我爱好六朝文，我确信不疑六朝文的好处。六朝文不可学，六朝文的生命还是不断地生长着，诗有晚唐，词至南宋，俱系六朝文的命脉也。在我们现代的新散文里，还有“六朝文”。我以前只爱好六朝文，在亡友秋心居士笔下，我才知道人各有其限制，“你不能做我的诗，正如我不能做你的梦”，此君殆六朝才也。秋心写文章写得非常之快，他的辞藻玲珑透澈，纷至沓来，借他自己《又是一年芳草绿》文里形容春草的话，是“泼地草绿”。我当时曾指了这四个字给他看，说他的泼字用得多么好，并笑道，“这个字我大约用苦思也可以得着，而你却是泼地草绿。”庾信文章，我是常常翻开看的，今年夏天捧了《小园赋》读，读到“一寸二寸之鱼，三竿两竿之竹”，怎么忽然有点眼花，注意起这几个数目字来，心想，一个是二寸，一个是两竿，两不等于二，二不等于两吗？于是我自己好笑，我想我写文章决不会写这么容易的好句子，总是在意义上那么的颠斤簸两。因此我对于一寸二寸之鱼三竿两竿之竹很有感情了。我又记起一件事，苦茶庵长老曾为闲步兄写砚，写庾信《行雨山铭》四句，“树入床头，花来镜里，草绿衫同，花红面似。”那天我也在茶庵，当下听着长老法言道，“可见他们写文章是乱写的，四句里头两个花字。”真的，

① 我们在周作人散文中多次看他对六朝文极喜欢的言论，但他具体直接论述六朝文的文字又并不多见，如他说“读陶诗见古今评语不少，只喜欢两人的话，即是苏东坡陆放翁的题跋”，周不找他们的具体评述，却找到的是描述两人初见陶诗时喜欢情景文的文字，文中引述，“东坡云：余闻江州东林寺有陶渊明诗集，方欲遣人求之，而李江州忽送一部遗予，字大纸厚，甚可喜也。每体中不佳，辄取读，不过一篇，惟恐读尽后无以自遣耳。放翁云：吾年十三四时，侍先少傅居城南小隐，偶见藤床上有渊明诗，因取读之，欣然会心。日且暮，家人呼食，读诗方乐，至夜卒不就食。”（周作人：《关于陶筠庵》，《周作人散文全集》第 7 卷，第 658 页）周作人对自己喜欢的文章文人也多是这种形象描述，少评论，如对《论语》中的“孔门气象”主要是描绘，对陶诗主要是介绍自己珍藏的版本，对颜文多是摘引，这种传统解读方式在存真去俗防遮蔽时，也需要阅读者有文化基础，不然就很难理解。

真的六朝文是乱写的，所谓生香真色人难学也。[①]

能够感受到六朝文的好处，是“乱写的”，却也知道六朝文章的不可学，而六朝文的生命还是不断地生长着，现代的新散文中还有六朝文，这种六朝文“气象”实是只可意会而难以言传了。

周作人第二次对六朝文章的重要思考后来却随着他的入狱停止了，再后来的提及是1956年了，而且不同前两次的自觉思考，这次周作人只能在写对鲁迅回忆的文章中通过讲鲁迅对六朝文章的喜爱来间接表达自己对六朝文章的感情，这样的文章如《鲁迅读古书》《鲁迅的国学与西学》《鲁迅的文学修养》《鲁迅与中学知识》[②]，在这样的回忆中再次流露了周作人对六朝文章的念念不忘，但在1956年“载道文学”重新一统天下的背景下，这种对六朝的重提，在现实社会已经不具有重构现代新文学的意义了，周作人自己的耻辱历史更使其不适合再提六朝文章。

虽然周作人对六朝文章的思考以一种未完成的方式结局，但是正如周作人1945年在《近代散文抄》中说自己30年代讲晚明小品、新文学的源流、六朝文时说的“大家的努力决不白费”一样，六朝文章相对于秦汉文和唐宋文在中国文学史上的独立品格却在后来逐渐得到了后世文学史家的认同，新文学当中的六朝文文脉仍是如丝如缕地延续了下来。

第二节　六朝名家文章之解读

周作人重构六朝文章，选择的对象主要有颜之推的《颜氏家训》、陶渊明诗文、诸葛亮等人文章，还有六朝佛经、《世说新语》等。除六朝佛经我们单独列出外，本节将分别对其余对象展开梳理，以感知周作人是如何选择和解读这些文章中的六朝气象的。

一　颜之推的《颜氏家训》：思想宽博，文辞恬澹

陈平原先生曾说：“周作人喜欢列举其追慕的古人，谈孔丘、诸葛亮、陶渊明，取其人格及生活态度；举王充、李贽、俞正燮，注重的则是

---

① 废名：《三竿两竿》，《世界日报·明珠》，1936年10月5日。

② 对这种情感的表达，可参见陈平原论述，见《中国现代学术之建立——以章太炎、胡适之为中心》，北京大学出版社1998年版，第348—349页。

思想。至于兼及人格、思想与文章，周氏最欣赏的，很可能是颜之推。”①上一节中我们也注意到在《文坛之外》中，周作人说自己最理想的文章是“颜之推的家训”，其文“理性通达，感情温厚，气象冲和，文词渊雅”，在兼有“质胜”和“文胜”时，更有“气象”，颜氏文章思想是周作人为文的最高理想。因此，考究周作人对《颜氏家训》的具体评价是理解周作人对六朝文章取向的重要路径。

周作人很早就在文章中一再提及《颜氏家训》，如1919年《再论“黑幕”》，1925年《古文秘诀》，1926年《回丧与买水》，但在这些文章中周作人并没论述《颜氏家训》。直到1931年3月4日给俞平伯的书信中周作人提到自己在长甸购得一部万历三年刻的《颜氏家训》，“尚觉得喜欢耳”②，再到1931年11月9日作的《〈苦茶随笔〉小引》中，才逐渐有了周作人正式论及颜之推的文字：

> 六朝的著作我也有些喜欢，如《世说新语》《洛阳伽蓝记》《颜氏家训》等，末一种尤有意思，颜之推虽皈依佛教，而思想宽博，文辞恬澹，几近渊明，《终训》一篇与自挽诗有殊途同归之致，常叹中国缺少如兼好法师那样的人，唯颜之推可与抗衡，陶公自然也行，只是散文流传太少，不足以充分表现罢了。③

从这段话看，周作人主要看取《颜氏家训》的是“思想宽博，文辞恬澹”。到1932年的《中国文学的变迁》一文，周作人说：“《颜氏家训》本不是文学书，其中的文章却写得很好，尤其是颜之推的思想，其明达不但为两汉人所不及，即使他生在现代，也绝不算落伍的人物，对各方面他都具有很真切的了解，没一点固执之处。”④ 这种论述还是对前文看法的重申，但需要注意的是，周作人认为颜之推思想之“明达”为“两汉人所不及”，在现代“也绝不算落伍”，这是一个极高的评价。到1934年写专门文章《〈颜氏家训〉》⑤，周作人才开始了对自己心目中理想文章的具

---

① 陈平原：《中国现代学术之建立——以章太炎、胡适之为中心》，北京大学出版社1998年版，第368页。

② 周作人：《与废名书六通》，《周作人散文全集》第5卷，第742页。

③ 周作人：《〈苦茶随笔〉小引》，《周作人散文全集》第5卷，第797页。

④ 周作人：《中国文学的变迁》，《周作人散文全集》第6卷，第64—65页。

⑤ 见《周作人散文全集》第6卷，第267页。

体论述。

周作人首先说，在南北朝人的著作中，“《颜氏家训》最为我所珍重，因为这在文章以外还有作者的思想与态度都很可佩服。”而周作人认为作者的“思想和态度”，“实在也不该列入到儒家，因为他的思想比有些道学家要宽大得多，或者这就是所谓杂也未可知，但总之是不窄，就是人情味之所在，我觉得兼好法师之可喜者也就在此。”颜之推的思想之宽博体现在有人情味，这人情味却是汉代和后世儒生不注重的，后世儒教徒讲儒教大义，在固守儒教思想时却忘却了自己实际生活中的人情物理，而在周作人看来先秦儒家典籍如《论语》《礼记》所讲多为日常生活中的人情物理，如刘献廷说的“圣人六经之教原本人情”，《颜氏家训》的好处大半就在这“世故人情”，这种情境气象是后世儒生文章中不可有的。周作人还引述了卢文弨（1717—1796，字召弓）为《颜氏家训》所作的序：

> 呜呼，无用之言，不急之辩，君子所弗贵。若夫六经尚矣，而委曲近情，纤悉周备，立身之要，处世之宜，为学之方，盖莫善于是书。人有意于训俗型家者，又何庸舍是而叠床架屋为哉。[①]

周作人认为他对《颜氏家训》的评价“最简要得中”，序中说的“委曲近情，纤悉周备，立身之要，处世之宜，为学之方”正是对日常生活中普通细微人情事理的看重。

六朝世乱，朝代更替频繁，颜之推经历了由梁入北齐再入北周的历史变迁，自言“予一生而三化，备荼苦而蓼辛”，三为亡国之人，但北周后又为隋灭，颜之推又随之入隋，其一身经数十年患难。周作人认为颜之推正是以自己人生经验“成此二十篇书以为子孙后车，其要旨不外慎言检迹，正是当然，易言之即苟全性命于乱世之意也”。对这种无告者的“苟全性命于乱世之意”，周作人报以极大的同情，“这也何足为病呢，别人的书所说无非也只是怎样苟全性命于治世而已”，如果说在治世中那些“无告”者、“穷民”“死者”“孺子”“妇人”等还有可能被统治者所眷顾的话，那在乱世中统治者都自顾不暇时，这种“苟全性命于乱世之意”中包含的是对弱势者极深厚的人道关怀，而不是像道学家那样要别人去拿自己的性命去成就他人的霸业，身处同样是乱世的周作人不禁对颜之推的遭际有极大感受，对其思想也就多接受了。

① 周作人：《〈颜氏家训〉》，《周作人散文全集》第6卷，第268页。

但同时，鲁迅对《颜氏家训》却有与周作人大不相同的评论①，鲁迅针对现实文化界严厉批评“颜氏渡世法”，“便是现在，报这样思想的人恐怕还不少”②。时局艰危，又多有人讲《颜氏家训》，强调“有学艺者，触地而安”，鲁迅深感忧虑：

> 这说得很透彻：易习之伎，莫如读书，但知读《论语》《孝经》，虽则被俘虏，犹能为人师，居一切别的俘虏之上。这种教训，是从当时的事实推断出来的，但施之于金元而准，按之于明清之际而亦准。现在忽由播音，以“训”听众，莫非选讲者已大有感于方来，遂绸缪于未雨么？③

不幸的是后来事正被鲁迅言中，四年后周氏正走上了这样的道路，联想到四为亡国之人的颜之推的人生选择，不能不说周作人是大受其影响。陈平原先生就此问题分析过周作人与鲁迅的差异，金针度人，对周作人的这种选择有严厉的批评。④ 颜之推在《教子》篇中说自己对齐士介绍自己教子习鲜卑语及弹琵琶事“俯而不答”，并说“若由此业自致卿相，亦不愿汝曹为之”，周作人对颜之推的这种骨气大加赞赏，但同颜之推在现实生活的表现与《教子》篇中的体现有不小的距离一样，周作人对《颜氏家训》、后对明遗民傅山等人的推崇和他在后来现实生活的表现也是有不小的距离的，这不能不让人有历史的感伤。陈平原先生说周作人由“苦雨”而“苦茶”而“苦住”，在如此“隐逸”的思想中“已经没有丝毫‘带气负性’的意味，纯为‘苟全性命于乱世’”，“固然‘乱世’阴影的压迫日渐严重”，可这种思想取向“也跟其趋向于屈从与忍辱大有关系”⑤，这实是对周作人后来各种辩解之说最为严厉且无可辩驳的批评。当然这其中的复杂性非我们三言两语可以说清楚，如果说从周作人自己守护的思想底线来讲，为“天下”的思想远远超过了为某一朝代、国家的

① 见陈平原《中国现代学术之建立——以章太炎、胡适之为中心》，北京大学出版社 1998 年版，第 370—372 页。

② 鲁迅：《扑空》，《鲁迅全集》第 5 卷，人民文学出版社 2005 年版，第 367 页。

③ 鲁迅：《儒术》，《鲁迅全集》第 6 卷，人民文学出版社 2005 年版，第 34 页。

④ 见陈平原《中国现代学术之建立——以章太炎、胡适之为中心》中第八章第四节“乱世中的‘思想通达’”。

⑤ 陈平原：《中国现代学术之建立——以章太炎、胡适之为中心》，北京大学出版社 1998 年版，第 373—374 页。

思想。

周作人从“人情世故”的角度看待《颜氏家训》，从《风操》中看到的是“颜君的识见，宽严得中，而文词温润与情调相副，极不易得”，从《文章》中看重颜氏解诗的“有情致”“要言不烦”，从《终制》中看重其“看彻生死”“意思平实”“文词亦简要和易，其无甚新奇处正是最不可及处”，在与陶渊明《自祭文》《拟挽歌辞》相比中认为其“或高旷过之”，可以看出周作人这里所看重的都是《颜氏家训》的文章、作者的思想和态度。后来周作人还在《关于家训》中说《颜氏家训》“其见识情趣皆深厚，文章亦佳”[①]，在《文坛之外》中称自己作文的理想是达到《颜氏家训》的境界，“理性通达，感情温厚，气象冲和，文词渊雅”[②]。但由于四十年代动荡的社会环境和他自己的尴尬境地，周作人对《颜氏家训》的认同并不为他人所认同，周作人对颜之推《颜氏家训》的发见也不为后人理解。[③] 周作人把自己对《颜氏家训》“思想宽博，文辞恬澹”的理解化进了自己后来的散文创作中，半个多世纪后张中行对周作人散文评价说“文章要有合乎人情物理的内容，而用朴实清淡的笔墨写出来”[④]，可谓是知音之论了。

二　陶渊明文诗：意诚而辞达，功竟在身后

六朝人中，周作人经常把陶渊明与颜之推并举，陶渊明人格及人生态度对周作人影响巨大。周作人对陶渊明的追慕并非一蹴而就，并且前后是有变化的。周作人最初论及陶渊明是在1923年的《歌咏儿童的文学》中，他盛赞陶渊明的《责子诗》，“因为最是真情流露”[⑤]，后又在《关于教子法》中引述了黄庭坚对陶渊明《责子》[⑥] 诗的评论：“观靖节此诗，

---

① 周作人：《关于家训》，《周作人散文全集》第7卷，第45页。

② 周作人：《文坛之外》，《周作人散文全集》第9卷，第374页。

③ 陈平原认为谈论20世纪中国六朝文的复兴，周作人发现“吾家世文章，甚为典正，不从流俗”的颜之推是至关重要的一环。见《中国现代学术之建立——以章太炎、胡适之为中心》，北京大学出版社1998年版，第375页。

④ 张中行：《负暄琐话》，黑龙江人民出版社1986年版，第36页。

⑤ 周作人：《歌咏儿童的文学》，《周作人散文全集》第3卷，第38页。

⑥ 此诗原文为：“白发被两鬓，肌肤不复实。虽有五男儿，总不好纸笔。阿舒已二八，懒惰故无匹。阿宣行志学，而不爱文术。雍端年十三，不识六与七。通子垂九龄，但觅梨与栗。天运苟如此，且进杯中物。”

想见其人慈祥戏谑可亲也，俗人便谓渊明诸子皆不肖，而愁叹见于诗耳。”① 周作人认为此节说得最好，陶诗中充满感情，实显陶渊明之慈祥可亲。此节在1957年写的《杜少陵与儿女》一文中再次出现，但对杜甫的俗评，周作人却提出批评：

> 这里的所谓俗人之中，却有一个杜子美，这很有点儿奇怪。杜诗《遣兴》之三是说陶公的，末二句云：“有子贤与愚，何其挂怀抱。”陶诗题目虽是责子，似乎是很严肃的东西，其实内容是很诙谐的，其第五联最是明了，如果十三岁的小孩真是连六与七还不懂，那么这是道地的白痴，岂止不肖而已。山谷说他戏谑，极能了解这诗的意味，又说慈祥，则又将作者的神气都说出来了。嘉孺子而哀妇人，古人以为圣王之用心，却也是文艺中重要成份，便是杜子美自己的著作里也是如此，而且比起别人来还要比较的多些。正如人见了小孩的说话行动，常不禁现出笑容来一样，他们如在诗文图画里出现时，也自有其一种和蔼氛围，这就是所谓慈祥戏谑可亲了。②

杜甫的评价是中了文字的障碍，而黄庭坚却是透过文字看到了陶渊明的慈祥面目，周作人对杜甫的批评和对黄庭坚的喜爱不也正显出周作人的和蔼亲近的容貌来。《庄子》里“嘉孺子而哀妇人”的话，周作人认为其思想与佛家的慈悲精神相同，在周作人对陶渊明诗的解读中也正显示出这种慈悲情怀，正是有对普通人人情物理的理解，这些古人情感才能在周作人这里得到共鸣。因喜欢陶渊明儿童诗，周作人还特意和诗数首，如《儿童杂事诗》卷二乙之四陶渊明一曰：“但觅栗梨殊可念，不好纸墨亦寻常。陶公出语慈祥甚，责子诗成进一觞。”③《儿童杂事诗》卷二乙之五陶渊明二曰：“离家三月旋归去，三径如何便就荒。稚子候门倏不见，菊花丛中捉迷藏。”周诗前首是和陶渊明《责子》诗，后诗和《归去来兮辞》，诗中想象陶渊明与孩童的嬉戏，此种童趣唯“慈祥戏谑可亲”者才能体味来。在“五四”时期提出“人的文学”并进而“发见”女人和儿童后，周作人就不断在传统文化中寻找这样的文学材料，前后四十年，思想一脉相承，在《庄子》中找到了“嘉孺子而哀妇人”，在陶渊明等人的

---

① 周作人：《关于教子法》，《周作人散文全集》第9卷，第290页。

② 周作人：《杜少陵与儿女》，《周作人散文全集》第12卷，第804页。

③ 王仲三笺注：《周作人诗全编笺注》，学林出版社1995年版，第201页。

诗作中具体形象化了“嘉孺子”。

1931年在《〈苦茶随笔〉小引》中，周作人再提及陶渊明，由早期关注陶渊明对儿童的态度转向关注陶对生活的态度：“渊明的诗不必再等我们来恭维，早有定评了，我却很喜欢他诗中对于生活的态度。所谓‘衣沾不足惜，但使愿无违’，似乎与孔明的同是一种很好的生活法。”[①]此后周作人开始在多篇文章中谈及陶渊明的生活态度，如在《〈颜氏家训〉》认为陶渊明的《自祭文》与《拟挽歌辞》“看彻生死，故其意思平实，而文词亦简要和易，其无甚新奇处正是最不可及处”，其高旷处过颜之推；[②] 在《读戒律》中举陶渊明《挽歌诗》第三首[③]谈传统“礼”之精神，周作人说：“此并非单是旷达语，实乃善言世情，所谓亦已歌者即是哭日不歌的另一说法，盖送葬回去过了一二日，歌正亦已无妨了。陶公……似没有什么对于人家的不满意，只是平实地说这一种情形，是自然的人情，却也稍感寂寥，此是其佳处也。”[④] 陶诗能平实地讲人情物理，周作人认为这正是陶诗之佳处，是别人无可企及处。在这些30年代的论述文章中，周作人看取陶渊明诗文的“意思平实，文词亦简要和易”，“无甚新奇处正是最不可及处”，推崇陶渊明“看彻生死”的人生态度，赞其是“千古旷达人”，“以生前的感觉推想死后的况味”“大有情致”。在这样的“旷达”和“情致”中，陶渊明“生活的态度”变成了周作人所说的“生活之艺术”，这样对待生活和艺术的态度，是周作人追慕的、却觉得是难以企及的六朝“气象”。

可是在周作人谈论陶渊明的生活态度，“具体谈论陶的诗文及人格时，周氏从来只提情致与闲适，而未及其被埋没的‘一肚子理想’。即便提及陶诗里的刑天舞干戚案，也只谈校勘，而不及志向。”[⑤] 陶渊明不只有“采菊东篱下，悠然见南山”的一面，也有“刑天舞干戚，猛志固常在”的一面，历来评陶诗者对这两方面都有很多论述，而周作人在文章中对陶渊明的推崇看似只有前者，并无后一方面。陈平原先生认为正是“周氏本人以及诸同道”对于陶渊明诗文“平淡”的“过分推崇，越说越

① 周作人：《〈苦茶随笔〉小引》，《周作人散文全集》第5卷，第797页。

② 参见周作人《〈颜氏家训〉》，《周作人散文全集》第6卷，第271页。

③ 原诗内容为：“向来相送人，各自还其家，亲戚或馀悲，他人亦已歌。”

④ 周作人：《读戒律》，《周作人散文全集》第7卷，第306页。

⑤ 陈平原：《中国现代学术之建立——以章太炎、胡适之为中心》，北京大学出版社1998年版，第360页。

玄，引起左翼文化人的反感”，这才有了鲁迅的反驳。[①] 鲁迅说：

> ……自己放出眼光看过较多的作品，就知道历来的伟大的作者，是没有一个“浑身是‘静穆’”的。陶潜正因为并非“浑身是‘静穆’，所以他伟大”。现在之所以往往被尊为“静穆”，是因为他被选文家和摘句家所缩小，凌迟了。[②]

鲁迅看重陶诗中“金刚怒目”的一面，也在为文与为人中实践了这种选择，而周作人选择了不同于鲁迅的一面——陶渊明的“生活的态度”。对于周作人对陶渊明的这种选择，曹聚仁认为是周氏“备历世变，甘于韬藏”，提出周作人思想的流变线索是“从孔融到陶渊明”[③]。但周作人的看法并不如此，他认为“文学即是不革命，能革命就不必需要文学及其他种种艺术或宗教，因为他已有了他的世界了”，“然而原来是反抗的”。[④] 在他看来，要么是实际地去参加革命，要么是从事不革命的“反抗”文学，两者路向不同且往往不可兼得。周作人选择后者，并把这种写作变成了“生活的艺术”。而陈平原先生在陈寅恪的论文《陶渊明之思想与清谈之关系》中找到陈寅恪对陶渊明处世的独特理解，介绍并评论说：

> 依照史家陈寅恪的观点，陶渊明的“平淡”与“自然”，并非“落伍”，而是一种独立的思想创造。既不同于尚老庄是自然者之“避世”，也不同于尚周孔是名教者之“进取”，更不同于名利兼收的“自然名教两是之徒”，而是别创一种足可安身立命的“新自然说”。……若此说属实，则陶氏不愧为“吾国中古时代之大思想家”。陶氏是否“大思想家”尚可商议，可将其“生活方式”作为一种思想史现象来审视，寅恪先生的眼光大可借鉴。[⑤]

---

① 详见陈平原《中国现代学术之建立——以章太炎、胡适之为中心》，北京大学出版社 1998 年版，第 362—364 页。

② 鲁迅：《“题未定”草（七）》，《鲁迅全集》第 6 卷，人民文学出版社 2005 年版，第 444 页。

③ 曹聚仁：《从孔融到陶渊明的路》，《申报·自由谈》1924 年 4 月 24 日，见陶志明编《周作人说》，北新书局 1934 年版，第 73 页。

④ 周作人：《〈燕知草〉跋》，《周作人散文全集》第 5 卷，第 519 页。

⑤ 陈平原：《中国现代学术之建立——以章太炎、胡适之为中心》，北京大学出版社 1998 年版，第 365—366 页。

同样，我们是否也可以把周作人对写作的选择，在写作中选择琐细的日常生活，选择表达日常人情物理，用写作来实现“生活的艺术”的方式，看成是陈寅恪说陶渊明的，是一种“安身立命”“独立的思想创造”式的人生选择呢，想来这一问题是大有深味的。

在1937年的《关于陶筠庵》① 中，周作人用具体描述的方式谈及自己对陶渊明诗文艺术的喜好和钦慕，他先引陶筠庵对陶渊明诗的评价，“靖节诗非惟不能学，亦不可学”，赞赏陶筠庵的评论“看似平常，却切实公平”，又说自己“读陶诗见古今评语不少，只喜欢两人的话，即是苏东坡陆放翁的题跋”，但周作人并没说苏轼与陆游对陶诗的具体评论，而是介绍了两人初读陶诗时惊喜的情状。苏轼是“惟恐读尽后无以自遣耳”，陆游是读陶诗到不顾吃饭。周作人如此引述，可知他对陶渊明诗的感受是与苏东坡、陆放翁相去不远。但在1937年的《关于陶筠庵》后，一直到1944年作《陶集小记》，有七年时间在散文中周作人却不提及陶渊明，这是否是他没有守住陶渊明那样“安身立命”的生活方式的一种表现呢？而且《陶集小记》中周作人说：“我平常很喜欢陶渊明的诗……陶诗大概真有其好处，由我个人看来，当由于意诚而辞达乎。”② 周作人强调的是“意诚而辞达”，这与30年代谈陶渊明时看重其生活态度的角度并不一样，并且文中周作人详细列出了自己所藏的二十种陶集版本，在表白自己对陶渊明不一般的喜爱时，这里是否隐约有周作人对自己处境尴尬的悔意？

晚年周作人还写过几篇有关陶渊明的文章，对其的评价和看取又有变化，很值得重视。首先是1950年写的《不写说理文》，周作人对陶诗的评价又有变化：

> 我是从前读古文读伤了胃口过的，特别是韩退之的文章，所以我对于说理的文看了就头痛，脑筋被《原道》和《送孟东野序》的煤气熏的没有复原，很容易一下子就引起反应。可是自己拿起笔来却又要犯这毛病，往往写好了一篇之后，复阅一遍，发见这很有点儿韩气，心里大为气闷，只好顺手团了放进字纸篓里去。
>
> 我平常喜欢陶渊明的诗，因此恍然大悟，这并非因为他的隐逸或是慷慨，实际是为的他的诗说理能说得那么好，正是独一无二的圣

① 见《周作人散文全集》第7卷，第658页。

② 周作人：《陶集小记》，《周作人散文全集》第9卷，第17页。

> 手，至少我的佩服他的原因是大半由于此的。我们写文章决不能有陶公这种本领，那么结果只好自己警惕，不要多发议论，还是写些有事有人的文章好，虽然这事也并不容易。[①]

一面是反感韩愈文章说理，并警惕自己文章的说理，但一面却佩服陶诗“说理能说得那么好”。40年代对陶诗的喜爱在“意诚而辞达”，现在喜欢陶诗在“说理”，当然这两者并不冲突，但方向角度有变化。与以韩愈为代表的说理不同，陶诗的说理，首先是蕴含在日常生活中，陶诗所写的大量内容是对田园生活的描绘，这种田园生活中包括的是亲人、邻里、乡人的普通生活、人情物理，这样的生活中含有陶渊明所体味到的人生哲理，这样的哲理不同于韩愈等代表的儒教之“道”。其次，在陶诗的说理方式上，陶诗的理在诗的字面意思上是直接看不到的，需要自己去体悟，不同于儒教之道的表达方式，在强调确实性时又形成新的遮蔽和束缚。陶渊明说“此中有真意，欲辨已忘言”，周作人在其中感受到了带有人生真谛的哲思，这种哲思不落文字的束缚，因此说“靖节诗非惟不能学，亦不可学”，这样的境界自己写不出，还不如不写，“不要多发议论，还是写些有事有人的文章”罢了。这种看似谦虚的话其实正中陶诗的写作方式，陶渊明把自己感悟到的有关人生、社会、自然等的哲思化在了自己对日常生活的表现中。联系到1950年的社会时代背景，在议论说理文章铺天盖地之时，周作人却创作出了大量写琐碎日常生活和回忆性的文章，在这些看似平常的文章中蕴含着他对人生社会的认识与感悟。

1958年，周作人还写有一篇论及陶渊明但很独特的短文《夸父追日》[②]，周作人说：“陶渊明古来都当他作隐逸诗人，这是皮相之见，其实他是很积极的，最明了的表示是他的《读山海经》的诗。”世人所熟知的是陶诗第十首，“精卫衔微木，将以填沧海。刑天舞干戚，猛志固常在。”但周作人却看重的是陶诗第九首：“夸父诞宏志，乃与日竞走。俱至虞渊下，似若无胜负。神力既殊妙，倾河焉足有。馀迹寄邓林，功竟在身后。”周作人从中读出了不同于世人的看法：“本来精卫、刑天与夸父都是以失败终的人物，然而作者并不是这种看法，却说道‘猛志固常在’，又道‘化去不复悔’，表示勇往直前的精神。”周作人认为陶渊明并不责备夸父的“不自量力，妄欲追日”，反称赞其“功竟在身后”，因为陶渊

① 周作人：《不写说理文》，《周作人散文全集》第10卷，第288页。

② 见《周作人散文全集》第13卷，第70页。

明诗歌里所歌颂的中国古代神话中的人物，如精卫、刑天、夸父诸人的故事在后世流传广远，“它已超越了文人学士的范围，在民间故事中已有一席地，那么这‘功竟在身后’的评语，岂不是确切不过了么?”这篇文章后，周作人就不再在自己的散文中提及陶渊明了。对这样一位自己非常喜爱的先贤，周作人如此作结自是大有深味在其中，但在1958年“大家都想向月亮进发的时候”的时代背景中，周作人还会怎样说呢?周作人对于自己的一生及文章，至死也未表露过明确的悔恨，钱理群先生说：“他终于把评价留给了历史与后人，保留了一个完整的智者的自我形象。”①他给世人留下的有“汉奸”形象，也有中正平和的印象，隐约中还有“猛志固常在”“化去不复悔’的极为倔强的形象，虽然在现世中他最终凄惨去世，但植根于本身雄厚博大的学识，他的散文创作和思想真是“功竟在身后”了，在这点上周作人对陶渊明精神的承续终与鲁迅对陶渊明精神的承续是殊途同归了，在中国文艺的发展中，周作人在那“静穆”的底子下“想必炎炎之火仍在冷灰底下燃烧着”②。

六朝文章和人物还有一些为周作人喜欢，只是不为周作人详细介绍论述。如诸葛亮，周作人在散文中多处也表示了自己对他的喜欢，论述并不多，“孔明的《出师表》是早已读烂了的古文，也是要表彰他的忠武的材料，我却取其表现不可为而为之的精神，是两篇诚实的文章，知其不可而为之确是儒家的精神，但也何尝不即是现代之生活的艺术呢?”③周作人看取诸葛亮“知其不可而为之”的儒家精神和“诚实”的态度，并认同这种精神和态度是“现代生活之艺术”。六朝的《世说新语》也是周作人多次提及的作品，不过周作人是把《世说新语》当传说看，觉得“很有趣味”，后来逐渐把《世说新语》和六朝文学联系起来，在文学精神上认为六朝接续了晚周到战国时代文学自由发展的精神，摆脱了西汉载道文学精神的束缚，六朝“所出的书籍都比较有趣一些”，骈文更加发达，时代尚清谈风气，“《世说新语》是可以代表这时候的时代精神的一部书”。④

在对颜之推、陶渊明等人文章、《世说新语》等的选择和重新解读中，周作人努力发掘六朝文章的独特气象，为我们描绘出了六朝文章的新容貌。

---

① 钱理群:《周作人传》，北京十月文艺出版社1990年版，第593页。

② 曹聚仁:《从孔融到陶渊明的路》，陶志明编《周作人论》，北新书局1934年版，第70页。

③ 周作人:《〈苦茶随笔〉小引》，《周作人散文全集》第5卷，第797页。

④ 周作人:《中国文学的变迁》，《周作人散文全集》第6卷，第64页。

第三节　六朝佛经中的思想与文章

魏晋南北朝，是佛法在中国大盛的一个时期，周作人喜欢的六朝文章中有很大一部分是六朝佛经。周作人也自称是“前世出家今在家，不将袍子换袈裟”的和尚，对佛教始终有一种亲近感。[①]

早在1904年，在南京水师学堂读书时，周作人就开始接触佛经了。当年周作人日记中有这样的记述，“世界之有我矣，已20年矣；然20年以前无我也，20年后亦必无我也。则我之如我，亦仅如轻尘栖弱草，弹指终归寂灭耳。”[②] 日记中意思很有归向佛法的感觉，由于是大病初愈，又经祖父去世之痛，读佛经成了周作人排遣孤苦的方式。为请教学佛的门径，周作人还专门拜访过著名居士杨仁山，初读到的佛经有《西方接引图》《大乘起信论》《纂注》《楞严经》《诸佛要集经》《投身饲饿虎经》[③]等。1921年周作人生大病，后于西山养病，其间曾托鲁迅购买、借阅大量佛教典籍。据《鲁迅日记》记载，1921年4月2日“午后往山本医院视二弟，取回《佛本行经》二本”；4月12日“午后往山本医院视二弟，带回《出曜经》一部六本”；4月27日“下午往山本医院视二弟，持回《起世经》两本、《四阿含暮抄解》一本”；4月30日“午后往山本病院视二弟，持回《楼炭经》一部”；5月10日“午后往山本医院视二弟，持回《当来变经》等一册”；6月22日“往卧佛寺为二弟购《梵网经疏》、《立世阿毗昙论》各一部”；6月29日，“晚得二弟信并《大乘论》二部”。此外，在这一年4月到9月的鲁迅日记中，还有多处代周作人买佛经而没有说明具体书名的记录。[④] 30年代中后期，有感于佛经与汉文学的发展有极大关系，周作人在北大开“佛经文学”课程。40年代，他集中谈论佛经，写有多篇文章，周作人对佛经的爱好持续终身。作为具有现代思想的“五四”新文化运动者，周作人主动自觉阅读佛学典籍，在主

---

① 周作人：《自寿诗两章》，王仲三长笺注《周作人诗全编笺注》学林业版社1995年版，第280页。

② 周作人：《甲辰年日记·秋草园日记甲叙》，见《周作人日记》影印本（上），大象出版社1996年版，第402页。

③ 见周作人《读戒律》，《周作人散文全集》第7卷，第301页。

④ 见鲁迅《鲁迅日记》（上），人民文学出版社1959年版，第359—371页。

动选择佛学的价值观念、思维方式时，佛学思想也在极大地影响周作人的生命意识、思维方式、心理情感、生活方式，而他对佛学的思考选择又构成了散文创作的一大内容，在周作人散文中，有三十多篇散文论及佛经。周作人自己也说，“我的杂学里边最普通的一部分，大概要算是佛经了吧。但是在这里正如在汉文方面一样，也不是正宗的，这样便与许多读佛经的人走的不是一条路了。”① 哈迎飞在她的研究中解释周作人与别人不一样的读经路子时说，周作人的学佛“既不关心佛教中属于高深的学理的本体论玄思，也没有参禅悟道的兴趣，对于描写安养乐土弘扬信仰的《阿弥陀经》更是觉得隔膜，他只是把佛经当作一种书来看，喜欢的是佛教戒律中所体现出来的对于现实的一种广大厚重的态度。”② 所以在周作人眼中，佛经既不是解脱人生的法门，也不是无以逾越的清规戒律，而是一些灌注着大智慧大趣味的令人欢喜的书籍。既然“只是把佛经当作书来看”，“所得的自然也只在文章及思想”③。

周作人虽然早在1904年就开始看佛经，但在散文中开始论说佛经要到1921年，这年周作人在北京西山养病，大量读佛经，并在当年的一些散文中陆陆续续发表自己有关佛经的论说。但在具体论述周作人论述佛经之前，我们注意到周作人的一篇文章《宗教问题》④。在这篇文章中周作人表达了他对文学与宗教关系的认识。周作人认为在“精神”上文学是创造的、情感的，而宗教也是情感的产物，两者相类似，从两者的发展看，最初文学与宗教是一体的，“文学的发达，大都处于宗教”，后来文学从宗教中分离出来，但文学还是要表达情感，两者的不同在于“文学本为的是发表个人的或社会的感情；而宗教当初最重要的情感是保全生命”，这样“上古最初文学所发表的感情，就是全社会的，因为是保全生命是关系全体的。后来个人思想发达，于是注重个人的感情”。在梳理了文学与宗教的这种关系后，周作人马上把论题转向当下现实文学，认为新文学发展走向“确似倾向古代了”，因为“近代文学是社会的”，这是与宗教的“保全生命”的价值取向相似的，而且当下文学也是“讲未来”，而宗教也是“希望将来的”。周作人虽没有对当下的文学直接批评，但在这种文学与宗教关系的分析中，含有着对当时文学强调社会功利色彩的婉

---

① 周作人：《佛经我的杂学（十九）》，《周作人散文全集》第9卷，第236页。

② 哈迎飞：《半是儒家半释家——周作人思想研究》，人民文学出版社2007年版，第190页。

③ 周作人：《佛经我的杂学（十九）》，《周作人散文全集》第9卷，第236—237页。

④ 周作人：《宗教问题》《周作人散文全集》第2卷，第332页。

讽。周作人文章并未对宗教思想进行激烈批判，但周作人在后来的散文中对“定于一尊”的宗教思想一直持有尖锐的批评态度，并对以与宗教相似的“绝对真理”面目出现的任一现代思想持高度警惕，对宗教徒和具有宗教徒情怀的人的非理性思想持严厉的批判态度，在他眼中，20 年代的“现代社会”正是充满狂热与信仰、缺乏理性的准宗教社会。虽如此，周作人又对宗教持理解与体谅的态度，他认为“人生各种活动大抵是生的意志之一种表现，所以世间没有真的出世法，自迎蛇拜龟，吐纳静坐，以至耶之永生，佛之永寂，以至各主义者之欲建天国于此秽土之上，几乎都是这个意思，不过手段略有不同罢了。”[①] 因此，周作人既不相信宗教，又对之加以理解，既否定其作为现实社会运动之依托的虚妄，又认同其仪式对个人感情的寄托。正是在对宗教思想这样宽博的态度下，周作人 1921 年第二次集中大量阅读佛经，对佛教思想有着非常自觉的辨别和选择。

周作人 1921 年 4 月生病，6 月到西山碧云寺养病，9 月 21 日返家，病前周作人就感觉自己“思想动摇与混乱，可谓已至其极了，托尔斯泰的无我爱与尼采的超人，共产主义与善种学，耶佛孔老的教训与科学的例证，我都一样的喜欢尊重，却又不能调和统一起来，造成一条可以行的大路”。而在寺院中，“清晨和黄昏时候的清澈的磬声，仿佛催促我们无所信仰、无所归依的人，拣定一条道路精进向前。”[②] 这种思想状况和环境促使周作人开始大量读佛经，先是小乘经，随后是大乘律，同时期的散文中逐渐有论及佛经的文字，主要集中在四篇山中养病时作的“山中杂信”。

《山中杂信一》中，周作人提到一件事，山中寺里一和尚被方丈吊打，说是偷了寺内的法器，后被捆送到城内衙门去了。周作人说：“究竟偷东西没有，是别一个问题，但是吊打恐总非佛家所宜。大约现在佛徒的戒律，也同‘儒业’的三纲五常一样，早已成为具文了。自己即使犯了永为弃物的波罗夷罪，并无妨碍，只要有权力，便可以处置别人，正如护持名教的人却打他的老父，世间也一点都不以为奇。”[③] 可以看到，一开始涉及佛教时，周作人就有明确的意识，他所要选择的佛教思想和佛教徒们的佛教思想并不一样，如同周作人对孔子的态度和后世儒教徒对孔子的

---

① 周作人：《妇女问题与东方文明等》，《周作人散文全集》第 5 卷，第 475 页。

② 周作人：《山中杂信一》，《周作人散文全集》第 2 卷，第 339 页。

③ 同上。

态度不同一样，周作人是要按照自己的意图去选择他所能看重的佛教思想，而不是完全浸入佛教思想以至于被其完全掩盖了，因此对世俗佛教徒的思想周作人多有批评。

《山中杂信二》中，周作人再次说到方丈打和尚的事，自己正在看《诸经要集》中的忍辱篇，说“或者丛林的规矩，方丈本来可以用什么板子打人，但我总觉得有点矛盾。而且如果真照规矩办起来，恐怕应该挨打的却还不是这个所谓偷卖小菩萨的和尚呢。”① 既然不是这个和尚，那该挨打的自然是方丈了，周作人再次嘲讽佛教徒思想。但对佛经原本思想，周作人思想也有内心矛盾，如同“一面承认苍蝇是与我同具生命的众生之一，但一面又总当他是脚上带着许多有害的细菌，在头上面爬的痒痒的，一种可恶的小虫，心想除灭他。这个情与知的冲突，实在是无法调和，因为我笃信‘赛老先生’的话，但也不想拿了他的解剖刀去破坏诗人的美的世界，所以在这一点上，大约只好甘心且做蝙蝠派罢了。”②

《山中杂信四》中，周作人说自己厌恶提着鸟笼的寺中游客，这种对鸟的喜欢“同喜欢缠足一样的是痛苦的玩赏，是一种变态的残忍心理”。有感于此，周作人引《梵网戒疏》“盗戒”下注云，“盗空中鸟，左翅到右翅，尾至头，上下亦尔，俱得重罪。准此戒，纵无主，鸟身自为主，盗皆重也。”周作人注解说“鸟身自为主，——这句话的精神何等博大深厚，然而又岂是那些提鸟笼的朋友所能了解的呢?”③ 表达出周作人对自由、自然的生命个体的尊重。周作人在散文中还多次引述《大智度论》里的一段话：“有一子喜在不净中戏，聚土为谷，以草木为鸟兽，人有夺者，嗔恚啼哭。其父思惟，此事易离，小大自休。”④ 周作人喜欢此段话，也欣赏这位父亲任孩童天性自由发展、不去干涉的态度，这也是对儿童自由而自然的生命个体的尊重。无论是对动物，还是对儿童、妇女、老人等，周作人都喜欢佛经中菩提的慈悲心肠，并得出“普亲观平等观”的人与世界关系准则。《梵网经》说：“若佛子。故食肉，——一切肉不得食——断大慈悲性种子，一切众生见而舍去”，“一切男子是我父，一切女人是我母，我生生无不从之受生，故六道众生皆我父母。而杀而食者，即杀我父母，亦杀我故身：一切地水，是我先身；一切火风，是我本

---

① 周作人：《山中杂信二》，《周作人散文全集》第 2 卷，第 341 页。

② 同上书，第 342—343 页。

③ 周作人：《山中杂信四》《周作人散文全集》第 2 卷，第 348 页。

④ 周作人：《感慨》，《周作人散文全集》第 2 卷，第 406 页。

体。”周作人很欣赏这几句话，“我们现在虽然不能相信六道轮回之说，然而对于这普亲观平等观的思想，仍然觉得他是真而且美。”在这“普亲观平等观”的思想后面是“大慈悲性的种子”，倘若不能从佛教对人性的体恤出发，“倘若断了大慈悲性种子，如那样吃醉虾的人，于爱人的事也恐怕不大能够圆满的了。”①

读佛经看到了世俗佛教徒思想的专断，也读出了佛经本意中“博大深厚”的精神和“大慈悲性的种子”，佛经中的“普亲观平等观”是周作人对佛经思想的主动选择，而作为一位读书人，在自己的生命历程中，什么才是自己要寻找的“胜业”呢？什么才是自己可做的，并能去超度自己生命的事情呢？

> 我既非天生的讽刺家，又非预言的道德家；既不能做十卷《论语》，给小孩们背诵，又不能编一部《笑林广记》，供雅俗共赏；那么高谈阔论，为的是什么呢？野和尚登高座妄谈般若，还不如在僧房里译述几章法句，更为有益。所以我的胜业，是在于停止制造（高谈阔论的话）而实做行贩。别人的思想，总比我的高明；别人的文章，总比我的美妙：我如弃暗投明，岂不是最胜的胜业么？②

一个野和尚不懂装懂登上高座，妄谈佛经，胡说八道，这种状况在五四新文化运动中也很普遍的。这个比喻，对“五四”时期启蒙知识分子的广场意识也有批评，当部分最初谈新旧文学的“五四”新文化运动者进而去讨论整个中国问题，最后去鼓吹政府斗争时，有些东西已经超出了他们自己力所能及的范围，超出了所“知”的范围。③ 周作人认为自己与其像他人那般妄谈般若，还不如老老实实从外国文学、传统文学中去做些翻译和择取一些自己认可的、有价值的东西，“停止制造（高谈阔论的话）而实做行贩”，周作人也的确在这两方面做出了巨大贡献。但这样的“胜业”说和佛经的“文章和思想”并没有什么关系，具体在周作人散文中，周作人是如何谈论他所看取佛经的“文章和思想”的价值，将是笔者下文梳理的内容。

与一般习佛者阅读佛经是求教义不同，周作人读佛经感兴趣的首先是

---

① 周作人：《山中杂信四》，《周作人散文全集》第 2 卷，第 348—349 页。

② 周作人：《胜业》，《周作人散文全集》第 2 卷，第 386 页。

③ 参阅陈思和《中国现当代文学十五讲》，北京大学出版社 2003 年版，第 86 页。

佛经戒律。“我对于佛经的律也颇感到兴味”[①]，并专作一文《读戒律》[②]，介绍自己所喜欢的戒律。如《梵网经》“盗戒”中“鸟身自为主”一则，“食肉戒”中“食肉者断大慈悲佛性种子”一则，他觉得大小乘律中所说的话多合理，措辞也令其喜欢，“实在明智通达，古今莫及”，二十年的读经经历，让他“对佛教的戒律更感到兴趣与佩服”。周作人之所以这样喜读戒律，是因为他以一种独特的眼光在佛教的戒律中读出了佛家对人性的守护，和对人情物理的讲究。如《萨婆多部毗尼摩得勒伽》有关如厕戒：“云何厕？比丘入厕时，先弹指作相，使内人觉知，当正念入，好摄衣，好正当中安身，欲出者令出，不肯者勿强出。”下风戒：“下风出时不得作声”，小便戒：“比丘不得处处小便，应在一处作坑”；唾液戒：“唾不得作声，不得在上座前唾，不得唾净地，不得在食前唾，若不可忍，起避去，莫令馀人得恼。”再如《三千威仪》买肉戒：“买肉有五事。一者，设见肉完未断，不应便买。二者，人已断馀乃应买。三者，设见肉少，不得尽买。四者，若肉少不得妄增钱取。五者，设肉已尽，不得言当多买。”破薪戒：“教人破薪有五事。一者，莫当道。二者，先视斧柄令坚。三者，不得使破有青草薪。四者，不得妄破塔材。五者，积着燥处。”《大碍道比丘尼经》饮酒戒：“不得饮酒，不得尝酒，不得嗅酒，不得鬻酒，不得以酒饮人，不得言有疾欺饮药酒，不得至酒家，不得与酒客共语言。”[③] 这些戒律，在显出古人的古朴可爱时，更体现出的是“莫令馀人得恼”的普通人情物理。在这样的日常生活戒律中，周作人觉得佛经中有博大深厚的精神和大慈悲的性质，有“明澈的思想”，其精神“希有可贵也”。为此，周作人感慨道：“大抵古人好处就只是切实，懂得人情物理，说出话来自然体会得宜……”[④] 通常人们认为佛教是禁欲的，它烦琐的戒律是对人性本身的压抑与束缚，而周作人却能够从这些枯燥的戒律中读出趣味，更读出对于人性的守护，读出人情物理的讲究，确是一种十分独特的学佛眼光与心态。

在佛经中，尤其让周作人感佩的是佛教对于孩童、妇女的关爱体恤护持的慈悲情怀。周作人曾多次征引过《大智度论》中一父亲论孩子“小大自休”的故事，对此故事他深有感触：

---

① 周作人：《从小乘戒到大乘戒》，《周作人散文全集》第5卷，第617页。

② 周作人：《读戒律》，《周作人散文全集》第7卷，第301页。

③ 周作人：《关于酒诫》，《周作人散文全集》第7卷，第708页。

④ 周作人：《〈三千威仪〉》，《周作人散文全集》第8卷，第357页。

小大自休，这是对于儿童的多么深厚的了解，能够这样懂得情理，这才知道小儿的游戏并非玩物丧志，听童话也并不会就变成痴子到老去找猫狗说话，只可惜中国人太是讲道统正宗，只管叉手谈道学做制艺，升官发财蓄妾，此外什么都不看在眼里，著述充屋栋，却使我们隔教人失望，想找寻一点资料都不容易的。①

对儿童的关注，周作人另有大量文章，并作有许多儿童杂诗，佛经中这则“小大自休”是周作人非常看重的材料，因为这样的观念中含有着菩萨大慈悲的性质。对妇女来说，佛经中周作人常提到的是唐沙门慧苑《华严经音义》中的“女人三护”，经书说：“女人志弱，故藉三护，幼小父母护，适人夫婿护，老迈儿子护。”周作人解释说：

印度女子的地位在社会上本甚低微，未必能比中国更好，在宗教上被视为秽恶，读有些佛教经传，几乎疑心最彻底的憎女家是在这里了。但是佛教的慈悲的精神有时把她们当做人类来看，对于人或物又总想怎么去利济他，那么其时便很有不同，三护可以算作一个例子。这里所谓护正是出于慈悲，是利他的，《庄子》里述尧的话，“嘉孺子而哀妇人”，可说是同一气息，此外我竟有点想不起来了。②

并不是所有的佛经经意都让周作人认同，因此“女人三护”是周作人在佛经里发见的非常少有的材料，周作人以这种发见转向中国文化，发现中国文化中这种对女性的关爱、体恤、护持的思想同样非常非常的少，周作人想到的只有“嘉孺子而哀妇人”。中国文化中女性的“三从”思想与佛教中的女性“三护”思想在后世的儒生眼中“形迹相似”，但在周作人看来“精神却实甚不同”，因为“中国的三从出于《仪礼》，本是规定妇人的义务，一面即是男子的权利，所以从男人的立场说这是利己的，与印度的正是对蹠的态度”③，因此周作人对其持尖锐的批评。

此外，周作人还特别喜欢《妙法莲华经》中说观世音为妇女说法“即现妇女身”一则，“本来如经所说，观世音是无刹不现身的，所以这在神通与方便上说，都别无问题，我所有感的乃是为妇女说法而特别现妇

---

① 周作人：《江都二色》，《周作人散文全集》第7卷，第524页。

② 周作人：《女人三护》，《周作人散文全集》第8卷，第268页。

③ 同上。

女身”[①]，“现妇女身”不过是为了表达情意、相互沟通的容易，但周作人进一步追问，“女人也是人，她们说的话和男子一样，为她们说法何必现妇女身?”于此我们也可看出周作人在关注女性时与别人的不同，五四新文化运动者在谈论妇女解放时强调的是女性同男子的相同，为女性争取的是与男性相同的权益，而周作人却注意的是在人格平等的条件下女性同男性的不同：

> 这句话问得很有道理，但是我们知道替别人设身处地的想，极是不容易的事，何况分属异性，虽是同历人世苦甘，毕竟感受有殊，经文于妇女中又分举四种身，随宜说法，则又以境遇而生区别，理想的说话我想应当是这样办法才好。……妇女问题实是重大，有许多还得妇女自身来提出，求得解决之路，这我相信是在时间上已经很旧，但在意义上也还颇新的一句话。[②]

妇女的问题得让妇女自身提出来，这更多是一种理想道路，因为多数女性并不具备自己提出问题的能力，这让周作人深感“妇女问题之不易谈，周姥与周公都有困难，理想的办法只有是神，如具足神通力，广修智方便的菩萨，能超越性的界限而现妇女身者”[③]，只有这样的人物说话才不会再错。当然我们无法把这样的问题抛给菩萨，佛经中也没解决这问题，但周作人的这种提法，却让我们看到妇女自己提出问题的难度外，男子在讲论妇女问题时，虽然也会不怎么深厚，也总难免有隔膜，但如得到评语说“好为妇人出脱”，或以周姥比拟，那么原论即使不深厚，也总有可取，“盖男子立言而能近于周姥，是即能理解女子的立场，凡夫无此神通，为特现妇女身，亦差有所谓做起讲之意，王文禄俞正燮诸君之可尊重正以此故也。”而周作人一生谈论妇女问题，都是有这种“护持”女人的慈悲情感和“现妇女身”的女子立场的。也是报这样的情感和持这样的立场，他对佛教思想中对女性“根据生理而加以宗教的解释”的“不净观”思想进行了坚持不懈地、猛烈地批判[④]，认为“戒淫”的思想本身就是淫的，“不净观”的思想使女子对自己的生命产生了严重的自卑感和无

---

① 周作人：《观世音与周姥》，《周作人散文全集》第8卷，第499页。

② 同上书，第500页。

③ 同上书，第502页。

④ 周作人：《读〈欲海回狂〉》，《周作人散文全集》第3卷，第342页。

可宽解的悲哀感,《刘香女宝卷》中“这些本是低级的佛教思想，但正因此却能深入民间，特别是在一般中流以下的妇女，养成她们一种很可怜的‘女人佛教人生观’”，而女人为了解脱她们在礼教以及宗教下所受痛苦的出家修行方式，则更是一条往下走的路。[①]

周作人曾说：“鄙人读中国男子所为文，欲知其见识高下，有一捷法，即看其对于佛教以及女人如何说法，即已了然无遁形矣。”[②] 以此两者品评他人文字，周作人的确深中要害。舒芜对周作人这句话做了更详尽透彻的阐释：

> 佛家是过去中国读书人常能接触的唯一的来自外国的“异端”，从他们对佛家的态度可觇其宽容精神和开放精神，那还是学术文化上的问题。至于女子，对于男性士子而言，这“异性”比那“异端”更无任何学术文化上的抵抗力，而生活中又关系密切，乐得在她们身上显一显男子的威势，一个男性士子识见的高下，在他处往往还容易有也不得不有所掩饰，唯在此处不须也不易掩饰了。[③]

把对孩童、妇女的关爱体恤护持的慈悲情怀推延开去，就是大乘佛教普度众生的博大思想，周作人“觉得其伟大处与儒家所说的尧禹稷的精神根本相同，读了令人感激，其力量似乎比经书还要大些”[④]，在思想层面周作人把佛教思想和原始儒家思想沟通了起来。

当然，周作人对佛经的阅读评论并不局限在佛经内部，而是与健康现代的“人情物理”相关联的。佛经中也谈：“自两便以至劈柴买肉（小乘律是不戒食肉的），一方面关于性交的事，这虽然属于佛教外的人所做，都说得那么委曲详尽，又合于人情物理，这真是难能可贵的事。中国便很缺少这种精神，到了现在我们同胞恐怕是世间最不知礼的人之一种，虽然满口仁义礼智，不必问他心里如何，只看日常举动很少顾虑到人情物理，就可以知道了。”[⑤] 有这种现实针对性，周作人就不光是在传统儒家文化

---

① 参见周作人《女子的去路》,《周作人散文全集》第 7 卷，第 229 页。

② 周作人:《扪烛脞存》,《周作人散文全集》第 8 卷，第 180 页。

③ 舒芜:《女性的发现——周作人的妇女论》，舒芜著《周作人的是非功过》，辽宁教育出版社 2000 年版，第 165 页。

④ 周作人:《佛经——十堂笔谈（八）》,《周作人散文全集》第 9 卷，第 406 页。

⑤ 周作人:《读戒律》,《周作人散文全集》第 7 卷，第 305 页。

中寻找这种符合现代人人情物理的资源，也在佛经中发掘，并进行融通。他认为，《礼记·曲礼》中“为长者粪之礼”与“进食之礼”之“用意差不多全是为得‘莫令馀人得恼’”，《论语·述而篇》中讲居丧之礼，让人“深觉得古人的神经之纤细与感情之深厚”，陶渊明《挽歌诗》也“不单是旷达语，实乃善言世情”。[①] 无论是佛教戒律，还是儒家伦理，这样讲人情物理，都让周作人喜欢。因此，在周作人的文章中，他挑选佛经中符合自己喜欢的讲人情物理的内容，并与中国传统文化相融会，努力用其来构建现代健康人的思想感情，这样的建构也激活了潜藏在佛教文化结构中符合健康人性的因素。

我们在前文说过，作为一位读书人，周作人给自己选择的“胜业”是要“停止制造（高谈阔论的话）而实做行贩”，也说这样的“胜业”和佛教思想没有关系，真正把佛教思想化在自己写作中的是周作人对自己写作意义的思考。1936 年，周作人作《结缘豆》一文，开始说自己做文章与佛教思想的关系。结缘的意义何在？按照佛家的解释是在“业”在“缘”，但是“这业的观念太是冷而且沉重”，周作人虽也表示要修自己的“胜业”，“停止制造（高谈阔论的话）而实做行贩”，但是单是如此的人生怎不叫人感觉人生的“沉重”？因而周作人写文章更看重“缘”，因为“缘的意思便比较的温和得多”，又别有一番“人情”在，这“结缘”背后的根底是人性、人情。“为什么这样的要结缘呢？”这才是问题的关键，周作人给出的答案是“这或者由于不安于孤寂的缘故吧”：

> 富贵子嗣是大众的愿望，不过这都有地方可以去求，如财神送子娘娘等处，然而此外还有一种苦痛却无法解除，即是上文所说的人生的孤寂。孔子曾说过，鸟兽不可与同群，吾非斯人之徒而谁与。人是喜群的，但他往往在人群中感到不可堪的寂寞，有如在庙会时挤在潮水般的人丛里，特别像是一片树叶，与一切绝缘而孤立着，念佛号的老公公老婆婆也不会不感到，或者比平常人还要深切吧，想用什么仪式来施行祓除，列位莫笑他们这几颗豆或小烧饼，有点近似小孩们的“办人家”，实在却是圣餐的面包葡萄酒似的一种象征，很寄存着深重的情意呢。我们的确彼此太缺少缘分，假如可能实有多结之必要，因此我对于那些好善者着实同情，而且大有加入的意思……[②]

---

① 周作人:《读戒律》,《周作人散文全集》第 7 卷，第 306 页。

② 周作人:《结缘豆》,《周作人散文全集》第 7 卷，第 360 页。

舒芜说："现代中国文学当中表现不可堪的人生孤寂之感的，没有比这一段话更深切沉痛的了。"[①] 身处人群中，靠语言文字与人交流，总是带来误解与中伤，在现实社会中，自己为之努力的启蒙最终收获的是虚无，在亲人之间，是彼此的难以理解，这不能不让周作人深感人生的孤寂，这种孤寂即是来于现实人事关系，更是来自每个人对自己生命的深刻体验。如何排遣这生命中不可避免的孤寂，"我现在去念佛拈豆，这自然是可以不必了，姑且以小文章代之耳。"[②] 周作人说自己是用写文章的方式去排遣生命中不可避免的孤寂的，但写文章又如何能达到这样的效果呢？"我写文章，平常自己怀疑，这是为什么的：为公乎，为私乎？一时也有点说不上来。"[③] 后世对周作人散文的评论正多是这两种态度，要么褒扬周作人，赞其散文的启蒙思想价值贬其为私的自娱自乐趣味，要么欣赏闲适的态度贬其功利态度，总是在公与私之间判定。但周作人自己并不认同这两说法，他引钱振鍠《名山小言》中"文章有为我兼爱之不同"的说法，来说明自己写文章："说兼爱固然够不上，为我也未必然，似乎这里有点儿缠夹，而结缘的豆乃仿佛似之，岂不奇哉。"自己写的文章似结缘的豆，至此周作人才把自己写作意义的真实看法托了出来，这似结缘豆的文章又如何结缘：

> 写文章本来是为自己，但他同时要一个看的对手，这就不能完全与人无关系，盖写文章即是不甘寂寞，无论怎样写得难懂意识里也总期待有第二人读，不过对于他没有过大的要求，即不必要他来做喽罗而已。煮豆微撒以盐而给人吃之，岂必要索厚偿，来生以百豆报我，但只愿有此微末情分，相见时好生看待，不至伥伥来去耳。古人往矣，身后名亦复何足道，唯留存二三佳作，使今人读之欣然有同感，斯已足矣，今人之所能留赠后人者亦止此，此均是豆也。[④]

写文章，让今人与后人相遇，靠那点似盐的人情物理，让相见者"相见时好生看待，不至伥伥来去"，这是多么令人感动、感伤的一种慈悲情怀，周作人读古书，尚友古人，不也正是如此与先贤结缘。对于今生

---

① 舒芜：《周作人的是非功过》，辽宁教育出版社 2000 年版，第 95 页。

② 周作人：《结缘豆》，《周作人散文全集》第 7 卷，第 361 页。

③ 同上。

④ 同上。

来世他只是希望“在人世的大沙漠上，什么都会遇见，我们只望见远远近近几个同行者，才略免掉寂寞与空虚罢了”①。读周作人三四十年代的有些文章，的确有这种静穆慈悲感，这不是简单用启蒙主义等思想可以触及的。周作人披沙拣金地在古书中找寥寥的几位同行者，把他们的文章一抄再抄，不正是在历史的荒漠中略略免去些许寂寞与空虚，感到些许的慰藉？而那些古今圣哲的写在书上的好思想却一点都未实现过，那些古今中外的圣哲如苏格拉底、释迦、孔老“都被尊为圣人，但是在现今的本国人民中间他们可以说是等于‘不曾有过’。我想这原是当然的，正不必代为无谓地悼叹。这些伟人倘若真是不曾存在，我们现在当不知怎么的更是寂寞，但是如今既有言行流传，足供有艺术趣味的人的欣赏，那就尽够好了。”“至于期望他们教训的实现，有如枕边摸索好梦，不免近于痴人，难怪要被骂了。”② 正是如此看待先前圣贤的文章，周作人对自己文章的看法，也说是：“几颗豆豆，吃过忘记未为不可，能略为记得，无论转化作何形状，都是好的，我想这恐怕是文艺的一点效力，他只是结点缘罢了。我却觉得很是满足，此外不能有所希求，而且过此也就有点不大妥当，假如想以文艺为手段去达别的目的，那又是和尚之流矣，夫求女人的爱亦自有道，何为舍正路而不由，乃托一盘豆以图之，此则深为不佞所不能赞同者耳。”③ 在对历史的怅然中又有些许的慰藉，周作人此时期的文章观带上一定的佛教思想色彩，这也让周作人此时期的部分文章中有浑厚深广博大的境界，有菩萨般的慈悲情怀在里面，同时行文中态度诚恳谦和，不温不火，其境界非常人能及，这也让周作人三四十年代的散文在整体上达到了现代文学史上无人可及的境界，在中国文学史上具有大家风范。

除过对佛经思想的选择重构，周作人也欣赏六朝佛经文章自身的文学性。周作人认为佛教戒律的文辞就是“很好的小品文”，“中国古时有这样轻妙的译文，大可佩服，只可惜后来就没有了”。④ 在 30 年代北大开“六朝文学”课程，他就深感六朝佛经与六朝文学发展的重要性，1937 年还特准备开设“佛经文学”课程，认为六朝佛经“文亦多佳胜”，六朝所译佛经能运用当时文辞，加以变化，“于普通骈体散文外，造出一种新体

---

① 周作人：《有岛武郎》，《周作人散文全集》第 3 卷，第 183 页。

② 周作人：《教训之无用》，《周作人散文全集》第 3 卷，第 356 页。

③ 周作人：《结缘豆》，《周作人散文全集》，第 7 卷，第 361—362 页。

④ 周作人：《关于酒诫》，《周作人散文全集》第 7 卷，第 708—709 页。

制，其影响于后来文章者亦非浅鲜”[1]。他曾对《大智度论》的译笔大加赞赏，“译者乃是独一无二的译师鸠摩罗什，他在东晋末来到中国，学得中华的语文，所译有《维摩诘所说经》等，都是译林的珠玉。这佛经的奥旨我们外人无从理解，但是看他那解说的文词，雅达晓畅，是六朝时代很好的散文，里面也尽包含许多事理，可以作我们的参考的。”[2] 在他看来，六朝以来“文情俱佳”的佛经翻译文体对于中国旧有文体是一种积极的改造，“那种骈散合用的文体当然是因新的需要而兴起的，但是恰好的利用旧文字能力去表达出新意思，实在是很有意义的一种成就”[3]。而就六朝文章来说，“六朝之散文著作与佛经很有一种因缘，交互的作用，值得有人来加以疏通证明，于汉文学的前途也有极大的关系。”[4] 这种因缘关系具体表现在：一方面，佛经的翻译给中国文化注入了新鲜的血液，于旧式的散文是一次有益的改造，“汉魏以来散文愈益发达，而陈说事理，多趋重正言法语，利用故事的风气似渐以消歇。但是别一方面，佛经的翻译工作渐盛，经中多用譬喻，这也就输入过来了。”[5] 另一方面，从文学史自身发展的角度来说：

> 我常觉得用八大家的古文写景抒情，多苦不足，即不浮滑，亦缺细致，或有杂用骈文句法者，不必对偶，而情趣自佳，近人日记游记中常有之。其实这也是古已有之，六朝的散文多如此写法，那时译佛经的人用的亦是这种文体，其佳处为有目所共见，唯自韩退之起衰之后，文章重声调而轻色泽，乃渐变为枯燥。[6]

六朝文章能够骈散兼用、声色俱备、气象博大，正是借鉴了六朝译经文体，而到唐宋八大家文后，这样的文章终不再现于中国文学史了。

---

① 周作人：《佛经文学》，《周作人散文全集》第 7 卷，第 786 页。

② 周作人：《“小大自休”》，《周作人散文全集》第 14 卷，第 406—407 页。

③ 周作人：《佛经——十堂笔谈（八）》，《周作人散文全集》第 9 卷，第 406 页。

④ 周作人：《佛经——我的杂学（十九）》，《周作人散文全集》第 9 卷，第 237 页。

⑤ 周作人：《〈明清笑话四种〉引言》，《周作人散文全集》第 12 卷，第 545 页。

⑥ 周作人：《〈画钟进士像题记〉》，《周作人散文全集》第 8 卷，第 754 页。

第四章

周作人对唐宋文、桐城文之“器识与文章”的批驳

对桐城派、唐宋文的批判是“五四”新文学运动中一项主要内容，更是周作人文学思想中的重要内容。与“五四”新文学运动者多以文言白话为标准区分新旧文学的不同，周作人在文白并存的语言观下以“言志”与“载道”的标准梳理了中国传统文学两股力量的反复消长。为了夯实“五四”新文学的根基，一方面周作人在讲“五四”新文学的源流，在中国传统文学中挖掘晚明小品、六朝文等“言志”文学的脉络；另一方面还在不停地批判传统文学中“载道”文学的脉络，由桐城文延伸到唐宋文。

第一节　唐宋文与六朝文之争

一　民初桐城派和选学派的论争

民初文坛，桐城派和文选派都有很大的势力，新文学要批判旧文学，不得不对它们进行猛烈抨击，于是《新青年》上便有了“十八妖魔”“桐城谬种，选学妖孽”的刻毒咒语。而在新文学批判之前，尊崇唐宋文的桐城派和尊崇六朝文的选学派就有激烈的论争。

清末的文坛主要由桐城派主宰，后以康有为、梁启超等为代表创作的“新民体”在读者中声势越来越浩大，同时选学派在刘师培等人的努力中也渐显声势。民初，桐城派和文选派都被刚刚兴起的新式学堂所接纳，两者不同的文学思想很快在北大产生了冲突。1912 年，北京大学废经科设文科，严复任文科学长，同年 10 月出京，实际工作由姚永概主持，姚永概是当时颇负盛名的桐城派文人，加上马其昶、姚永朴、林纾等人先后在北大任教，一时北大校园里桐城古文蔚然成风，桐城派占据了绝对优势。

1913 年，北大聘章太炎到校讲授音韵、文字学，章太炎推荐弟子黄侃前去任教，黄侃师从章氏治小学，文学见解上却接近于文选派，他在北大与桐城派发生冲突。黄侃身兼朴学与文选两派之长，讲授《文心雕龙》，批判“桐城文法”，用釜底抽薪的做法击中了桐城派以“空文号天下”的要害，一扫北大内桐城派的空疏学风。1913 年 11 月，姚永概辞职，马其昶、姚永朴和林纾也先后离开了北大。1914 年 6 月，北大文科又聘章门弟子马裕藻、钱玄同、沈兼士，文选派重镇刘师培因拥护袁世凯称帝失败，再次入北大任教。至此，北大文科已是朴学和文选两派的天下，其中文选派代表人物刘师培就先后开设了“中古文学史”“汉魏六朝专家文研究”“《文心雕龙》研究”等课程。①

朴学派和选学派对尊崇唐宋文的桐城派的批评，其学术背景源于 19 世纪汉学家、选学家与古文家的骈散之争，其核心则是阮元与桐城派之争。关于这一背景，王风在其《刘师培文学观的学术资源与论争背景》一文中有论述：

> 程朱理学是清朝的官方意识形态，但到乾嘉年间，汉学发达，“精研故训”的结果很自然冲击了朱熹对经典的解释。一方面是对僵硬的官方意识形态的讨厌，一方面是对宋儒经典训释的轻蔑，汉学家对程朱理学一般都没什么好感。而同样在乾嘉年间形成壮大的桐城派“学行继程朱之后，文章在韩欧之间”，以“韩欧”为“文统”的同时以“程朱”为“道统”，由此和汉学家形成学术思想上的对立。与此相关，汉学家对桐城文也不会有什么好颜色。
>
> 由于对抗的是官方意识形态，关于“道统”方面的斗争其实相当曲折隐晦。至于“文统”，汉学家们的表述就相当露骨，钱大昕讥刺桐城之“以古文为时文，却以时文为古文”，可谓谑而虐；而戴震强调“考核”的重要性，目标当然也是桐城派疏于考证的空言“理义”和“事于文章”的“等而末之”。另一方面，汉学家们主张“义理文章未有不由考核而得”，由此推出“以经为文”的佳善就顺理成章了，以至焦循说：“文莫重于注经。”这种“质言观”在汉学家文论中居于主要地位，也可说是经师本色，自然如此。

---

① 有关民初桐城派和选学派的论争，可参考罗岗《周作人：写史偏多言外意》，以及陈平原《中国现代学术之建立——以章太炎、胡适之为中心》中《现代中国的“魏晋风度”与“六朝散文”》一章。

> 汉学家们的“质言说”大多散见，不成体系，这种局面在阮元手里有了改变。所不同的是，阮元论文并不主“质言”，而是依托六朝学术背景，由“文笔论”推出“文言说”，成为汉学家文论中的另一个系统。
>
> 阮元这方面的文章有《文言说》《文韵说》《书梁昭明太子文选序后》《与友人论古文书》等。阮氏文论的背景是《文选序》，这除了《文选》与扬州的特殊关系外，昭明太子经、子、史、文的四分法确实也提供了理论上的方便，所谓“事出于沉思，义归乎翰藻”方可称“文”；另外，《文心雕龙》以及当时史书和其他著作中关于“文”、“笔”的区分提供了另一个理论支持，所谓“无韵者笔也，有韵者文也”。二者的结合就是阮元的定义：“凡文者，在声为宫商，在色为翰藻。”其来源分别是《文心雕龙·总术》和《文选序》。
>
> 与前辈们一样，阮元论文的目的也在于反桐城派，此自是不待明眼人而自明。他区分“文笔”，是要立骈文的“文统”来反从唐宋八大家到桐城派的古文“文统”，《书梁昭明太子文选序后》强调从《易·文言》到唐宋四六之文才是“文之正统”，而“韩苏诸大家”所作“非经即子、非子即史”，连“文”都称不上，根本没有资格将骈文“横指为八代之衰体”。最后的重点当然是落在“今人所作之古文”“乃古之笔，非古之文也”。就这样，桐城文被阮元以“正名”为手段在理论上给取消了：“非文者，尚不可名为文，况名之为古文乎？”①

由此可见，章刘弟子与桐城学人的较量首先是学术思想上的较量，表现在章门弟子所谨守的朴学（古文经学）与桐城学人尊奉的宋学之争上。宋学在清代为汉学攻难而不败，章氏以史学为根柢的古文经学之阐发，在学术思想上力现宋学之弊端；其次是在文章渊源上的较量，集中在“六朝文”与“唐宋文”之间展开，“大抵崇魏晋者，称太炎为大师；而取唐、宋，则推林纾为宗盟”②。章刘门人所开课程皆为朴学与六朝文学，朴学讲学有本原，修辞用事要有根据，朴学家多能骈文兼治六朝文学；桐城派学术思想主宋学，文章以唐宋八大家为宗，推崇“文以载道”的道

---

① 王风：《刘师培文学观的学术资源与论争背景》，陈平原主编《中国文学研究现代化进程二编》，北京大学出版社2002年版，第2—3页。

② 参见钱基博《林纾的古文》，《林纾研究资料》，福建人民出版社1982年版，第175页。

德文章。[1] 需要注意的是，在清代学术中，无论是朴学家还是选学家，他们斗争的对象都是桐城派，两者在学术路向上并不同，但由于有共同的批判对象，因此两者并没有什么论争，也没有合并。到清末民初，桐城派依然势焰遮天，章太炎、刘师培两位巨子的出现，再次以魏晋六朝文资源为基础挑起批判桐城文的大旗，但与清代朴学派、选学派不同，他们的批判体现出两者对清代朴学派和选学派学术思想、方法的融合。继承阮元学术思想的刘师培在《文章原始》中批判桐城派“以经为文，以子史为文”，认为骈文才是“文章之正轨”[2]，同时配以自己擅长的小学功夫。而章太炎“以朴学立根基，以玄学致广大”[3]，不满意于唐宋以来的古文家，对桐城文更是大有贬词，他所认为正宗的文是魏晋文。虽然在民初文坛有刘师培、章太炎学术之争，但两者文学批判的目标都是桐城派，两者都遵循着清朴学家文论普遍遵循的“小学实文章之始基”的准则，共同以六朝文为自己的文章之宗。这样，在民初到五四时期，旧文学内部的论争主要集中在了以六朝文为核心的选学派与唐宋文为根基的桐城派之间的论争中，前文提到的民国初年北京大学内章门学人与林纾等学人之间的斗争就是五四前旧文学内部这种论争在人事纠纷中的显现。到1917年五四新文学运动开始时，先后进入北京大学文科提倡“六朝文”的章门弟子，大多数转而成为“五四”新文学的倡导者与响应者，可见，清末民初的选学派提倡“六朝文”，在结束传统正统文学——桐城文的统治地位，开启“五四”新文学的发生上，具有重要的意义，非“五四”时期“选学妖孽”一语可以否定。

二 “五四”新文学与“谬种”“妖孽”的论争

1917年蔡元培任北大校长，陈独秀任文科学长，胡适、周作人先后被聘为北大文科教授，他们积极倡导新文化；另外，原来出自章太炎门下的部分弟子，如钱玄同、沈尹默、沈兼士等也转向新文化，也成为新文化主张的宣传者，北大文科的局面，一变而为新、旧文化两派的对峙。《新青年》以北大为基地，以胡适、陈独秀为首，为新文学运动树起白话文

---

① 参见陈方竞、刘中树《对五四新文学发生及源流的再认识》，《文艺研究》1999年第2期。

② 刘师培：《文章原始》，彭黎明编《二十世纪中国文学史论文精粹：散文赋卷》，河北教育出版社2001年版，第10页。

③ 许寿裳：《纪念先师章太炎先生》，林辰编《许寿裳文录》，湖南人民出版社1986年版，第62页。

运动的旗帜，以白话和文言来区分活文学和死文学。因为胡适、陈独秀等人以白话为宗，则一切文言皆在打倒之列，因此在文章方面，无论是清末民初的桐城文还是以章太炎、刘师培等为代表的选学派文章都被归在打倒的对象中。钱玄同以“桐城谬种”和“选学妖孽”一语锁定“当世所谓能作散文之桐城巨子，能作骈文之选学名家”[①]。胡适、陈独秀、钱玄同等人以白话、文言区分新旧文学，并对桐城派和选学派一概横扫，而从晚清文学复古思想中走过来的周氏兄弟却基本上没有介入这种论争，而是在“五四”新文学运动中从文学思想的角度提出了“人的文学”。到“五四”落潮后的30年代初，周作人与胡适等“五四”新文学运动的代表人物开始反思“五四”新文学运动，重新思考被否定的“旧文学”，其对桐城派和选学派的态度日渐宽容，两者在评价“旧文学”时的分歧也逐渐彰显。

首先在语言方面，胡适、陈独秀、钱玄同仍坚持白话一元论，否定文言，没有丝毫的松动。另外，当时左翼文学在上海渐成风气，白话文学更是与革命运动相呼应。而周作人，并不以白话文言来区分文学的是活是死，在新文学的语言方面采取文白共存的方式，认为“现代国语须是合古今中外的分子融合而成的一种中国语”[②]，而周作人与胡适语言观的分歧的根源产生于周作人吸收了刘师培二元的语言观，因此在一定程度上，在“五四”落潮时期，周作人并不因文言因素而彻底否定传统文学。

其次在对桐城派、选学派不同的态度上。胡适在《五十年来中国之文学》中说：

> 平心而论，古文学之中，自然要算“古文”（自韩愈至曾国藩以下的古文）是最正当最有用的文体。骈文的弊病不消说了。那些瞧不起唐、宋八家以下的古文的人，妄想回到周、秦、汉、魏，越做越不通，越古越没有用，只替文学界添了一些似通非通的假古董。唐、宋八家的古文和桐城派的古文的长处只是他们甘心做通顺清淡的文章，不妄想做假古董。学桐城古文的人，大多数还可以做到一个“通”字；再进一步的，还可以做到应用的文字。故桐城派的中兴，虽然没有什么大贡献，却也没有什么大害处。他们有时自命为“卫道”的圣贤，如方东树的攻击汉学，如林纾的攻击新思潮，那就是

---

① 钱玄同：《寄陈独秀》，见陈平原：《中国现代学术之建立——以章太炎、胡适为中心》，北京大学出版社1998年版，第376页。

② 周作人：《国语改造的意见》，《周作人散文全集》第2卷，第755页。

> 中了“文以载道”的话的毒，未免不知分量。但桐城派的影响，使古文做通顺了，为后来二三十年勉强应用的预备，这一点功劳是不可埋没的。①

从这段话中可以看出，从通俗易懂的角度胡适还是欣赏唐宋八大家及其后来的桐城派文章的。而周作人则正好与其相反，在对韩柳为代表的唐宋八大家及桐城派“载道之文”坚持不懈的批判中，他逐渐喜欢上了“质雅可诵”的六朝文章，更因其有秦汉文和唐宋文不可及处。周作人无论是在孔德学校讲《颜氏家训》、北大开“六朝文学”“佛经文学”，还是在散文中表彰六朝文，也都是与对唐宋文、桐城文的批判联系在一起的。陈平原先生认为，在对待传统文学时，周作人“对于桐城文章的清算，才是周作人最为用力处”，甚至“锲而不舍地挖桐城的祖坟”，把批判的矛头指向桐城派追慕的唐宋八大家，“而且主要火力集中在领头的韩愈”上。②

由此可见，在五四新文学运动初始，“桐城谬种”与“选学妖孽”虽同在新文学阵营的批判视野之内，但对其的态度一开始就显示出了不同，这也就产生后来“桐城谬种”与“选学妖孽”的不同结局。陈平原先生在总结时说：“章门弟子的文学趣味，决定了其论述策略，必然是‘厚此薄彼’；‘选学’不但没有受到彻底的清扫，反而成为新文化人批判桐城文章的重要武器”，“五四新文化人中旧学修养好，有能力从学理上批评选学的，基本上都是章门弟子。章门弟子虚晃一枪，专门对付桐城去了，就难怪‘谬种’不断挨批，而所谓‘妖孽’则基本无恙。”③

第二节　现实挤压下对传统文学的发掘

一　初遇桐城派

桐城派是“五四”新文学运动主要批判的对象，但随着“五四”新

① 胡适：《五十年来中国之文学》，《胡适文集》第4卷，人民文学出版社1998年版，第362页。

② 陈平原：《中国现代学术之建立——以章太炎、胡适为中心》，北京大学出版社1998年版，第380页。

③ 同上书，第375、384页。

文学运动的落潮，到30年代前后，在胡适等人逐渐对桐城派持一种宽容态度时，周作人却在现实文坛中感受到了卷土重来的“载道文学”对新文学的挤压，因此他把对桐城派的批判变成了潜在对新兴各种载道文学潮流的批判，他更加自觉地发掘传统文学中“载道文学”的源头，并把自己批判的靶子集中在了桐城派所尊的唐宋八大家文章上。在梳理这一问题前，我们先看看周作人初论桐城派文章时的情状。

1908年周作人作《论文章之意义暨其使命因及中国近时论文之失》，他从保存民族文化的角度谈论民族精神的重要性，也用西方文学理论来说文章的艺术之美，前者强调思想启蒙，后者强调文章的“无用”，作者自己也说文章中多各种观念的杂糅。到1918年作《人的文学》，周作人提倡“个人主义的人间本位主义”的人道主义文学，在1919年的《平民文学》强调“普遍与真挚”的情感，再到1920年《新文学的要求》对新文学中“为艺术派”和“为人生派”反思后，在1922年《自己的园地》、1924年《生活之艺术》后，周作人的文学观才表现得比较清晰，“艺术是独立的，却又原来是人性的，所以既不必使他隔离人生，又不必使他服侍人生，只任他成为浑然的人生的艺术便好了……以个人为主人，表现情思而成艺术，即为其生活之一部，初不为福利他人而作，而他人接触这艺术，得到一种共鸣与感兴，使其精神生活充实而丰富，又即以为实生活的基本”①，用简单的话概括就是“生活之艺术”。这样的文艺观本来也就是从批判“载道”的文学观中而形成的。

桐城派作为“载道”文学的代表，周作人最先提及是在1922年的《国粹与欧化》文章中，但此为中周作人主要批评的是学衡派以桐城的文章和纲常名教的思想为国粹的文章，同年《古文学》中他又大批古文中“为名教的艺术”，因为这样的“艺术”“到处加了一层纲常名教的涂饰”，这种批法与后来批桐城派“载道”之说的方法很相近。1925年，在大家对死后的林琴南“渐有恕词”之际，周作人却批评世人对林琴南的过分称扬，说林琴南的著作“都是门房传话似的表现古人的思想文章”，而林琴南在晚年正是以桐城派的最后继承人身份自居。周作人在林琴南死后仍不放过其桐城派文学取向，实是他已经看到“五四”新文学运动之后，“载道文学”有“故鬼重来”之况②。从上面周作人的这几篇文章来看，周作人批评桐城派主要在其思想，而在其后来的几篇文章看，周作人

① 周作人：《自己的园地》，《周作人散文全集》第2卷，第510—511页。

② 周作人：《再说林琴南》，《周作人散文全集》第4卷，第111页。

则开始注意桐城派文章的写法。

在1925年2月20日作《再说林琴南》后，周作人3月又作《古文秘诀》，对伪古文大加嘲讽，其中引明陶奭龄（1571—1640）《小柴桑諵諵录》一节：

> 元末闽人林鈇为文好用奇字，然非素习，但临文检书换易，使人不能晓，稍久，人或问之，并鈇亦自不识也。昔有以意作草书，写毕付侄誊录，侄不能读，指字请问，伫视良久，恚曰，何不早问？所谓热写冷不识，皆可笑。①

周作人以此故事是来说明徐渭所说的作古文不传之秘法——“以古字易今字”，由此他认为桐城派作古文重在古字古语，其中的“道理不打紧”，而这样作文章只是“猴子学人样”。6月作《古文之末路》，周作人更是选择了一则绑匪撕票的文章、一则北师大校长“对于暴烈学生之感言”和当时倡古文反对白话文者张行严的古文，来说明现行文言古文的空洞无物，语句不通，这实是对林琴南为代表的桐城古文的莫大讽刺。8月又作《古文与写信》一文，说自己在一张包东西的纸上，看到一封用古文写成的信，“意义不很明了，有几句话简直不懂”，正是“硬要写不通的古文”。如果我们把1925年的这四篇文章放到一起可以看到，周作人对桐城文章的批判有其多方面，《再说林琴南》主要是批林琴南只在做“门房传话”的工作，传来的都是陈腐的东西；《古文秘诀》是讲古文“以古字易今字”的写作方式导致的是文章的空洞无物；《古文之末路》与《古文与写信》两文则是举现实中古文的写作，古文在现实生活中已经死了。这样从古文思想、写作形式、现实境况三方面，周作人对桐城派为代表的古文进行了彻底的否定。周作人这样连续作多篇文章批判桐城古文，是因为在他看来桐城古文已是没了生命，但其流毒却非常大，“中国社会旧势力还是非常之大，不但能做几句桐城派的绅士到处要显他的本事，便是只读过两年《幼学琼林》手里提不起笔的短衣朋友也觉得非写古文不可，其结果成为那样艰涩的文字”②。但要注意的是周作人这些批判，其着眼点仍在新旧文学之争中，桐城古文是作为新文学的对立者被批判的，这和后来的周作人感受到“载道文学”有了新的变种后有意识的

① 周作人：《古文秘诀》，《周作人散文全集》第4卷，第107页。

② 周作人：《古文与写信》，《周作人散文全集》第4卷，第241—242页。

进入传统文学对其进行挖根式批判不完全相同。

二　两方面挤压下对传统文学的发掘

到1926年周作人作《〈陶庵梦忆〉序》，周作人明确表示出为现代散文寻找传统文学源流的思想倾向，现代散文“与其说是文学革命的还不如说是文艺复兴的产物”[①]，这种从文学革命向文艺复兴的转向，使周作人在思考现代散文建构问题时自觉转向传统并从中寻找资源。他首先找到的传统文学资源是明清一些名士派的文章，觉得其有些文章“与现代文的情趣几乎一致，思想上固然难免有若干距离，但如明人所表示的对于礼法的反动则又很有现代的气息了。”[②] 在为现代散文寻找传统文学资源的目的下，周作人对待古文的态度逐渐由全面批判转向有选择的批判和有选择的认同。1927年的《死文学与活文学》就是对这一思考在语言上考虑的体现，他说：“古文是死的，白话文是活的，是从比较来的。不见得古文都是死的，也有活的；不见得白话文都是活的，也有死的。”“我的主见，国语古文得拿平等的眼光看他，不能断定所有古文都是死的，所有的白话文都是活的。”“国语古文的区别，不是好不好，死不死的问题，乃是便不便的问题。”[③] 如此的区分为后来在传统文学中发掘晚明文、六朝文，批判桐城文、唐宋文奠定了理论基础。

虽然上文我们说周作人是在思考现代散文的建构问题时自觉转向传统文学寻找资源，但导致这种转向的原因也许更主要是来自现实文学走向对周作人心目中现代散文发展方向的挤压。首先是桐城古文势力的卷土重来。1927年10月周作人作《南北之礼教运动》[④]，周作人对南北复古禁白话文运动大为讥嘲，并指出其运动参与者为桐城派后裔，由钱基博而孙公雄，再到章士钊，以及他们聚集的《甲寅》期刊，再到教育总长兼京师大学校长刘哲，第四中山大学校长张乃燕，都是桐城正统派，不分南北。“五四”新文学运动落潮后，“桐城谬种”开始死灰复燃，并势力强大，“五四”白话文又要经受一次强有力的冲击，周作人在别人以为文学革命已经成功之际，重新进行着对新文学建设的思考和对桐城派旧文学的批判。其次，也是更有力量，是由新文学发展出来的革命文学势力的挤压。

---

① 周作人：《〈陶庵梦忆〉序》，《周作人散文全集》第4卷，第832页。

② 同上。

③ 周作人：《死文学与活文学》，《周作人散文全集》第5卷，第103页。

④ 周作人：《南北之礼教运动》，《周作人散文全集》第5卷，第315页。

1928 年 1 月他发表《文学的贵族性》，批评革命文学与旧文学相似，都是“载道”的文学，“夫文而欲其载道，那末便迹近乎宗教上的宣传”，而“桐城派的文，就是根据‘文以载道’的话，而成其为道”，“而且提倡革命文学的人，想着从那革命文学上引起世人都来革命，是则无异乎以前的旧派人物以读了四书五经，诸子百家等的古书来治国平天下的梦想。”[①] 一面是旧文学桐城派势力禁止白话文提倡文言古文，一面是新派文学提倡政治革命，这让周作人感到天底下并无新事物，“五四”新文学建立的根基并不结实牢固。

正是面临这两方面的压力，为稳固新文学的根基，周作人开始不断把眼光转向传统文学，一方面是为建构现代散文寻找资源，另一方面也是要挖出他所批判的桐城文和革命文学的传统根源进行挖根式批判。周作人在传统文学中一方面找到晚明文章时，也在另一方面对其所批判的桐城派和革命文学追踪溯源，其首先发掘出的是八股文和桐城派鼻祖唐宋八大家。在 1930 年的《论八股文》中周作人说：“民国初年的文学革命，据我的解释，也原是对于八股文化的一个反动”，“假如想了解这个运动的意义而不先明了八股是什么东西，那犹如不知道清朝历史的人想懂辛亥革命的意义，完全是不可能的了。”“中国许多大学的国文学系的课程”有“一个同样的极大的缺陷，便是没有正式的八股文的讲义”。为什么要讲八股文，“因为八股是中国文学史上承先启后的一个大关键，假如想要研究或了解本国文学而不先明白八股文这东西，结果将一无所得，既不能通旧的传统之极致，亦遂不能知新的反动之起源。”[②] 阐明八股之本相，“通旧的传统之极致”，自然也是通桐城文以及一切“载道”之文的极致，因此周作人首先要在文体上对桐城文来一次清算，同时也是为彰显“新的反动之起源”，知新文学建设的根基在什么地方，以免在“五四”新文学运动十余年后，新文学中发展出来的革命文学又浸入到传统“载道”旧文学的泥沼中去，模糊了来之不易的新文学发展方向。

周作人认为八股文是“中国文化的结晶”，“八股算是已经死了，不过，它正如童话里的妖怪，被英雄剁做了几块，它老人家整个是不活了，那一块一块的却都活着，从那妖形妖势上面看来，可以证明老妖的不死。”这种八股文精神最初体现在“对联”“律诗”“骈文”中，后“由文字的游戏进于正宗的文学”，生于宋、长于明、大成于清，实行散文的

① 周作人：《文学的贵族性》，《周作人散文全集》第 5 卷，第 416—417 页。

② 周作人：《论八股文》，《周作人散文全集》第 5 卷，第 657—659 页。

骈文化，“造成一种比六朝的骈文还要圆熟的散文诗”，“不但是集合古今骈散的菁华，凡是从汉字的特别性质演出的一切微妙的游艺也都包括在内”。由于八股文轻文义重声调，有固定的做法，造成习作八股文者很顽固地服从与模仿的根性，“结果是弄得自己没有思想，没有话说，非等候上头的吩咐不能有所行动”。更重要的是这种八股精神“在科举废止后在不曾见过八股的人们的心里还是活着”，如“有土八股，有洋八股，有党八股”。[①] 周作人在揪出八股文后，在后来的文章中对其和其各种变种不断进行严厉批判，有多处进行过专门的论述，有关此问题我们在第七章第二节中将具体论述。

除过桐城文体八股文，周作人在传统文学中发掘出了桐城文所尊鼻祖唐宋八大家文。单纯用晚明公安竟陵派文学的发展来类推“五四”新文学的发展方向，还不足以完全清晰地呈现“五四”新文学发展的意义，还须完全明了“五四”新文学所革命的对象——桐城派古文及其所尊唐宋八大家文的品格，才能有意识地避免重蹈载道文学的覆辙。因此，周作人在批判八股文时也把矛头指向以韩愈为代表的唐宋文。

第三节　桐城文、唐宋文批判

一　《中国新文学的源流》：集中火力的批判

桐城派一直是周作人批判的对象，但不同历史时期对其批判时所针对对象并不一样。30 年代之交，迫于桐城旧派势力的重新抬头和革命文学中“载道”意识越来越强的现实，周作人开始集中火力来批判桐城古文，其成果便是影响巨大的《中国新文学的源流》论稿，其中第四篇文章《清代文学的反动下——桐城派古文》[②] 是专论桐城文的文章。

首先，周作人批判桐城派“文以载道”“文即是道”的文章观。周作人先梳理出桐城派的源流：“上承左马，而以唐朝的韩愈为主，将明代的归有光加入，再下来就是方苞”，方苞后有“桐城派定鼎的皇帝”姚鼐，“桐城派中兴的明主”曾国藩，再后是吴汝纶、严复、林纾诸人。桐城派标榜自己是“学行继程朱之后，文章在韩欧之间”，文章主张即“文以载

① 周作人:《论八股文》，《周作人散文全集》第 5 卷，第 660 页。

② 周作人:《中国新文学的原流》，《周作人散文全集》第 6 卷，第 84 页。

道”，“文即是道”。由于是要把程朱的“道统”与韩欧的“文统”合二为一，认为“只要文章作得好，则‘道’也即跟着好起来”。这里的“文章作的好”是指要像古文，因为秦汉古文文章有思想，所以自己文章像古文自然“道”也就跟着好起来，因此周作人说“桐城派诸人则不仅是文人，而且也兼作了‘道学家’”。作为道学家，桐城派的“桐城义法”就要求文章必须“有关圣道”，而所谓的“圣道”不过是要像古文的样子，这样的载道“和韩愈等人文以载道的主张一样，并没有更高明的道理在内”。桐城派一面是强调载道，同时也强调“文要雅正”，但对于这一点周作人认为桐城派诸人的解说都说得“莫名其妙”“没有说清楚”。因此，周作人认为单就桐城派所作的古文来说，其“仍是唐宋八大家的古文”，“他们的文章统系也终和八股文最相近”。

其次，周作人论述了桐城派与“五四”新文学的本质区别。“五四”新文学运动兴起，桐城派的文学观念和五四新文学的文学观念正式发生冲突。首先是有无“识见”的冲突。周作人举桐城派末期代表人物吴汝伦、严复译作《天演论》作的序言和林纾的翻译，认为吴的序言不看重天演的思想，吴“只因严复用周秦诸子的笔法译出，因文近乎‘道’，所以思想也就近乎‘道’了”，而林纾翻译司格特、狄更斯诸人的作品，“其理由不是因为他们的小说有价值，而是因为他们的笔法有些地方和太史公相像，有些地方和韩愈相像，太史公的《史记》和韩愈的文章既都有价值，所以他们的也都有价值了”。[①] 可见以吴汝伦、林纾为代表的桐城派提倡古文，实是买椟还珠，对传统文学缺乏“识见”，这与“五四”新文学提倡白话文重思想启蒙构成了首要冲突。其次是“载道”文学观念与“言志”文学观念的冲突。这点是桐城派与“五四”新文学最根本的冲突，也是周作人在前后文中不断论说的对象，对这两种观念的对立冲突周作人在前文《中国文学的变迁》中有详细论述，此处不再论述。[②]

另外，文中周作人还提到一个说法：“和新文学运动有关系的是汉学家。”清代汉学家，如俞樾，一面治汉学，又一面弄辞章而“走向公安派竟陵派的路子”，与“五四”新文学的路子有相似处。对这一问题周作人

① 周作人：《中国新文学的源流》，《周作人散文全集》第6卷，第90页。

② 参见前文第三章“周作人对六朝文章气象的发现”中第一节“六朝文章的发见”中的内容。

在此语焉不详，但却涉及了一个重要学术问题，清代汉学者与桐城派的冲突[①]。清代汉学者对以“程朱”为“道统”、以“韩欧”为“文统”的桐城派无论在思想上还是在文体上都持批判态度，而晚清的汉学者章太炎、刘师培等人又极大地影响了“五四”新文学的建设者，如周氏兄弟等。因此周作人说：“在清代晚年已经有对于八股文和桐城文派的反动倾向了。只是那时候的几个人，都是在无意识中作着这件工作。来到民国，胡适之、陈独秀、梁任公诸人，才很明了地意识到这件事而正式提出文学革命的旗帜来。”在这样的梳理中，我们隐约可以看到清代汉学和“五四”新文学之间的内在联系，这一重要问题需要另文论述。

同样，虽然周作人认为桐城派与新文学有不可调和的矛盾，但周作人对桐城派并不是彻底完全否定。在谈到姚鼐时周作人还说他“不以经书作文学看，所以《古文辞类纂》没有经书上的东西”，在谈到曾国藩时说他“则将经书当作文学看”，认为他们都较为开通，对文学较多了解，甚至认为：“到吴汝纶、严复、林纾诸人起来，一方面介绍西洋文学，一方面介绍科学思想，于是经曾国藩放大范围的桐城派，慢慢便与新要兴起的文学接近起来了。后来参加新文学运动的，如胡适之、陈独秀、梁任公诸人，都受过他们的影响很大。所以我们可以说，今次文学运动的开端，实际还是被桐城派中的人物引起来的。”因此，无论是谈“和新文学运动有关系的是汉学家”，还是说“今次文学运动的开端，实际还是被桐城派中的人物引起来的”，我们都可以看出，周作人在论述传统文学中的桐城派、清代汉学等与“五四”新文学关系时，并不是简单地完全肯定后者同时完全否定前者，而是在考辨文学革命的发生发展过程，也是在寻找传统和现代的接续，对其批评对象桐城文章既有放在现实中的针对性批判，也有将其放在文学史变迁中来考察它在不同历史阶段所产生意义和流弊的客观评价，因此周作人的这种考辨是动态的，有针对性的，也是具体的。

周作人在30年代初讲《中国新文学的源流》，辨析“五四”新文学的缘起，桐城派的弊端，不光是对复古思想的批判，也是对来自左翼文学挤压的反应。在《清代文学的反动下——桐城古文》中，周作人说：

在《北斗》杂志上载有鲁迅的一句话：“由革命文学到遵命文

---

① 有关汉学家和桐城派的斗争，可参见朱维铮《汉学与反汉学》（见《求索真文明——晚清学术史论》，上海古籍出版社1996年版），王风《刘师培文学观的学术资源与论争背景》（见《中国文学研究现代化进程二编》，北京大学出版社2002年版）。

学。”意思是：以前是谈革命文学，以后怕要成为遵命文学了。这句话说得颇对，我认为凡是载道的文学，都得算作遵命文学，无论其为清代的八股，或桐城派的文章，通是。①

在周作人看来，“五四”新文学的新，不光是以白话文代替文言文，同时是以“言志”的文学代替了“载道”的文学。而在30年代，左翼作家站在“大众化”的立场上提倡革命文学，用激进的姿态宣布“五四”新文学是过时的、落后的乃至反动的文学。针对这种情况，周作人认为这是传统“载道”文学大行其道的表现，作为维护“五四”新文学内在精神的周作人，此时不能不感到他心目中言志的新文学受到极大压力。面对如此情状，周作人无论是作《中国新文学的源流》，还是此后更深入地在传统文学中寻找现代新文学发展的资源，还是在传统中挖掘“载道文学”的根源，都应是对现实这种挤压的自觉回应。“对这种遵命文学所起的反动，当然是不遵命的文学”，“不遵命的文学”就是周作人说的“言志”的文学，30年代自由主义价值取向文人团体的创作在一定程度上就是这种“不遵命的文学”。

在《中国新文学的源流》讲演中，周作人不光从“载道”“遵命”的角度批评左翼文学，更是从经济角度分析革命文学革命的不彻底性。因为革命者创作出的作品需要革命的对象——资本家去印刷和发行，因此其创作不可避免地首先要考虑：“这作品的销路，想到出版者欢迎与否，社会上欢迎与否，更须有官厅方面的禁止与否，和其他种种的顾虑，如是便一定会生出文学上的不振作的现象来。”周作人更是举了一个例子：

一位日本的普罗文学者的领袖，他作过一本《日本普罗文学运动史》，在里边他也说出了同样的意见。因为日本的普罗作家，大半都须出卖稿子于资产阶级的出版家以维持生活，如是，他把最用心的作品，卖给那利用普罗文学以渔利的资本主义的杂志社、书店，更没有力量为自己的杂志上作出好的文章来。其结果，使一个普罗作家的精力消耗不少，而好的普罗文学却终于产生不出来。如果另有专业而不这样的专赖文学为生，则作品的出卖与否没有关系，在创作的时候，自然也就可以免去许多顾虑了。②

---

① 周作人：《清代文学的反动下——桐城古文》，《周作人散文全集》第6卷，第91页。

② 周作人：《关于文学之诸问题》，《周作人散文全集》第6卷，第55—56页。

实际上，周作人与左翼作家的冲突在1930年就开始了，只是周作人对左翼文学的批评一直显得比较隐晦。两者直接冲突的起因，是1930年3月黎锦明在北平《新晨报副刊》刊出了《致周作人先生函》一文，黎锦明在信中表达了对革命文学称霸文坛现状的不满情绪，这也是当时文坛中许多人的普遍观感。周作人在1930年的4月7日于《新晨报副刊》刊出《半封回信》，回答黎锦明他自己对革命文学的看法，但回答方式显得意味深长。《半封回信》只对黎锦明所提的译法问题作答，而对革命文学话题则宣布"告假"，因为"自己不是文士"，"不配"多言，但又说"上海滩的文坛战讯，好象是许多的剪刀店，不知为什么那样地在那里混战恶斗"，在寥寥数语中流露出对左翼文学的讥讽。他把自己的文学意见概括为：

> (1)文学有言志与载道两派，互相反动，永远没有正统，(2)文学没有什么煽动的能力，(3)文士的职业是资本主义的私生儿，在合理的社会人人应有正当的职业，而以文学为其表现情意之具，有如写信谈话一样，这就是说至少要与利得离开。现今文学的堕落的危机，无论是革命的或非革命的，都在于他的营业化，这是落到了资本主义的泥坑里去了，再也爬不上来。①

这三条意见，可以说都是针对左翼文学的。用"言志"与"载道"来划分中国文学的发展变迁是周作人《中国新文学的源流》的核心论点，"五四"新文学是对清代桐城派、八股文一类"载道"文学的反动，其是"言志"的文学，而"遵命"的左翼文学源于"载道"的文学，其对文学"力"的强调是现实革命无力的体现，而对"利"的归顺则是落到了资本主义的泥坑里去了，这样看来实际上革命文学和自己所革命的对象之间实有千丝万缕的联系。周作人批评十分犀利，击中左翼文学之要害，此后左翼文学虽有两月多的围攻，但在文学方面的讨论不多，多采用阶级或情感的批判，两者的论争并未在同一层面上展开。②

在《半封回信》后约一个月，周作人发表了看似学院式研究文章

---

① 周作人：《半封回信》，《周作人散文全集》第5卷，第628页。

② 有关周作人与左翼文学的论争，丁文《周作人与1930年左翼文学批评的对峙与对话》有精彩论述（《中国现代文学研究丛刊》2009年第5期），另黄开发在《人在路途周作人的文体和思想》中《近八十年来的周作人研究1919—1949》一节中也有较系统的论述。

《论八股文》，这篇文章隐约是针对左翼文学而发的。周作人并不直接与左翼作家唇枪舌剑，而是深挖左翼文学的源流，从根柢上批判，釜底抽薪，不动声色，左翼文学的弊端逐渐暴露出来。但在30年代整个社会思潮都在倾向更加激进的思潮时，周作人的这种深婉的论述少有人认同，更别说进行仔细思考了。1932年的《中国新文学的源流》充满着强烈的现实感和与左翼文学对话的动机，丁文先生认为，“虽然此篇演讲呈现出的核心观点乃是新文学的源头须得追溯明末小品，但就周作人的讲述动机来说却恰好本末倒置。所谓‘言志’与‘载道’此消彼长的文学史线索，并将八股文列为‘五四’文学革命前夕的‘反动’之一，实际上是在叙写一个有关30年代文坛的史前故事。身处1932年的周作人，虽然浓墨重彩地敷衍出新文学之‘源’而未及其‘流’，但他对于当下文坛变迁的观照却浓缩在这篇包裹在历史叙述外表下的《论八股文》中。在当时背景下重提八股文，并非是从明末以来的文学史中清点出新文学的道路，而是为1930年的左翼文学寻根问祖、找寻其‘载道’源头，就这一点来说其目光不可谓不深邃。”①

30年代初周作人与左翼文人交恶后，1934年因周作人的《五十自寿诗》再次引发周作人与左翼文人的论争，再到1935年周作人与胡风的论争，论争牵扯进来了许多文学界的著名人物，这种论争更深层中体现出的是自由主义知识分子和左翼知识分子自身岗位意识、政治立场等复杂因素的冲突，这一问题我们在此处难以展开谈。但这种论争使周作人在此后的文学批评中一直重视对传统“载道”文学的代表——桐城派、八股文、唐宋文的批判，以此批判来实现对现实左翼文学的潜在批判，虽然这种工作由于社会时局的变化、周作人处境的波折艰难被后人认可，但周作人认为只要做了，“大家的努力决不白费”②，历史最终证实了这些工作的不白费。

二　潜行的工作：挖根唐宋文

与“五四”以来别的新文化运动者对传统文学只批桐城派不批唐宋文不同，周作人在对桐城派的批判中逐渐把批判的矛头指向了桐城派所尊的唐宋八大家和宋明理学，桐城派自我标榜是“学行继程朱之后，文章

---

① 丁文：《周作人与1930年左翼文学批评的对峙与对话》，《中国现代文学研究丛刊》2009年第5期。

② 周作人：《关于〈近代散文〉》，《周作人散文全集》第9卷，第588页。

在韩欧之间"[1]，周作人则开始旗帜鲜明地否定唐宋八大家文章和宋明理学。周作人认为，唐宋八大家文和桐城文在文体上都有八股文气，而且八股文又是和科举制度紧密联系在一起，因此周作人由对桐城文的批判，上溯其所尊唐宋八大家，下源其左翼文学，在思想上批孟子、韩愈朱程"文以载道"的思想，下讽30年代的左翼文学的遵命思想，在文学之外又批产生这种文章的科举制度，通过多个层面，来构建自己对"载道"文章的全面批判网络。周作人的这种批判与建构思想主要体现在以下四篇文章中。

第一篇文章，1935年的《谈韩退之与桐城派》。周作人首先挖出桐城派所尊鼻祖、唐宋八大家的核心人物韩愈，矛头直指唐宋文与桐城派及其关系。周作人认为韩愈"器识文章都无可取"，他给后世带来了很不好的影响：

> 他可以算是古今读书人的模型，而中国的事情有许多却就坏在这班读书人手里。他们只会做文章，谈道统，虚骄顽固，而又鄙陋势利，虽然不能成大奸雄闹大乱子，而营营扰扰最是害事。[2]

具体到韩愈文章，周作人只见其："装腔作势，搔首弄姿而已，正是策士之文也。"（周作人对韩愈思想文章的具体批判，笔者在本章第四节中有专门论述。）对桐城派，周作人借钱振锽、谢章铤的批评，认为桐城派思想狭隘、专断，其文根柢在"时文"。唐宋八家古文与八股文，从内在思想上来说两者同为"时文"，从文章上来说两者都重音调气势，而桐城古文与八股的关系又正同于唐宋八大家古文与八股文的关系。周作人从思想、文章与八股文相同的关系，把唐宋八大家和桐城派联系在一起，认为两者文章中的八股文气给后世带来的弊端不光是思想、文章上的，也让读古文的人即使面对"真正好古文"也不会了解其好处了。

第二篇文章，是1935年5月周作人作《杨柳》一文，周作人谈到两类古文的不同，并对其有不同的态度：

> 古文本来是文体的一种，并不一定不通。我看古来的古文可以分作两类，一类是左国庄韩司马的古文，一类是韩愈以后的古文。第一

① 苏惇元：《方望溪先生年谱序》，《方苞集》（下），上海古籍出版社1983年版，第916页。

② 周作人：《谈韩退之与桐城派》，《周作人散文全集》第6卷，第535页。

> 类是以古文体写的文章，里边有写得很好的，我们读了知道欢喜知道赏识，却又知道绝对做不来，至多只好略略学点手法拣点材料来加入我们自己的文章里。第二类的我实在不觉得他们有什么好，他们各人尽有聪明才力，但在所谓唐宋明清等等八大家这一路的作品却一无可取，文章自然不至于不通，然而没有生命，与上一类相比便有不同，我们觉得不值得怎么读，可是很不幸的是却易于学，易于模拟。好文章学不来，坏的偏偏好学，学好的结局还写成坏文章，学坏文章必然更坏，自然就至于不通。①

秦汉古文是学不来的，唐宋古文是对秦汉古文的模仿，比起有生命的秦汉文来，模仿秦汉文的唐宋文由于模仿没有了自己的生命，但这样的文章却易于模仿，其结果是模仿唐宋文的“古文”更是失了生命的血脉，清代以来至民国习此路文章的文人，无论是古人还是今人，对他们所做的文章，周作人下判语说都是“不通而不可救”，“不通云者，普通常曰文理不通，实在有两方面，一是文字，拟古而工夫未足，造句用字多谬误，二是思想，文既不能达意，思想终亦受了束缚而化为乌有，达无可达了。”

第三篇文章，是1935年12月作的《谈桐城派与随园》，周作人主要是摘引蒋湘南《游艺录》中对桐城派及八大家古文的批评。蒋湘南对桐城派师尊八大家之法的散文创作并不以为然，认为桐城派“根柢浅”，“皆未闻道”，认为文章所载之道不可直见，而见之于“日用饮食”，“就人情物理之变幻处阅历揣摩，而准之以圣经之权衡，自不为迂腐无用之言”，而方苞、刘海峰、姚鼐“三家之文误以理学家语录中之言为道，于人情物理无一可推得去，是所谈者乃高头讲章中之道也，其所谓道者非也”。蒋湘南所讲之“道”为“人情物理”之“道”，是圣人原初之“道”，非后世“高头讲章”中之“道”，一语道破唐宋八家、程朱理学、桐城派所讲“道”之“非也”。在认同“人情物理”和圣人原初之“道”的说法时，周作人又与蒋湘南有不同。蒋湘南在论唐宋文与桐城文的关系时说：

> 八家者唐宋人之文，彼时无今代功令文之式样，故各成一家之法，自明代以八股文为取士之功令，其熟于八家古文者，即以八家之

① 周作人：《杨柳》，《周作人散文全集》第6卷，第579页。

法就功令文之范，于是功令文中钩提伸缩顿宕诸法往往具八家遗意，传习既久，千面一孔，有今文无古文矣。①

可以看出蒋湘南对唐宋八大家文仍有敬意，其矛头所指只在八股文、桐城派。而周作人在前面多篇文章中就把桐城文的源头直指唐宋八家文，并对其代表人物韩愈文章有明确批判，他是要从根基上要彻底否定桐城文。

第四篇文章，是1936年的文章《谈方姚文》，文中周作人挑出方苞、姚鼐的几首诗文来批判桐城派所尊思想——程朱理学。方苞有《咏明妃》，诗云："茑萝随蔓引，性本异贞松；若使太孙见，安知非女戎。"周作人首引谢章铤对方苞诗的批评：

夫明妃为汉和亲，当时边臣重臣皆当为之减色，今乃贬其非贞松，又料其为祸水，深文锻炼，不亦厚诬古人乎。经生学人之诗，不足于采藻，而析理每得其精，兹何其持论之偏欤。侧闻先生性卞急，好责人，宜其与温柔敦厚不近，幸而不言诗，否则谿刻之说此唱彼和，又添一魔障矣。享高名者其慎之哉。②

周作人在《望溪集外文》中查到这首诗，认为是"其徒以为有合于载道之义，故存之"，而所合的"道"不过是"传统的女人观"，孔子只是说女子与小人难养，因为近之则不逊，远之则怨，这还是从男性中心的人情上来说；而后世的道学者就认定女人是浪而坏的东西了，因此周作人说方苞诗中说明妃为非贞松，是祸水，就是后世道学家阴暗心理的体现，"是一种变态者的心理"的体现。而方苞作为道学家对人谿刻，"却也并不限于女子"，周作人又找出方苞的《与李刚主书》，文章系唁其母丧者，中间说及李刚主长子之死，方氏说：

窃疑吾兄承习斋颜氏之学，著书多訾謷朱子。记曰，人者天地之心。孔孟以后，心与天地相似而足称斯言者舍程朱而谁欤？若毁其道，是谓戕天地之心，其为天所不祐决矣。故自阳明以来，凡极诋朱

① 周作人：《谈桐城派与随园》，《周作人散文全集》第6卷，第863页。

② 周作人：《谈方姚文》，《周作人散文全集》第7卷，第398页。

> 氏者多绝世不祀，仆所见闻具可指数，若习斋西河，又吾兄所目击也。[①]

李刚主是方苞的朋友，又是他儿子的老师，方苞却说他活该绝后，原因是李刚主骂了朱熹，周作人慨叹说方苞的这种言论“真可谓刻薄无人心”。方苞又以为天上听见人家骂程朱便要降灾处罚，这让周作人看出其“识见何其鄙陋，品性又何其卑劣耶”，周作人这种批评真是一针见血，揭穿道学家的原形，使其无处逃遁。桐城派中这样的“名人”还有桐城派之始祖者姚鼐，周作人在其《再复简斋书》中发现这样一段话：

> 且其人生平不能为程朱之行，乃欲与程朱争名，安得不为天之所恶，故毛大可李刚主程绵庄戴东原率皆身灭嗣绝，殆未可以为偶然也。[②]

姚鼐被后人尊为一代文宗，文章风靡海内，却又有如此陈腐思想，直叫读者要大跌眼镜。

我们把上面所举《谈韩退之与桐城派》《杨柳》《谈桐城派与随园》《谈方姚文》四文并到一起考察，可以看到周作人对桐城派的批判是非常有系统的。首先是批判桐城派所尊鼻祖、唐宋八大家的核心人物韩愈是“器识文章都无可取”；其次分析出模仿秦汉文的唐宋文由于模仿没有了自己的生命，而桐城派又模仿唐宋文更是“根柢浅”“皆未闻道”；最后说明桐城派始祖方苞和姚鼐“识见何其鄙陋，品性又何其卑劣”。这样由韩愈文章再到唐宋文，再到桐城思想和文章，“考镜源流”，体系严密，实现了对桐城派的彻底否定，周作人对桐城派的批判不可不谓是大有用心。

1937 年抗战爆发，周作人身份尴尬，所以对桐城派、唐宋派的批判在 30 年代后期也停止了，但到 40 年代初，周作人又开始谈中国文学传统，又开始旧话重提。在 1940 年的《汉文学的传统》中重新翻检“五四”新文学运动以来的白话文运动，认为最初反对“选学妖孽，桐城谬种”的白话文运动“讲到结果则妖孽是走掉了，而谬种却依然流传着，不必多所拉扯，只看洋八股这名称，即是确证。盖白话文是散文中之最散

---

① 周作人：《谈方姚文》，《周作人散文全集》第 7 卷，第 399 页。

② 同上书，第 400 页。

体的，难以容得骈偶的辞或句，但腔调还是用得着，因了题目与著者的不同，可以把桐城派或八大家，《古文观止》或《东来博议》应用上去，结果并没有比从前能够改好得多少。”①白话文运动的变革“实在有点儿弄颠倒了”，当初反对的对象成了现在文章中习以为常的东西了，这让周作人再次把批判的目光盯上了文坛中重新出现的桐城古文腔调。

1944年周作人作《古文》一文，再论唐宋八大家、宋明理学和八股文、科举制度之间的关系：

> 汉文读通极是普通，或者可以说在中国人正是当然的事，不过这如从举业文中转过身来，他会附随着两种臭味，一是道学家气，一是八大家气，这都是我所不大喜欢的。本来道学这东西没有什么不好，但发现在人间便是道学家，往往假多真少，世间早有定评，我也多所见闻，自然无甚好感。家中旧有一部浙江官书局刻方东树的《汉学商兑》，读了很是不愉快，虽然并不因此被激到汉学里去，对于宋学却起了反感，觉得这么度量褊窄，性情苛刻，就是真道学也有何可贵，倒还是不去学他好。还有一层，我总觉得清朝之讲宋学，是与科举有密切关系的，读书人标榜道学作为求富贵的手段，与跪拜颂扬等等形式不同而作用则一。……八大家的古文在我感觉也是八股文的长亲，其所以为世人所珍重的最大理由我想即在于此。我没有在书房学过念古文，所以摇头朗诵像唱戏似的那种本领我是不会的……韩柳的文章至少在选本里所收的，都是些《宦乡要则》里的资料，士子做策论，官幕办章奏书启，是很有用的，以文学论不知道好处在那里。念起来声调好，那是实在的事，但是我想这正是属于八股文一类的证据吧。读前六卷的所谓周秦文以至汉文，总是华实兼具，态度也安详沉着，没有那种奔竞躁进气，此盖为科举制度时代所特有，韩柳文勃兴于唐，盛行至于今日，即以此故，此又一段落也。②

周作人在此主要批判的，一是唐宋八大家古文、八股文中的道学家气，属思想层面的问题；一是此类文章的八大家气，属文章层面的问题。宗唐宋八大家的古文中多假道学气，周作人把这种假道学气归源于宋学，即是程朱理学，认为其“度量褊窄，性情苛刻”；而在文章方面，周作人

① 周作人：《汉文学的传统》，《周作人散文全集》第8卷，第413页。

② 周作人：《古文》，《周作人散文全集》第9卷，第189页。

提出“八大家的古文是八股文的长亲”的说法，这种说法比前人的说法更进一步。产生这样的思想和文章，根源在科举制度，“读书人标榜道学作为求富贵的手段”，韩愈就是重要一例。周作人的这种看法揭破了历代士子读书做古文的秘密，但这样的文章“勃兴于唐，盛行于今”，所谓“盛行于今”自是周作人感慨在新文学运动以来这样的文章仍是大行其道的，但在1944年，周作人处境尴尬，这样的问题虽自己看在眼中，所论却只能隐婉地提及了。

1945年作《古文与理学》，周作人又找出方苞“真不读书”的证据，更加彻底地批判桐城文，并把自己对现实文坛的担忧全盘托出，周作人批判桐城派的思想更加条理化，具体化，现实化。此文重引蒋湘南《游艺录》中有关对桐城派及八大家的批评，又“找出一二相同的意见来，加添一点证据”。所添的证据，首先是钱大昕《跋方望溪文》，文中说：“金坛王若霖尝言，灵皋以古文为时文，以时文为古文，论者以为深中望溪之病。”周作人又搜拣出钱大昕的《与友人书》，文中认为桐城派“其所谓义法者特世俗选本之古文，未尝博观而求其法，法且不知而义于何有，因谓若方氏乃真不读书”。蒋湘南批桐城派是“根柢浅”，“皆未闻道”，到王若霖则批方苞“以古文为时文，以时文为古文”，再到钱大昕更是批其“不读书”，实是越来越严厉。王若霖之论让方苞“终身病之”，真可谓是一箭封喉。但方苞何以“以古文为时文，以时文为古文”，王若霖未细论，周作人梳理其内在脉络，又找到了王闿运对此问题的详细解释。周作人叙述说：

> 王湘绮年谱卷记其论文语云，明代无文，以其风尚在制艺，相去辽绝也，茅鹿门始以时文为古文，因取唐宋之似时文者为八家。这样一说更是明了，八家本各成一家之法，以时文与古文混做的人乃取其似时文者为世俗选本，于是遂于其中提出所谓义法来，以便遵守，若博观而求之，则不能得此捷径矣。方望溪读过许多书，但在奇正浓淡详略本无定法的古文中间，欲据选本以求捷径，其被称为不读书亦正是无足怪也。①

原来桐城派古文的义法是来于对前人世俗选本的概括，而此世俗选本是“以时文与古文混做的人乃取其似时文者”而成的世俗选本，这种义

① 周作人：《古文与理学》，《周作人散文全集》第9卷，第539页。

法的偏颇性实是“根柢浅”“未闻道也”，方苞被诟为“不读书正是无足怪也”。舒芜对周作人这一批评说：“经周作人这么一指点，无论你读得再多的书，只要你突不破世俗选本指引的‘捷径’，就与不读书无异，这是公平如实的，桐城派中有识者清夜自省，应该比较心服了。桐城派末流确实也是不读书守着一部《古文辞类纂》安身立命，造成这种空疏固陋的学风的，桐城初祖不得辞其责。”① 舒芜的说法更是浅显明白地指出了桐城派文章的最根本的问题。

《古文与理学》一文不光批判了桐城派的文章，也批判了桐城派所宗的宋人理学。原始圣人思想乃人情物理的体现，却在宋明理学家手中变为高头讲章，致使道德、政治、学术、文艺均受其祸，为此周作人又分别举出戴震、刘献廷、焦循三人的论述来说明桐城派所谓道学的虚假。戴震认为，“举凡饥寒愁怨饮食男女常情隐曲之感”为常人之欲，程朱宋儒挑起理欲之辨，轻人欲，重天理，以巫辞刻议君子，使君子无完行，“言虽美而用之治人则祸其人，至于下以欺伪应乎上”，“古之言理也，就人之情欲求之，使之无疵之为理，今之言理也，离人之情欲求之，使之忍而不顾之为理，此理欲之辨适以穷天下之人，尽转移为欺伪之人，为祸何可胜言哉。”刘献廷也说：“圣人六经之教原本人情，而后之儒者乃不能因其势而利导之，百计禁止遏抑，务以成周之刍狗，茅塞人心。是何异壅川使之不流，无怪其决裂溃败也。夫今之儒者之心，为刍狗之所塞久矣。而以天下大器，使之为之，爰以图治，不亦难乎？”② 焦循也云《淮南子》杂取诸子九家之言，其中有深得圣人精义者。周作人引此三人对人情物理的论述，是想说明桐城派人所依据的朱程理学，未能理解先秦圣人人情物理之说，只主张灭绝人欲，结果使理学玄学化，走到先王、圣人的反面去了。

周作人对桐城派、唐宋文等的批判，从来就不是单独对传统文学的批判，而是着眼于现代新文学的发展，着眼于现实文坛的发展状况。虽然为了少引起现实文坛中批判对象的无谓攻击，周作人对现实文坛的发言极尽委婉含蓄，但还是引来三十年代三四波左翼文学的围攻。由于两者论争的问题不在一个层次上，周作人并不直接回应左翼文学对其的批评，而是把自己的回应放在切实的对传统桐城派、唐宋文、八股文等的批判上，以此达到对新文学中出现的载道文学的批判。直到 1945 年发表《古文与理

① 舒芜：《中国新文学史的“溯源”——周作人对唐宋八大家和桐城派的批判》，《周作人的是非功过》，辽宁教育出版社 2000 年版，第 285 页。

② 转引自周作人《故与理学》，《周作人散文全集》第 9 卷，第 541 页。

学》文时，周作人才把自己对现实文坛的这种批判目的明确地全盘托了出来，周作人在把对传统唐宋文、桐城文的批判与对现代文坛上载道文学的批判明确联系在一起时，也等于说把自己一直以来对传统载道文学的唐宋文、桐城文的批判和对现代新文学中载道文学的批判明确地联系了起来。周作人在三四十年代长期对唐宋文、桐城文、八股文等传统载道文章的批判就是要对现代新文学中出现的载道文学根基进行彻底的否定，使其难再有别的新面目来混淆中国现代新文学的发展方向，从而在根基上维护“五四”新文学运动以来中国现代散文的发展方向。周作人的具体说法如下：

> 八家和方姚的时文化的文章，理学家的玄学化的思想，固然多有缺点，已经有明眼人看穿，而且这些也都已是过去的事，现在何必再翻陈案来打死老虎呢。这话似乎也说得有理，可是只知其一不知其二，因为这依然还是现今的活问题，那只老虎并没有死，仍旧张牙舞爪的要咬人哩。中华民国成立已有三十四年，在三十岁左右的年轻人中间，诚然不见得再有专心讲究桐城义法或是程朱理学的人了吧，但是我们整个的一看文化界的情形，这些还有着绝大的势力，现在如此，将来也要如此，假如现今没有什么方法来补救，使得他变动一下。①

从1945年12月6日周作人被南京国民党政府逮捕入狱，到1949年1月26日出狱，周作人几乎没有什么散文创作，1949—1952年对《亦报》写稿，再后来断断续续写文章，多是对鲁迅作品中人物故事的说明，对自己往昔生活、故乡风物的回忆，很少有文章再重新谈论“五四”新文学的话题，或是对中国传统文学进行选择和批判。背负汉奸身份，在1949年后的环境中周作人丧失了对中国传统文学、现代新文学发展方向发表看法的资格，更何况1949年后主流文学所走的道路正和他心目中现代新散文的发展方向完全不一致，甚至正是他此前一直批判的文学路向，是他在30年代初就预言过的“新文学之后总有载道派的反动”②。在这样的环境中，再加自己尴尬的处境，周作人对各种文学思潮唯恐避之不及，已经毫无心力、兴趣和资格对当时文学发展的状况作出自己的评论了。但是正如

① 周作人：《古文与理学》，《周作人散文全集》第9卷，第542页。

② 周作人：《〈枣〉和〈桥〉的序》，《周作人散文全集》第5卷，第766页。

周作人在辅仁大学讲《中国新文学的源流》时就曾设想的，“只是看出所谓新文学在中国的土里原有它的根，只要着力培养，自然会长出新芽来，大家的努力决不白费”①，周作人的这种思考将为我们当下梳理中国文学在20世纪的发展提供一面历史的镜子。

周作人批判桐城派，根追唐宋文，欲从文章、思想来批判桐城派所依赖的思想、文章资源，其具体选择的批判人物有唐宋八大家的代表人物韩愈，程朱理学的代表朱熹，另周作人还注意到苏轼文章的不同情况，对桐城派方苞和姚鼐多有批评。下面几节将对其单独展开论述。

第四节　韩愈：“器识和文章都无可取”

在对桐城派所尊的唐宋八大家的批判中，周作人选择的主要批判目标是在文学史上被标榜为“文起八代之衰，道济天下之溺”的韩愈，随着对桐城派的批判以及对桐城派文学资源的溯源，周作人对韩愈的批判逐渐升级、逐渐严厉。

周作人的老师章太炎也是反对唐宋八大家的，但他着重贬斥的是宋代六家，即他称作的“吴蜀六士”，对唐代的韩柳还有恕词。② 清代钱大昕、蒋湘南在批判桐城派时虽然指出方苞的弊病在只晓得追随唐宋八大家，以明代八股文选家所选的八大家为本，结果导致了“以古文为时文，以时文为古文”的“不读书”之弊，但他们并未批评唐宋八大家。而周作人要通过“挖根式”批判，通过旗帜鲜明地否定唐宋八大家来否定桐城派，因此对韩愈文章就不能不彻底否定。

周作人最初提及韩愈是在1921年的《〈旧约〉与恋爱诗》中，周作人在指出要把《诗经》当文学作品看，不要仅当“经”来看后，在文章的结尾捎带出对的韩愈讥讽，“中国从前有一个‘韩文公’，他不看佛教的书，却做了什么《原道》，攻击佛教，留下了很大的笑话。我们所以应该注意，不要做新韩文公才好。”③ 虽然周作人在此的本意并不是针对韩愈，而是在批评当时国内部分经学研究者的盲目自大和故步自封，但是这

---

① 周作人：《关于〈近代散文〉》，《周作人散文全集》第9卷，第588页。

② 舒芜：《中国新文学史的“溯源”——周作人对唐宋八大家和桐城派的批判》，《周作人的是非功过》，辽宁教育出版社2000年版，第280页。

③ 周作人：《〈旧约〉与恋爱诗》，《周作人散文全集》第2卷，第292页。

里已经显示出周作人对韩愈的不喜欢。1924年的《“大人之危害”及其他》，原是说泰戈尔来华讲演，国内有人惶恐国人“会跟了泰翁走去”，周作人对这种“大人”的社会影响很是持怀疑态度，特牵出韩愈，“当时韩文公挥大笔，作《原道》，谏佛骨，其为国为民之心固可钦佩，但在今日看来不过是他感情用事的闹了一阵，实际于国民生活思想上没有什么好处。”① 周作人此处的目的是要通过消解所谓“大人”的神圣性以批判人们对这些大人物的崇拜心理，批判国民“完全失了独立的资格，只配去做奴隶”的国民性。要注意的是，周作人对韩愈“大人”神圣性的批判是通过消解这些“大人”所传授的“道”的社会影响来进行的，也就是周作人要揭开韩愈“大人”之“道”社会影响力的虚妄性，也是显示韩愈这类“大人”所授大道的虚妄性。但20年代周作人对韩愈的批判只在文章中捎及，并没有集中火力展开批判，主要原因是此时周作人的主要精力还没有放在考辨传统文学来为新文学寻找资源的思考中，而韩愈所代表的唐宋文被周作人越来越重视是和他对桐城派的逐渐深入批判联系在一起的。30年代在以“言志”和“载道”的文学标准来重构中国文学历史时，桐城派所尊的唐宋文才成了周作人集中批判的对象，韩愈才正式被周作人列为批判的靶心。

1932年，间隔了8年之久后，周作人对韩愈的批判火力才逐渐集中起来，其批判逐渐从20年代对韩愈专断思想的批判开始转向对韩愈文章的批判。在“中国新文学的源流”第二讲《中国文学的变迁》中，周作人首先把宋人提出的“文以载道”的思想和韩愈文章联系起来：

> 虽然韩愈号称文起八代之衰，六朝的骈文体也的确被他打倒了，但他的文章，即使是最有名的《盘谷序》，据我们看来，实在作得不好。仅有的几篇好些的，是在他忘记了载道的时候偶尔写出的，当然不是他的代表作品。
>
> 自从韩愈好在文章里面讲道统而后，讲道统的风气遂成为载道派永远去不掉的老毛病。文以载道的口号，虽则是到宋人才提出来的，但那只是承接着韩愈的系统而已。②

在第四讲《清代文学的反动下——桐城派古文》中，周作人梳理出

① 周作人：《“大人之危害”及其他》，《周作人散文全集》第3卷，第404页。

② 周作人：《中国文学的变迁》，《周作人散文全集》第6卷，第65页。

了桐城派的文学渊源，“他们还是承接着唐宋八大家的系统下来的”[1]，这八大家中自然是以韩愈为主，这样周作人明确显示出自己选择批判韩愈的目的，就是要追寻出桐城派的文学渊源来展开挖根式的批判，最终在文学根基上彻底否定桐城派。因此，对韩愈的批判，在周作人对“载道”文学的批判中，就成了重中之重。同时在这样的批判目的下，我们也可以看到，周作人对韩愈的评价就不再是全面客观的批判，而是把他作为批判唐宋文、八股文、桐城派、新文学中载道文学的源头，自然在批判的过程中就只取其要批判的成分，攻其一点，不计其余。即使如此，我们应该关注的并不是周作人对韩愈的批判是否客观全面，而是对韩愈的批判是不是击中了桐城派的要害。

1935 年周作人终于单独提出韩愈与桐城派来作论述，这便是《谈韩退之与桐城派》一文。周作人首先借鉴的是钱振锽《谪星笔谈》中批韩愈的话：

> 退之与时贵书，求进身，打抽丰，摆身分，卖才学，哄吓撞骗，无所不有，究竟是苏张游说习气变而出此者也。陶渊明穷至乞食，未尝有一句怨愤不平之语，未尝怪人不肯施济而使我至于此也。以其身分较之退之，真有霄壤之别。《释言》一首，患得患失之心活现纸上，谗之宰相便须作文一首，或谗之天子，要上万言书矣。[2]

这段话是批判韩愈对权贵的依附性，尤其是思想的依附性。这种依附性在傅山那里被骂为“奴”，不光是人格没有独立性，思想上也是“奴”[3]，这种批评确实是针砭到了遵从韩愈的读书人的痛处。周作人十分认同钱振锽这种说法，感叹说“真可以说是能言人所难言”，认为韩愈“器识和文章都无可取”，无“器识”无“文章”等于是对一个读书人最彻底的否定了。周作人的批评毫不留情，因为韩愈的问题关涉着整个读书人对自己价值定位的问题，“他可以算是古今读书人的模型，而中国的事情有许多就坏在这班读书人手里。他们只会做文章，谈道统，虚骄顽固，而又鄙陋势利，虽然不能成大奸雄闹大乱子，而营营扰扰最是害事。”因此周作人对韩愈的批判不能不严厉。

---

① 周作人：《清代文学的反动下——桐城派古文》，《周作人散文全集》第 6 卷，第 85 页。

② 周作人：《谈韩退之与桐城派》，《周作人散文全集》第 6 卷，第 535 页。

③ 参见周作人《关于傅青主》，《周作人散文全集》第 6 卷，第 870 页。

韩愈文章在周作人看来到底怎么样呢？“我压根儿不能懂得他的好处”。周作人曾不断说自己对诗歌是外行，但对古文，却非常肯定地说自己是颇知古文的好处的，对韩愈的文章，他担心“全读或恐注意反而分散”，因此他选择从金圣叹《天下才子必读书》和吴闿生《古文苑》两选本入手，因为韩愈对后世的影响主要来自这种选本。金圣叹《天下才子必读书》和吴闿生《古文苑》中分别有韩文30篇、18篇，金圣叹是周作人喜欢的晚明才子，吴闿生是桐城派的晚清传人，这两位选家手眼各不相同，但周作人读罢两者的选文，“都不觉的好，至多是那送董邵南或李愿序还可一读，却总是看旧戏似的印象”。周作人喜欢韩愈的仅仅是一两篇序，对正宗的文却没有一丝好感。原因何在，周作人说：

> 朱子说陶渊明诗平淡出于自然，我想其文正亦如此，韩文则归纳赞美者的话也只是吴［闿生］云伟岸奇纵，金［圣叹］云曲折荡漾，我却但见其装腔作势，搔首弄姿而已，正是策士之文也。近来袁中郎又大为世诟病，有人以为还应读古文。中郎诚未足为文章模范，本来也并没有人提倡要做公安派文，但即使如此也胜于韩文。学袁为闲散的文士，学韩则为纵横的策士，文士不过发挥乱世之音而已，策士则能造成乱世之音者也。①

韩文在周看来只是“装腔作势、搔首弄姿”而已，是“策士”之文。“装腔作势”便只有模仿，“策士”之文便只有看主子的意思行事，为自身谋利，而哄吓撞骗。

批完韩愈，周作人把批判的矛头转向桐城派，引谢章铤对桐城派的批评：

> 窃谓文之未成体者冗剽芜杂，其气不清，桐城诚为对症之药，然桐城言近而境狭，其美亦殆尽矣，而迤逦陵迟，其势将合于时文。盖桐城派之初祖为归震川，震川则时文之高手也。其始取五子之菁华，运以欧曾之格律，入之于时文，时文岸然高异。及其为古文，仍此一副本领，易其字句音调，又适当王李赝古之时，而其文不争声色，浏然而清，足以移情，遂相推为正宗。非不正宗，然其根柢则在时文也。故自震川以来，若方望溪、刘才甫、姚惜抱、梅伯言，皆工时

① 周作人：《谈韩退之与桐城派》，《周作人散文全集》第6卷，第536页。

> 文，皆有刻本传世，而吴仲伦《初月楼集》末亦附时文两三篇，若谓不能时文便不足为古文嫡冢者。噫，何其蔽也。[①]

此论揭开桐城文的根柢，其在时文。韩愈文“与时贵书”，桐城文其根柢在时文，周作人认为这两者是同一类文章。把这两者内在精神联系起来是在周作人1935年的《杨柳》一文，周作人指出“韩愈以后的古文”由于是模仿秦汉古文“没有生命”，而后世无论是“策士”之文还是“时文”，也都是“没有生命”的文章，桐城文“以古文为时文，以时文为古文”虽“不值得怎么读，可是很不幸的是却易于学，易于模拟”，更是没了生气。

1935年的《醉馀随笔》中，周作人再批韩愈为文思想，认为“韩愈的病在于热中，无论是卫道或是干禄，都是一样的”，周作人找到的材料是明代谢肇淛（1567—1624）和清代盛大士（1771—1843）对韩愈的批判。谢肇淛在《五杂组》中说，“韩文公有道之士也，训子之诗有一为公与相潭潭府中居之句”，与“俗诗之劝世者又有书中自有黄金屋等语”一样鄙陋。盛大士更是指出尊唐宋文的明茅坤“论次古文，取唐宋八大家为作文之准的”，但对韩愈“三上宰相、应科目与时人诸书颇为识者所訾议”的文章“乃独录，而存之”，在指出茅坤为学的功利鄙陋时，也是深入韩愈文章的骨髓。盛大士云：

> 昌黎与于襄阳书，盛夸其抱不世之才，卷舒不随乎时，文武惟其所用，此真过情之誉也。而曰志存乎立功，事专乎报主，古人有言，请自隗始，又隐然以磊落奇伟之人自命矣。乃云愈今日惟朝夕刍米仆赁之资是急，不过费足下一朝之享而已，又何其志之小也。唐人以文字干谒，贤者亦不以为讳，但昌黎根柢六经传世不朽之作后人不尽选读，而反读其干谒之文，何耶。[②]

谢肇淛和盛大士在指出韩愈文中求功名利禄的思想后，并不彻底否定韩愈文章中的“道统”，但在周作人看来“讲道统和干谒宰相”并无不同。因为道统本身就是虚假的，而干谒宰相才是真实的，因此在认同二人对韩愈批判的基础上周作人更进一步，彻底否定韩愈文章的“道统”，也

---

① 周作人：《谈韩退之与桐城派》，《周作人散文全集》第6卷，第537页。

② 周作人：《醉馀随笔》，《周作人散文全集》第6卷，第648页。

是否定“文”所载之“道”的虚假性。

在1936年的《文人之行》中，周作人又引述到一段张尔岐（1612—1678）批评韩愈求功名利禄的文字：

> 其《送文畅北游》诗，大以富贵相夸诱，至云酒场舞闺姝，猎骑围边月，与世俗惑溺人何异。《送高闲序》为旭有道一段，亦以利害必明无遗锱铢情炎于中利欲斗进为胜于一死生解外胶，皆不类儒者。窃计文畅辈亦只是抽丰诗僧，不然必心轻之矣。①

周作人认为韩愈给别人写的这些序“以文章论”“并不佳”，“以思想论，卫道也是常谈滥调”②。

在周作人看来，韩愈为文思想的无可取处，还在于其韩愈扮权威，立道统却有漏洞，纸糊冠戴不成了的专断，以自己所认同的“道”来压制他人思想的自由：

> 我总不喜欢韩退之与其思想文章。第一，我怕见小头目。俗语云，大王好见，小鬼难当。我不很怕那大教祖，如孔子与耶稣总比孟子与保罗要好亲近一点，而韩退之又是自称是传孟子的道统的，愈往后传便自然气象愈小而架子愈大，这是很难当的事情。第二，我对于文人向来用两种看法，纯粹的艺术家，立身谨重而文章放荡固然很好，若是立身也有点放荡，亦以为无甚妨碍，至于以教训为事的权威们，我觉得必须先检查其言行，假如这里有了问题，那么其纸糊冠也就戴不成了。中国正统道学家都依附程朱，但是正统文人虽亦标榜道学而所依附的却是韩愈，他们有些还不满意程朱，以为有义理而无文章，如桐城派的人所说。因为这个缘故，我对于韩退之便不免要特别加以调验，看看这位大师究竟是否有此资格，不幸看出好些漏洞来，很丢了这权威的体面。③

周作人认为韩愈留给后人的恶影响，“简单的说，可以云一是道，一

---

① 周作人：《文人之行》，《周作人散文全集》第7卷，第92页。

② 周作人：《佛骨与肉》，《周作人散文全集》第7卷，第374页。

③ 周作人：《文人之行》，《周作人散文全集》第7卷，第93页。

是文"[①]。在"道"方面，周作人后来并不完全反对"道"本身，但是反对韩愈的"道乃是有统的"看法，韩愈自称自己是"传孟子的道统"，这样"他就成了正宗的教长，努力于统治思想，其为后世在朝以及在野的法西斯派所喜欢者正以此故，我们反过来看就可以知道这是如何有害于思想的自由发展的了"。在"文"方面，韩愈的名作《送孟东野序》在周作人看来只是"文字的游戏，如说急口令似的，如唱戏似的，只图声调好听，全不管意思说的如何，古文与八股这里正相通，因此为世人所喜欢，亦即其最不堪的地方也"。最后给周作人的感觉是，韩愈"文章实乃虚骄粗犷，正与质雅相反"[②]，而"正统的思想与正宗的文章合而定于一尊，至少散文上受其束缚直至于今未能解脱，其为害于中国者实深且远矣"[③]。这样，从思想和文章两方面周作人彻底否定了韩愈文章。

50年代，周作人仍不断在文章中提到韩愈，但已经不再像三四十年代那样对他的批判是建立在学术探讨的基础上，而是变成了简单漫画式的嘲讽，甚至于人身攻击，没了力度。1950年在《坏文章二》中，周作人文中韩愈的模样："他的尊容是红黑圆大，唇厚，眼小如猪，我从前猜测他好吃猪肉，身胖喜睡，后来看什么书始证实他确实如此，从这里再具体化一下便应当是那样的一个容貌了。"对其文章的评价明显带上了丑化、嘲讽的语调：

> 他是封建文人的代表，热中躁进，顽固诞妄而胆小，干谒宰相，以势利教儿子，满口礼教，因谏佛骨谪官，立即上疏哀鸣，登山怕下不来，号哭写遗嘱，这些行动正好配上那么的外表。我找坏文章，在他的那里找代表，这即是《古文观止》里人人必读的那两篇，《原道》与《送孟东野序》。《原道》是讲道统的八股，单就文词来讲，如云"幸而不见正于文武周公孔子也"，"亦不幸而未见正于文武周公孔子也"（原文不及查，大抵如此），正是十足的八股腔。《送孟东野序》开口说"物不得其平则鸣"，而后边就说"伊尹鸣殷，周公鸣周"，直至"和声鸣盛"，话都说得前后不兜头。音调铿锵，意思糊涂矛盾，这是古文的特色，上边两篇是最道地的。古文多坏，而古文的正宗为韩氏，此又是韩氏的代表作，可以够得上称为标准的坏文章

① 周作人：《谈韩文》，《周作人散文全集》第7卷，第392页。

② 周作人：《关于家训》，《周作人散文全集》第7卷，第46页。

③ 周作人：《文学史的教训》，《周作人散文全集》第9卷，第429页。

了吧。[①]

就文章表达的意思来说仍是以前的说法，但文中对韩愈的评说语调是以前所没有的，这样的文字真要让人怀疑是出自周作人的手笔，或是有另外的意思。

黄乔生在《鲁迅周作人与韩愈——兼及韩愈在中国文化史上的评价》一文中说：“周作人的韩愈论的最大缺陷是没有正确评价韩愈的历史功绩。既然新文学是公安竟陵派的延续和复兴，那么，在某些方面‘五四’文学运动与一切文学革命运动都有相同之处。”[②] 的确，周作人对韩愈评价的方式并不如同现代学者一样对韩愈文学成就做一个整体客观的评价，周作人自己也说他并没有全读韩愈的文章，而只是从选本入手，单纯从学术研究看，周作人论韩愈、论传统文学都是有局限性的。但是在看到周作人论韩愈局限性时我们更不能脱离当时的历史语境，忽视周作人为文的时代针对性，他本身并不是单纯去做学术研究，而是在“载道”的文学又“故鬼重来”并挤压到他心目中的现代散文发展方向时才有意去批评韩愈“载道”文学的，不同于方苞等人把自己的这种读书方式隐藏起来，让后人难寻出他们遵从唐宋八大家时文的捷径，周作人是明确说出自己对韩愈文章的阅读和对韩愈的批评是不全面的，因此我们应该看到周作人对韩愈的批判的目的在重构文学史，批判桐城派，批判“载道”文学中的意义和价值。[③] 在韩愈研究中，周作人对韩愈的批评的确击中了韩愈文章的弊病。黄乔生也说：“对于韩愈的具体文章的鉴赏和批评，周作人做了一些

---

① 周作人：《坏文章二》，《周作人散文全集》第 10 卷，第 448—449 页。

② 黄乔生：《鲁迅周作人与韩愈——兼及韩愈在中国文化史上的评价》，《鲁迅研究月刊》2004 年第 10 期。

③ 周作人也在文中说过其对韩愈辟佛思想和对韩愈诗歌的赞赏，如 1936 年的《佛骨与肉》中，他对韩愈《谏佛骨表》的认同，“因为这是对着当时社会的一种反抗”，韩愈在这件事上“敢去反抗皇帝”，这与“辟不辟佛没有多大关系，这里因为朝廷大吹大擂的闹佛牙佛骨，所以要反对”，这一点让周作人很是赞赏。（见《周作人散文全集》第 7 卷，第 374 页。）在 1945 年的《文学史的教训》中，对韩愈的诗也有赞赏，“其实韩退之的诗，如山石荦确行径微，黄昏到寺蝙蝠飞，我也未尝不喜欢，其散文或有纰缪，何必吹求责备”，但是周作人又明确说“但是不幸他成为偶像，将这样的思想文章作为后人模范，这以后的十代里盛行时文的古文，既无意思，亦缺情趣，只是琅琅的好念，如唱皮黄而已，追究起这个责任来，我们对于韩退之实在不能宽恕。”更何况他认为“中国散文则自韩退之被定为道与文之正统以后，也就渐以堕落”，这不能不让他要坚决批判韩愈文道对后世的不良影响。（见《周作人散文全集》第 9 卷，第 429—430 页。）

工作，但还显得不够"，"我们更愿意知道周作人的有独特体会的文字，不拘褒贬。因为他曾谦虚而又自负地说过，自己虽然文章做得不好，但鉴赏能力还是不错的。可惜我们找得到的例证不多……"细读《周作人散文全集》，周作人几乎不放过任何机会来批判韩愈，虽然具体批评韩愈文章的地方、可举的例证还不够多，具体问题也缺少细节上的论证，但即使如此，周作人在文学思想层面的批判，周作人所举的例证，也让这位被后人尊奉的大文宗失却耀眼的光彩。

第五节　宋儒：圣学之时文

对韩愈，周作人主要是从其文章的角度来批判"文以载道"的文学思想，而对朱熹和宋人文章的批判，周作人更多从思想的角度来批判，这样就可以从桐城派所宗的"文"和"道"两方面来批判桐城派为文的空疏虚骄。但在具体的批判中，对程朱思想，周作人是虚晃一招，而是转向对宋人文章的批判。这其中原委，也许跟周作人是从文章角度关注程朱理学有关，因此他对具体程朱理学不多作深入具体的批判，也或者跟周作人的读书有关，他的读书之路走的不是正统路径，这让其论述程朱理学时会有些力不从心。

对朱熹的批判最早见于周作人 1933 作的《颜氏学记》[①] 中，周作人主要是批判宋儒读书缺乏独立意识，批朱熹文章为"圣学之时文"。此说源于清人颜元"宋儒是圣学之时文也"的观点，"何以道学会是时文呢"？颜元认为"盖讲学诸公只好说体面话，非如三代圣贤一身之出处一言之抑扬皆有定见。"颜元所举的例子正是朱熹，朱熹曾论杨时（1044—1130，世称龟山先生）晚年出处，初说其做人苟且，后却比之为柳下惠，颜元说：

> 龟山之就召也，正如燕雀处堂，全不见汴京亡，徽钦虏，直待梁折栋焚而后知金人之入宋也。朱子之论龟山，正如戏局断狱，亦不管圣贤成法，只是随口臧否，驳倒龟山以伸吾识，可也，救出龟山以全讲学体面，亦可也。[②]

---

① 见《周作人散文全集》第 6 卷，第 190 页。

② 同上书，第 192 页。

周作人特佩服这最后一句，认为这一句点出的正是朱熹“作文的秘诀”，“却也是士大夫的真相”，认为颜元“拈出时文来包括宋儒——及以后的一切思想文章，正是他的极大的见识。至于时文的特色则无定见，说体面话二语足以尽之矣，亦即青主所谓奴是也”。周作人由对宋儒的批判而把靶子集中在朱熹身上，又由朱熹而宋人，认为宋人文章无定见，无立场，是“圣学之时文”，也是批判到了宋人文章的要害处。

1936年的《毛氏说〈诗〉》，周作人再批朱熹，这次涉及的是朱熹的治学方法“格物”。周作人选中的是朱熹的《诗集传》，《诗集传》集古文今文、汉学宋学之大成，在《诗经》学史上是继《毛诗郑笺》《毛诗正义》之后的第三座里程碑式的著作。[①] 但周作人不讲此著在《诗经》研究史上的重要地位，却选清人毛奇龄和姚际恒对朱熹《诗集传》的批评，而且不重二者对朱熹“主淫诗”说的批评，却看重的是清人毛奇龄、姚际恒对朱熹有关“义理”“格物”的批评。姚际恒在《诗经通论》中说：

> 《集传》主淫诗之外其谬戾处更自不少，愚于其所关义理之大者必加指出，其馀则从略焉。总以其书为世所共习，宁可获罪前人，不欲遗误后人，此素志也，天地鬼神庶鉴之耳。[②]

这可被认为是毛、姚二人攻击朱熹共同的立场。周作人选择毛奇龄和姚际恒对朱熹《诗集传》中有关“关关雎鸠”“燕燕于飞”“鹳鸣于垤”各条中格物错误的批评，来说明朱熹这位讲求格物致知之学的大家，其格物也有望文生义的“秀才气质”。从朱熹为文最擅长的“格物”中看出问题，这不能不对朱熹的权威形象产生极大的解构作用。周作人这种对朱熹“格物”的批评在此后的文章中还出现过，如《谈〈七月在野〉》中说朱熹对“七月在野，八月在宇，九月在户，十月蟋蟀入我床下”的注解“不合事理”[③]，在《壁虎尾巴》中，说朱熹对《诗经·小雅·正月》中有关虺蜥为“毒螫之物”的注解是“信俗说”的胡说[④]。在一般批评者只是针对朱熹某一格物的错误时，周作人看重的是朱熹其格物方法中有望文生义的“秀才气质”，这是研究方法方面的问题，这才是消解朱熹格物

---

① 见夏传才《诗经研究史概要》（增注本），清华大学出版社2007年版，第114页。

② 周作人：《毛氏说〈诗〉》，《周作人散文全集》第7卷，第35页。

③ 周作人：《谈〈七月在野〉》，《周作人散文全集》第7卷，第206页。

④ 周作人：《壁虎尾巴》，《周作人散文全集》第10卷，第282页。

神圣性的关键问题。

朱熹文章为“圣学之时文”，其格物又有望文生义的“秀才气质”，在这样的文章立场和学术基础上品评他人文章又会如何？周作人举到的例子是朱熹对宋人胡铨（1102—1180，号澹庵）诗的批评：

> 胡澹庵十年贬海外，北归之日饮于湘潭胡氏园，题诗云，君恩许归此一醉，傍有梨颊生微涡。谓侍妓黎倩也。厥后朱文公见之题绝句云，十年浮海一身轻，归对梨涡却有情，世上无如人欲险，几人到此误平生。文公全集载此诗，但题曰“自警”云。[①]

周作人嘲讽朱熹道：“这首诗实在不佳，末两句尤不成话，只可收在《不可录》里，或用作祠庙签诗耳。”[②]

在这样对朱熹的集中批评后，周作人对朱熹批评的力度就降下来了，虽然在五六十年代多篇文章中仍提及朱熹，但再没论述过，与对韩愈的批评相比，朱熹在周作人这里被批评的次数要少得多，力度也弱得多。同对韩愈并没完全否定一样，周作人对朱熹并不是一点儿肯定也没有，只是周作人肯定朱熹之处和与那些把他尊为程朱理学的鼻祖而顶礼膜拜不同。如在《岳飞与秦桧》[③]一文中，周作人就认同朱熹对岳飞勤王之师暴虐行径、对岳飞骄惰富贵的批判，和对秦桧主和观点的理解，并摘引朱熹文字，在《谈韩退之与桐城派》中对朱熹“陶渊明诗平淡出于自然”的说法也很是认同[④]。但在周作人，他的主要目的是要批判“载道”文学，左翼文学、桐城派也是其主要批评对象，因此对桐城派所宗的朱熹文章持批判态度，但以此认定周作人对朱熹思想持完全否定的态度，自然又是一种新的偏颇之论了。

周作人批评宋人文章以朱熹为代表，批评朱熹也便是批评宋人文章，宋人文章“作论多俗”[⑤]。论证这一观点，周作人选择了明末清初冯班（1602—1671，晚号钝吟老人）的看法：“士人读书学古，不免要作文字，

---

① 此文周作人摘于罗大经《鹤林玉露》，见周作人《宋人议论》，《周作人散文全集》第7卷，第372页。

② 同上书，第373页。

③ 《周作人散文全集》第6卷，第464页。

④ 《周作人散文全集》第6卷，第536页。

⑤ 周作人：《本色》，《周作人散文全集》第6卷，第884页。

切忌勿作论。成败得失，古人自有成论，假令有所不合，阙之可也，古人远矣，目前之事犹有不审，况在百世之下而欲悬言其是非乎。宋人多不审细止，如苏子由论蜀先主云，据蜀非地也，用孔明非将也。考昭烈生平未尝用孔明为将，不据蜀便无地可措足，此论直是不读《三国志》。宋人议论多如此，不可学他。”[①]“读书不可先读宋人文字”，因为“宋人说话只要说得爽快，都不料前后”，“古人文字好恶俱要论理，如宋人则任意乱说，只练文字，谢叠山文章规范尤非，他专以诬毁古人为有英气，此极害事”，宋人“不近人情而云尽心知性”，“不知时势而欲治国平天下”。冯班最后的结论是宋人“不仁不智，便是德不明”，“宋人论人物谈政事言文章，便是隔壁说话”[②]。在引述冯班对宋人文章否定的见解后，周作人认为宋人的这种“论”只会“教人胡说霸道地去论事”，只会“使人坏”，“如根据这道理，则论人物而苛刻，谈政事而胡涂，即是不仁不智了，与性命绝学便没有关系”。[③] 但是后世多有类似于此的文章，周作人便从对宋人文章的批评转向对“愚儒莠书”的批评。上文说胡铨的诗受到朱熹的批评，而朱熹诗后周作人发现又有谢择之和诗，云：“不是讥诃语太轻，题诗只要警流情，烦君属和增危惕，虎尾春冰寄此生。”[④] 周作人认为这样的批评“文情恶劣”，“虚假狡诈”。而周作人发现的俞正燮《癸巳存稿》十四中就有谈酷儒、愚儒、谈玄、夸诞、旷达、悖儒等愚儒莠书的六篇文章，其中有记宋人不近情理之事，只因古有不近情理之传说，宋人仿写为书，不自知其愚，“含毫吮墨，摇头转目，愚鄙之状见于纸上也”[⑤]。周作人认为造成大量莠书的原因在：“一般文人学士差不多都有点异人之禀，喜欢高谈阔论，讲他自己所不知道的话，宁过无不及，此莠书之所以多也。”[⑥] 如果说这还是一般文人学士的毛病外，宋代愚儒更缺乏平常人的常识与趣味，对凡不合情理的事难以保持独立的立场，在附和他人说法中，“史论不必要的褒贬古人，徒养成不负责任的说话之陋习”[⑦]。而更严重的是这种风气是有传统的，周作人认为“孔子作《春

---

① 周作人：《宋人的文章思想》，《周作人散文全集》第7卷，第63页。

② 同上书，第63—64页。

③ 同上书，第64页。

④ 周作人：《宋人议论》，《周作人散文全集》第7卷，第373页。

⑤ 有关俞正燮谈此问题的文字多见于周作人文章中，如《关于俞理初》《俞理初的诙谐》《俞理初论莠书》《读〈烈女传〉》等。

⑥ 周作人：《俞理初的诙谐》，《周作人散文全集》第8卷，第133页。

⑦ 周作人：《俞理初论莠书》，《周作人散文全集》第8卷，第777页。

秋》而乱臣贼子惧，本是一句谎话，朱子又来他一个续编，后世文人作文便以笔削自任，俨然有判官气象……"[①] 宋人多作俗论，已是历史中的事了，问题是"作论之弊素无人知，祸延文坛，至于今日"[②]，这才是周作人谈论此一问题的出发点。30年代的文坛，各种主义，各种文学主张，唯我独宗，讨伐不断，这样的"策论"文章深为周作人反感。

第六节　苏轼晚年的反省

唐宋八大家中，还有一位大人物——苏轼，正是苏轼称赞韩愈文章是"文起八代之衰"，此论奠定了韩愈在中国文学史上的极高地位。对苏轼这样一位人物，周作人的态度又是怎样的呢？

周作人在1922年的《国粹与欧化》一文中，认为"模仿苏东坡或胡适之，都不是我们所赞成的，但是受他们的影响是可以的，也是有益的……"[③] 可见在"五四"新文学运动时期周作人对苏轼诗文是持认同态度的。但到1932年讲"中国新文学的源流"时，周作人对苏轼诗文的评价有了变化。由于此时新文学所面对的环境已发生了重大变化，周作人对新文学思考的问题，已由十年前的现代新文学如何从旧文学中革命出来站住脚跟的问题，转变为在中国传统文学中为现代新文学发展寻找何种资源，以期沟通现代与传统文学命脉的问题，周作人要用"言志"与"载道"的文学观重构中国文学史，唐宋八大家的苏轼就处在了一个特殊的位置上。在《中国文学的变迁》中，周作人说：

> 唐以后，五代至宋初，通是走着诗言志的道路。词，虽是和乐府的关系很大，但总是这时期新兴的一种东西。在宋初好像还很大胆地走着这条言志的路，到了政局稳定之后，大的潮流便又转入于载道方面。陆放翁、黄山谷、苏东坡诸人对这潮流也不能抵抗，他们所写下的，凡是我们所认为有文学价值的，通是他们暗地里随便一写认为好玩的东西。苏东坡总算是宋朝的大作家，胡适之先生很称许他，明末的公安派对他也捧得特别厉害，但我觉得他绝不是文学运动方面的人

---

① 周作人：《谈策论》，《周作人散文全集》第7卷，第42—43页。

② 周作人：《本色》，《周作人散文全集》第6卷，第884页。

③ 周作人：《国粹与欧化》，《周作人散文全集》第2卷，第516页。

> 物，他的有名，在当时只是因为他反对王安石，因为他在政治方面的反动。（我们看来，王安石的文章和政见，是比较好的，反王派的政治思想实在无可取。）他的作品中的一大部分，都是摹拟古人的。如《三苏策论》里面的文章，大抵都是学韩愈，学古文的。只因他聪明过人，所以学得来还好。另外的一小部分，不是正经文章，只是他随便一写的东西，如书信题跋之类，在他本认为不甚重要，不是想要传留给后人的，因而写的时候，态度便是自然，而他所有的好文章，就全在这一部分里面。从这里可以见出他仍是属于韩愈的系统之下，是载道派的人物。①

在这段话中，周作人把苏轼的文章分作了两类，对苏轼自己和后世人所看重的正经古文周作人持批评态度，而对苏轼自己和后世人都不看重的“不正经”文章周作人却持赞赏态度。但是苏轼的文章观仍是唐宋八大家“载道”的文章观，是被周作人批判的。因此对待苏轼的文章，周作人做了区分并有不同的态度，这种态度是周作人后来不断论述苏轼文章的一个基点。

唐宋八大家文章中，周作人所批判的核心人物是韩愈，而此处举出苏轼来，主要是要分析苏轼文中不同于韩愈的东西。周作人首先发掘的是苏轼的“不正经文章”——尺牍，并对其大加赞赏。在《〈周作人书信〉序信》中，周作人说：

> 宋人集外别列尺椟，书之性质乃更明了，大抵书乃是古文之一种，可以收入正集者，其用处在于说大话，以铿锵典雅之文词，讲正大堂皇的道理，而尺牍乃非古文，桐城义法作古文忌用尺牍语，可以证矣。尺牍即此所谓信，原是不拟发表的私书，文章也只是寥寥数句，或通情愫，或叙事实，而片言只语中反有足以窥见性情之处，此其特色也。但此种本领也只有东坡山谷才能完备……②

因此周作人说“讲起尺牍第一总叫人想到苏东坡黄山谷”③。周作人对苏轼的尺牍评价很高，苏轼尺牍之文正是桐城义法所反对的，反过来周

① 周作人：《中国文学的变迁》，《周作人散文全集》第6卷，第65—66页。

② 周作人：《〈周作人书信〉序信》，《周作人散文全集》第6卷，第156—157页。

③ 周作人：《关于尺牍》，《周作人散文全集》第7卷，第256页。

作人也正是用桐城派所反对的尺牍来批判桐城派，写尺牍与作桐城派古文的方法正好相反，不是模仿古人，而是用自由的文体抒发自己真实的思想情感。苏轼“好些题跋尺牍在公安派中都是好作品，他只是缺少理论，偶然放手写得这些小文，其用心的大作仍是被选入八家的那一部分”[①]。周作人一面以八大家韩愈为中心“挖根式”地批判桐城派，一面又从苏轼尺牍文章出发为晚明小品寻找源流。

其次周作人对苏轼谈鬼的态度很喜欢。周作人在1934年作《五十自寿诗》中就有一句“街头终日听谈鬼，窗下通年学画蛇”，此后的文章中也多有谈鬼的内容，如《鬼的生长》《谈鬼论》《说鬼》等文章，并多介绍苏轼、纪昀、王士祯、俞正燮、刘玉书等人的说鬼态度。“坡翁喜客谈，其不能者强之说鬼，或辞无有，则曰，姑妄言之。闻者绝倒。”[②] 王士祯、俞正燮也是“姑妄言之”的态度，这些谈鬼的文章“自有风趣，是佳妙的轻文艺”。[③] 周作人对鬼故事的态度一是文艺上的趣味，一是民俗学上的趣味。对于前者只是希望有一个好故事，而对于后者，则是希望知道鬼后的人情物理。周作人说，“我不信人死为鬼，却相信鬼后有人，我不懂什么是二气之良能，但鬼为生人喜惧愿望之投影则当不谬也”，“我们听人说鬼实即等于听其谈心矣。”[④] 我们从此可看出周作人对待人生时的宽容明达态度。

第三，苏轼晚年对自己古文的反省。周作人在1950年有一篇《东坡的坦白》的短文章，其中摘引了一段苏轼答李端叔的信，甚为重要，苏轼信内容如下：

> 轼少年读书作文，专为应举而已，既得及进士第，贪得不已，又举制策，其实何所有，而其科号为直言敢谏，故每纷然诵说古今，考论是非，以应其名耳。人苦不自知，既以此得，因以为实能之，故哓哓至今，坐此得罪几死，所谓齐虏以口舌得官，真可笑也。然世人遂以轼为欲立异同，则过矣。妄论利害，搀说得失，此正制科人习气，譬之候虫时鸟，自鸣自己，何足为损益。轼每怪时人待轼过重，而足

① 周作人：《〈梅花草堂笔谈〉等》，《周作人散文全集》第7卷，第187页。

② 周作人：《谈鬼论》，《周作人散文全集》第7卷，第279页。

③ 周作人：《〈一蒉轩笔记〉序》，《周作人散文全集》第8卷，第758页。

④ 周作人：《鬼的生长》，《周作人散文全集》第6卷，第288页。

下又复称说如此，愈非其实。[1]

清人梁章钜（1775—1849，晚年自号退庵）在《退庵随笔》中评价此信说：“此书字字朴诚，近人所不肯道也。”这种看法很为周作人所认同，周作人又说：

> 我写一篇短文，却抄书抄了这些，可谓多矣，但是因为东坡这封信很重要，不好删节，所以全抄了。历来尊重古文，这就是以唐宋八大家为主，宋人六家中重要的又是苏东坡，现在东坡却坦白的说，读书作文专为应举，其实何所有，人苦不自知，以为实能之，此正制科人习气，简截的几句话，多么犀利的批判了自己，也批判尽了古今的读书人，可以算是一服绝好的清凉剂，可以治愈知识阶级的遗传热病。东坡的本色还是在他的诗词书画，题跋尺牍上显得出来，一般人佩服他的政治文章，特别是反对王安石的新政，近时林语堂所写英文的《苏东坡》便取这种论调，此则不但落伍，而且又有点反动。东坡是千年前的人，坦白时亦有自知之明，岂可以今人而反不如他乎？此等事正需要无制科人习气的学者来整理研究，给我们一个结论，我们则暂当以东坡的话为鉴，常常自己警惕要紧。[2]

苏轼以古文为世所称道而被列入“唐宋八大家”之一，苏轼尚有反思，周作人对自己文章也不断有此反思，而后人却多不见这样的文章，如何能理解苏轼、周作人文章之境界？30年代至50年代批评周作人文章的批评者真是更难理解周作人文章的意趣了。

---

① 周作人：《东坡的坦白》，《周作人散文全集》第10卷，第900页。苏轼这段话在周作人的《洋八股的经验》中也曾被引用。

② 同上书，第900—901页。

第五章

周作人对晚明文章反抗精神的认同

周作人认为中国文学的变迁可用两种不断更替起伏的文学潮流来描述，即“言志”和“载道”。在对传统文学的发掘中，周作人主要就是按这两条线索选择重构中国传统文学。自觉进入中国传统文学，在“言志”的线索上，周作人首先发现的是晚明小品，不过需要注意的是，周作人对晚明小品的看法是随着时代的变化而变化的，同时周作人所认同的晚明文学并不仅限于公安竟陵派这样讲性灵的文章，还有李贽、徐渭、张岱、王思任、金圣叹等人有思想的文章，而且周作人还把看取晚明文学的目光下延到清代文学中，最后接续上了现代文学。只有对多方面的问题做一梳理，我们才可以看出周作人对晚明文章所持的真实态度，而不至于把他描绘为只提倡公安竟陵派性灵小品，只会写《雨天的书》那样的散文家。

第一节　公安竟陵派：文学不革命却是反抗的

周作人在1923年《地方与文艺》一文中就已经注意到晚明文学了，他用“飘逸与深刻”两种潮流来概括近三百年中国文学，尤其是浙江文学，认为这种情形在明末特别显露，“虽然据古文学家看来这时候文风正是不振，但在我们觉得这在文学进化上却是很重要的一个时期，因为那些文人多无意地向着现代语这方向进行，只是不幸被清代的古学潮流压倒了。”[①] 需要我们特别注意的是，周作人最初发现的并不是晚明小品文，其代表人物也不是公安派“三袁”，而是明中期的徐渭、晚明王思任和明末清初的张岱。“王张的短文承了语录的流，由学术转到文艺里去，要是不被间断，可以造成近体散文的开始了。”[②] 在他们的散文中，周作人认

---

① 周作人：《地方与文艺》，《周作人散文全集》第3卷，第102页。

② 同上。

可“语录的流”的文章形式，更看重“由学术转到文艺里去”的文章内容，这并不同于公安派的“独抒性灵”。1926 年前后，周作人在散文中陆续开始谈论晚明文学[①]，这里谈论的仍不是公安“三袁”，还是王思任和张岱。首先是在给俞平伯的通信中，周作人谈论到晚明王思任和明末清初张岱的散文，认为：

> 现今的散文小品并非五四以后的新出产品，实在是“古已有之”，不过现今重新发达起来罢了。由板桥冬心溯而上之这班明朝文人再上连东坡山谷等，似可编出一本文选，也即为散文小品的源流材料，此件事似大可以做，于教课者亦有便利。现在的小文与宋明诸人之作在文字上固然有点不同，但风致实是一致，或者又加上了一点西洋影响，使他有一种新气息而已。[②]

在如此的谈论中可以看出周作人对“五四”新散文寻找传统文学资源时所描绘出的明清散文概貌。后周作人又给张岱《陶庵梦忆》作序，在肯定《陶庵梦忆》的文章多“很有趣味”时，开始谈论晚明文章在文学史中的革新价值，进而联系到 20 年代新散文发展的意义：

> 我常这样想，现代的散文在新文学中受外国的影响最少，这与其说是文学革命的还不如说是文艺复兴的产物，虽然在文学发达的程途中复兴与革命是同一样的进展。在理学与古文没有全胜的时候，抒情的散文也已得到相当的长发，不过在学士大夫眼中自然也不很看得起。我们读明清有些名士派的文章，觉得与现代文的情趣几乎一致，思想上固然难免有若干距离，但如明人所表示的对于理法的反动则又很有现代的气息了。[③]

这样的论说中，周作人努力把新文学和传统文学中的晚明文学在文学精神上勾连起来。在这种联系中，周作人并不是单纯整理传统文学资源，而是着眼于现代新散文的建设，是从发展现代新散文的角度在传统文学中寻找资源。因此，他从明代文章中看取的，首先是这些文章对宋代理学思

---

① 笔者认为 1926 年是周作人自觉转向传统文学谈论晚明文学的开始。

② 周作人：《与俞平伯书二通》，《周作人散文全集》第 4 卷，第 622 页。

③ 周作人：《〈陶庵梦忆〉序》，《周作人散文全集》第 4 卷，第 832 页。

想和传统古文的“反动”，这种“反动”气息，正与“五四”新文学的现代气息相同。在确定了这种价值取向后，周作人才开始重新梳理阅读明代散文，并从中发现了后来被极力标榜的公安“三袁”，这要到 1928 年。而我们知道张岱、王思任和公安派等的文章有关系，但又不同，后文中将会详细论述。从上文的梳理来看，公安竟陵派的被发现，主要是在周作人构建自己新文学史上的意义上被发掘出来的。

1928 年 3 月 2 日，在与江绍原的通信中，周作人说自己“近颇想读明人小品文，并选一册，作为自己教书之用，唯所要之文集大抵不易得，故进行颇迟迟也。”后在 3 月 27 日给江绍原的信中，周作人让江绍原给自己找的书就是袁宏道的《黄明文隽》、袁中道的《珂雪斋集》、袁宗道的《白苏斋集》。[①] 可见，周作人虽早在 1923 年就注意到明人文学，但开始潜心研读晚明“三袁”是要到 1928 年。到 1928 年 5 月 16 日作《〈杂拌儿〉跋》时，周作人再次把俞平伯的散文与明清散文联系起来，“平伯所写的文章自具有一种独特的风致”，而“这风致是属于中国文学的，是那样地旧而又这样地新”。这样文章的“旧”和“新”的意义在什么地方呢？周作人做解释，认为在唐宋明清散文中都有过些“性灵流露的散文”，但这些文人都自认为这样的文章是“游戏”之作，他们的“正经”文章还是“照着规矩去做的古文”，因此这些文章的作者对于文章的态度是二元的；然而，“明代的文艺美术比较地稍有活气，文学上颇有革新的气象，公安派的人能够无视古文的正统，以抒情的态度作一切的文章”，对文章的态度是一元的。与唐宋明清文章比较，周作人认为现代散文正与明代的公安派文学相像，“现在的人的文学意见”大抵可以说是“与明代的新文学家的意思相差不远的”，文章态度是一元的，是“本于消遣，但同时也就是传了道了，或是闻了道”的，而作这样的现代散文的代表人物在周作人看来就有俞平伯、废名等人。因此俞平伯的文章因与公安小品相似而“旧”，又因文章中有“反动”的现代“革命”气息而“新”。这里，周作人对晚明小品与现代新散文之间的关系的论述还不十分清晰，例如他后来对竟陵派散文很是重视，认为是对公安派流弊的纠偏，但在此处却是把两者分开论述，强调公安派的价值是在竟陵派之上，并且对文章是“消遣”还是“传道”的论述，也比较模糊。但是，在此，周作人在中国传统文学中发现了晚明文章的价值，为“五四”新文学、新散文的发展接续上了传统文学的脉络。如周作人说的，“现代的散文好像是一条湮没

---

① 见周作人《与江绍原书九通》，《周作人散文全集》第 5 卷，第 418 页。

在沙土下的河水，多少年后又在下流被掘了出来；这是一条古河，却又是新的。”[①] 他认为，现代散文中俞平伯、废名的文章正就是接续上了这条古河滋养的新流。

1928 年 11 月 22 日，周作人又作有一篇谈论现代新散文与晚明小品的文章《〈燕知草〉跋》[②]，但这篇文章论及俞平伯的文章时与半年前《〈杂拌儿〉跋》相比，有了变化，周作人对新散文的构想上升到了更高的一个层面。《〈杂拌儿〉跋》中，周作人强调的是俞平伯等人一元散文态度与晚明公安派一元文章观的相同性，实际是为“言志”的散文争取合法性；而到《〈燕知草〉跋》，周作人开始强调新散文的“涩味和简单味”“耐读”，以及明代文学的“反抗”性，这实际是开始思考新散文如何建设的问题。周作人一方面说，虽然自己也“看见有些纯粹口语体的文章，在受过新式中学教育的学生手里写得很是细腻流丽，觉得有造成新文体的可能”，但他认为这种新文体还须在文辞上变化一点，“以口语为基本，再加上欧化语，古文，方言等分子，杂糅调和，适宜地或吝啬地安排起来，有知识与趣味的两重的统制，才可以造出雅制的俗语文来”。另一方面他又说，“现在中国情形又似乎正是明季的样子，手拿不动竹竿的文人只好避难到艺术世界里去”，“明朝的名士的文艺诚然是多有隐遁的色彩，但根本却是反抗的”，明代小品虽不革命但却是反抗的，“现在的新散文已是如此”。从这两方面看，周作人强调晚明小品，不光是强调语言，还强调文章思想，不光强调趣味，还强调文学的反抗性。在这样的说法中，我们可以看出，从 1923 年谈徐渭、王思任、张岱文章以来，周作人谈明代散文都是在强调文学的“飘逸与深刻”，这样的文学是“不革命”的，却是“反抗”的。正是在这样的基础上，周作人论三袁为代表的公安派就有了由《〈杂拌儿〉跋》到《〈燕知草〉跋》的变化，也显示出在不同时期周作人评论公安派所侧重的不一样。《〈燕知草〉跋》中强调新散文的“涩味和简单味”“耐读”“知识”时，就已经隐含有了对公安派的批评，这种批评在后来的文章中逐渐显豁，尤其在周作人论竟陵派来对公安派纠偏的论述中（详见后文）。因此可以说，晚明文章虽然在周作人此后重建中国文学史、建构现代新散文的走向中，占据了非常重要的地位，但周作人对晚明公安“三袁”文学的局限性一开始就有比较清晰的认识，只是在特定的历史时期——提倡晚明小品来为“五四”新散文

① 周作人：《〈杂拌儿〉跋》，《周作人散文全集》第 5 卷，第 455—456 页。

② 周作人：《〈燕知草〉跋》，《周作人散文全集》第 5 卷，第 517 页。

寻找新的发展方向时——周作人暂且搁置了公安派散文的问题。30年代初，在周作人提倡下出现了晚明小品热，并认为周作人的散文创作趋向就是晚明小品趋向，并认同林语堂等人提倡的晚明散文时，周作人反而开始谈论晚明小品的局限，开始谈竟陵派，并将自己主要考察的传统文学转向六朝文，“中国要在晋文里才能看出小品文的色彩来”[①]，周作人的思考早已超出了众人的思考范围。

但是历史并不如此简单。在30年代初，在认为俞平伯、废名等为新散文发展的新代表时，周作人所面临的不只是“五四”新散文过于“晶莹剔透”的问题，更重要的是势力越来越强大的左翼文学对新散文的批判和挤压问题。左翼文学强调文学的社会功利性，认为周作人所提倡的晚明趣味的散文是“消极”“遁世”的文学[②]，而在周作人看来，左翼文学这种强调社会功利的文学是“文以载道”传统文学观的复现，因此周作人在30年代初不光要面对人们对他所提出的晚明文学的误解，更要面对左翼文学对他文学思想的批判。

1931年周作人给废名的《枣》和《桥》作序[③]中就表达了这样的复杂思想。周作人首先谈到废名文体的“晦涩”，认为这种“简洁或奇僻生辣”是属于明季竟陵派的，而“公安派的流丽遂亦不得不继以竟陵派的奇僻”，至此周作人在对晚明小品的评价开始引进竟陵派，竟陵派不再是公安派的陪衬，而变成对公安派的纠偏，公安派的流弊逐渐彰显。周作人考察晚明小品由公安派到竟陵派流变的真实意图，自然不是简单批评公安派，而是要说明“五四”以来新散文的流变：

> 公安与竟陵同是反拟古的文学，形似相反而实相成，观于张宗子辈之融和二者以成更为完美的文章可以知之，但是其间变迁之故却是很可思的。民国的新文学差不多即是公安派复兴，唯其所吸收的外来影响不止佛教而为现代文明，故其变化较丰富，然其文学之以流丽取胜初无二致，至“其过在轻纤”，盖亦同样地不能免焉。现代的文学悉本于“诗言志”的主张，所谓“信腕信口皆成律度”的标准原是一样，但庸熟之极不能不趋于变，简洁生辣的文章之兴起，正是当然的事，我们再看诗坛上那种“豆腐干”式的诗体如何盛行，可以知

① 周作人：《〈冰雪小品选〉序》，《周作人散文全集》第5卷，第764页。

② 批评文章如陈子展《公安竟陵与小品文》《不要再上知堂老人的当》，许杰《周作人论》等。

③ 周作人：《〈枣〉和〈桥〉的序》，《周作人散文全集》第5卷，第764页。

> 道大势所趋了。诗的事情我不知道，散文的这个趋势我以为是很对的，同是新文学而公安之后继以竟陵，犹言志派新文学之后总有载道派的反动，此正是运命的必然，无所逃于天壤之间。①

这种考察包含有两种意思，一是“五四”新文学运动以来散文发生了流变，如同晚明小品由公安派向竟陵派的流变一样，新文学也经历了由最初的“流丽取胜”“其过在轻纤”到“奇僻晦涩”“耐读”的发展变化；一是现代文学却正在经历由“言志”向“载道”的转变。前者是周作人对“五四”以来新散文发展趋向的思考，而后者正来源于对现实左翼文学势力壮大的担忧。正因为是要同时面对两方面作战，周作人在论述晚明小品时就不得不是两种姿态。对 30 年代初大谈晚明公安派文章却不知其流弊的那些人来说，周作人更多的是指出公安派文章的过于“晶莹剔透”，用对六朝文章的发掘来替代对新散文发展空间的思考；但是面对死而不僵的桐城谬种和左翼文学的载道文章，周作人又不得不一次次强调晚明公安派在文学史上反抗“载道”文学的“反抗”意义，并把批判的触角伸向了传统文学中的唐宋文。这样两种姿态，让不能理解周作人文章意图的读者产生了严重误读，一些读者以为周作人完全就是在提倡晚明文学，因而对 30 年代林语堂为代表的散文创作大加赞赏，热捧晚明小品；另外，不明白周作人倡导晚明小品是对“载道”文学的反抗的读者，认为周作人的文学趣味就是封建落后的文学趣味而进而对其大肆讨伐。这两方面的读者，无论是对周作人散文的认同还是批判，都没能形成和周作人站在同一水平上的对话。面对这样的情状，周作人的感受可能跟其曾引过的朱熹语“教学者如扶醉人，扶得东来西又倒”② 很是相近，尽是无可奈何。

周作人对晚明小品的详细论述，是在 1932 年的《中国文学的变迁》一讲中。周作人首先用“言志”和“载道”的文学标准把传统文学的发展描述为两种文学潮流的起伏变迁，认为唐宋以来对“载道”文学首先明确举起反叛旗帜的是明末公安派和竟陵派。公安派主张“惟夫代有升降而法不相沿，各极其变，各穷其趣，所以可贵，原不可以优劣论也”的说法，在文章上主张“独抒性灵，不拘格套”，反对前后七子的复古运动的，极力地反对模仿，不光是反对模仿古文文体，也反对模仿古人意

① 周作人：《〈枣〉和〈桥〉的序》，《周作人散文全集》第 5 卷，第 766 页。

② 见周作人《与友人论性道德书》，《周作人散文全集》第 4 卷，第 166 页。

见。袁宗道说：

……有一派学问则酿出一种意见，有一种意见，则创出一般言语。言语无意见则虚浮，虚浮则雷同矣。……今之文士，浮浮泛泛，原不曾的然做一项学问。叩其胸中亦茫然不曾具一丝意见，徒见古人有立言不朽之说，有能诗能文之名，亦欲搦管伸纸，入此行市，连篇累牍，图人称扬。夫以茫昧之胸而妄意鸿巨之裁，自非行乞左马之侧，募缘残溺，盗窃遗失，安能写满卷帙乎？试将诸公一编，抹去古语陈句，几不免曳白矣。……然其病源则不在模拟、而在无识。[①]

周作人很是认同这种看些法，但在对公安派的文学主张梳理后，周作人马上转向对公安派的批评，并引出竟陵派出现的意义：

对他们（公安派）自己所作的文章，我们也可作一句总括的批评，便是："清新流丽"。他们的诗也都巧妙而易懂。他们不在文章里面摆架子，不讲治国平天下的大道理，只要看过前后七子的假古董，就可很容易看出他们的好处来。

不过，公安派后来的流弊也就因此而生，所作的文章都过于空疏浮滑，清楚而不深厚。好像一个水池，污浊了当然不行，但如清得一眼能看到池底，水草和鱼类一齐可以看清，也觉得没有意思。而公安派后来的毛病即在此。于是竟陵派又起而加以补救。竟陵派的主要人物是钟惺、谭元春，他们的文章很怪，里边有很多奇僻的词句，但其奇僻绝不是在摹仿左马，而只是任着他们自己的意思乱作的，其中有许多很好玩，有些则很难看得懂。另外的人物是倪元璐，刘侗诸人，倪的文章现在较不易看到，刘侗和于奕正合作的《帝京景物略》在现在可算是竟陵派唯一的代表作品，从中可看出竟陵派文学的特别处。[②]

此前文章中周作人为现代新文学寻到了"晚明小品"这样一个源流，周作人自己也说《中国新文学的源流》"大旨是在表彰公安竟陵派"[③]，

① 周作人：《中国文学的变迁》，《周作人散文全集》第6卷，第70页。

② 同上书，第70—71页。

③ 周作人：《与胡适书》，《周作人散文全集》第6卷，第108页。

但现在论述晚明文学的立场，周作人既要面对新散文的建设，又要面对左翼文学的挤压，因此周作人一面批评公安派，一面又肯定竟陵派。联系现实，周作人说：

> 胡适之，冰心，和徐志摩的作品，很像公安派的，清新透明而味道不甚深厚。好像一个水晶球样，虽是晶莹好看，但仔细地看多时就觉得没有多少意思了。和竟陵派相似的是俞平伯和废名两人，他们的作品有时很难懂，而这难懂却正是他们的好处。同样用白话写文章，他们所写出来的，却另是一样，不像透明的水晶球，要看懂必须费些功夫才行。然而更奇怪的是俞平伯和废名并不读竟陵派的书籍，他们的相似完全是无意中的巧合。从此，也更可见出明末和现今两次文学运动的趋向是怎样的相同了。[①]

但公安派、竟陵派文章并不是周作人心仪的晚明文章，周作人心仪的晚明文章是“后来公安竟陵两派文学融合起来”产生的明末清初的张岱式的作品。周作人认为：“《瑯嬛文集》是非常奇妙的书，虽然《瑯嬛文集》现在不易买到，可买到的有《西湖梦寻》和《陶庵梦忆》两书，里边也有些很好的文章。这些作品可以说是两派结合后的大成绩。”[②] 前文说过，在 1923 年周作人开始论及晚明小品时，最先谈及的人物正是张岱诸人，这不能不让人觉得在周作人内心世界真正倾心的明代文章实际上仍是类似于张岱诸人的文章。

此后，周作人已开始逐渐转向晚明文学与六朝文关系的论述，再论及晚明文学时多有含蓄的批评。如 1932 年在给沈启无编的《近代散文抄》新序中，周作人对“中国讲本国的文学批评或文学史的，向来不大看重或者简直抹杀明季公安竟陵两派文章”的情状很是抱不平，他认为好文章“是上有六朝下有明朝”[③]，这里周作人在肯定晚明文学时注意的重心已在向“六朝文”转变，这一转变正是对此前《〈冰雪小品选〉序》中提到的“中国要在晋文里才能看出小品文的色彩来”[④] 观点的明确化，六朝文在周作人的发掘中逐渐显露出来。而在 1934 年《〈五老小简〉》中周

---

① 周作人：《中国文学的变迁》，《周作人散文全集》第 6 卷，第 71—72 页。

② 同上书，第 71 页。

③ 周作人：《〈近代散文抄〉新序》，《周作人散文全集》第 6 卷，第 111 页。

④ 周作人：《〈冰雪小品选〉序》，《周作人散文全集》第 5 卷，第 694 页。

作人引了一段晚明谢肇淛的话：

> 近时文人墨客，有以浅近之情事而敷以深远之华，以寒暄之套习而饰以绮绘之语，甚者词藻胜而谆切之谊反微，刻画多而往复之意弥远。此在笔端游戏，偶一为之可也，而动成卷帙，其丽不亿，始读之若可喜，而十篇以上稍不耐观，百篇以上无不呕哕矣。而啖名俗子裒然千金享之，吾不知其解也。①

周作人认为这“盖是对王百穀等人，所说亦颇平允”，而王百穀即王穉登（1535—1612），其诗风格接近公安派，王百穀诸人的文章“偶一为之可也，而动成卷帙，其丽不亿，始读之若可喜，而十篇以上稍不耐观，百篇以上无不呕哕矣”，难免审美疲劳，这样的批评不也正适合于批评公安派吗？同年 11 月，周作人给重刊的《袁中郎集》作序，周作人再次批评公安派，不过态度含蓄曲折。周作人首先也强调了公安派在文学史上反抗前后七子复古文学潮流和正统派文学反抗的意义，对清代桐城派贬斥其为“亡国之音”的说法进行了批判，但肯定的同时，周作人又明确说公安派的作品“不见得样样都好，篇篇都好”，其“尺牍虽多妙语，但视苏黄终有间”，由于“明季的乱世有许多情形与现代相似，这很使我们对于明季人有亲切之感，公安派反抗正统派的复古运动，自然更引起我们的同感，但关系也到此为止”，“我佩服公安派在明末的新文学运动上的见识与魄力，想搜集湮没的“三袁”著作来看看，我与公安派的情分便是如此。”② 周作人这些话说得很曲折，一面在不断肯定，一面又在不断保持距离。

到 1934 年 11 月作《重刊〈袁中郎〉序》后，周作人谈晚明公安派文学的文章大量减少，到 1936 年 4 月作《〈梅花草堂笔谈〉等》中重谈公安派竟陵派文学，周作人对公安竟陵派态度的变化更加明显。在一方面欣赏晚明非正统文人的“勇气与生命”以及认可公安竟陵派文学“里边包含着一个新文学运动”时，周作人对其作品的艺术价值表示怀疑：

> 我以为读公安竟陵的书首先要明了他们运动的意义，其次是考查成绩如何，最后才用了高的标准来鉴定其艺术的价值。我可以代他们

---

① 周作人：《〈五老小简〉》，《周作人散文全集》第 6 卷，第 257 页。

② 周作人：《重刊〈袁中郎集〉序》，《周作人散文全集》第 6 卷，第 401—407 页。

说明，这末一层大概不会有很好的分数的……①

周作人是基于文学发展史的角度来表彰晚明小品，而对晚明小品作品本身并没有给予很高的评价，对其流弊多有微词，这种论调是具有明显的现实针对性的。面对30年代出现的晚明小品热，始作俑者周作人担心晚明小品热的流弊将导致出现“新鸳鸯蝴蝶派的局面”，因此周作人批评晚明小品的急剧升温，批评“假风雅之流行”，认为《梅花草堂笔谈》的文学思想“还是李北地一派，其小品之漂亮者亦是山人气味耳”。为此，周作人还列出了一系列他认为是“假风雅”的明清文人及其小品：

> 明末清初的文人有好些是我所不喜欢的，如王稚登、吴从先、张心来、王丹麓辈，盖因其为山人之流也，李笠翁亦是山人而有他的见地，文亦有特色，故我尚喜欢，与傅青主金圣叹等视。若张大复殆只可奉屈坐于王稚登之次，我在数年前偶谈中国新文学的源流，有批评家赐教谓应列入张君，不佞亦前见《笔谈》残本，凭二十年前的记忆不敢以为是，今复阅全书仍如是想。世间读者不甚知此种区别，出版者又或夸多争胜，不加别择，势必将《檀几丛书》之类亦重复抄印而后止，出现一“新鸳鸯蝴蝶派的局面”，此固无关于世道人心，总之也是很无聊的事吧。如张心来的《幽梦影》，本亦无妨一读，但总不可以当饭吃，大抵只是瓜子耳，今乃欲以瓜子为饭，而且许多又不知是何瓜之子，其吃坏肚皮宜矣。所谓假风雅即指此类山人派的笔墨，而又是低级者，故谓之假，其实即是非假者亦不宜多吃，盖风雅或文学都不是粮食也。②

所谓“非假者”应是指公安竟陵派的文章了，即使是这类文章也不宜多吃，这类文章“都”不是粮食，如上文谢肇淛批评王百穀等的文章只可“偶一为之可”，“十篇以上稍不耐观”，更何况是假风雅的文章，更不是粮食了。周作人认为这就是晚明小品热的流弊，不分青红皂白地通吃，只会“吃坏肚皮”。

翻阅《周作人散文全集》，可以发现周作人在1936年《〈梅花草堂笔谈〉等》谈论晚明公安派后，几乎再没有谈论晚明小品，1945年有篇文

---

① 周作人：《〈梅花草堂笔谈〉等》，《周作人散文全集》第7卷，第187页。

② 周作人：《〈梅花草堂笔谈〉等》，《周作人散文全集》第7卷，第189页。

章《关于近代散文》，其中回忆到自己在北大讲国语文学的事，提及自己梳理的明代文学脉络，“明朝的有张宗子、王季重、刘同人，以至李卓吾，不久随即加入了“三袁”，及倪元璐、谭友夏、李开先、屠隆、沈承、祁彪佳、陈继儒诸人，这些改变的前后年月现今也不大记得清楚了。”① 文中重点提及的乃是李贽，可见在此时周作人心目中，晚明小品的代表公安竟陵派早已不再占有重要位置，而到五六十年代的回忆性文章，周作人都不再提及晚明小品，可见公安竟陵派文章在周作人心目中的位置。

通过考察周作人对晚明小品的论述过程，我们注意到周作人对晚明小品的关注，集中在1926年到1936年十年间，并且这十年间对晚明小品的关注侧重是有变化的，由于是面对着两方面的问题：新文学的发展和载道文学卷土重来对新文学的挤压，周作人对晚明小品有肯定，又在不断批评，20年代主要是肯定多，为新文学争合法性，后期多批评，为新文学发展争空间，并针对现实文坛，呈现出较复杂的情状。周作人也明确表示，自己只是认同晚明小品文对正统文反抗的“态度”，并不多欣赏晚明小品文文学本身，这样的一种态度加上其时文坛情状的复杂，在二三十年代造成了文坛上认识晚明小品文的一些混乱。但我们更应看到的是，由于周作人对晚明小品在文学史上价值的发掘，晚明文学也引起了中国古代文学研究者的重新关注。嵇文甫在《左派王学》的序言说，“从前讲明代文学史的，只注意一堆假古董。……近来经周启明、俞平伯先生等提倡晚明文学，特别表彰公安、竟陵诸子，于是我才恍然见到明中叶以后的文学界自有一种新潮流，其自由解放反抗传统思想的精神，直使现代新文学运动家倾慕赞叹，拉为同调，这要算研究明代文学史的一个新方向。”② 后刘大杰等著中国文学史，对晚明公安、竟陵派以及小品文的叙述，大都沿袭周作人的看法，这不能不说周作人对晚明小品的定位使其在文学史重构中起了重要作用③，同时为新文学的发展拓展了方向和空间。

---

① 周作人：《关于近代散文》，《周作人散文全集》第9卷，第588页。

② 嵇文甫：《王学左派》，开明书店1934年版，见《嵇文甫文集》上，河南人民出版社1985年版，第399页。

③ 吴承学、李光摩认为：“公安、竟陵以诗称派，周氏所论侧重于文，且视竟陵为公安之羽翼，但竟陵派在文学史、学术史上的受到重视，恐怕还是自周氏始吧。”吴承学、李光摩：《20世纪晚明文学思潮研究概述》，《晚明文学研究思潮》，湖北教育出版社2002年版，第39页。

第二节　李贽、张岱和王思任的思想、文章

对明代文学的发掘，周作人不只选择晚明的公安竟陵派，还发掘过公安派前的李贽、徐渭，竟陵派后的张岱、王思任、金圣叹等人的文章。不过，在看待这些人的文章时，与对公安、竟陵派重在他们在文学史上对“载道”文章的反抗意义不同，周作人更看重的是这些人的思想和文章本身。公安“三袁”的思想就源于李贽和徐渭，而李贽、徐渭思想又源于王阳明，然周作人认为“李卓吾之学出于王阳明，却更为解放自由”①。周作人也曾说自己对于晚明的喜好是因为“那时是一种思想文章的解放时代，大抵自从王阳明把儒门打开，放进禅味来以后，这就发生变化，一个李卓吾与一个徐文长虽然力量大小不同，总之可以表示这方面的发展趋向。”② 公安竟陵派主要是在文章上起了对前代文章“反动”的作用，而李贽等在思想上起了“反抗”的作用，本节就此思想、文章的角度来梳理周作人所看取的李贽、张岱等人思想和文章。

一　李贽：文章和思想的反叛

李贽是周作人推举的“中国思想界不灭之三灯”之一，周作人对李贽的论述主要体现在李贽对正统思想的反叛上，而有关李贽文章的论述周作人所作并不多。周作人很早就提到李贽，1926 年 10 月有《关于李卓吾的墓碑》③，但并没有论及李贽的思想和文章，这个推论很难。1930 年的《论骂人》④ 中，周作人大段摘引李贽和怀林论“以禽兽奴狗骂人、强盗骂人”者的虚妄，此文也只是有感于现实文坛的纷争而借用李贽文章而已。1932 年周作人在辅仁大学讲《中国新文学的源流》，表彰公安竟陵派，在上溯文学思想源流时，找到李贽、徐渭，再上找到王阳明；1934 年，周作人在《重刊〈袁中郎集〉序》中也说袁中郎“尺牍虽多妙语，但视苏黄终有间，比孙仲益自然要强，不知怎的尺牍与题跋后来的人总是写不过苏黄，只有李卓吾特别点，他信里那种斗争气氛也是前人所无，后

---

① 周作人：《妇人之笑》，《周作人散文全集》第 7 卷，第 409 页。

② 周作人：《读〈晚明小品选注〉》，《周作人散文全集》第 7 卷，第 651 页。

③ 周作人：《关于李卓吾的墓碑》，《周作人散文全集》第 4 卷，第 802 页。

④ 周作人：《论骂人》，《周作人散文全集》第 5 卷，第 705 页。

人虽有而外强中干，却很要不得了。"[①] 1935 年《关于焚书坑儒》中说李贽"痛恶儒生处令人举双手表同情也"[②]。可见周作人对李贽的最初发见，是和对公安竟陵派的评价联系在一起的，在正式论述李贽思想文章时，周作人看取的是李贽文章和公安文章的内在联系。从 1936 年始，一直到 1945 年，周作人散文中集中谈论李贽文章和思想，这种谈论由最初的为明代公安派寻找思想源流而转向认为李贽是"中国思想界不灭之三灯"之一。

周作人是在 1936 年所作的《关于尺牍》中才正式谈论李贽文章，说自己喜欢李贽的《答以女人学道为见短书》和《复焦弱侯》两篇尺牍，"觉得与普通尺牍很有不同处"。这种不同，首先，是文体上的不同。李贽这两文，"几乎都是书而非札，长篇大页的发议论，非苏黄所有"，这种特点是古文的特点，但是李贽的文章"却又写得那么自然，别无古文气味"，所以周作人认为李贽的文章"还是尺牍的一种新体"。[③] 在周作人看来，区别古文和尺牍的关键并不在文章的形式，而在文章是否真有"生气"。周作人曾在《中国文学的变迁》中把苏轼的文章分做了两类，对正经古文持批评态度，对不正经文章持赞赏态度，原因就是后者中有作者的真性情[④]。因此周作人赞赏李贽的文章，虽然写得长，文体上像书，但文章精神上却是尺牍的精神。其次，李贽为文"嬉笑怒骂"的态度是普通尺牍中很少见的。"我自己不主张写这类文字，看别人的言论时这样泼辣的态度却也不禁佩服，特别是言行一致。这在李卓吾当然是不成问题的。"李贽提"童心说"，反对"修饰"与"假言"，这与后来袁宏道所提倡的"不拘格套""直抒胸臆"可谓是一脉相承，其快人快语，文章泼辣犀利。最后，是对假道学的批判。李贽的立说针对的就是现实中的假道学，而对假道学的批判是李贽在思想史、文学史上最具有意义的表现。[⑤] 周作人首引的是李贽对当时著名理学家耿定向（约 1524—1597）批判的文章《与耿楚倥》，李贽嘲笑耿定向一类以正统文人自居者的口是心非，嘲讽其"学问因大官而长"的鄙陋思想。周作人对李贽这种反假道学的思想甚是钦佩，"李卓老天下快人，破口说出，此古今大官们乃一时失

① 周作人：《重刊〈袁中郎集〉序》，《周作人散文全集》第 6 卷，第 403 页。

② 周作人：《关于焚书坑儒》，《周作人散文全集》第 6 卷，第 766 页。

③ 参见周作人《关于尺牍》，《周作人散文全集》第 7 卷，第 258 页。

④ 周作人：《中国文学的变迁》，《周作人散文全集》第 6 卷，第 62 页。

⑤ 参见陈平原《从文人之文到学者之文明清散文研究》，三联书店 2004 年版，第 18 页。

色，此真可谓有益于世道人心的尺牍也”。《关于尺牍》既有对李贽文章文体的论述，也有对李贽思想的评论，此后，周作人散文中就少有论及李贽文章特点的文字，周作人的重心就转向李贽对假道学思想的批判了。

在反假道学思想方面，主要有《妇人之笑》《谈文字狱》等文章。在《谈文字狱》中，周作人细究后人对李贽的批判，认为李贽被视为妖人及异端者，“其一是在行为，他去发、讲学根佛说，与女人谈道。”① 其一是在思想，李贽离经叛道，非圣无法。李贽自刎狱中，顾炎武、王思任、冯班等人还恨其书未能烧尽，碑未能仆。面对后世对李贽思想多有的歪曲谩骂，周作人更多是在行文中介绍李贽思想。我们把周作人多篇文章中对李贽思想的介绍做一梳理，大致可以体现在以下几方面：1. 对权威的批判。如李贽语：“夫天生一人自有一人之用，不待取给于孔子而后足也。若必待取给于孔子，则千古以前无孔子，终不得为人乎。”② 这里是说孔子是非为不足据，并非是在贬批孔子，而是批判后人对权威的崇拜，后儒以孔子为名，行自己权威之实，不容别人反对质疑，后学者不察，皆奴匍其脚下，失了自家生命。2. 强调男女平等思想。如李贽语“谓人有男女则可，谓见有男女可乎？谓见有长短乎则可，谓男子之见尽长，女人之见尽短，又岂可乎？”③。3. 强调人人平等思想。如李贽语“圣人知天下之人之身即吾一人之身。我亦人也。是上自天子，下至庶人，通为一人矣。”④ 周作人认为李贽的“这些话大抵最犯世间曲儒之忌，其实本来也很平常，只是因为懂得物理人情，对于一切都要张眼看过，用心想过，不肯随便跟了人家的脚跟走，所得的结果正是极平常实在的道理，益日光之下本无新事也，但一班曲儒便惊骇的了不得，以为非妖即怪，大动干戈，乃兴诏狱。”⑤

1939 年在《扪烛脞存》中周作人说自己“适买得《初潭集》三十卷”⑥，1940 年作《读〈初潭集〉》，在重提李贽对“女人学道为见短”“女色误国”假道学批评时，周作人对蔡文姬、王昭君不幸身世的悲叹、为“曹公贤贤”正名，再次强调李贽思想中的人情物理：

---

① 周作人：《谈文字狱》，《周作人散文全集》第 7 卷，第 673 页。

② 同上。

③ 同上书，第 674 页。

④ 周作人：《妇人之笑》，《周作人散文全集》第 7 卷，第 409 页。

⑤ 周作人：《谈文字狱》，《周作人散文全集》第 7 卷，第 674 页。

⑥ 周作人：《扪烛脞存》，《周作人散文全集》第 8 卷，第 181 页。

> 李卓吾以思想得祸，其人似乎很激烈，实在却不尽然，据我看去他的思想倒是颇和平公正的，只是世间历来的意见太歪曲了，所以反而显得奇异，这就成为毁与祸的原因。思想的和平公正有什么凭据呢？这只是有常识罢了，说得更明白一点便是人情物理。懂得人情物理的人说出话来，无论表面上是什么陈旧或新奇，其内容是一样的实在，有如真金不怕火烧，颠扑不破，因为公正所以也就是和平。[①]

周作人强调李贽思想的根基还是在普通人的人情物理方面。

李贽以思想问题受迫害而死，“他岂真有惑世诬民的目的，只是自有所得，不忍独秘，思以利他，终乃至于虽损己而无怨。”而这种境界也是周作人追求的境界，“此种境地吾辈凡夫何能企及，但为己之极急于为人，觉得不可不勉，不佞近数年来写文章，总不敢违反此意也。”[②] 但周作人又说自己推重李贽“所取者却非是破坏而在其建设，其可贵处是合理有情，奇辟横肆都只是外貌而已。我从这些人里取出来的也就是这一些些……”[③] 而这些“常识”“人情物理”都是周作人“点点滴滴的集合拢来，所谓粒粒皆辛苦的”，周作人认为自己这样的工作“决不白费”，读大量古书，当文抄公，就是要在传统文化中找到这些原本的“常识”“人情物理”，以此来作为建设现代社会的文化根基。

1945 年，周作人还有两篇文章论及李贽与明清文章的关系，是特别需要注意的。一是《北京的风俗诗》，周作人说，“明朝因王阳明李卓吾的影响，文学思想上又来了一次解放的风潮，公安派着重性灵，把道学家的劝世歌似的说理诗挽救了过来，可是他们还是抓住诗的系统，虽是口里说着劈破玉打草竿是真人之诗，却仍不能像和尚们摔下头巾，坦率干脆的做了异端。这风气传到清朝，在康熙的李笠翁，乾隆的郑板桥诸人上面可以看出……”[④] 这里周作人把李贽思想的影响追踪到了清代文学中。一是《关于近代散文》，周作人回忆到 1928 年前后自己在燕京大学讲国语文学，如何从胡适俞平伯散文讲起，后“到古文里去看”：

> ……接下去是金冬心的《画竹题记》等，郑板桥的题记和家书

---

① 周作人：《读〈初潭集〉》，《周作人散文全集》第 8 卷，第 377 页。

② 周作人：《谈文字狱》，《周作人散文全集》第 7 卷，第 674—675 页。

③ 周作人：《读书的经验》，《周作人散文全集》第 8 卷，第 477 页。

④ 周作人：《北京的风俗诗》，《周作人散文全集》第 9 卷，第 522 页。

> 数通，李笠翁的《闲情偶寄》抄，金圣叹的《水浒传序》。明朝的有张宗子、王季重，刘同人，以至李卓吾，不久随即加入了三袁，及倪元璐、谭友夏、李开先、屠隆、沈承、祁彪佳、陈继儒诸人，这些改变的前后年月现今也不大记得清楚了。……至于资料，又渐由积聚而归删汰，除重要的几个人以外，有些文章都不收入，又集中于明代，起于李卓吾，以李笠翁为殿，这一回再三斟酌，共留存了十人，文章长短七十馀篇，重复看了一遍，看出其中可以分作两路，一是叙景兼事的纪游文，一是说理的序文，大抵关于思想文学问题的，此本出于偶然，但是我想到最初所选用的胡俞二君的大文，也正是这两条路的代表作，我觉得这偶然便大有意味，说是非偶然亦可也。还有一层，明季的新文学发动于李卓吾，其思想的分子很是重要，容肇祖君在《李卓吾评传》中也曾说及。民初的新文学运动正是一样，他与礼教问题是密切有关的，形势上是文字文体的改革，但假如将其中的思想部分搁下不提，那么这运动便成了出了气的烧酒，只剩下新文艺腔，以供各派新八股之采用而已。
>
> 明末这些散文，我们这里称之曰近代散文，虽然已是三百年前，其思想精神却是新的，这就是李卓吾的一点非圣无法气之留遗，说得简单一点，不承认权威，疾虚妄，重情理，这也就是现代精神，现代新文学如无此精神也是不能生长的。古今不同的地方有这一点，李卓吾打破固有的虚妄，却是走进佛教里去，被道学家称为异端，现今则以中国固有的疾虚妄的精神为主，站在儒家的立场来清算一切谬误，接受科学知识做帮助，这既非教旨，亦无国属，故能有利无弊。[①]

从这段回忆中可以看出，周作人讲学中最先选讲的明代散文是张岱、王思任、李贽等人的散文，而这些散文重“说理”，重思想，后来周作人才加进去了晚明公安“三袁”的散文，是“叙景兼事的纪游文”，重在文学艺术层面，其价值在于对正统散文的反抗，这前后所选的明代文章是两种路向的文章。对前者周作人看取其“非圣无法”的反叛思想，对后者周作人看取的是其在文章层面对正统文章的反叛，前者文章作者多有思想者特性，后者文章作者多文人特性，两者中周作人相对偏向于前者。在叙述中，周作人高调评价李贽思想在文学史上的重要性：“明季的新文学发动于李卓吾，其思想的分子很是重要”，明末散文中这点新的思想精神

① 周作人：《关于近代散文》，《周作人散文全集》第9卷，第588—589页。

“就是李卓吾的一点非圣无法气之留遗，说得简单一点，不承认权威，疾虚妄，重情理，这也就是现代精神，现代新文学如无此精神也是不能生长的。”周作人在40年代的这些论述显示出了他对晚明文学思想进行现代转化的清晰途径。

二 张岱、王思任的文章：趣味、俳谐、谑

陈平原先生说：“在我看来，明文第一，非张岱莫属。而且，如果在中国散文史上评选‘十佳’，我估计他能入选。”① 黄裳先生也说：“张岱既是一位绝代的散文家，又是一位历史学家。”② 在明代散文中，张岱很早就引起周作人的注意，在1923年《地方与文艺》③ 中，周作人在谈近三百年来文艺界里的两种潮流“飘逸与深刻”时，他把张岱归入“做那飘逸一派的诗文”的“文人”，只是可惜张岱“由学术转到文艺里去”的文章在清代被隔断了，不然是“可以造成近代散文的开始”的。可见在一开始谈论张岱文章时，周作人就看重张岱文章中“学术”与“文章”的融合。周作人在1919年的《思想革命》一文中说“文学革命上，文字改革是第一步，思想改革是第二步，却比第一步更为重要。”④ 因此对于新文学的思考，不光要强调文章，更要强调文章中的思想。“词章”之学虽然非学者之能事，然而学者也大多耻于以文人自命，因此在中国文学中，纯粹的文人之文多崇才情，难免有根柢疏浅之陋，而纯粹的学者为文又多崇思想宏道，致使文章缺乏人情物理，因此在周作人看来，新文学既要从传统经师之学中独立出来，但又不能失了文章的思想，他心目中的“美文”是有“艺术性”的“论文”⑤。张岱的学问基础和对公安竟陵派文章的综合，成就了他的《陶庵梦忆》《西湖寻梦》《琅嬛文集》等著名文集，周作人最初论及张岱就注意到了这种特点，可以说张岱这样的文章在20年代初期是周作人心目中的理想文章。

但是在具体论述张岱文章、思想的过程中，我们看到周作人主要谈论的还是张岱的文章，少有关于张岱思想的论述，周作人表白说是自己

---

① 陈平原：《从文人之文到学者之文明清散文研究》，三联书店2004年版，第85页。

② 黄裳：《琅嬛文集·序》，张岱著《琅嬛文集》，岳麓书社1985年版，第1页。

③ 周作人：《地方与文艺》，《周作人散文全集》第3卷，第101页。

④ 周作人：《思想革命》，《周作人散文全集》第2卷，第133页。

⑤ 参见周作人《美文》，《周作人散文全集》第2卷，第356页。

“尚缺少准备”①。具体就张岱文章而言，周作人特别欣赏《陶庵梦忆》里的“趣味”：

> 对于“现在”，大家总有点不满足，而且此身在情景之中，总是有点迷惘似的，没有玩味的余暇，所以人多有逃现世之倾向，觉得只有梦想或是回忆是最甜美的世界。讲乌托邦的是在做着满愿的昼梦，老年人记起少时的生活也觉得愉快，不，即是昨夜的事情也要比今日有趣：这并不一定由于什么保守，实在是因为这些过去才经得起我们慢慢地抚摩赏玩，就是要加减一两笔也不要紧。遗民的感叹也即属于此类，不过它还要深切些，与白发宫人说天宝遗事还有点不同，或者好比是寡妇的追怀吧。
>
> 《梦忆》是这一流文字之佳者，而所追怀者又是明朝的事，更令我觉得有意思。②

这种“趣味”是因拉开的距离，有了“玩味的余暇”，面对生命的流逝所产生的感伤是每个个体生命都无法避免的，在对过往时光的回味中我们感知着现在自己生命的切实存在，这种往昔日常生活的点点滴滴构成了我们生命的内容。周作人说：“张宗子是个都会诗人，他所注意的是人事而非天然，山水不过是他所写的生活的背景。”与多数中国传统诗人寄情山水不同，张岱所关注的是日常生活和社会风情，这样的角度中少有军政大事，少有忧国忧民的情怀，但却更贴近张岱所处的明清易代时传统文人的生活和情趣。

在1928年给俞平伯散文集《燕知草》作序时，周作人把俞平伯的文章和张岱的文章联系起来，说：“平伯这部小集是现今散文一派的代表，可以与张宗子的《文秕》（刻本改为《琅嬛文集》）相比，各占一个时代的地位，所不同者只是平伯年纪尚青，《燕知草》的分量也较少耳。”③ 周作人认为俞平伯散文“为近来的一派新散文的代表，是最有文学意味的一种”，其散文多有些“雅致”，这“雅致”具体来说就是文章中有的“涩味和简单味”，“耐读”；同时，周作人还说明朝小品文是“不革命的，

---

① 周作人：《再谈尺牍》，《周作人散文全集》第7卷，第620页；在《〈苦茶随笔〉小引［前稿］》中周作人也表达过此意，见《周作人散文全集》第5卷，第798页。

② 周作人：《〈陶庵梦忆〉序》《周作人散文全集》第4卷，第831页。

③ 周作人：《〈燕知草〉跋》，《周作人散文全集》第5卷，第519页。

然而原来是反抗的"，这"在现代的新散文亦是如此"。这种对俞平伯散文、明朝小品的介说，也可认为是周作人对张岱散文的看法，他把俞平伯散文和张岱散文放在一起，看取的也是张岱文章的"耐读"和"反抗"气息，而"耐读"和"反抗"却正是要以学识、思想做文章底子的。

到1931年作《〈枣〉和〈桥〉的序》①，周作人说张岱的文章是融合了公安竟陵两派而形成的"更为完美的文章"，并分析废名文章的"晦涩"："本来晦涩的原因普通有两种，即是思想之深奥或混乱，但也可以由于文体之简洁或奇僻生辣"，而废名文章的独特价值第一原因是其"文章之美"，便是这后一方面的"晦涩"，类似于竟陵派的文章风格。张岱文章是融和公安竟陵派后更为完美的文章，有公安派和竟陵派长处，便是有废名文章的"晦涩"，但这样的"文章之美"周作人没有在此详论。再到1932年讲"中国新文学的源流"，周作人再次说到张岱文章是公安竟陵"两派结合后的大成绩"，认为公安派"清新流丽"但也"过于空疏浮滑，清楚而不深厚"，竟陵派以"奇僻"补救，"有许多很好玩"的文章，但也"有些则很难看得懂"，张岱的文章是合两派之长处，又纠两者之偏，这便是"知识与趣味的两重的统治"的"雅致"。② 但周作人对张岱文章的如此"雅致"认同时，也没有详论。一直要到1937年的《再谈俳文》中，周作人终有了对张岱文章有了详细的论述：

> 中国可以说有他的新俳文，不过系统不是很正，因为他不是俳谐文的嫡子，却是旁支或变种。我的意思是说公安竟陵派以后混合的一种新文章。公安派里有袁中郎，竟陵派有刘同人，他们两位的散文是离开了宗派传到后世来也是站得住的。但是我觉得混合的文章别有新气象，更是可喜，现在姑以张宗子作为代表。他的目的是写正经文章，但是结果很有点俳谐，你当他作俳谐文去看，然而内容还是正经的，而且又夹着悲哀。写法有极新也有极旧的地方，大抵是以写出意思来为目的，并没有一定的例规，口不择言，亦言不择事，此二语作好意讲，仿佛可以说出这特质来，如此便与日本俳谐师所说俳言俗语相近了。③

---

① 周作人：《〈枣〉和〈桥〉的序》，《周作人散文全集》第5卷，第764页。

② 参见周作人《中国文学的变迁》，《周作人散文全集》第6卷，第71页。

③ 周作人：《再谈俳文》，《周作人散文全集》第7卷，第782—783页。

后来周作人在《〈文载道文抄〉序》中谈论“闲适”，说“闲适”可分作两种：

> 一是安乐时的闲适，如秦观张雨朱敦儒等一般的多是，一是忧患时的闲适，以著书论，如孟元老的《梦华录》，刘侗的《景物略》，张岱的《梦忆》是也。这里边有的是出于黍离之感，有的也还不是，但总之是在一个不很好的境地，感到泽水在后面，对于目前光景自然深致流连，此与劫馀梦想者不同，而其情绪之迫切或者有过无不及，也是可有的事。①

如此说来，张岱文中的“俳谐”“不正经”“诙诡”当作如第二种“闲适”似的解读，其中正饱含了作者经历国破家亡、都市繁华后的万千感慨，作为新俳文的代表，是寄沉痛于诙谐。这种沉痛是以前半生的繁华靡丽为前提的，也是以张岱的读书多、见识广，在历史易代之际产生的历史感为基础的。周作人对张岱文章的喜欢，除过文章本身的文章之美和思想之美外，可能深层的也和周作人所处的历史际遇有很大关系，张岱的文章中的历史沧桑感让周作人倍感亲近。

王思任也是周作人在三四十年代散文中常提到的明代散文大家，周作人对他的关注点与对李贽、张岱的又有不同。在最早的论述中，周作人把王思任与张岱并举，“两者都是做那飘逸一派的诗文的人物”，为文都是“由学术转到文艺里去了”，只是相比于张岱，“王季重文殊有趣”②，虽然认为文章仍是稍逊一筹。但到1934年作《〈文饭小品〉》开始，周作人对王思任的论述角度开始转变，其主要关注的是王思任文章的诙诡、戏谑，但也有批评。

在《〈文饭小品〉》一文中，周作人说自己喜爱王思任的游记如《游西山诸名胜记》《游满井记》《游杭州诸胜记》《先后游吾越诸胜记》，并有大段的摘抄，周作人认为这些文章的好处“在于表现之鲜新与设想之奇僻，但有时亦有古怪难解之弊。他与徐渭、倪元璐、谭元春、刘侗，均不是一派，虽然也总是同一路，却很不相同，他所独有的特点大约可以说是谑罢。以诙谐手法写文章，到谑庵的境界，的确是大成就，值得我辈的

① 周作人：《〈文载道文抄〉序》，《周作人散文全集》第9卷，第254—255页。

② 周作人：《与俞平伯书二通》，《周作人散文全集》第4卷，第622页。

赞叹……"[①] 周作人欣赏张岱对王思任的评论："谑不避虐，钱不讳癖"，佩服王思任的"以谑浪忤人"，"复以刻责忤俗"[②]。但王思任的"谑"并非为"谑"而"谑"，"谑"后还有别的意味。周作人转引徐沁对王思任的评价，"公以诙谐放达，而自称为谑，有虑愤世疾邪，而寻悔其虐。孰知嬉笑怒骂，聊寄托于文章；慷慨从容，终根柢正学。"[③] 又引明倪鸿宝对王思任的评论："滑稽之道，无端似神话，有激似义，神化与义惟谑庵之谑皆有之。"[④] 因此，周作人说王思任与"载道家者流总是无缘"[⑤]，"谑庵一生以谑为业，固矣，但这件事可以从两边来看，一方面是由于天性，一方面也有社会的背景。……所以有些他的戏谑乃是怒骂的变相，即所谓我欲怒之而笑哑兮也。但是有时候也不能再笑哑了，乃转为齿齰，而谑也简直是骂了。"[⑥] 可以看出，周作人对王思任文章看重这种"谑"的态度，看重这种"谑"中对正统思想的反抗。在 1944 年作《〈风雨后谈〉序》中又说："后来过了多少年，才明白过来，闲适原来是忧郁的东西。喜剧的演者及作者往往过着阴暗的生活，也是人间的实相，而在社会方面看来，有此种种闲适的表示，却又正是人世尚未十分黑暗的证据。我曾谈论明末的王思任，说他的一生好像是以谑为业。他的谑其初是戏笑，继以讥刺，终为怒骂，及至末期，不谑不笑骂，只是平凡的叹息，此时已是明朝的末日也即是谑庵的末日近来了。"[⑦]

王思任文章的"谑"颇受周作人喜爱，而文章中的思想在周作人眼中怎样呢？周作人认为，"黄梨洲顾亭林孙夏峰王山史也都是品学兼优的人，但他们的思想还是正统派的，总不能出了程朱陆王的范围"[⑧]，"王氏的随笔《山志》在好些年前曾经一读，印象很不好，觉得道学气太重，虽然我平常对于明朝遗老多有好感，但有程朱派头的就不喜欢，顾亭林亦尚难免，王山史更是不行了。"[⑨] 在对王阳明和李贽的态度上，周作人认为王思任与顾炎武皆是程朱派，意见都是一个鼻孔出气，其"视王阳明

① 周作人：《文饭小品》，《周作人散文全集》第 6 卷，第 361 页。
② 周作人：《关于王谑庵》，《周作人散文全集》第 7 卷，第 126 页。
③ 周作人：《〈文饭小品〉》，《周作人散文全集》第 6 卷，第 364 页。
④ 周作人：《关于谑庵〈悔谑〉》附录一，《周作人散文全集》第 7 卷，第 507 页。
⑤ 周作人：《〈文饭小品〉》，《周作人散文全集》第 6 卷，第 367 页。
⑥ 周作人：《关于谑庵〈悔谑〉》，《周作人散文全集》第 7 卷，第 505 页。
⑦ 周作人：《〈风雨后谈〉序》，《周作人散文全集》第 9 卷，第 10—11 页。
⑧ 周作人：《关于傅青主》，《周作人散文全集》第 6 卷，第 870 页。
⑨ 周作人：《关于王谑庵》，《周作人散文全集》第 7 卷，第 126 页。

如蛇蝎，其骂李卓吾不足怪”①，可以看出周作人对王思任的思想是持明显的批评态度。

第三节　晚明小品在清代的死去活来

晚明公安竟陵派影响极大，在清代其影响一直延续到康熙时期，周作人特在清代文学史中特梳理出了这条线索。明清易代之际，除过张岱文章，承续晚明散文续脉的还有金圣叹、李笠翁、郑燮、金农、袁枚诸人。周作人认为这一明末文学的余波是在清代袁枚那里才消歇的，这样清代文学中余下的文章便只有“散文和八股”了，“散文”实际就是桐城派古文。周作人作“中国新文学的源流”讲演，就是要通过梳理明末文学向清代文学的流变过程，让“五四”新文学运动者能找准自己文学革命的对象和文学发展的方向，“我们可以这样说：明末的文学，是现在这次文学运动的来源，而清代的文学，则是这次文学运动的原因。不看清楚清代的文学情形，则新文学运动所以起来的原因也将弄不清楚，要说明也便没有依据。”② 正是抱着这样的目的，周作人梳理晚明散文代表公安竟陵派的脉络如何进入清代，在找到此脉络在袁枚那里死去后，又发现这一脉络在清代汉学家俞樾的手中复活过来。俞樾对八股文和桐城派古文的反动，在文学史上虽然并不是有意识的，而且也没能促成文学的革命，但这种文学反动延续到民国，却催生出了自觉的新文学革命运动。这样，在一番梳理后，周作人终于把相隔几百年光景的晚明文学和“五四”新文学联系了起来。而这种在30年代对“五四”新文学的源流的追根溯源，并首先找到晚明，在文学史中确立“言志”的文学脉络，实是来于对现实“载道”文学复活的警惕。在对承续晚明公安竟陵派文学脉络的清代文学潮流的梳理中，在金圣叹、李渔、郑燮、金农、袁枚、俞樾的文章中，周作人看重的既是这种文章中的文学思想，也是文章中的思想解放。

对于金圣叹，周作人既看重他对经典和通俗之作的文学品评，也看重他思想的反叛性。金圣叹“能将《水浒》《西厢》和《左传》《史记》同样当作文学书看，不将前者认为诲淫诲盗的东西”，周作人认为这样的看

---

① 周作人：《谈文字狱》，《周作人散文全集》第7卷，第672页。

② 周作人：《清代文学的反动 上——八股文》，《周作人散文全集》第6卷，第74页。

法“在当时实在是一件很不容易的事”①，金圣叹这种认识在经学盛行的时代对正统文学观是一种大胆的反叛。周作人曾在多篇文章中引述过刘献廷“圣人六经之教原本人情”之说，他认为金圣叹品评前人无论是经典之作还是通俗之作，所依据正同于刘献廷所说的这种普通人的人情物理，因为“在金圣叹眼中六经与戏文小说原无差别”②。在《谈金圣叹》③一文中，周作人考察过多位前人对金圣叹行刑时描述，从中可显出金圣叹离经叛道、非圣无法的思想，很类似于李贽的为人处世。到1944年作《〈广阳杂记〉》，他再把明代李贽到金圣叹的思想脉络续接了起来，“大抵明季自李卓吾发难以来，思想渐见解放，大家肯根据物理人情加以考索，在文学方面公安袁氏兄弟说过类似的话，至金圣叹而大放厥词”④。只是，对于金圣叹具体的思想，周作人却没能在散文中详细展开。

对李渔的思想，在“五四”新文化运动时期，周作人更多采取的是批判态度。如在1921年的《天足》⑤中，周作人同情女性，反感于女性的缠足，以为“以身殉丑观的缠足终是野蛮”的，顺手批评的对象就是“帮闲文人”李渔，因为其将买女人时怎样看脚的法门写在了《闲情偶寄》中。在1924年作的《论女裤》中，周作人列举当时教育会诸人说女性在穿着上“豁敞脱露，扬袖见肘，举步见膝，殊非谨容仪尊瞻视之道”，对其卫道思想大加批判，并认为这些人的意思实在是“如李笠翁所说在于‘掩藏秘器，爱护家珍’而已”，并进一步分析道，“笠翁怕人家的窥见以致心荡神摇，诸公怕窥见人家而心荡神摇，其用意不同而居心则一，都是一种野蛮思想的遗留。”⑥从这两篇文章中看，周作人是站在批判传统文化的立场上选择李渔“野蛮思想”来进行批判的，并不是从发掘传统文学的角度出发的。而到1924年作《笠翁与兼好法师》时，周作人对李渔态度有变化，与经学者章学诚比较，周作人认为李渔虽然不是一个学者，但是一个“了解生活法的人，绝不是那些朴学家所能企及”。周作人特选李渔对老子“不见可欲使心不乱”的评论：

---

① 周作人：《清代文学的反动 上——八股文》，《周作人散文全集》第6卷，第73—74页。

② 周作人：《谈冯梦龙与金圣叹》，《周作人散文全集》第6卷，第505页。

③ 周作人：《说金圣叹》，《周作人散文全集》第6卷，第673页。

④ 周作人：《〈广阳杂记〉》，《周作人散文全集》第9卷，第132页。

⑤ 周作人：《天足》，《周作人散文全集》第2卷，第384页。

⑥ 周作人：《论女裤》，《周作人散文全集》第3卷，第547页。

> 使终日不见可欲而遇之一旦，其心之乱也十倍于常见可欲之人，不如日在可欲中与此辈习处，则司空见惯浑闲事矣，心之不乱不大异于不见可欲而忽见可欲之人哉！老子之学，避世无为之学也；笠翁之学，家居有事之学也。[①]

周作人认为李渔的说法中包含着性教育的精义，深近人情物理。再到1928年给俞平伯《燕知草》作跋中，周作人认为明朝名士文章的反抗精神一直就延续到了李笠翁等人的文章中。到1932年讲“中国新文学的源流”，周作人明确把李渔归在晚明公安派文学在清初文学的遗绪中，看重其“文学的见解和人生的见解”[②]。再到1935年的《笠翁与随园》，周作人盛赞《闲情偶寄》中有“特别的知识思想”，“非一般文人能及”，尤其“纤悉讲人生日用处正是那书的独得处”。[③] 可以看到，从1924年到1935年期间，周作人选择的是李渔文章中对日常人情物理的体味和反礼教的思想因素，这种文章趣味是和正统载道文章相对的。

周作人散文中对郑燮的注意是在1926年的《与俞平伯通信》中，周作人在梳理现代散文小品“古已有之”的线索时，首先列出的就是郑燮的散文，后来在1932年《清代文学的反动 上——八股文》中认为，《板桥家书》“最为特别，自序文起便很古怪爽利，令人读了不能释卷，这也是尺牍的一种新体”[④]，家书是写给自己亲人的，其中少有客套大话，形式也自由不拘，周作人对传统文人的家书多有喜欢，尤其推崇颜之推的《颜氏家训》。但就是如此，对郑燮的家书这一文体，周作人又说，“我总怀疑是否适于实用，盖偶一为之固然觉得很新鲜，偏偏如此不但显得单调，而且也不一定文情都相合，便容易有做作的毛病了。”[⑤] 这种毛病也出现在公安派文章中，前面我们说过晚明谢肇淛对王百穀等人文章的批评，周作人对一大群“假风雅”文章的批评，正是有这样的认识，对郑燮家书在肯定时，周作人并没有过誉拔高，“板桥的十六通家书，我不能说他假，也不大相信他全是真的，里边有许多我想是他自己写下来，如随笔一般，也同样的可以看见他的文章思想，是很好的作品，却不见得是一

① 周作人：《笠翁与兼好法师》，《周作人散文全集》第3卷，第549页。

② 周作人：《清代文学的反动 上——八股文》，《周作人散文全集》第6卷，第74页。

③ 周作人：《笠翁与随园》，《周作人散文全集》第6卷，第753页。

④ 周作人：《关于尺牍》，《周作人散文全集》第7卷，第259页。

⑤ 同上书，第261页。

封封的寄给他舍弟的罢。"[①] 这种"不见得是一封封的寄给他舍弟"的"怀疑"，不也就有有意为之的嫌疑？因此周作人在肯定郑燮文章文体价值时，时刻警惕这种家书文体的提倡可能产生的流弊。郑燮文章在周作人散文中只是偶有提及，并没有专文的论述，郑燮在周作人梳理的文学史线索上有其价值，但就文章和思想来说并没能让周作人有高的评论。

对于金农，周作人也只是把他放在了自己所梳理的散文史线索上。在1926年的《与俞平伯书二通》中说，"由板桥冬心溯而上之这般明朝文人再上连东坡山谷等"[②]，可梳理出一条古已有之的散文线索作为现代散文的源流。1928年前后在北大上国语文学课上时，周作人把金农的《画竹题记》放进自己所构想的文学史序列中[③]，虽然1939年周作人作《金冬心题记》说"金冬心题记小文，别具风致，久为世间所重"[④]，然翻阅《周作人散文全集》，周作人对其文章、思想也是少有嘉论。其原因可见于1943年周作人作的《画钟进士像题记》，文章中周作人多引后人对金农《画竹题记》和《画马题记》的批注，注言金文中有"乞相"，"先生胸襟故高，惜激而不广，干青云而直上之意未见"，"胸次欠抱冲"，"才气虽优德器终不足"，甚至顾曾寿说"冬心提画诸诗皆不见佳"，周作人认为这些评论"虽严切，然亦深中冬心之病"。[⑤] 如此看来，金农在周作人的散文中也主要是作为周作人建构自己文学史线索的一位人物，周作人对其文章和思想并不以为然。

对袁枚文章，最先周作人也强调是延续了晚明文章的反抗思想[⑥]，后在《清代文学的反动 上——八股文》中周作人说袁枚文章是晚明公安竟陵派文学遗绪在清代终结的代表。虽然周作人把袁枚文章放在他所梳理的"言志"散文脉络中，但对袁枚文章中的思想周作人最初则取嘲弄态度，周作人认为袁枚的思想还赶不上李渔、郑燮思想[⑦]，袁枚的思想"有点儿轻与薄，自然这与普通所谓轻薄又是不同"[⑧]，对袁诗"印贪三面刻，墨惯两头磨"，周作人认为此诗不光显出袁枚的"俗"，更显出"没趣味"。

---

① 周作人:《关于尺牍》,《周作人散文全集》第7卷，第261页。

② 周作人:《与俞平伯书二通》,《周作人散文全集》第4卷，第622页。

③ 参见周作人《关于近代散文》,《周作人散文全集》第9卷，第588页。

④ 周作人:《金冬心题记》,《周作人散文全集》第8卷，第200页。

⑤ 参见周作人《画钟进士像题记》,《周作人散文全集》，第751页。

⑥ 参见周作人《〈燕知草〉跋》,《周作人散文全集》第5卷，第519页。

⑦ 参见周作人《王韬的酒色烟》,《周作人散文全集》第6卷，第682页。

⑧ 参见周作人《笠翁与随园》,《周作人散文全集》第6卷，第753页。

周作人特意解释自己理解的“趣味”是“不问妍媸如何”，只要保存自家面目，“总都自有其生气也”，而“最不行的是似是而非的没趣味，或曰假趣味”。对一般人来说，对自己印和墨的喜欢是对工具的爱惜，是常人之情，而在袁枚这里却是“假趣味”。章学诚在《文史通义·妇学》中骂袁枚是“才而不学”，“小慧无识”，为文“以纤佻轻薄为风雅，以造饰标榜为声名”①，也是直指袁枚文章思想的这种“假趣味”，这与晚明小品提倡的“独抒性灵”已是大相径庭，可以说是走到其反面去了，因此周作人把袁枚的文章作为晚明小品遗绪在清代文学终结的标志。周作人这种批评实是非常严厉，看似小题大做，实是因为这一问题中关涉着文章是否有真“生命”的大问题。

不过周作人在1935年作的《谈桐城派与随园》中，特引用蒋湘南对袁枚诗的评价，可算是对袁枚一个客观全面的评论，蒋氏说：

> 乾隆中诗风最盛，几于户曹刘而人李杜，袁简斋独倡性灵之说，江南北靡然从之，自荐绅先生下逮野叟方外，得其一字荣过登龙，坛坫之局生面别开。及其既卒而嘲毁遍天下，前之以推袁自矜者皆变而以骂袁自重，毁誉之不足凭，今古一辙矣。平心论之，袁之才气固是万人敌也，胸次超旷，故多破空之论，性海洋溢，故有绝世之情。所惜根柢浅薄，不求甚解处多，所读经史但以供诗文之料而不肯求通，是为袁之所短。若删其浮艳纤俗之作，全集只存十分之四，则袁之真本领自出，二百年来足以八面受敌者袁固不肯让人也。寿长名高，天下已多忌之，晚年又放诞无检，本有招谤之理，世人无其才学，不能知其真本领之所在，因其集中恶诗，遂并其工者而一概摈之，此岂公论哉。王述庵《湖海诗传》所选袁诗皆非其佳者，此盖有意抑之，文人相轻之陋习也。②

周作人对这段评论很是佩服，“这里对随园的批评可谓公平深切，褒贬皆中肯”，甚至自己反省说“我颇悔近来不读袁集，也因为手头没有，只凭了好些年前的回忆对于随园随便批评，未免失于轻率，我想还得研究一下再说。”③ 周作人对袁枚，肯定其“讲性灵”的地方，但又不满意其

---

① 章学诚：《妇学》，《文史通》，上海古籍出版社2015年版，第176页。

② 周作人：《谈桐城派与随园》，《周作人散文全集》第6卷，第864页。

③ 同上书，第865页。

思想“根柢浅薄”，而对一般骂袁者则认同蒋氏的说法，是其不知袁氏的真本领。周作人的上述论调态度颇为公允，其态度看法在30年代是不可多得的。

周作人一面说晚明小品遗绪在袁枚等人的“假风雅”和汉学家章学诚等的攻击中死去，一面周作人又找到了清代朴学大师俞樾的文章，认为晚明文学的脉络在“汉学家的手里死去，后来却又在汉学家的手里复活了过来”。[①] 在周作人的划分中，俞樾属于浙西飘逸诗文的人物，并且认为是俞樾这位兼弄词章的汉学家复活了晚明公安派为代表的新文学，一方面是周作人发现“俞樾的《春在堂全集》中，有许多游戏小品，《小浮梅闲话》则全是讲小说的文字，这是在同时代的别人的集子中所没有的”。[②] 另一方面是俞樾和清初的李笠翁、金圣叹相似，也“将小说当作文学看”。周作人特举俞樾把白玉昆的《三侠五义》改成《七侠五义》出版和在《曲园戏墨》中将许多字改成种种形状的事，来说明俞樾的文学趣味是与金圣叹、李渔相似的。最后周作人认为俞樾“是以一个汉学家而走向公安竟陵派的路子的”。[③] 周作人的这种梳理，实际上是要把“五四”新文学运动和传统文学续上文脉，为“五四”新文学找到可接续的传统文学源流。在此后的文章中，周作人所引俞樾的文字，如关于“鬼的生长”[④]“泄气”[⑤]“太监”[⑥]“割股”[⑦]“女人三从”[⑧]，多是俞樾对“野蛮人”思想的嘲弄讽刺，与此相关的周作人文章也正是对这些话题的进一步阐发、发掘，以此来针砭传统文化中的痼疾。周作人选俞樾文字多侧重在思想方面，显出经学家俞樾并不被经学研究所困束，这种不为经学所困的思想多源于晚明文章反抗的思想。

到40年代，周作人对俞樾的文章有更详细评论。如1940年的《〈右台仙馆笔记〉》一文，周作人对俞樾笔记大加赞赏，称其“态度朴实”，“写的落落大方”；“直录所闻，尽多离奇荒陋，却并非成见，或故作寓言，自是高人一等，非碌碌馀子所可企及也”；对痴儿怨女多有恕词，

---

① 周作人：《清代文学的反动 下——桐城派古文》，《周作人散文全集》第6卷，第90页。

② 同上书，第90—91页。

③ 同上书，第91页。

④ 周作人：《鬼的生长》，《周作人散文全集》第6卷，第285页。

⑤ 周作人：《论泄气》，《周作人散文全集》第6卷，第308页。

⑥ 周作人：《太监》，《周作人散文全集》第6卷，第311页。

⑦ 周作人：《关于割股》，《周作人散文全集》第6卷，第489页。

⑧ 周作人：《女人三护》，《周作人散文全集》第8卷，第268页。

“轻妙与庄重相和，有滑稽之趣”，写故事的态度“正似东坡老无事，听人说鬼便欣然”，“愈见醇净”，这样的思想和为文态度都为周作人所推崇。[①] 再到1940年的《〈春在堂杂文〉》中，周作人说自己在十年前就购得《春在堂全书》，此期间抽读的“只是尺牍随笔杂抄笔记这一类，大都是曲园先生业馀遣兴之作罢了”[②]。周作人不喜其经学研究，又说自己不懂诗，但颇懂文章的好坏，因此对俞樾作品的论述就全集中在俞樾给别人的序文方面，“觉得在近代文章中极少有”。周作人也说自己不喜欢“谈义理”的文章，因为这类文章“不但主张言中有物，其物还必须是某一派的正统思想”，这类文章“如不是面红耳赤的卫道”，便是“力竭声嘶的辟邪”，这类文章从韩愈等的“载道”文章到清代桐城派、再到30年代的左翼文学，都是周作人所批判的。周作人也不喜欢“好讲音律”的文章，这类文章“须得念得好”，“数易其气而后成声，然后铿锵镗鞳，各有腔调，听之陶然”，这类文章的代表是周作人极力反对的八股文。而周作人自己喜欢的文章是在这两类文章之外的，把文章“只算做写在纸上的说话”，这样的“话里头有意思，而语句又传达得出来”，其核心是文章要“有见识与趣味”。这些说法实际上是周作人一直强调的观点，如此重复，周作人实是想说明俞樾《春在堂杂文》中的文章就是这样“有见识与趣味”的文章。在绕了这样一个大圈子后，周作人具体列举了俞樾的序文，强调其作的序文中“有些物理人情上的根据”，“说得又有些诚意又有风趣，读下去使人总有所得，而所说的却大抵不是什么经天纬地的大道理，此正是难能可贵的地方，近世一般文人所极不易及者也。”其序文多是“就题写去，涉笔成趣，不费气力，不落蹊径”，“游戏而有节制，与庄重而极自在”，这是“好文章之特色”。[③]

但周作人对俞樾序文的评论并非单纯品评其“见识和趣味”，还另有目的。周作人说：

> 曲园先生著作未有专篇论文学者，仅散见于杂文中，序类中为最多，虽只是散金片羽，而言简意赅，往往与现代意见相合，实盖为之先导，此则甚可贵也。……我们平日写文章，本来没有一定写法，未必定规要反古，也不见得非学外国不可，总之只是有话要说，话又要

① 参见周作人《右台仙馆笔记》，《周作人散文全集》第8卷，第349页。

② 周作人：《〈春在堂杂文〉》，《周作人散文全集》第8卷，第382页。

③ 同上书，第385页。

> 说得好，目的如此，方法由各人自己去想，其结果或近欧化，或似古文，故不足异，亦自无妨。《春在堂杂文》中有些与新文学相通即以此故，若我辈写序虽力或未逮，用意则固不谬，今见曲园先生序文有相近者，此又我们之大幸也。……如今看见曲园先生的许多序文，很是喜欢，觉得这颇足供启蒙之用，虽然一时不能指定那几篇最合用，但总之在这中间我相信一定可以找出很好的资料来，使青年学子读了得到益处。①

原来周作人的真实意图是要把俞樾的文章和新文学直接联系起来，无论是从文章的“见识”还是“趣味”方面，这不仅是在构建周作人提出的“五四”新文学的源流来于晚明文学的文学史脉络，也是在构建现代新散文的走向，这种新散文并无固定的样式，但有普通人的“物理人情”，有真“见识”和“真趣味”。晚明文学在清代袁枚手中终结，但又在汉学家俞樾的手中复活，“俞先生以经师而留心轻文学，为新文学运动之先河”②，俞樾等人对千年传统文脉的重续，最终在五四时期催生出了中国的现代新散文，使这一最具有中国本土特性的新文学在20世纪上半叶大放光彩。

---

① 周作人：《〈春在堂杂文〉》，《周作人散文全集》第8卷，第384—386页。

② 周作人：《苏州的回忆》，《周作人散文全集》第9卷，第171—172页。

第六章

周作人对清人笔记中思想与文章的整理

第一节　清人笔记的选择

30 年代后期，周作人把发掘传统文学的主要精力放在对清人笔记的爬梳中，对此周作人在自己的散文中也有些零星的说明。在研究周作人对清人笔记的选择与重构时，本节先将周作人对清人笔记的爬梳过程做一梳理。

在 1935 年作的《刘青园〈常谈〉》中，周作人说自己“近来随便翻阅前人笔记，大抵以清朝人为主，别无什么目的，只是想多知道一点事情罢了”[①]，开始谈论清人笔记。在 1936 年作《〈逸语〉与〈论语〉》中，说到自己的买书，“因为想找点清初的笔记看，于刘献廷、傅山、王渔洋、宋牧仲、冯钝吟、尤西堂、王山史、刘在园、周栎园等外，又遇见随笔（按：陆廷灿的《南村随笔》）”[②]，可以看到周作人在有意识地翻找清人笔记。但是周作人不是一位专门的研究者，他看清初笔记，“并不能花了财与力去大收罗，只是碰到着可以到手的总找来一看”。[③] 1937 年的《谈笔记》中，周作人再次强调自己所读笔记主要是清人笔记：“近来我很想看点前人的笔记。中国笔记本来多得很，从前杂乱的看的不少，可是现在的意思稍有不同。我所想看的目下暂以近三百年为准，换句话说差不多就是清代的，本来再上溯一点去亦无不可，不过晚明这一类的著作太多，没有资力收罗，至于现代也不包括在里面，其理由却因为是太少，新式的杂感随笔只好算是别一项目了。”更重要的是表明了他自己看笔记的

---

① 周作人：《刘青园〈常谈〉》，《周作人散文全集》第 6 卷，第 692 页。

② 周作人：《〈逸语〉与〈论语〉》，《周作人散文全集》第 7 卷，第 85 页。

③ 周作人：《文人之行》，《周作人散文全集》第 7 卷，第 91 页。

路径："以前的看笔记可以谓是从小说引申，现在是仿佛从尺牍推广，这话有点说得怪，事实却是如此。"[①] 而周作人理解的"尺牍即此所谓信，原是不拟发表的私书，文章也只是寥寥数句，或通情愫，或叙事实，而片言只语中反有足以窥见性情之处，此其特色也"[②]。由尺牍的标准延伸过来选择笔记的标准，是"要在文词可观之外再加思想宽大，见识明达，趣味渊雅，懂得人情物理，对于人生与自然能巨细都谈，虫鱼之微小，谣俗之琐屑，与生死大事同样的看待，却当作家常话的说给大家听，庶乎其可矣。"[③] 从小说看笔记，主要是看笔记中的故事材料，从尺牍看笔记，主要看笔记中的文章态度和思想，这种转变体现出周作人由最先对传统笔记的自由阅读态度转向为自觉阅读态度。在把目光集中在清代学人笔记时，周作人读过并认可哪些笔记呢？周作人说："据我近几年来的经验，觉得这个很不容易，读过的笔记本不多，较好的只有傅青主的杂记，刘献廷的《广阳杂记》，刘青园的《常谈》，郝兰皋的《晒书堂笔录》，马平泉的《朴丽子》，李登斋的《常谈丛录》，王白岩的《江州笔谈》等，此外赵云松俞理初的著作里也有可看的东西，而《四库总目》著录的顾亭林、王山史、宋牧仲、王贻上、陆扶照、刘玉衡诸人却又在其次了。"[④]

阅读这些清人笔记，工作艰辛，周作人也说："成绩不大好，往往呆看了大半天，正如旧友某氏说，只看了一个该死。我的要求本来或者未免稍苛亦未可知，我计较他们的质，又要估量他们的文。所以结果是谈考据的失之枯燥，讲义理的流于迂腐，传奇志异的有两路，风流者浮诞，劝诫者荒谬，至于文章写得干净，每则可以自成一篇小文者，尤其不可多得。"[⑤] "我最怕读逆妇变猪或雷击不孝子的记事，这并不因为我是赞许忤逆，我感觉这种文章恶劣无聊，意思更是卑鄙，无足可取。冥报之说大抵如他们所说以补王法之不及，政治腐败，富淫祸善，乃以生前死后弥缝之，此其一；而文人心地褊窄，见不惬意者即欲正两观之诛，或为法所不问，亦其力所不及，则以阴谴处之，聊以快意，此又其二。"[⑥] 如此标准择选清人笔记，甘苦只有自知。

---

① 周作人：《谈笔记》，《周作人散文全集》第 7 卷，第 583 页。

② 周作人：《〈周作人书信〉序信》，《周作人散文全集》第 6 卷，第 156 页。

③ 周作人：《谈笔记》，《周作人散文全集》第 7 卷，第 587 页。

④ 同上。

⑤ 周作人：《刘青园〈常谈〉》，《周作人散文全集》第 6 卷，第 692—693 页。

⑥ 周作人：《关于雷公》，《周作人散文全集》第 7 卷，第 214—215 页。

1937年7月抗战爆发，北平沦陷后，周作人蛰居在家中，“近来无事可为，重阅所收的清朝笔记，这一个月中间差不多检查了二十几种共四百馀卷，结果才签出二百三十条，大约平均两卷里取一条的比例。”① 1943年周作人作《〈一蒉轩笔记〉序》回忆到此次读笔记：

> 丁丑秋冬间翻阅古人笔记消遣，一总看了清代的六十二部，共六百六十二卷，坐旁置一簿子，记录看过中意的篇名，计六百五十八则，分配起来一卷不及一条，有好些书其实是全部不中选的。比较选得多的为刘献廷《广阳杂记》五卷，俞正燮《癸巳存稿》十五卷，郝懿行《晒书堂笔录》六卷，王侃《衡言》《放言》《江州笔谈》共八卷，李元复《常谈丛录》九卷，玉书《常谈》四卷，马时芳《朴丽子》正续四卷，其次则顾炎武《日知录》，尤侗《艮斋杂说》，梁清远《雕丘杂录》，如屈大均、李斗以记事物多所采取，则又别一例也。文章的标准本来也颇简单，只是要其一有风趣，其二有常识。常识分开来说，不外人情与物理，前者可以说是健全的道德，后者是正确的智识，合起来就可称之曰智慧，比常识似稍适切亦未可知。②

这样周作人选到的笔记都是有“温柔敦厚或淡泊宁静之趣”③ 又讲“人情与物理”的文章。让周作人自己奇怪的是清人笔记中，“笔记的好材料，即是说根据我的常识与趣味的二重标准认为中选的，多不出于有名的文人学士的著述之中，却都是那些悃愊无华的学究们的书里”④。在《焦里堂的笔记》一文中他又说，“学问渊博固然是很重要的原因，但是见识通达尤为难得，有了学问而又了解物理人情，这才能有独自的正当的见解，回过去说，此又与上文所云义理相关，根本还是思想的问题，假如这一关打不通，虽是有学问能文章，也总还济不得事也。”⑤ 而不懂人情物理的严重问题是“学问之害甚于剑戟，戴东原所谓以理杀人，真是昏天黑地无处申诉矣”⑥。

① 周作人：《命理初的诙谐》，《周作人散文全集》第8卷，第129页。

② 周作人：《〈一蒉轩笔记〉序》，《周作人散文全集》第8卷，第757—758页。

③ 周作人：《命理初的诙谐》，《周作人散文全集》第8卷，第130页。

④ 同上书，第129页。

⑤ 周作人：《焦里堂的笔记》，《周作人散文全集》第9卷，第485—486页。

⑥ 周作人：《〈朴丽子〉》，《周作人散文全集》第7卷，第564页。

翻阅《周作人散文全集》，周作人散文中出现的被多次摘引、评论的清人笔记远多于周作人此处的介绍，本书按周作人散文中被摘引评论的次数和重要性大体梳理出一些主要人物及笔记，如侧重思想方面的，有俞正燮、刘献廷、焦循、马时芳、李慈铭等人笔记；如侧重文章方面的，有郝懿行、傅山、冯班、顾炎武、颜元、蒋湘南、毛奇龄、龚自珍、刘玉书、王士祯、纪昀等人笔记；杂学方面的，有孙彦清、王侃、李元复、汪日桢等人的笔记。大致可以说周作人有目的地读取清人笔记大约是在 1935 年到 1945 年的十年间，这十年中又以 1936—1941 年为最密集。周作人这时期的文章有很明显的"抄书体"特点，多被人讥嘲，但周作人不为所动，坚持十余年做如此艰辛的工作，他认为清人笔记中大有文章可做。在历史动荡时期，社会处境又非常尴尬的周作人，选择如此的文学内容和行文方式，其也多含有自身感触，这使这些文章阅读起来多有难度。

这类文章的发掘研究工作，直到 80 年代才逐渐引起少数周作人研究者的重视。舒芜说这类散文"刊落浮华，枯淡瘦劲，而腴润自在其中，文境更高"①，后来止庵也说，周作人在这类文章中，或摘引清人笔记一条、或数条，或是数书中的数条，是"以此作为作者特有的一种切入方式，即以阅读为契机，依靠知识的绵延和思想的碰撞，扩大深入到人类、历史、社会、自然、文化、文明等各个领域"②。葛飞在《周作人与清儒笔记》③ 中论证了这类"抄书"文体在文史两方面具有的价值。章学诚辨"立言"与"文辞"之别时认为：文章之士，"极其心之所得，常恐古人先我而有是言"，而立言之士则"以意代宗"，"修辞不忌夫暂假"，如"有卓然成家之文集，虽入他人之代言，何伤乎！"④ 周木斋援引章学诚看法认为这是文学性散文与"文抄"之差别，是"文""史"之别，也是"作""述"之别。⑤ 葛飞在引述此二位前人看法的基础上认为"周氏'文抄'，常以谈历史或品评前人言论的方式批评时弊，因此，评论此类'文抄'，亦当在察其'意'的基础上，再品评其文章之优劣，而不能从抽象的文学性出发，以言志小品之'独抒予怀'为准。周作人抄书，亦

---

① 舒芜：《周作人后期散文的审美世界》，《中国现代文学研究丛刊》1987 年第 1 期。

② 止庵：《周作人传》，山东画报出版社 2009 年版，第 178 页。

③ 葛飞：《周作人与清儒笔记》，《鲁迅研究月刊》2003 年第 11 期。

④ 章学诚：《文史通义校注》，叶瑛校注，中华书局 1985 年版，第 340、349 页。

⑤ 参见周木斋《今文辨伪》，《人间世》第 3 期，1934 年 5 月 5 日。

可谓以他人之文代己之所欲言。”[①] 葛飞强调“察其‘意’”，笔者觉得更重要的是有关“立言”与“文辞”的这种区别在周作人身上体现出的不是这种分离，恰是一种融合；周作人早期多写强调抒情的文章，而三四十年代的文章中多偏重思想、历史、文化成分是非常明显的，这应是周作人对自己30年代以前文章自觉反思后的一种自觉选择，同时从文史笔法融合的角度来看周作人的这类文章，应该说既有文章之美、思想之美，也有历史的厚重之美，从这样三方的角度去看周作人三四十年代这类文章，其价值和意义可谓大矣，这样的文章路向正是文史哲相通的大家才能达到的一种为文境界和思想境界，如果一定要用纯文学的，或是纯历史学的角度去品评周作人的这类文章，只可能是被“五四”以来学科分类的条条框框所束缚了，也是我们读书不如周作人多的缘故了[②]。

周作人心目中理想的文章是要有思想之美和文章之美。在1908年的《论文章之意义暨其使命因及中国近时论文之失》中就有详细的表述，1921年的《美文》中也有表述，但后人多以为周作人说的“美文”只是强调文章的艺术性，实际周作人说的“美文”首先是“论文”中的一类，然后再强调这文章的“艺术性”，“好的论文，如读散文诗，因为他实在是诗与散文中间的桥”，这样的“好论文”才是周作人心目中的美文，兼具思想和文章之美，如中国古文里的序、记与说等，尤其是在现代新文学中：“有许多思想，既不能作为小说，又不适于作诗，（此只就体裁上说，若论性质则美文也是小说，小说也就是诗，《新青年》上库普林作的《晚间的来客》，可为一例），便可以用论文式去表他。”[③] 同样在1923年《地方与文艺》一文中，周作人是用“飘逸与深刻”的两种潮流来概括清代三百年的文学史的，他所喜欢的是王思任、张岱“都是作那飘逸一派诗文的”，“王张的短文承了语录的流，由学术转到文艺里去，要是不被间断，可以造成近代散文的开始了。”这“从学术转到文艺里去”说的就是

---

① 葛飞：《周作人与清儒笔记》，《鲁迅研究月刊》2003年第11期。

② 周作人曾引过张岱《一卷冰雪文后序》中讲的一事：“昔张公凤翼刻《文选纂注》，一士夫诘之曰，既云《文选》，何故有诗？张曰，昭明太子所集，于仆何与？曰，昭明太子安在？张曰，已死。曰，既死不必究也。张曰，便不死亦难究。曰，何故？张曰，他读得书多。”（见周作人《再谈俳文》，《周作人散文全集》第7卷，第783页）陈平原在谈张岱文章时，也说：“我很同意这个说法，读书做学问，确有入门途径，以及若干必须遵守的规则；但若‘读得书多’，达到某种境界，确实百无禁忌，不被各家现成规矩所束缚。”（见陈平原《从文人之文到学者之文　明清散文研究》，生活·读书·新知三联书店2004年版，第114页）

③ 周作人：《美文》，《周作人散文全集》第2卷，第356页。

对“飘逸与深刻”两者的融合，就是对文章之美和思想之美的同时强调。而后来他对六朝文章气象的发掘和对清人笔记的大量翻检，也正是对这两方面的看重。

对周作人三四十年代散文“抄书体”讥评的出现，笔者认为跟“五四”以来的纯文学观念有关。借鉴西来的纯文学观使中国新文学从传统经学中独立出来，“人的文学”成为现代文学的核心内容，但纯文学观念也在很大程度上缩小了传统文学表现和研究的范畴，传统文学研究在经学研究中又内容庞杂，如何在传统“文”学研究和现代文学研究中取一条适中的路，这是周作人散文创作中思考和实践的问题。周作人三四十年代的这些文章明显带有传统文章的特点，这对只读新文学而成长起来的读者来说感觉其文章生涩枯瘦，但熟悉旧文章的读者对其却多有亲近感。

第二节　清人笔记中的人情物理

在传统文学中找到清人笔记后，周作人不管别人对他“文抄公”的讥讽，在自己的散文中大量摘引论述清代学人对人情物理的体味、辨识的文字，并加入了自己的现代诠释。

一　情系无告者：妇女、儿童和老人

对于弱势的妇女、儿童和老人的关注一直是周作人散文的主要内容之一。在阅读清人笔记之前，周作人已做了大量有关女性话题的文章，妇女、儿童、老人要被当成“人”是周作人建构“人的文学”的重要一支柱，在阅读清人笔记的过程中，周作人找到了更多有关这方面的史料。这三者中，为女性鸣不平是周作人最用力发掘的问题。其中俞正燮谈论妇女的文章被引用次数最多，如《妒非女人恶德论》说“妒者妇人之常情”[①]，《书旧唐书舆服志后》中说的“女贱则男贱”[②]，《节妇说》中男子理义“深文以罔妇人”；再如钱振锽《星影楼杂言》《贞女辨》中在辨女性贞节时引出的对男性中心文化的批判，对男女不平等的批判，《妒记》

---

① 周作人：《论妒妇》，《周作人散文全集》第6卷，第316页；周作人：《妇人之笑》，《周作人散文全集》第7卷，第407页。

② 周作人：《〈常谈丛录〉之二》，《周作人散文全集》第7卷，第353页。

中记周公周姥之辨[①]；李元复在《常谈丛录》中对女子缠足批判，就缠足周作人又找出郑燮的《妇人鞋袜辨》、俞正燮《书旧唐书舆服志后》[②]、张亨甫的《南浦秋波录》[③]、康有为《戊戌奏稿》等文中的论述；汪龙庄的《双节堂庸训》[④]、张日熙《磨盾馀谈》[⑤]中对女人苦状的描绘；来集子的《妇人之笑》替女性鸣不平[⑥]，李慈铭的《越缦堂日记补》评俞正燮好为女性出脱[⑦]，俞樾在《茶香室三钞》中谈"女人三护"[⑧]，等等。在这些资料的基础上加上周作人自己对女性的思考，形成了现代文学中非常重要的有关女性的现代思想资源，这方面已多有文章论著，此处不再详述。

对于儿童，读清人笔记时周作人多发掘有关教子的，忆幼趣事的，记儿童玩具，记童谣的文章。一、有关教子的。如王侃在《江州笔谈》论小儿读书不可用头巾语埋没其性灵，希望"学《易》当于羲皇心地上驰骋，毋于周孔注脚下盘旋"，不欲小儿通晓文辞而强读诵，"徒形其苦，未见其益"；[⑨]王菉友的《教童子法》中说"学生是人，不是猪狗。读书而不讲，是念藏经也，嚼木札也"，又说"小儿勿长精神，必须使有空闲"，小儿作诗文须放，久则自厌而收束矣；[⑩]周作人在俞正燮《癸巳存稿》中发现的《陆放翁教子法》，其中记陆放翁教子诗深为感人，俞正燮引陆诗二十多首，或言陆游教子之宽，或言父子为师生、朋伴的学习之乐，或言父子的苦读之状，或言对其他小孩的喜爱，俞正燮对小儿心大有理解。如周作人摘引陆诗："阿纲学书蚓满幅，阿绘学语莺啭木，画窗涴壁谁忍嗔，啼呼也复可怜人。""野蔓不知名，丹实何累累，村童摘不诃，吾亦爱吾儿。"[⑪]在想见陆游的慈祥可亲时，认为"可怜人"和"吾亦爱吾儿"的情感，是"幼吾幼以及人之幼"的情感，是圣人尧说的"嘉孺

---

① 周作人：《关于贞女》，《周作人散文全集》第7卷，第335页。

② 周作人：《〈常谈丛录〉之二》，《周作人散文全集》第7卷，第353页。

③ 周作人：《关于〈南浦秋波录〉》，《周作人散文全集》第8卷，第11页。

④ 周作人：《女人的命运》，《周作人散文全集》第7卷，第533页。

⑤ 周作人：《女人轶事》，《周作人散文全集》第8卷，第489页。

⑥ 周作人：《妇人之笑》，《周作人散文全集》第7卷，第407页。

⑦ 同上。

⑧ 周作人：《女人三护》，《周作人散文全集》第8卷，第268页。

⑨ 周作人：《〈江州笔谈〉》，《周作人散文全集》第6卷，第342页。

⑩ 周作人：《〈教童子法〉》，《周作人散文全集》第8卷，第174页。

⑪ 周作人：《关于教子法》，《周作人散文全集》第9卷，第289页。

子而哀妇人”的情感。俞正燮还在《严父母义》中辨严师、严父母之“严”为“敬之”意思，其中不失“慈爱”，以此来倡“师道不尚严苛”；又找到冯班《钝吟杂录》中谈教子择师，“慎勿取太严者。师太严，子弟多不令，柔弱者必愚，刚强者怼而为恶，鞭扑叱咄之下使人不生好念也。”“凡教弟子勿违其天资，若有所长，当因而成之。”“子弟小时志大言大是好处，庸师不知，一味抑他，只要他做个庸人，把子弟弄坏了。”① 都是在言教子的态度，其中饱含古人和周作人对小儿的关爱，对世间幼儿之大爱，在这样的材料选取中我们深感周作人身为人父对世间一切小儿的爱怜，其面目可亲，其思想宽博明达，让人可亲可敬。二、回忆幼时趣事的。如史震林《西青散记》中记自己儿时踢刺猬，抱兔眠，与小哥采棉嬉戏及成年与儿子村北采棉的情趣，沈三白《浮生六记》中忆童稚时于帐中用烟喷蚊观其飞鸣之事，或蹲身与土墙花台齐高定神细观，“以丛草为林，以虫蚁为兽，以土砾凸者为丘，神游其中，怡然自得”；舒白香《游山日记》中记有自己幼三五岁时夜中乘屋叠几欲以竹竿击星代烛，或在城郊外见天地合欲驰至其尽头之事；钱振锽《课馀闲笔》中记自己小时性暴厉，尝杀池中巨螺数百，杀群蚁千百于案上，烬家中九峰阁群蜂千百。② 在记孩童的顽皮、嬉戏中饱含着其对小孩儿的理解。三、记儿童玩具的。周作人很喜欢清人笔记中的相关记述，如王思任《游慧锡两山记》中述“买泥人，买纸鸡，买兰陵面具，买小刀戟，以贻儿辈”，李斗《扬州画舫录》中记泥车瓦狗③。四、童谣，如樊文卿的《津门小令》中七十八：“津门好，儿戏笑声哗，碎剪羊皮糊老虎，细穿马尾叫虾蟆，竹马纸乌纱。”④

周作人找到的谈老人的材料，如傅山在《霜红龛集》中说老年读书静坐，“随缘随尽，听其自然，若更勉强向世味上浓一番，恐添一层罪过”⑤，如曹庭栋《老老恒言》说老年要少生忿，知进退，心宽气定；沈赤然《寒夜丛谈》中说老年“多男子则多惧，富则多事，寿则多辱”⑥，皆谈老年思想的达观。

---

① 周作人：《关于教子法》，《周作人散文全集》第9卷，第293页。

② 见周作人《儿时杂事》，《周作人散文全集》第8卷，第39—42页。

③ 周作人：《玩具》，《周作人散文全集》第8卷，第149页。

④ 同上。

⑤ 周作人：《老年》，《周作人散文全集》第6卷，第878页。

⑥ 周作人：《家之上下四旁》，《周作人散文全集》第7卷，第424页。

无论是谈女性，还是儿童、老人，由于他们都是社会中被压抑或被漠视的无告者，但作为现代的社会“人”的一部分，周作人在读清人笔记中努力发掘其有现代意义的材料，为其争地位。周作人在多处强调、引用《庄子·天道》中尧告舜的一段话：“吾不敖无告，不废穷民，苦死者，嘉孺子而哀妇人。此吾所以用心已。”[①] 在等级社会中，在传统文化中，女性所受的迫害尤为酷烈，儿童被看成成年人的准备，老年人被看成无用的对象，三者都受到漠视，这些无告的“人”在接纳了现代“人”思想的周作人这里受到了极大的关注，而对所有人人情物理的思考是建构现代“人”国的基础。

二　士大夫之病：不把人当人

在1935年作的《关于割股》[②] 一文中，周作人由割股与吃人风俗考察始，追踪史上人肉吃法，或当药，或当菜，菜吃又有常吃和暂吃之分，考察到宋青州忠义之民逃亡临安，一路便吃着人腊。王士祯《池北偶谈》中记有一知县重价购小儿击杀头而食之以治瘘痹疾的事；缪竹痴刻的《陋轩诗》中记有妇代夫为其公公割股疗病而死的事，则是变成了孝吃；在石成金编的《传家宝全集》中记有一孝子偷割一熟睡者股肉一块以治其父病的事。无论是宋忠义之民、还是知县、孝妇之事，还是割他人股肉的所谓孝子事的笑话，这里哪有平常人性，更何谈人情是非，全是变态的吃人狂，但有如此多的吃人记载，这正说明吃人也是传统文化中一成分，文人士大夫也难脱干系，周作人的批判由此也由对传统文化的批判转向对传统士大夫的批判。

《记海瑞印文》中，周作人转引明人姚叔祥记载海瑞事：“海忠介有五岁女，方啖饵，忠介问饵从谁与？女答曰：僮某。忠介怒曰：女子岂容漫受僮饵？非吾女也，能即饿死，方称吾女。此女即涕泣不饮啖，家人百计进食，卒拒之，七日而死。”因为是女子，便不能接受外人之食，因自己是堂堂清官，自己的女儿便不能吃“贿赂”之食，甚至要女儿死，以免污自己名声，如此父亲真真令日常俗人要齿冷心寒，而父要其死便死以全父女名节，酷儒以理杀人实是不见血，而后世还有“啧啧称道者”，周作人感慨道：“若律以自然之道，殆皆虎豹不若者也”。[③] 马时芳说“曲儒

① 陈鼓应：《庄子今注今译》（上册），商务印书馆2007年版，第391页。

② 见《周作人散文全集》第6卷，第488页。

③ 周作人：《记海瑞印文》，《周作人散文全集》第8卷，第70页。

以矫情苟难为道，往往将圣贤妆点成怪物"[1]，曲儒好说理而不近人情，因有所操持，结果是学问之弊害比剑戟杀人更是酷烈，死于刀戟者还有人同情，而死于理学者却是无人问津了。

有关理学对女性的虐杀在世间最为惨烈，这种虐杀在周作人所翻的清人笔记中随处可见，尽管有思想通达的李贽、俞正燮为女人说几句话，却受到正人君子的围剿，不见容于世。周作人还引张燧《千百年眼》中"吴亡不系西施"一条来辨析士大夫女色误国之说的荒谬[2]，引王思任《茶香室丛抄》中"明季流寇起衅于妇人"来辨析士大夫们的"女祸"之说[3]，在《刘香女》《女人的禁忌》等文中对《刘香女宝卷》中有关女性的不洁、不祥等邪恶化都有辨析。周作人说："我向来怀疑，女人小孩与农民恐怕永远是被损害与侮辱，不，或是被利用的，无论在某一时代会尊女人为圣母，比小孩为天使，称农民为主公，结果总还是士大夫吸了血去，历史上的治乱因革只是他们读书人的做举业取科名的变相，拥护与打倒的东西都同样是药渣也。"[4] 无论是对女人，还是儿童、老人，士大夫们对其社会身份的规定是要建立规范的等级社会秩序，在这样的序列中只有通过"虐无告"，来维护君叫臣死臣不得不死、父叫子亡子不得不亡、饿死事小失节事大等义的"三纲主义"。但周作人认为在原始儒家孔子的话里原本君臣父子之间的关系是互相的，也就是说，当君尽君道，父尽父道，这时臣、子也各尽其臣道和子道；如果君不君，父不父，那么，臣、子也可以不尽臣道和子道。在后世的士大夫的解释中君臣、父子关系却变成单向的君和父对臣和子的绝对要求了。[5] 虽然一方面是君、父要臣、子死，另一方面更酷烈的是为臣者、为子者在这样的"主义"下心甘情愿赴死，而"唯有一死谢君恩"的愚臣又多被彰表。[6] 士大夫一边在为吃人的"三纲主义"效力，一边也在为维护三纲秩序而自食，把自己也不当人。从这些记载中周作人全看到的是士大夫"只是以人当药耳，至于不把人当人则是士大夫之通病也"。[7]

不把他人当人，除过吃、理杀外，周作人又认为其还表现为"什么

---

① 周作人：《朴丽子》，《周作人散文全集》第7卷，第565页。

② 周作人：《千百年眼》，《周作人散文全集》第8卷，第182页。

③ 周作人：《流寇与女祸》，《周作人散文全集》第8卷，第520页。

④ 周作人：《女人的命运》，《周作人散文全集》第7卷，第536页。

⑤ 参见周作人《道义之事功化》，《周作人散文全集》第9卷，第630—631页。

⑥ 周作人：《颜氏学记》，《周作人散文全集》第6卷，第193页。

⑦ 周作人：《关于割股》，《周作人散文全集》第6卷，第489页。

事都是自己中心主义，守住自家的利益与快乐，全不顾别人所受到的影响”①。如说放爆竹，周作人说自己不喜欢放爆竹在于这是“妨害人家的安宁”的，放时只知自己在敬神，全不管是否会惊醒左邻右舍②；如谈娱乐，娱乐本不应统一，各有偏好，我们不能干涉人家，“但人家亦不该来强迫我们非附和不可”③；如谈劝酒，本来劝酒者希望客人多喝亦表示自己的敬意，可是强劝以至客人醉而难受，则好意转为恶意了。④ 从清人笔记中挑出表现日常生活中人与人相处时“不把他人当人”的例子来，凸显周作人眼光的锐利，而一切以我为中心，类似于赵世杰的“打差别”⑤，更是男性中心文化、等级文化的体现。

三　丧乱纪事中的文化传统

在对清人笔记的阅读中，关于代际更替时社会丧乱的记录也是周作人所注意的内容。周作人也看过《明季稗史汇编》、王秀楚《扬州十日记》、赵吉士《寄园寄所寄》等书中有关张献忠和清兵杀人的情形，但在周作人散文中被提及较多的却是清人笔记中对此些事件的个人琐碎记载和感受。一、对太平天国传道的描述。李小池的《思痛记》历述太平天国运动所造成的破坏，给周作人以极其强烈的印象，“余于戊戌冬间买得一册，于今已四十余年矣，时出披阅，有自己鞭尸之痛。……洪杨之事，今世艳称，不知其惨痛乃如此……惟此记所书殆可与《扬州十日记》竞爽，思之尤可畏惧，此意正亦不忍言也。”⑥ 但周作人并不摘引可惊可骇之事，却从一些琐屑的小事中关注的是洪门文化。《思痛记》中有记太平天国以神父说教方式传道愚民的描写，其过程在周葆濂的《哀江南曲》中被称为“胡闹”，在马寿龄的《讲道理》中被戏称为“讲倒理”；《虎口日记》中有太平天国毁孔庙、批《论语》、称孔子为不通秀才的描述，周作人认

---

① 周作人：《爆竹》，《周作人散文全集》第 7 卷，第 387 页。

② 同上。

③ 周作人：《谈娱乐》，《周作人散文全集》第 7 卷，第 714 页。

④ 周作人：《谈劝酒》，《周作人散文全集》第 8 卷，第 21 页。

⑤ 周作人：《读〈笑赞〉》，《周作人散文全集》第 8 卷，第 29 页。《笑赞》五十一则云：“郡人赵世杰半夜睡醒，语其妻曰，我梦中与他家妇女交接，不知妇女亦有此梦否？其妻曰，男子妇人有甚差别。世杰遂将其妻打了一顿。至今留下俗语云，赵世杰半夜起来打差别。赞曰，道学家守不妄语为良知，此人夫妻半夜论心，似非妄语，然在夫则可，在妻则不可，何也？此事若问李卓吾，定有奇解。”

⑥ 周作人：《〈思痛记〉》，《周作人散文全集》第 8 卷，第 368 页。

为皆是妄谈文化，品题圣贤。但周作人看到的是太平天国所提倡的文化和历代的文化并没有太大的区别，因为尊天主教的太平天国天王“贬孔子封为监军”，而“历代帝王尊孔子封为文宣王”，两者是一丘之貉。[①] 二、对新政下考试形式与内容的关注。在《粤寇起事记实》中，周作人注意到太平天国考试取士方式还是三场三篇论，只不过考试内容“以天主教之语为题”。周作人又在陈济生的《再生纪略》中考察明末丧乱中牛金星的考试题目有“士见危授命论”，又有“天下归仁焉”“莅中国而抚四夷也”“自天佑之吉无不利”“若大旱之望云霓”等题，而在赵吉士《寄园寄所寄》中查到《乱蜀始末》中记有张献忠杀开科状元及全家的事。[②] 在对洪秀全、李自成、张献忠三者治下的考试方式做一番考察后，周作人认为洪家的考试是“西学为体中学为用”的策论，李家的考试是合于程式的八股取士，而张家的考试则“全是妖魔的行径”，这三家的考试无论是策论还是八股，周作人认为“总之仍不失中国本色”，无论后世之如何评价这些政治事件，在周作人看来其所承载的文化没有多少区别。三、对明清代际过程中上层官吏的投敌，士大夫奴颜媚骨的记载。如在陶崇道《拜环堂文集》中周作人找到多条记载明末的兵与虏的文字[③]；在胡介祉的《茨村咏史新乐府》中载明灭时兵部尚书张缙颜同太监曹化淳开城门纳贼事；在吴子修的《蕉廊脞录》中转引《流寇长编》中“知单迎贼”一事，云：“京官凡有公事，必长班传单，以一纸列衔姓，单到写知字。兵部魏提塘，杭州人，是日遇一所识长班亟行，叩其故，于袖出所传单，乃中官及文武大臣公约开门迎贼，皆有知字，首名中官则曹化淳，大臣则张缙彦。”周作人在陈济生的《再生记略》中查到“知单迎贼”的当日“黎明破昌平州，焚十二陵享殿。自沙河而进，直犯平子门，终夜焚掠，火光烛天。是日上召对三次，辅臣及六部科道等官皆曰无害，借圣天子威灵，不过坐困几日，拨云雾见青天耳。退朝之后诸臣言笑自若……”文武大臣相约开门迎敌，朝上言笑自若，真可谓世间绝奇。四、丧乱中个人的离乱遭际。叶绍袁在《甲行日注》中记明亡后，民船为明官兵所抢夺，“时义兵飙起，皆间左陇上耕佣，聚千人至我族索饷，不得则一炬焚之。……各予钱米乃止。时队伍未整，虏下索则又鸟鼠散，而平民罹之。”“义师去，忽安庄虏来，突入将书橱悉毁，简帙抛零满地，《午梦堂

① 周作人：《关于讲道理》，《周作人散文全集》第6卷，第471页。

② 参见周作人《关于考试》，《周作人散文全集》第6卷，第486页。

③ 参见周作人《明末的兵与虏》，《周作人散文全集》第6卷，第777页。

集》板碎以供爨，愤余家贫而无物以逞恨也。人有识者，云半是山左诸公家丁所降，我德施而怨报矣。”又记流亡生涯，“一日夜侍儿烧栗十枚供下酒，无奈灯油已尽，无灯只好点枯竹片，在余光未及暗尽中在短窗下嚼四栗饮三瓯，暗中扪床而寝；女婿来家无米，不能尽主人情，怅然送别。”《甲行日注》中还有一些写景抒怀的文字，意思不过流连光景，但出在遗民口中，周作人读去别一番感慨在其中。[①] 与《甲行日注》差不多写于同时的陈老莲的《避难诗》中有一首《作饭行》，序云：“山中日波波三顿，鬻图画之指腕为痛焉，儿子犹悲思一顿饭，悲声时出户庭，予闻之凄然，若为不闻也者。商絅思闻之，以米见饷，此毋望之福也，犹不与儿子共享毋望之福哉，乃作一顿饭，儿子便欢喜踊跃，歌声亦时出户庭。今小民苦官兵淫杀有日矣，犹不感半古之事功否。感赋。”诗的末节云：“鲁国越官吏，江上逍遥师，避敌甚畏虎，蓖民若养狸。时日曷丧语，声闻于天知，民情即天意，兵来皆安之。”[②] 陈老莲是明遗民，入清后削发为僧，常纵酒自放，醉后恸哭不已，对于亡明的感情不可谓不深，然而他在诗中痛斥的却正是寄托着遗民们复兴之望的南明义师，“岂不大可哀哉”。[③] 周作人还介绍过孙垓《退宜堂诗集》中记太平天国之乱中严鞠泉身临砍头的遭遇[④]，《虎口日记》中记乱世中秀才之苦，读书人被杀的情状[⑤]。

20 世纪三四十年代，当有历史学家提出李自成、太平天国运动具有农民起义的革命性质，并假设李自成革命成功一定可以改变清朝两百多年给中国造成的近代衰弱状况，能够给民众带来福利时，周作人却从李氏王朝、洪氏王朝对待孔子的态度，科举取士的考试题目上看出李家、洪家天下与明清那一套统治文化并没有实质的区别，而代际中的义兵也跟往日官兵无不同，苦的只是贱民百姓，对历史的看法不可谓不深刻。

四　鬼后的人情

周作人有多篇文章谈鬼，或从文艺或从历史角度，但周作人特别强调的是鬼后的人情，在清人笔记中周作人也找到了大量这样的材料。最让周

---

① 周作人:《甲行日注》,《周作人散文全集》第 6 卷，第 297 页。

② 同上书，第 300 页。

③ 周作人:《与俞平伯书五通》,《周作人散文全集》第 6 卷，第 142 页。

④ 周作人:《〈思痛记〉及其他》,《周作人散文全集》第 7 卷，第 662 页。

⑤ 周作人:《〈虎口日记〉及其他》,《周作人散文全集》第 9 卷，第 5 页。

作人感慨的是钱鹤岑的《望杏楼志痛补编》，钱氏孩子中，三子鼎宝月半而亡，四子杏宝十二岁而亡，三女萼贞五日而亡，该书即是为纪念十二岁而亡的第四子杏宝所作。其中《乩坛日记》记录的是钱与子女在乩坛相会的笔谈。父亲每天通过扶乩问三个孩子地下的生活，或问长高了吗，长胡子了吗，娶妇了吗，生孩子了吗，等等，尽是人间细琐事。周作人说此书是自己读过的最为悲哀的书之一，非为迷信。周作人在这样的记载中看到的是为父的无尽的牵挂，生人的喜惧哀乐，亲人死后为鬼，生者推想死者的生活，鬼便成了生人各种愿望感情的投影，难以割舍的亲情在推想鬼的生活中得以维系，这让周作人"对于旧生活里的迷信且大有同情"。[①]因鬼后有人，有情，听人谈鬼实即是等于听其谈心，周作人谈鬼便是要窥见这鬼后人间的人情物理。刘玉书的《常谈》中多记鬼事，刘说自己性不见鬼，认为说鬼神于理可有而于事则无，论对鬼神的态度"信祭鬼神宜诚敬，不信鬼神能监察人事"，批乡闱中士子们谈鬼神报复，这些见识都被周作人所认同赞赏。[②]李元复的《常谈丛录》中也有"性不见鬼"一则为周作人所摘引[③]；钱绮《钝言卮言》中有《鬼神论》一文，云："鬼神生于人心，不可斥以为无，亦不可执以为有。斥以为无，则祭祀不能尽诚；执以为有，则巫妖得以鼓惑"。焦循《易馀籥录》中说"祸福休咎之灵，必出于素信鬼物之人，远之则不灵矣"[④]。这些说法都近于周作人思想，周作人也说："我们喜欢知道鬼的情状与生活，从文献从风俗上各方面去搜求，为的可以了解一点平常不易知道的人情，换句话说就是为了鬼里边的人。"[⑤]

周作人在1930年有篇文章《水里的东西》，是谈故乡"河水鬼"的，周作人由对故乡水的情分牵出"河水鬼"。"河水鬼"幻化成种种物件，浮在岸边，在人想去捞取时拉人入水，但人们"对于河水鬼却压根儿没有什么可怕，而且还简直有点儿可以说是亲近之感"，因为"水乡的住民对于别的死或者一样地怕，但是淹死似乎是例外，实在怕也怕不得许多"，更主要的原因是"河水鬼的样子也很有点爱娇"，"无论老的少的村的俊的，一掉到水里去就都变成一个样子，据说是身体矮小，很像是一个

---

① 周作人：《鬼的生长》，《周作人散文全集》第6卷，第289页。

② 周作人：《刘青园〈常谈〉》，《周作人散文全集》第6卷，第692页。

③ 周作人：《谈鬼论》，《周作人散文全集》第7卷，第280页。

④ 周作人：《读〈鬼神论〉》，《周作人散文全集》第9卷，第183页。

⑤ 周作人：《说鬼》，《周作人散文全集》第7卷，第20页。

小孩子，平常三五成群，在岸上柳树下‘顿铜钱’，正如街头的野孩子一样，一被惊动便跳下水去，有如一群青蛙，只是这个不同，青蛙跳时‘不东’的有水响，有波纹，他们没有。”[①] 这样一个“像是一个小孩子”并且天真、可爱的鬼，完全不同我们传统文化中邪恶而又令人恐怖的鬼的形象，这是一个在我们身边玩“顿铜钱”游戏的孩童，是一个在“天堂”“地狱”之外的、在“凡俗人世”的鬼，充满了人间凡俗情味。对这样一个“鬼”，认为孩童是“可怜人”并“吾亦爱吾儿”的周作人充满了亲切慈爱的感情。周作人也奇怪地说，“为什么老年的河水鬼也喜欢摊钱之戏呢?”“河水鬼特别不像别的鬼的形状，却一律地状如小儿，仿佛也另有意义”。这意义是什么，周作人却不作回答，“这个，乡下懂事的老辈没有说明给我听过，我也没有本领自己去找到说明。”然而周作人暗示说这意义“未必是鬼的迷信”，而是要读者从社会人类学与民俗学的角度去注意类似“河水鬼的信仰以及有这信仰的人”，因为“我们平常只会梦想，所见的或是天堂，或是地狱，但总不大愿意来望一望这凡俗的人世，看这上边有些什么人，是怎么想的。”对于“另有意义”，钱理群先生有非常深入的分析，他提醒读者要注意周作人文章开头漫不经心地说的一句话，“人类曾经做过水族，小儿喜欢弄水，便是这个缘故。”他认为周作人的这句话里暗含着一个人类学的基本观点：

> 人类的个体发生与系统发生的程序相同，因此，人死后变成鬼，无论生前是老的小的村的俊的一律回复小儿状态，这正是鲜明地表现了人类返璞归真，回到人类的童年也即人性本原状态的生命欲求。这就是周作人所说的“河水鬼的信仰”，也即“人的信仰”；这其实更是周作人自己的信仰，这同样也是一种个性化的观照，这是不言而喻的。[②]

周作人说“鬼后有人”，有“人的信仰”，“听人说鬼即等于听其谈心”，这才是理解周作人散文中那么多谈论与鬼有关的事的门径。周作人强调说“我愿意使河水鬼来做个先锋，引起大家对于这方面的调查与研究之兴趣。”周作人在此后创作了大量这方面的文章，而这需要我们能把眼光从梦想的“天堂”或是“地狱”中投放出去到“凡俗的人世，看这上边有些什么人，是怎么想的”，这也许又是理解周作人那些有关风物、

---

① 周作人:《水里的东西》,《周作人散文全集》第5卷，第648页。

② 钱理群:《读周作人》，天津古籍出版社2001年版，第167页。

民俗、名物文章的一种门径。

五　“天堂”“地狱”之外的凡俗人世

如上文周作人强调的要看看“凡俗的人世，看这上边有些什么人，是怎么想的”，但对这“凡俗的人世”记录下来的东西甚少，多的是关于“天堂”或是“地狱”的宏道，因此在读清人笔记时，周作人有意识地在其中搜寻这方面的记录，认为凡俗人世的日常生活、衣食住行、琐碎日用、自然名物都值得记录。

周作人的民俗风物研究受日本民俗学者柳田国男乡土研究的影响，注重底层民众，特别是农民的生活，注重民间传说、故事、民间歇谣的搜集、整理与研究。周作人说，“柳田对于儿童与农民的感情比得上任何人，他的同情与忧虑都是实在的。”[①] 对柳田国男这种“同情与忧虑”深有同感的周作人，在收集整理研究普通人的日常生活方式及民间歌谣、传说时，也将自己的哀喜悲乐深深深融入其中。《一岁货声》序中说卖货的吆喝声“可以辨乡味，知勤苦，纪风土，存节令”，周作人认为此言不虚，并补充说察其声还“可以察知民间生活之一斑，盖挑担推车设摊赶集的一切品物半系平民日用所必需，其闲食玩艺一部分亦多是一般妇孺的照顾，阔人们的享用那都在大铺子里，在这里是找不到一二的。”[②] 周作人读这部书，深深感到的是北京日常生活的风趣，这是平民生活的风趣，没有什么富丽，但也不寒伧，其中自有一种丰厚温润的空气。让周作人感伤的是，“只可惜现在的北平民穷财尽，即使不变成边塞也已经不能保存这书中的盛况了”，以前货声中的生活乐趣现在变成了生人生活的酸楚，那卖硬面饽饽者“硬面唵，饽啊饽……”的吆喝声让周作人感到“在寒夜深更，常闻此种悲凉之声，令人怃然，有百感交集之概”，而那担冰吆卖“冰胡儿！胡者核也”的则尽是寒门之子。[③] 后周作人又特提一事来说这吆喝声中的人情冷暖，“我只记得章太炎先生居东京的时候，每早听见外面卖鲜豆豉的呼声，对弟子们说，‘这是卖什么的？natto，natto，叫的那么凄凉？’……章先生的批评实在不错，那卖‘纳豆’的在清早冷风中在小巷中叫唤，等候吃早饭的人出来买她一两把，而一把草苞的纳豆也就只值一个半铜元罢了，所以这确是很寒苦的生意，而且做这生意的多是女

---

① 周作人：《幼小者之声》，《周作人散文全集》第6卷，第822页。

② 周作人：《一岁货声》，《周作人散文全集》第6卷，第223—224页。

③ 同上书，第222页。

人，往往背上背着一个小儿，假如真是言为心声，那么其愁苦之音也正是无怪的了。"① 历来多有对货声的各种描绘，也多有文人用闲适的笔调来记录这种货声，但我们可以真切感觉到，周作人谈的货声不仅是凡俗平民的日常生活，而且有着对底层平民生活的关怀在里面，这种关注中让周作人文章的情感调子总有种去不掉的厚重的感伤。

周作人在多篇文章中说过自己喜欢日本的浮世绘，"浮世绘的重要特色不在风景，乃是在于市井风俗"，背景是市井，人物却多是女人，以妓女为主，"画面很是富丽，色泽也很艳美，可是这里边常有一抹暗影"。无论是对这样的画作，还是这样的生活，周作人都有一种深深的感动，常有怅然之感，这种"东洋人的悲哀"是我们所共有的。永井荷风《江户艺术论》中有一段对此感情的描述，周作人在多篇文章中加以引用：

> 我反省自己是什么呢？我非威耳哈伦似的比利时人而是日本人也，生来就和他们的运命及境遇迥异的东洋人也。恋爱的至情不必说了，凡对于异性之性欲的感觉悉视为最大的罪恶，我辈即奉戴看此法制者也，承受胜不过啼哭的小孩和地主的教训的人类也，知道说话则唇寒的国民也。使威耳哈伦感奋的那滴着鲜血的肥羊肉与芳醇的葡萄酒与强壮的妇女的绘画，都于我有什么用呢。呜呼，我爱浮世绘。苦海十年为亲卖身的游女的绘姿使我泣，凭倚竹窗茫然看着流水的艺妓的姿态使我喜，卖宵夜面的纸灯寂寞地停留的河边的夜景使我醉。雨夜啼月的杜鹃，阵雨中散落的秋天木叶，落花飘风的钟声，途中日暮的山路的雪，凡是无常，无告，无望的，使人无端嗟叹此世只是一梦的，这样的一切东西，于我都是可亲，于我都是可怀。②

笔者想这一节内容的表述最可以说明周作人对那在"天堂"或是"地狱"之上的"凡俗的人世"的深深情怀了。

周作人喜欢搜集同乡人的著作，看同乡人的文集，在《洗斋病学草》中说，他这样做既不是论其诗文，也不看其载道言志，而是看"这诗中的事与景"，"纪事写景之工者亦多矣，今独于乡土著述中之事与景能随喜赏识者，盖因其事多所素知，其景多曾亲历，故感觉甚亲切也。"③ 这种对乡

---

① 周作人：《〈一岁货声〉之馀》，《周作人散文全集》第6卷，第228页。

② 周作人：《关于命运》，《周作人散文全集》第6卷，第560页。

③ 周作人：《洗斋病学草》，《周作人散文全集》第6卷，第388页。

风习俗的关注，是周作人对割舍不断的乡情的款款流露。只可惜这样带有乡土色彩的诗文集却是很少很少，因此周作人对这样的书也倍觉珍惜。踵息道人著的《洗斋病学草》是周作人找到的这样一本书，其中如《香奁新咏》记时世装饰类：俏三寸、玉搔头、侧托、齐眉；如《花爆八咏》记八种烟花的名字：花筒、赛月明、金盆捞月、双飞蝴蝶、滴滴金、九龙治水、穿线牡丹、过街流星；如《越腊旧俗》记跳泥人、跳黄牛、跳灶王；《越谣》中记夜叉降海来、山里山、上湖春、水葫芦、花秋等歌谣。这些关于装饰、烟花、旧俗、民谣的东西很让周作人喜欢，这些记载中含着普通百姓生活的乐趣。再如周作人谈旧历的新年，虽多被维新之士诟病，但在周作人看来，“其实最享乐旧新年的是农工商，他们在中国是最勤勉的人，平日不像官吏教员学生有七日一休沐，真是所谓终岁作苦，这时候闲散几天也不为过，还有那些小贩趁这热闹要大做一批生意，那么正是他们工作最力之时了。”更重要的是我们在“生命之外还该有点生趣，这才觉得生活有意义，小姑娘穿了布衫还要朵花戴戴，老婆子吃了中饭还想买块大花糕，就是为此。旧新年除与正朔不合外别无什么害处，为保存万民一点生趣起见，还是应当存留……”① 这一点“万民的生趣”，在名教中，在高头讲章中，在梦想的“天堂”与“地狱”中是看不见的。

顾禄的《清嘉录》记述吴中岁时土俗，材料详备，为周作人喜欢，而对于岁时土俗感兴趣的原因，“就为的是我们这平凡生活里的小小变化”，再加上地方的关系，“我们看某处的土俗，与故乡或同或异都觉得有意味，异可资比较，同则别有亲近之感”。原来周作人的喜欢还是着眼于我们凡俗人世中的常人情感，或因时光的流逝，或因亲疏远近，其情感都不离我们常人之情。《清嘉录》中记吴俗，而在周作人读了“简直觉得即是故乡的事情了”，这让久居并习惯了北京生活的周作人，也终于怀念起故乡的大石板的街道，圆洞的高大石桥，砖墙瓦屋，下雨的天气，可吃的梅水了。② 这种思乡之情不觉流露在对喝茶、上坟、饮食等习俗的介绍考究中。如对喝茶习俗，茹敦和著《越言释》有介绍撮泡茶和点心的一条，王侃《江中笔谈》中有记换茶多寡别礼之隆杀的习俗，范寅《越谚》中有记新媳妇给夫家戚族尊长卑幼煮“喜茶”之习，③ 再由南朝沈怀远撰的《南越志》中查到“茗苦茶”后，对友人送的苦丁茶细究，发现是用

---

① 周作人：《厂甸》，《周作人散文全集》第6卷，第264页。

② 参见周作人《〈清嘉录〉》，《周作人散文全集》第6卷，第245页。

③ 参见周作人《再论吃茶》，《周作人散文全集》第6卷，第325页。

故乡坟头树的叶子做成，这都是对家乡吃茶习俗的寻古，而周作人喜欢吃茶而不喜喝咖啡，“单因为从小在家里吃惯本山茶叶耳”，虽多年居北京，乡习难变，乡情更是难以割断。再如有关扫墓，明末张岱《陶庵梦忆》中有《越俗扫墓》记扫墓习俗的热闹奢华，人鬼同度节日，厚人薄鬼，其风俗情形有大半和周作人小时候所见者相同，这勾起他对故乡绍兴上坟船、上坟习俗的回忆，在周作人详细的描述中流露出浓浓的乡情。[①] 顾禄《清嘉录》中记上坟的习俗和情感，富察敦崇《燕京岁时记》中记寒食祭扫坟茔，这些内容也为周作人所喜，前者记越俗，后者虽说为北京事但与苏浙习俗近，这里边的风俗人情都是让周作人感到亲近。[②] 再如谈饮食，谢墉《食味杂咏》中诗咏南北食物，一百零一首中五十八首是“因思家乡土物数种不可得”的作品，周作人专门作文介绍，喜欢的并不是其诗，而是诗下的附注，其中多乡村风物。[③] 再如对故乡食物“油炸鬼”的介绍，考察刘廷玑的《在园杂志》、范寅的《越谚》、李元复的《常谈丛录》等书中的记载，并详细介绍故乡民间的制作，吃法，[④] 饶有风趣，思乡之情在这样的翻阅中缓缓流出。

除过与故乡相近习俗风物为周作人所亲近，异地风物也为周作人所喜。如介绍屈大均《广东新语》中记粤地无冰无霜雪，记东粤的四市（药市、香市、花市、珠市），记罗浮山的石、洞、云，粤地百姓的歌谣[⑤]；如介绍富察敦崇《燕京岁时记》中记燕京一月中的“耍耗子、耍猴儿、耍苟利子、跑旱船，十月的糟蟹、良乡酒、鸭儿广、柿子、山里红，风筝、毽儿、琉璃喇叭、咘咘噔、太平鼓、空钟，蛐蛐儿、聒聒儿、油壶卢，梧桐、交嘴、祝顶红、老西儿、燕巧儿，栗子、白薯、中果、南糖、萨齐玛、芙蓉糕冰糖壶卢、温朴，赤包儿、斗姑娘、海棠木瓜沤朴”等风物[⑥]；如郝懿行《记海错》记山东登莱海物，周作人大段摘引其介绍“土肉”、海虾、龙虾等的文字[⑦]。这些文字都是“游子思乡，兴言记之”，除对异乡风物的兴趣外，也是感其中的游子之情感。

---

① 参见周作人《上坟船》，《周作人散文全集》第 8 卷，第 562 页。

② 参见周作人《关于扫墓》，《周作人散文全集》第 6 卷，第 472 页。

③ 参见周作人《〈食味杂咏〉注》，《周作人散文全集》第 6 卷，第 549 页。

④ 周作人：《谈油炸鬼》，《周作人散文全集》第 6 卷，第 801 页；《再谈油炸鬼》，《周作人散文全集》第 7 卷，第 307 页。

⑤ 参见周作人《〈广东新语〉》，《周作人散文全集》第 6 卷，第 806 页。

⑥ 参见周作人《〈燕京岁时记〉》，《周作人散文全集》第 7 卷，第 32 页。

⑦ 参加周作人《〈记错海〉》，《周作人散文全集》第 7 卷，第 56 页。

陈子的《秘传花镜》是一本观赏动植物的全书，打十二岁时就为周作人所喜欢，对这样平常的书周作人却说“我却很珍重他不下于现今所宝贵的明版禁书，因为这是我老朋友之一。我从这里认识了许多草木，都是极平常，在乡间极容易遇见，但是不登大雅之堂，在花园里便没有位置，在书史中也不被提及的。”[①] 范寅《越谚》中多记有名物花草，并有绍兴土俗名，在《野草的俗名》中周作人详细介绍注释了八条，如臭婆娘、官司草、黄狗尾巴、碰鼻头草、老弗大、天荷叶、骨牌草、咸酸草，皆是意趣横生。[②] 钱不曾的《百廿虫吟》，一百二十首诗都是咏昆虫的，并对昆虫的形状有说明，有些昆虫周作人儿时在乡间戏弄时见识过的，如属蜘蛛类的“算命先生”、灰蚱蜢、棺材头蛐蛐、水蜘蛛、水鳖地鳖等。周作人看重这样的书的原因，是这样的书“给我们以对于自然的爱好”[③]，如果我们“把对自然的趣味都消灭了，学问便无从发芽”[④]，更重要的是我们也便无法认识人类自己了，我们“从这些记录里看出生物生活的原本，可以做人生问题的参考。”[⑤] 类似的材料还有孙诒让《与友人论动物学书》，李元复《常谈丛录》[⑥]，观颒道人《小演雅》，冯云鹏《红雪词》，都为周作人所留意考察。但周作人却遗憾于“禽言亦有出自田夫野老者，唯大半系文士所定，故多田园诗气味，殊少有能反映出民间苦辛的。”[⑦]

周作人阅读清人笔记，所选内容非常博杂，上文只是粗略挑选了其相关人情物理方面的主要内容，下文将周作人对清代笔记有关思想、文章的具体论述进行一梳理。

第三节　俞正燮、刘献廷、焦循、马时芳思想的择取

一　俞正燮：疾虚妄的明灯

周作人在清人笔记中最看重的笔记要算俞正燮（1775—1840，字理

① 周作人：《〈花镜〉》，《周作人散文全集》第6卷，第260页。

② 参见周作人《野草的俗名》，《周作人散文全集》第8卷，第118页。

③ 周作人：《〈花镜〉》，《周作人散文全集》第6卷，第260页。

④ 周作人：《〈绕竹山房诗稿〉》，《周作人散文全集》第8卷，第291页。

⑤ 周作人：《〈百廿虫吟〉》，《周作人散文全集》第6卷，第354页。

⑥ 周作人：《〈常谈丛录〉》，《周作人散文全集》第7卷，第411页。

⑦ 周作人：《关于禽言》，《周作人散文全集》第6卷，第763页。

初）了，并多次在文章中将其与王充、李贽并称为中国古代思想史上“疾虚妄”的“三盏明灯”。周作人看待笔记的原则是文章既要有风趣，更要有思想。俞正燮的文章在李慈铭看来“博综九流，而文繁无择，故不能卓然成为一家言，盖经学之士多拙于文章……”[①] 周作人认为，“李莼客这里所说的话我觉得很中肯，《类稿》的文章确实不十分容易读，却与学问无碍……”[②] 实际上周作人主要是在思想层面肯定了俞正燮的文章，这也显示出周作人对清人笔记的一种普遍态度，与对明代文学、六朝文学周作人更看取文章之美的侧重是有不同的。

俞正燮在周作人散文中最早出现是在1933年的《画蛇闲话》一文中，周作人注意到俞正燮首先是在其“见识思想之宽博”，这种思想的背后是讲人情物理。《画蛇闲话》中周作人大段引述俞正燮《癸巳存稿》，称赞俞正燮是“嘉道时豪杰之士”，“关于宗教的好些研究固可佩服，见识思想之宽博尤可礼赞”。与俞正燮等人的文学思想相比，周作人认为“大抵言文学者多喜欢载道主义，又不能虚心体察，以至物理人情都不了解，只会闭目诵经，张目骂贼，以为卫道，亦复可笑也”，而“欲言文学须知人生，而人生亦原以动物生活为基本，故如不于生物学文化史常识上建筑起人生观，则其意见易流于一偏，而与载道说必相近矣”[③]。

1937年《关于俞理初》[④] 一文，周作人论述俞正燮思想时，增加俞正燮批愚儒莠书的内容。俞正燮在《癸巳存稿》对“愚儒莠书”进行嘲讽，“著书者含毫吮墨，摇头转目，愚鄙之状见于纸上也”。俞正燮的识见出于人情物理，因而平实可解，周作人认为：“如有此种见识，则去看古今一切书，无不如扬糠簁米，精粗立辨，随处得益，至可歆羡。”[⑤] 1943年的《俞理初论莠书》，周作人再次论述了这一问题：

> 有时遇见有些记录，文字未必不佳，主张也似乎很正大，可是根本上不懂得人情物理，看了时觉得遍身不快活，这时候的不满意便已超过了嫌憎，有点近于恐惧了。好比尝药辨性的老祖神农氏，把草根树皮放在口里咀嚼，烁的一下觉得怪辣，他会直觉的感到，这可不是

① 周作人：《关于俞理初》，《周作人散文全集》第7卷，第515页。

② 同上。

③ 周作人：《画蛇闲话》，《周作人散文全集》第6卷，第197页。

④ 见《周作人散文全集》第7卷，第513页。

⑤ 周作人：《读〈列女传〉》，《周作人散文全集》第8卷，第482页。

> 毒？我们未敢以老祖自居，但是从经验上也会有时感觉，这说得有点蹊跷，便很有莠书的嫌疑。[①]

而作为评判是否是莠书的标准，在周作人这里是“简单的人情物理”，但让周作人奇怪的是，“被归入此类的并不是世间公认的邪说异端，倒反是普通正经的话为多”，这可以算是周作人独特的发现。“盖天下多乡愿，其言行皆正经，常人无不佩服，然若准以情理，则其不莠者鲜矣，唯有识与力者始能表而出之。”[②] 而俞正燮正是这样一位据有识与力者，在其论莠书文章六篇——分别为《酷儒莠书》《愚儒》《谈玄》《夸诞》《旷达》《悖儒》中，周作人大段引述四条，皆是“向来传为美谈，视为故实，而与情理不合的事”，这些与情理不合的事，对后来学子大为无益，俞正燮不加客气的指斥让周作人非常佩服。文中周作人另举出六例愚儒莠书事，认为愚儒对古人的褒贬“徒养成不负责任的说话之陋习”，而对此说法的订正，根本在于人情物理，为世道人心记，其益非浅。在这种订正中，实际上贯穿的是王充、李贽、俞正燮三人皆有的疾虚妄精神。

为女性开脱是周作人看取俞正燮思想的另一内容。这一内容首先出现在1934年的《论妒妇》[③] 一文中，俞正燮文章《妒非女人恶德论》中认为“妒者妇人之常情”，周作人认为这种见识“明达”，是“明言”。1936年的《关于贞女》中，周作人多引钱振锽有关论女子贞操的文字，而钱振锽的思想又借鉴于俞正燮对女子的思想。也许有读者有疑问，在1936年这样的社会背景中，周作人在文中大谈这样琐屑的问题，有何意义。周作人却认为：“本来国难至此，大可且慢谈这些男女之间的问题吧，但是这种卑劣男子他担得起救国的责任么？我不能无疑。”[④] 正是这种怀疑，周作人不断把自己的工作建立在琐屑但是具体切实的问题上，是在做实实在在的一点一滴的工作，这不免会让一些读者对他产生误解。在同年《〈常谈丛录〉之二》[⑤] 中，周作人谈论女子的缠足陋习，其中引述俞正燮的有关论述：“古有丁男丁女，裹足则失丁女，阴弱则两仪不完。又出古舞屣贱服，女贱则男贱。”对此议论，周作人并没再做更多的讨

---

① 周作人：《俞理初论莠书》，《周作人散文全集》第8卷，第772—773页。

② 同上书，第773页。

③ 见《周作人散文全集》第6卷，第316页。

④ 周作人：《关于贞女》，《周作人散文全集》第7卷，第337页。

⑤ 见《周作人散文全集》第7卷，第353页。

论，只是在批评女子缠足的方面认同肯定俞正燮的看法。但是，俞正燮的意思并不单是反对女子缠足，而是说这种缠足的陋习会让本应在家庭中与男子同处平等地位的女子处于低下的地位了，而女子地位的低下也会带来男子地位的低下。这前一层意思好理解，后一层意思又怎么讲呢？中国传统文化是一种男性中心主义的等级专制文化，女性的存在价值是被男性文化规定的，这种规范形成了男性中心主义的等级专制制度。但是在这种等级专制制度中，“男性中心社会，不仅将传统伦理规范强加于女性，而且在必要时能将经济地位低下的男人‘变成’女人，以利供销。”① 从晚明和清代男伶戏班的突然兴盛成为对妓女的代替中可见，没有经济地位的男性也是传统伦理等级专制的物化对象。同样那些奴才式的男性，在等级专制制度中丧失独立主体性意识，如物一样依附于某一特权等级制度，与此处缠足的女性或由男性变成的“女性”又有何相异？因此俞正燮更看重的是男女两性的平等关系，周作人更看重的是缠足对女性的戕害，两者角度不同，但同是为女子说话。周作人并不是不重视男女两性的平等关系，只是在此文中主要谈的是女子缠足的问题，对男女两性平等的关注在此后的《妇人之笑》② 中成了文章的重点。

在《〈妇人之笑〉》中，周作人先引来集之在《妇人之笑》为女性鸣不平的话：“是妇人者笑又不得，哭又不得，笑既不得，而不笑又不得。诸妇人以长舌而丧人之国，而息妫又以不言而丧两国，是妇人者言又不得，不言又不得。”俞正燮对此种情况的评价是“男子理义无涯涘，而深文以罔妇人，是无耻之论也”。俞正燮不光批判男性对女子的压抑，也在说男女两性的不平等，周作人又引俞正燮“丁男丁女”之说，强调男女两性平等。为说明这种思想，周作人又引出“周姥”的说法，在李慈铭看来，俞正燮“好为妇人出脱。……语皆偏谲，以谢夫人所谓出于周姥者”，而周作人认为俞正燮这种为女性开脱、强调男女平等的思想价值“在近代中国思想中盖莫能与之比肩也”。周作人接着论述男女的平等关系：“皇帝多嫔妃，公主也就要面首，这可以说有点偏谲，若是体察别人的意思，平等来看待，那正是不偏，孔子说过，‘己所不欲勿施于人’，又岂不是恕乎。”正是对女性的开脱，强调男女两性平等地位中的女性地位，周作人认为清初到当时的二百五十年中没有人能与俞正燮比肩。再往上推，还可以找出一个人来，即是李贽，李贽有“谓人有男女则可，谓

① 王德威：《想像中国的方法　历史·小说·叙事》，三联书店 1998 年版，第 28 页。

② 见《周作人散文全集》第 7 卷，第 407 页。

见有男女可乎？谓见有长短则可，谓男子之见尽长，女人之见尽短，又岂可乎?”的名言，追踪到此，我们看到周作人对俞正燮思想的借鉴逐渐从为女性的单独开脱逐渐转向强调男女两性的平等。

周作人看重俞正燮思想的第三方面是批“虐无告”。在 1937 年的《关于俞理初》[①] 一文中，周作人在论述俞正燮思想时，除过再次列举俞正燮对女性开脱的文字，又增一内容，批“虐无告”。俞正燮《存稿》十四《家妓官妓旧事》中云：“杨诚斋以教授押官妓乃黥妓面以耻教授，《山房随笔》言，岳阳教授陈诜与妓江柳狎，守孟之经杖柳，文其鬓以陈诜二字，押隶辰州。此均所谓虐无告也。”周作人赞叹俞正燮对杨万里的批评是:“义正而词亦严，却又情理湛足，如以绮语作譬喻，正可云凛若冰霜而复艳若桃李也。”

周作人把俞正燮为女性开脱的思想上溯到李贽，李贽说：“圣人知天下之人之身即吾一人之身。吾亦人也。是上自天子，下至庶民，通为一人矣。”周作人认为这种“我亦人也”之论与墨子的“己亦在人中”思想相像，“在思想上自然是平等，在行为上也就是兼爱了”。如此，周作人强调的不再单纯是男女两性的平等，而是把这种男女两性之间的平等扩展开去，是所有人之间的平等意识了。俞正燮认为对妓女的虐待是“虐无告”，对这种思想追根，可追溯到周作人常引的《庄子》中说的：“昔者舜问于尧曰，天王之用心何如？尧曰，吾不虐无告，不废穷民，苦死者，嘉孺子而哀妇人，此吾所以用心已。”周作人在散文中多处有对这种虐无告者的批判，这样周作人就把传统思想和现代思想融合在一起了。在周作人感觉中，这些人如李贽、俞正燮的思想与西哲蔼理斯等的思想还是东西方道术未裂，所不同的只是前者靠直觉懂得了人情物理，后者则是从学理通了过来。[②] 可以说，周作人从对女性的开脱始，把传统文化中普通的人情物理思想从先秦原始儒家一直贯通下来，为现代思想找到了传统文化的根脉。

除过对女性开脱的思想为周作人所敬重，俞正燮对儿童的宽容态度，也让周作人重视。在《关于教子法》[③] 中，周作人大段引述俞正燮对陆游教子诗的论述。俞正燮看重陆游教子时宽容的态度，周作人看重俞氏对儿童也是“可怜人”和“吾亦爱吾儿”的说法，“可怜人”是因为儿童是

① 见《周作人散文全集》第 7 卷，第 513 页。

② 参见周作人《读书的经验》，《周作人散文全集》第 8 卷，第 477 页。

③ 见《周作人散文全集》第 9 卷，第 288 页。

需要成人照顾的孺子，“吾亦爱吾儿”是说吾儿也在众儿中，这两方面合起来就是传统思想中的“幼吾幼以及人之幼”的情感。这种对小儿的疼爱本是人之常情，但如果扩充开去，我们一方面在看到陆氏、俞氏、周作人的慈祥戏谑可亲的面目时，也感到他们对女性、无告者、小儿等“人”的理解关爱，这种理解关爱正合的是圣人之心，是《庄子》中尧说的“吾不虐无告，不废穷民，苦死者，嘉孺子而哀妇人”之意。

周作人看取俞正燮的思想的第四方面是反对思想奴化，这主要体现在周作人论述秦桧岳飞的文章中。在《岳飞与秦桧》[①] 一文中，周作人对世人对岳飞、秦桧一褒一贬的态度提出不同看法，在部分认同秦桧主和之议的合理性时，批评了岳飞等人在当时时局下的主战思想。周作人这种思想来源就有俞正燮的思想。俞正燮指出，岳家军将领杨再兴是以杀所虏妇人佐酒的韩顺夫及他人来严整军律，以此说明岳军将领之武威专断。朱熹对岳军勤王行军中的虐迹和骄惰也多有记述，如“建炎间勤王之师所过恣行掳掠，公私苦之。”又“唐邓汝三州皆官军取之，骎骎到南京，而诸将掳掠妇人之类不可言。”因此朱熹认为岳军“骄惰不堪用”。周作人行文中对岳飞并不做评价，但由于所引述材料立场明确，作者的立场也明确显现，因是材料说话，行文很有批判力量。对秦桧，周作人也说他“原不是好人，但他只是一个权奸，与严嵩一样，（还不及魏忠贤吧?）而世间特别骂他构和，这却不是他的大罪。”[②] 后人并不关心岳飞的军律及作为，而是在和与战的立场上圣化岳飞，唾弃秦桧。此处无意于评论数百年前南宋和与战的是非，笔者只是从周作人找到数条论述中（如果这些说法可信的话），看到了历史的复杂性。周作人在历史材料中找到朱熹不反对构和的材料[③]，清人王侃在读了当年宋高宗写与张魏公的手敕后也有不能不和的说法[④]，清人赵翼在《廿二史札记》也有构和之说[⑤]，清人沈赤然《寄傲轩读书随笔》则从南渡后户籍人口的逐渐恢复指出“宋既南渡，江淮以北悉非所有，然数十年后，户亦有一千一百七十万五千六百有奇，视宣和前仅减七百万，固由从龙而南者实蕃有徒，然休养生息亦不可谓非和

---

① 见《周作人散文全集》第6卷，第464页。

② 周作人：《再谈油炸鬼》，《周作人散文全集》第7卷，第308页。

③ 参见周作人《岳飞与秦桧》，《周作人散文全集》第6卷，第466页。

④ 周作人：《关于英雄崇拜》，《周作人散文全集》第6卷，第479页。

⑤ 周作人：《岳飞与秦桧》，《周作人散文全集》第6卷，第466页。

议之力。"[1] 此说也是对议和看法的认同。无论是说周作人对当时国家时局的判断是悲观的，或是说周作人思想中对历史的认识是循环论的也好，周作人在30年代的这种说法和眼光与众不同，我们难以去直接下判断品评其正负，但在这样的思考中起码给了我们另一种比照时局的看法，而不去轻易盲信。

如果说在《岳飞与秦桧》一文中，周作人做秦桧岳飞翻案文章的意义还不明显，在《再谈油炸鬼》中周作人明确说出了自己的意思，"我很反对思想奴隶统一化"[2]。周作人认为："至于现今崇拜岳飞唾骂秦桧的风气我想还是受了《精忠岳传》的影响，正与民间对于桃园三义的关公与水泊英雄的武二哥之尊敬有点情形相同。"[3] 对于岳飞的英雄化在小说家或是普通读者来说为人之常情，皆有感于南宋小朝廷的偏安，国势衰弱，大家希望有如此的人物来力挽狂澜，虽然失败者仍是人们心目中虚构的理想人物，但让周作人痛批的是，后世士大夫读书人也以小说文辞为依据，膜拜岳飞及小说中的种种传说怪异之事，以讹传讹，无视历史事实，矮人观场，人笑亦笑。以此小说戏文来认同或批评历史人物，必然与历史大相径庭，在这样的俗见中因其对民族气节的宣扬，很容易造就"思想奴隶统一化"。"这一统一化有时是由于一时政治的作用，或是由于民间习惯的流传，二者之中以后者为慢性者，难于治疗，最为可怕。"[4] 即是到今天来说，普通民众对于秦桧岳飞、曹操关羽、水浒英雄、李自成政权、对太平天国运动等历史的认识还是如此。因此周作人认为对国民的这种奴隶思想，"那时候有人来扎他一针，如李贽邱濬俞正燮汪士铎吕思勉之徒的言论，虽然未必就能救命，也总可以放出一点毒气，不为无益。"[5] 通过这种扎针放毒气，"稍微奠定思想自由的基础"。[6] 至此，我们才可看明白，周作人并非单纯为这些历史人物事件做翻案文章，而是要通过翻案文章来打破"思想奴隶统一化"的局面，刺破各种愚民的虚妄思想，给人们以思想的自由。而俞正燮这样的人正符合周作人这样的需要，因此在周作人散文中，像俞正燮这样的人成了周作人思想中多借重的对象。

---

① 周作人：《读书随笔》，《周作人散文全集》第7卷，第471页。

② 周作人：《再谈油炸鬼》，《周作人散文全集》第7卷，第309页。

③ 周作人：《岳飞与秦桧》，《周作人散文全集》第6卷，第466页。

④ 周作人：《再谈油炸鬼》，《周作人散文全集》第7卷，第309页。

⑤ 同上。

⑥ 同上。

对俞正燮的文章而言，周作人觉得《存稿》的特色在于“议论公平而文章乃多滑稽趣味”。在《俞理初的诙谐》一文中，周作人连续摘引了《存稿》中十一条俞正燮文字，皆是对于古人种种荒谬处的指摘，这些不客气地驳正俗说的文字，多以诙谐的态度出之，使周作人佩服不已，“只可惜上下三百年此种人不可多得，深恐只手不能满也”。[①]

另外，周作人看取俞正燮对闲适文章的态度。《自己的文章》中，周作人论及文章的小闲适，引用俞正燮的一段文字：“秦观词云，醉卧古藤阴下，了不知南北。王铚《默记》以为其言如此，必不能至西方净土。其论甚可憎也。……盖流连光景，人情所不能无，其托言不知，意本深曲耳。”周作人又注解说：“如农夫终日车水，忽驻足望西山，日落阴凉，河水变色，若欣然有会，亦是闲适，不必卧且醉也。”[②]“留恋光景”，这种认识也不过是人之常情，但经俞正燮、周作人等重新说出，有耳目一新的感觉。这样的闲适文章是周作人所欣赏的，回看他自己的文章，周作人认为这样的文章自己也不易得，文章底下的焦躁总要露出头来，因此闲适也只是他自己的一种理想。《自己的文章》作于1936年，后在1944年的《〈文载道文抄〉序》中周作人再次引俞正燮的这段话，与以前“小闲适”的说法不同，周作人在此把“闲适”分为两种，一种是“安乐时的闲适”，如上文秦观等人多是，另一种是“忧患时的闲适”。对于后者，周作人论述说：“以著书论，如孟元老的《梦华录》，刘侗的《景物略》，张岱的《梦忆》是也。这里边有的是出于黍离之感，有的还不是，但总之是在一个不很好的境地，感到洚水在后面，对于目前光景自然深致流连，此与劫馀梦想者不同，而其情绪之迫切或者有过无不及，也是可有的事。”[③]而周作人对闲适文章的这种理解，也正说明了他文章的趣味倾向，这后一种闲适的味道在他文章中虽仍是“流连光景”，但其中饱含了“黍离之感”，可以说周作人1944年说的文章“闲适”已不是俞正燮所说的那种境界。

二　刘献廷：圣人六经之教原本人情

对刘献廷（1648—1695，字继庄），周作人首先看取的是他把六经当文学看的思想。在周作人散文中，他最初谈刘献廷是在1935年的文章

---

① 周作人：《俞理初的诙谐》，《周作人散文全集》第8卷，第134页。

② 周作人：《自己的文章》，《周作人散文全集》第7卷，第350页。

③ 周作人：《〈文载道文抄〉序》，《周作人散文全集》第9卷，第255页。

《谈冯梦龙与金圣叹》中，周作人翻检到在刘献廷的《广阳杂记》中有两处谈论金圣叹的文字，但全祖望在为刘献廷作传中对刘献廷极力称赞冯梦龙甚是不解，说“圣叹小才耳，学无根柢，继庄何所取而许可之”。对全祖望的不解，周作人认为是他“虽有学问却少见识”的缘故，并引刘献廷《广阳杂记》文说明了刘献廷对金圣叹赞许的缘由，《广阳杂记》中云：

> 余观世之小人未有不好唱歌看戏者，此性天中之《诗》与《乐》也，未有不看小说听说书者，此性天中之《书》与《春秋》也，未有不信占卜祀鬼神者，此性天中之《易》与《礼》也。圣人六经之教原本人情，而后之儒者乃不能因其势而利导之，百计禁止遏抑，务以成周之刍狗茅塞人心，是何异壅川使之不流，无怪其决裂溃败也。夫今之儒者之心为刍狗之所塞也久矣，而以天下大器使之为之，爰以图治，不亦难乎。
>
> 余尝与韩图麟论今世之戏文小说。图老以为败坏人心莫此为甚，最宜严禁者。余曰，先生莫作此说，戏文小说乃明王转移世界之大枢机，圣人复起不能舍此而为治也。图麟大骇。余为之痛言其故，反复数千言，图麟拊掌掀髯，叹未曾有。彼时只及戏文小说耳，今更悟得卜筮祠祀为《易》《礼》之原，则六经之作果非徒尔已也。①

周作人认为，在刘献廷和金圣叹两人眼中，六经与戏文小说原无差别，“圣人六经之教原本人情”，但是后儒茅塞人心久矣，以至像全祖望这样有学问的人也不能解刘献廷之知金圣叹。在刘献廷这儿，对于六经之解读，要回到“人情物理”的本源，有此识见，才可通六经之教。周作人认为在这点上，刘献廷看出了六经的本相，有“绝大见识”②，也因有此识见，周作人把刘献廷和傅山放在一起，认为是可以和正统思想派的黄宗羲、顾炎武、孙奇逢、王弘撰相对的，对其笔记自然是另眼看待。

1944年，周作人专作一文《〈广阳杂记〉》，称赞刘献廷“思想明通，气象阔大”。具体到刘献廷思想，周作人选择的是他为学思想，如刘献廷

---

① 此段文字见周作人《谈冯梦龙与金圣叹》，《周作人散文全集》第6卷，第505页；这段文字在周作人散文《谈娱乐》（1937）、《汉文学的传统》（1940）、《大乘的启蒙书》（1945）、《古文与理学》（1945）中多次出现，可显周作人对它的看重。

② 周作人：《谈娱乐》，《周作人散文全集》第7卷，第713页。

说“眼光要放在极大处，身体要安在极小处”，又说：

> 予言为学先须开拓其心胸，务令识见广阔，为第一义。次则于古今兴废沿革、礼乐兵农之故一一淹贯，心知其事，庶不愧于读书。若夫寻章摘句，一技一能，所谓雕虫之技，壮夫耻为者也。[①]

此两条均可看出刘献廷思想的阔大。文中再引刘献廷论戏文小说与六经关系的长文，刘献廷说自己在乡间听歌谣事，对词句土音不尽解，然十可三四领其意义，因而叹“古今相去不甚远，村妇稚子口中之歌而有十五国之章法”，周作人以此来说明刘献廷思想的明通。周作人又追溯刘献廷思想的渊源，认为：“大抵明季自李卓吾发难以来，思想渐见解放，大家肯根据物理人情加以考索，在文学方面公安袁氏兄弟说过类似的话，至金圣叹而大放厥词，继庄所说本来也沿着这一条道路，却因为是学者或经世家的立场，所以更为精深，即在现今也是很有意义的，盖恐同意的人也还不能很多也。”这样周作人把清人笔记中选择的思想和自己对明代散文中发掘的思想贯通起来，其核心还在于对“人情物理”的肯定。但周作人又说刘献廷的思想在当世是少有人知的，在清代的彰显，是要等俞正燮、蒋湘南、龚自珍等高辈的出现，刘献廷的学问才开始见重于世，五四时钱玄同为之倾倒，大家所肯定者还是在“思想通达气象阔大”这一点上，至此，我们看到了思想史上由明代到清代再到五四的一条线索。

三　焦循：看取常识与思想宽博

焦循（1763—1820，字里堂）笔记在周作人散文中出现是比较晚的，对其的评论主要在40年代，但周作人又说在清代后半的学者中，他最佩服俞正燮和郝懿行，第三人就是焦循，他们都有通达的思想，又颇有风趣。[②]

周作人最初论及焦循是在1939年的《〈扪烛脞存〉》一文中，周作人说自己读陈仅的《扪烛脞存》，殊多期望结果却爽然若失，陈仅以《鹤林玉露》中记陆九渊观棋局忽悟其为河图数而认为“艺与道无所不通”，焦循对此言痛批之，说：

---

① 周作人：《〈广阳杂记〉》，《周作人散文全集》第9卷，第130页。

② 见周作人《焦里堂的笔记》，《周作人散文全集》第9卷，第481页。

此妄说也，天下事一技之微，非习之不能精，未有一蹴便臻其极者。至云河图数，尤妄。河图与棋局绝不相涉，且河图当时传自陈希夷者，无甚深奥，以此悟之于棋遂无敌天下，尤妄说也。此等不经之谈，最足误人，所关非细故也。[①]

周作人认为“此数语极高超，亦极平常，只是有常识耳”，世间书生习策论者徒多养成说话不负责任的态度，习八股文者又多奴匍于前人妄说脚下，少有真识见者，因此周作人说读到焦循此语，“真真有百年旦暮之感”，这样周作人把焦循也拉进了自己所认同的古代友人之中。

周作人所引焦循好思想也不过是周作人所认可的常识而已。在焦循的《易馀籥录》中周作人又引一条：

先君子尝曰，人生不过饮食男女，非饮食无以生，非男女无以生生。唯我欲生，人亦欲生，我欲生生，人亦欲生生，孟子好货好色之说尽之矣。不必屏去我之所生，我之所生生，但不可忘人之所生，人之所生生。循学《易》三十年，乃知先人此言圣人不易。[②]

周作人认为焦循这“简单的几句话，贯彻物理人情，能将圣人之常道说得明白无遗蕴”[③]，而这种“我欲生生，人亦欲生生”的思想“真是粹然儒者之言，意思至浅近，却亦以是就极深远，是我所谓常识，故亦即真理也”[④]。焦循这一思想与上文刘献廷思想一致，也是来源于传统原始儒家之思想，其核心皆是对日常普通人情物理的认同。这段短文也在周作人多篇文章中被引用，如《汤岛圣堂参拜之感想》（1941）、《中国的国民思想》（1941）、《中国的思想问题》（1943）、《汉文学的前途》（1944）、《梦想之一》（1944）、《梦》（1945）、《焦里堂的笔记》（1945）、《“反动老作家”二》（1962）等文。需要注意的是，除过最后一篇回忆，其余文章都是写于周作人做伪官期间，周作人后来在多次场合回忆自己事伪时所做有意义的工作就是这几篇文章。这些文章中周作人努力发掘的是明显具有中国特征的传统文化，以他那样的社会处境和身份，偏又努力寻找各种

① 周作人：《〈扪烛脞存〉》，《周作人散文全集》第8卷，第180页。

② 周作人：《汤岛圣堂参拜之感想》，《周作人散文全集》第8卷，第569页。

③ 同上。

④ 周作人：《汉文学的传统》，《周作人散文全集》第8卷，第409页。

传统文化资源，并把其与自己所认同的清人笔记中的思想融通起来，周作人自己说这样“鼓吹原始儒家思想的东西”，其意图是想阻止“那时伪新民会的树立中心思想，配合大东亚新秩序的叫嚷”的“驴鸣狗吠的运动”①。无论这种思想背后周作人的意图如何，单就周作人发掘出来的这些传统文化思想来说，其仍是今天我们后人建构健全人性社会所需要的宝贵思想资源。

周作人欣赏焦循，还在于焦循思想的宽博。在1945年作的《杂文的路》中，周作人引述焦循《论语通释》中的两条，来说焦循对异端思想的理解，其一云：

> 唐宋以后，斥二氏为异端，辟之不遗余力，然于《论语》攻乎异端之文未之能解也。唯圣人之道至大，其言曰，一以贯之。又曰，焉不学，无常师。又曰，无可无不可。圣人一贯，故其道大，异端执一，故其道小。子夏曰，虽小道必有可观者焉，致远恐泥，是以君子不为也。致远恐泥，即恐其执一害道也。惟其异，至于执一，执一由于不忠恕。杨子唯知为我而不知兼爱，墨子唯知兼爱而不知为我，使杨子思兼爱之说不可废，墨子思为我之说不可废，则恕矣，则不执矣。圣人之道，贯乎为我兼爱者也。善与人同，同则不异。执一则人之所知所行与己不合者皆屏而斥之，入主出奴，不恕不仁，道日小而害日大矣。②

焦循认为异端只是一端之说，但仅执一端自会害道，圣者在于能够取其各有所当之各端而贯通之，这样才能达到仁恕境地，若是对于异端一一加以攻击，反是学了执异端者执一害道的思想，变为不恕不仁了。周作人对这意思很是认同，认为“思想宜杂，杂则不至于执一”。正是如此，对于各种思想，周作人便是企图取兼容并包的境界：

> 杨墨之事固其一例，若二氏中之老子本是孔子之师，佛教来自外国，而大乘菩萨之誓愿与禹稷精神极相近，法相与禅又为宋儒用作兴奋剂，去构成性理的体系，其实也已消化了，所有攻击不但全是意气，而且显示出不老实。假如我们现今的思想里有一点杨墨分子，加

① 周作人：《“反动老作家”二》，《周作人散文全集》第13卷，第766页。

② 周作人：《杂文的路》，《周作人散文全集》第9卷，第425页。

> 上老庄申韩的分子，贯串起来就是儒家人生观的基本，再加些佛教的大乘精神，这也是很好的，此外又有现代科学的知识，因了新教育而注入，本是当然的事，而且借他来搅拌一下，使全盘滋味停匀，更有很好的影响。讲人文科学的人如有兴趣来收入些希腊、亚剌伯、日本的成分，尤其有意思，此外别的自然也都很多。我自己是喜杂学的，所以这样的想，思想杂可以对治执一的病，杂里边却自有其统一，与思想的乱全是两回事。归结起来说，写杂文的要点第一思想宜杂，即不可执一，所说或极细小，而所见须大，反过来说时，假如思想不够杂，则还不如写正宗文章，庶几事半而功倍也。①

1945 年，周作人专作《焦里堂的笔记》② 一文来谈焦循的思想文章，文章中周作人摘引他已摘引多遍的有关焦循论述日常普通人情物理的话，但文章的重心是在强调焦循对世俗妄语及轻信恶习的痛下针砭。周作人大段摘引焦循所举事例，佩服焦循对后人误读、妄语、附会、道听途说、轻信之事的追根朔源，认为这种工作“比普通做订讹正误工作的文章更有兴趣”。周作人认为有些虚假的事在不同的书中出现，或是偶合，或是转贩，或张冠李戴，道听途说，流传见广，会让不学者信以为真，而作为读者需要有焦循这样的读书能力，要能读书得间，辨别虚实是非，决定取舍，才可不滥读妄信。焦循针砭妄说对后来读者意义重大，焦循能达到如此境地，周作人认为“学问渊博固然是很重要的原因，但是见识通达尤为难得，有了学问而又了解物理人情，这才能有独自的正当的见解……”如此看来，在文章中，周作人不光看重学问，更重见识，而见识的获得又在人情物理的真实，以这样的学问、见识为底子，才能为文气象博大，而在周作人眼中，俞正燮、傅山、刘献廷、郝懿行、焦循、马时芳等清人笔记正是有此底子，并达到了气象阔大的文章，让他钦佩不已。

四 马时芳：庸言庸行中的人情物理

对马时芳（1761—1837）的笔记，周作人主要选择的是其对曲儒的批判，批判中强调的是常人的人情物理。在 1937 年作的《读〈檀弓〉》中周作人记有孟子因妻袒胸而出妻一事，马时芳认为“此盖周之末季或

---

① 周作人：《杂文的路》，《周作人散文全集》第 9 卷，第 425—426 页。

② 见《周作人散文全集》第 9 卷，第 481 页。

秦汉间曲儒附会之言也。曲儒以矫情苟难为道，往往将圣贤妆点成怪物。”① 周作人很欣赏马时芳的宽恕平易态度，也认为原始儒家都是很讲情谊的，只是后世的曲儒恶化了前贤。

1937 年《〈朴丽子〉》一文中，周作人说马时芳的思想中“最重要的地方在于反对中国人的好说理而不近情，这样他差不多就把历来的假道学偏道学（即所谓曲儒）一齐打倒了。”在引马时芳六则文后，周作人说“学不知道，即上文所谓学焉而不得其通，任是圣经贤传记得烂熟，心性理气随口吐出，苟不懂得人情物理，实在与一窍不通者无异，而又有所操持，结果是学问之害胜于剑戟，戴东原所谓以理杀人，真是昏天黑地无处申诉矣。”② 这一说是进一步指出曲儒的可憎处，比马时芳思想更激烈，对曲儒痛下针砭，一针见血。但对孟子出妻孟母止之一事，周作人看法不同于马时芳，马时芳认为这是后世曲儒“以矫情苟难为道”，“将圣贤妆点成了怪物”，对孟子本人不带批评，周作人却更倾向于对孟子的批评，猜想这种出妻在孟子是可能的，同时认为我们如果给孟子洗刷了这件不名誉事，同时也就取消了孟母能够纠正孟子错误的名誉事了，因为在这件事中孟母表现出了她明达宽博的思想。虽如此，周作人却认为被传为美谈的孟母三迁一事才是后世曲儒所捏造的，这一美谈实在没有好处，“其中大有粗俗卑陋的空气，因为那样的老太太是精明自负的人，是曲儒心眼中理想的婆婆”，周作人的分析细微，有情有理。

马时芳又说君子应当“不习难胜之礼，不为绝俗之行。节有所不敢亏，而亦不敢苦其节也。情有所不敢纵，而亦不敢娇其情也。居之以宽恕，而持之以平易，是亦君子之小心而已矣”。这些说法在周作人看来似是普通读书人的话，无特别处，但仔细想来，其中又有独到思想。马时芳所讲的不过是庸言庸行，但却注重在能实践，这与喜欢讲偏激言论而并不去实践的曲儒大不相同，听者也喜欢曲儒强猛有刺激的话但并不去实践，大家都只是说着或听着痛快过瘾，早已离了现实中的人情物理。而马时芳更让周作人佩服的是，马时芳原本知道这种说者和听者的喜好，自己偏又说出要宽恕平易的话来，虽然难得看客们的认同，但在自己也只是说说而已，并不希望去教训人。这种态度很为周作人认同，因此周作人对自己文章也作如是观，在指出作文章是在捕风时，在揭出各种妄诞愚昧之说时，也只是抱着说说而已的态度，对读者并不抱太多的期望。这样的结局虽然

① 周作人：《读〈檀弓〉》，《周作人散文全集》第 7 卷，第 531 页。

② 周作人：《〈朴丽子〉》，《周作人散文全集》第 7 卷，第 564 页。

不是周作人希望的，他也说过“努力不会白费”“事竟在功后”的话，但如言鬼时的说的“姑妄言之姑妄听之”的态度，实际也是周作人内心深处对文章的态度。

马时芳文有一则云：“金将某怒宋使臣洪皓，胁之曰，吾力海水可使之干，但不能使天地相拍耳。朴丽子与一老友阅此，笑谓之曰，兄能之。友以为戏侮，怒。徐谢之曰，兄勿怪，每见吾兄于愚者而强欲使之智，于不肖者而强欲使之贤，非使天地相拍而何?”引此段文字，实可见周作人对启蒙功效所持的怀疑态度，也见其对当时强调革命功利意识的左翼文学的一种讥讽。然周作人还不满足，又作一补记，提及马时芳文一则，其中有人谓“修大德不谐于俗”，马时芳质疑之，其也是人，为何与情相远?周作人更引前贤话说“与情远即与道远”，与情远的道何足值得去学，对这种曲儒不论人情物理的假道学进行严厉批判。后来周作人又作《谈中日的滑稽文章》[①]，还提马时芳自述自己喜于茶园多人环境中饮茶的事，“浑贵贱，等贫富，老幼强弱，樵牧厮隶，以及遐方异域，鲸劓徒奴，一杯清茗，无所参异，用解烦渴，息劳倦，轩轩笑语，殆移我情……”，这也是马时芳对普通人情物理的欣赏。有如此明达的思想和文章态度，马时芳的笔记自是列入了周作人所欣赏的清人笔记行列中了。

第四节　清人笔记中的文章思想

周作人在看取清人笔记时，一面看取笔记中的思想，一面也是探究清人的文章说法。与一般人重视清代正统文章不同，周作人是从笔记的角度看待清人文章，因此周作人看到的清人文章思想就与别人看到的不太一样。本节将对周作人所选取清人笔记中的文章思想进行梳理，以此来感触周作人心中的清人文章面目。

一　郝懿行：经师文章的风趣和见识

对郝懿行（1757—1825，号兰皋）的笔记，周作人有很高的评价，既在其见识，也在其文章。周作人在1940年作的《〈宋琐语〉》中说：“郝兰皋实在是一个难得的学者。他在乾嘉时代主要的地位是经师，但是他的学问里包含着一种风趣和见识，所以自称特殊的格调，理想的学者我

---

① 见《周作人散文全集》第7卷，第627页。

想就该是那么样的吧?”[①] 周作人这里既有对郝懿行学问的认可，也有对他文章的赞赏，这可以说是周作人对郝氏文章、思想的一个总体认识。

1935年周作人在《畏天悯人》中说:“近日读郝懿行的诗文随笔，此君文章学识均为我所钦敬，乃其笔录中亦常未能免俗。”[②] 后在《模糊》中又说:“清朝乾嘉经师中，郝兰皋是我所喜欢的一个人，因为他有好几种书都为我所爱读，而其文章亦颇有风致，想见其为人，与傅青主颜习斋别是一路，却各有其可爱处。”[③] 前后两文的写作时间相距一月，前文说郝君思想中还有些如讲报应的鄙陋思想，在后文中说的是文章的风致。虽然周作人对其思想也有不满意处，但对郝氏文章还是很喜爱，因为文章的风致，这是怎样的风致呢?周作人录郝氏谈“模糊”一诗序、一文，其“模糊”态度让周作人感到一种“亲近”，认为能到郝氏、傅山的“模糊”亦是人生一种境界，而普通的人大抵只能在人间琐事上精明，更何况文人多专和小同行计较，一点也不模糊。1936年《〈记海错〉》中，周作人又说:“清代北方学者我于傅青主外最佩服郝君，他的学术思想仿佛与颜之推贾思勰有点近似，切实而宽博，这是我所喜欢的一个境界也。”[④] 1940年做《〈宋琐语〉》，周作人用“学问中包含一种风趣与见识”来评价郝懿行的文章。从上文这样的论述中来看，周作人所赞赏的郝氏文章风致，实际是文章中的一种宽容明达的人生态度，这种态度同于颜之推等的人生态度，而颜氏文章“思想宽博，文辞恬澹”深为周作人佩服喜爱，如此类比可见周作人对郝氏的喜欢了。

郝懿行这样讲“风趣和见识”的文章，也离周作人在《美文》中所说的那种艺术性“论文”不远，文章中有学者明达的思想，渊博的学识，又有文人文章的风趣、风致。周作人慨叹说，“此等文字正是不佞所想望而写不出者也”，但我们明显可以看出周作人三四十年代的文章已经大不同于二十年代的“打架”文章和“闲适”小品了。

对郝氏这样的文章，周作人还有详细的论述，在《本色》一文中周作人引郝懿行笔记中有关“本色”一条，其云:

> “西京一僧院后有竹园甚盛，士大夫多游集其间，文潞公亦访

① 周作人:《〈宋琐语〉》,《周作人散文全集》第8卷，第314页。

② 周作人:《畏天悯人》,《周作人散文全集》第6卷，第793页。

③ 周作人:《模糊》,《周作人散文全集》第6卷，第838页。

④ 周作人:《〈记海错〉》,《周作人散文全集》第7卷，第61页。

> 焉，大爱之。僧因具榜乞命名，公欣然许之，数月无耗，僧屡往请，则曰，吾为尔思一佳名未得，姑少待。逾半载，方送榜还，题曰'竹轩'。妙哉题名，只合如此，使他人为之，则绿筠潇碧，为此君上尊号者多矣。（《艮斋续说》八）余谓当公思佳名未得，度其胸中亦不过绿筠潇碧等字，思量半载，方得真诠，千古文章事业同作是观。"[①]

文潞公想了半年才丢开绿筠潇碧等语，找到一个平凡老实的"竹轩"，周作人认为这才是文人极大的经验，亦是后人极好的教训。他解释"本色"说：

> 本色可以拿得出去，必须本来的质地形色站得住脚，其次是人情总缺少自信，想依赖修饰，必须洗去前此所涂脂粉，才会露出本色来，此所以为难也。[②]

因此周作人说文章要华绮便稍容易，而要显其本色倒是为难的事。周作人在评论俞平伯文章时就强调过文章的简单味与涩味，[③] 其简单味也就是文章的本色，本色才能显出文章的真诚来，作文不小心就会如同做八股、策论那样放言高论，这让周作人反省说"不佞做论三十馀年，近来始知小心，他无进益，放言高论庶几可以免矣，若夫本色则犹望道而未之见也。"这种反省如同苏轼晚年对自己文章的反思一样重要。而最能显郝懿行本色的文字，周作人挑选的是郝懿行写给舍弟的书信[④]，周作人全文引述，书信中详述儿女之私情，句句感人可解，朴实而有风趣。周作人说郝懿行为乾嘉经师，而写出这样的信札，"这是很有意思的事"，的确我们在一般的经师文章中是看不到那样儿女情长，文体自由的文章的。

周作人对郝懿行有关名物的文章也很喜欢。如对郝氏《记海错》的介绍，认为在记花鸟虫鱼的笔记中，郝懿行的文章要算上品。[⑤] 周作人对名物的喜好，除却他自己说的以此为参考来"定人类行为的标准"外，

---

① 周作人：《本色》，《周作人散文全集》第6卷，第881页。

② 同上书，第882页。

③ 见周作人《〈燕知草〉跋》，《周作人散文全集》第5卷，第518页。

④ 参见周作人《关于尺牍》，《周作人散文全集》第7卷，第256页。

⑤ 周作人《〈记海错〉》，《周作人散文全集》第7卷，第56页。

也含有对乡土风物的感情。周作人引郑简庵《新城旧事序》中一段云：

> 汉太上作新丰，并移旧社，士女老幼，相携路首，各知其室，放鸡犬于通途，亦竞识其家，则乡亭官馆尽入描摹也。沛公过沛，置酒悉召父老诸母故人道旧，故为笑乐，则酒瓢羹碗可供笑谑也。郭璞注《尔雅》，陆佃作《埤雅》，释鱼释鸟，读之令人作濠濮间想，觉鸟兽禽鱼自来亲人也。[①]

周作人认为乡里志乘纪乡里风物的内容特别有趣，这种有趣中包含的是对生养自己故乡风土风物的感情，上文中尤其是那竞识其家的鸡犬，自来亲人的鸟兽禽鱼，让周作人对其颇有感情，在他看来，与其生活在一起的不论是父老，还是鸡犬，还是自然风物，都是与自己有情感的。正是这样一种感情，在《〈老学庵笔记〉》《炒栗子》中，周作人述郝懿行对炒栗子的描述，在所举的三四例炒栗子的描述中认为郝氏的描述是最有风致的，其“叙述炒栗子处极细腻可喜，盖由于对名物自有兴味，非他人所可及”[②]，由衷赞叹“郝君是有情趣的人，学者而兼诗人的意味，故所记特别有意思”[③]。

二　傅山：反“奴俗”文章

在周作人散文中，周作人最初提及傅山（1606—1684，字青主）是和对八股文的批判联系在一起的。在《清代文学的反动（上）——八股文》中，周作人说在清代起来反对八股文的代表人物中就有傅山，傅山批判八股文说：“仔细想来，便此技到绝顶要他何用？文事武备暗暗底吃了他没影子亏，要将此事算接孔孟之脉，真恶心杀，真恶心杀。”[④] 而八股文又造成士人人格的奴化，以致文章“奴俗”没了生气。对这一点，周作人在《关于傅青主》一文引有傅山多段文字，尤其如“读理书尤着不得一依傍之义，大悟底人先后一揆，虽势易新局，不碍大同。若奴人不曾究得人心空灵之法界，单单靠定前人一半名注脚，说我是有本之学，正

---

① 见周作人《〈记海错〉》，《周作人散文全集》第 7 卷，第 56 页。

② 周作人：《〈老学庵笔记〉》，《周作人散文全集》第 7 卷，第 642 页。

③ 周作人：《炒栗子》，《周作人散文全集》第 8 卷，第 417 页。

④ 见周作人《〈颜氏学记〉》（1933）、《关于傅青主》（1935）、《读〈东莱博议〉》（1937）。

是咬蹦人脚后跟底货，大是死狗扶不上墙也。”[1]“不拘甚事只不要奴。奴了，随他巧妙雕钻，为狗为鼠已耳。”[2] 皆是批评为文没有“定见”，作文只是“说体面话”而已。傅山对文章“奴俗”思想的批评甚得周作人赞赏，因为这类“奴俗”的文章，不光有八股文，更有洋八股，党八股，今日时文，都是一脉相承。对于作不奴俗的文章，周作人很认可傅山的一句话，“不会要会固难，会了要不会尤难也，吾几时得一概不会耶?”而周作人说自己作文“以为文章切题为妙，而能不切题则更妙”[3]，正是说自己做文章不要被题目所局限束缚，才能保持文章的生气，这样的说法中深含周作人为文的体验，其也是针对传统“载道”文章在30年代左翼文学中死而不僵的有感而发。

关于傅山的思想，周作人把他与颜元、刘献廷归为一路，认为可以相比，而这一路思想的稍稍古怪又是和黄宗羲、顾炎武、孙夏峰、王弘撰等人的正统思想可相比较的。[4] 作为明朝遗民，傅山也有国亡后的愤世之词，但周作人更看重的是他的“思想宽博，于儒道佛三者都能通达，故无偏执处”，虽然他也有“老夫学庄列者也”的夫子自道，对王阳明之学也有好意，但正如周作人所说如果以此就“真相信他是道士，则不免上了当”，傅山蔑视那些儒教徒的鸡虫之争，却对文章的社会功用非常重视，周作人发掘出王晋荣编《仙儒外纪削繁》中一则记傅青主的事情，可显傅山的这一思想：

> 或问长生久视之术，青主曰，大丈夫不能效力君父，长生久视徒猪狗活耳。或谓先生精汉魏古诗赋，先生曰，此乃驴鸣狗吠，何益于国家。[5]

“驴鸣狗吠，是南北朝时瘦信入北土后讥讽北方文士的话”，[6] 傅青主拿来自况，体现了作为明遗民的他对文章事功性的看重。而作为文士，傅山又说“人无百年不死之人，所留在天地间，可以增光岳之气，表五行

---

① 周作人:《关于傅青主》,《周作人散文全集》第6卷，第871页。

② 同上书，第873页。

③ 周作人:《〈杂拌儿之二〉序》,《周作人散文全集》第6卷，第121页。

④ 参见周作人《关于傅青主》,《周作人散文全集》第6卷，第871页。

⑤ 同上书，第874页。

⑥ 柳存仁:《知堂纪念》，徐从辉编，杨扬主编《周作人研究资料》（上），天津人民出版社2014年版，第293页。

之灵气者，只此文章耳。”可见傅山并不是看不起文章，只是看不起“奴俗”的那些文章，虽佳也终是驴鸣狗吠之类，要让他破口大骂。这样，傅山的文章和思想就统一到一起，在周作人所读的清人笔记中，此笔记要算少有的佳作了。

三　冯班：崇本色而批俗论

在1935年作的《本色》一文中周作人说：“近来读清初笔记，觉有不少佳作，王渔洋与宋牧仲，尤西堂与冯钝吟，刘继庄与傅青主，皆是。”① 在把冯班（1602—1671，字定远，晚号钝吟老人）笔记列为佳作时，周作人很认同冯班谈文章本色的看法。冯班说：“平常说话，其中亦有文字。欧阳公云，见人题壁，可以知人文字。则知文字好处正不在华绮，儒者不晓得，是一病。”冯班论文章的好处在不华绮，周作人认为文章要华绮便稍容易，而要本色反是为难。因为可以拿得出去的本色，“必须本来的质地形色站得住脚”，而要求本色“须洗去前此所涂脂粉”。与冯班强调的本色只在本来面目不同，周作人强调的不光是文章的本来质地，还强调这种本来的质地形色也要能站住脚，如果本来的质地形色站不住脚，即使不用修饰，其也没有多少价值，又因为本来质地形色站不住脚，才得依赖于修饰，涂脂抹粉，也才难以“洗去前此所涂脂粉”，周作人的论述才真正揭穿了文过饰非者文章的病根。在周作人这里，有关文章本色的问题并不只在是否依赖于修饰，而在是否有真知，有了真知，文章自然也就不做华绮之色了。

除过认同对文章华绮修饰的批评，周作人还择取冯班对文章俗论的批评。冯班认为为学者“大凡学文初要小心，后来学问博，识见高，笔端老，则可放胆”，反对宋儒宋文的放言高论，“士人读书学古，不免要作文字，切忌勿作论”，“宋人作论多俗，只坐此病”。周作人很是认同这些说法，因为他也反感为文者自身立不住脚跟，光有霸道气，光有俗论，这种批评中实际是有所指的。30年代周作人与左翼文人交恶，周作人的文章思想受到左翼文人的激烈批评，但由于双方思想的不对等，周作人文章多被误读，左翼文坛对周作人的批评正好暴露出了左翼文学的弱点弊病，多发俗论，也正是现代文坛中的旧传统习气，这深受周作人批评。② 但这

---

① 周作人：《本色》，《周作人散文全集》第6卷，第881—882页。

② 参见丁一《周作人与1930年左翼文学批评的对峙与对话》，《中国现代文学研究丛刊》2009年第5期。

种多发俗论的文坛风气，在风云突变的30年代，反多得读者青睐，周作人不得不感慨道："作论之弊素无人知，祸延文坛，至于今日，冯君的话真是大狮子吼，惜少有人能倾听耳。"到1935年12月28日，周作人又作一文《宋人的文章思想》①，距《本色》一文写作仅三天，文中周作人再次强调冯班对宋人文章思想批评的合理性，指出当今文坛中不光有八股，更有"论"，"八股教人油腔滑调地去说理，论则教人胡说霸道地去论事，八股使人愚，论则使人坏"。冯班主要批评的是宋人文章思想，认为"读书不可先读宋人文字"，"宋人说话只要说得爽快，都不料前后"，"古人文字好恶俱要论理，如宋人则任意乱说，只练文字，谢叠山文章规范尤非，他专以诬毁古人为有英气，此极害事。"如果我们把周作人所说的宋人文章换作左翼文学，就可以明确表达周作人对左翼文学的批评了。到1936年1月，周作人又作《谈策论》一文，周作人找到了"论"这种文体的鼻祖——策论。文章中，周作人直接批评洋八股，认为洋八股的源头就是传统文学里的策论，策论与洋八股同为功令文，与作土八股使人庸腐相比，作策论、洋八股使人谬妄，胡说乱道：

> 专做八股文的结果只学会按谱填词，应拍起舞，里边全没有思想，其做八股文而能胡说乱道者，仍靠兼做策论之力也。八股文的题目只出在经书里，重要的实在还只是四书，策论范围便很大了，历史政治伦理哲学玄学是一类，经济兵制水利地理天文等是一类，一个人那里能够知道得这许多，于是只好以不知为知，后来也就居然自以为知，胡说乱道之后继以误国殃民。②

又说：

> 洋八股的害处并不在他的无聊瞎说，乃是在于这会变成公论。

在周作人这里，找到洋八股的鼻祖是策论，实是学术研究的一大重要贡献，周作人把自己的这种认识归于冯班所说"士人读书学古，不免要作文字，切忌勿作论"对自己的启示。这样周作人对现代文坛中多"俗论"的文坛风气的批评在传统文学找到了一个明确的靶子，在对策论痛

① 周作人：《宋人的文章思想》，《周作人散文全集》第7卷，第72页。

② 周作人：《谈策论》，《周作人散文全集》第7卷，第41页。

下针砭中达到严厉批评现代文坛，尤其是左翼文坛中多作“俗论”的倾向：

> 读书人以为自己无所不知，又反正只是口头笔下用力，无妨说个痛快，此或者亦是人情，然而误事不少矣。古人云，耕当问奴，织当问婢，此即是孔子说吾不如老农老圃之意。何况打仗，这只好问军事专家了，而书生至今好谈兵，盖是秀才的脾气，朱晦庵原也是知道了的。①

又批策论说：

> 这种东西不见得比八股文好，势力却更大，生命也更强，因为八股文只寄托在科举上，科举停了也就了结，策论则到处生根，不但不易拔除，且有愈益繁荣之势。他的根便长在中国人的秀才气质上，这叫人家如何能拔乎。我对于洋八股也只能随便谈谈，实在想不出法子奈何他，盖欲木之茂者必先培其本根，而此则本根甚固也。②

这里，周作人明里批评宋儒的多做俗论，暗里是在批评当时的文坛状况，而在30年代，这样多做高谈阔论文章的主要是左翼文学。

周作人批评文章作“俗论”，与俗论相反的，周作人肯定的是文章中思想情感的“真诚”。策论、洋八股文章多作“俗论”，是因为那些写文章者的言论是对别人说的，与己无关。对此周作人比方说是“宣传家自己猴子似的安坐在洞中只叫猫儿去抓炉火里的栗子”，而周作人强调的“真诚”是“一个人做文章，要时刻注意，这是给自己的子女去看去做的，这样写出来的无论平和或激烈，那才够得上算诚实，说话负责任”③。为此，周作人很喜欢冯班谈处理父子关系的态度，认为可以和颜之推相比，冯班说“我无行，少年不自爱，不堪为子弟之法式，然自八九岁读古圣贤之书，至今六十馀年，所知不少，更历事故，往往有所悟。家有四子，每思以所知示之。少年性快，老人谆谆之言非所乐闻，不至头触屏风

① 周作人：《谈策论》，《周作人散文全集》第7卷，第42页。

② 同上书，第43页。

③ 周作人：《关于家训》，《周作人散文全集》第7卷，第45页。

而睡，亦已足矣。无如之何，笔之于书，或冀有时一读，未必无益也。”[①] 与颜之推比较，周作人更欣赏冯班的态度，认为冯班“似更懂得人情物理”，而“无如之何，笔之于书，或冀有时一读”的态度，周作人认为实乃是家训的最明达的态度，也是凡从事著述者所应取的态度，而不是将其作为后世子孙必须谨记遵循的戒律。冯班这宽博明达的态度在周作人《宋人的文章思想》《关于教子法》中谈及冯班教子的几节中都有所说明。由强调本色到对宋儒多俗论的批评，由讲真诚而到讲人情物理，再到对自己身边亲人的宽容明达的态度，冯班是周作人在清初找到的最为欣赏二人中的一个。[②]

四　顾炎武：文章的“益”与“诚”

顾炎武（1613—1682，号亭林）的名字最初出现在周作人散文中是在1934年的《重刊〈袁中郎集〉序》中，无论述，在1931年的《〈朝鲜童话集〉序》中他说自己“刚在看《日知录》”[③]。从周作人散文中看，他对顾炎武作品的探究始于他有意识地阅读清人笔记后。周作人对顾炎武的评论，首先出现在1935年的《责任》[④] 短文中，涉及的是一个非常重大的话题，“天下兴亡，匹夫有责”。这话据说来于顾炎武，周作人查到顾炎武的原话为“保国者，其君其臣肉食者谋之。保天下者，匹夫之贱与有责焉耳矣。”再查又有文，“有亡国，有亡天下。亡国与亡天下奚辨？曰，易姓改号，谓之亡国。仁义充塞而至于率兽食人，人将相食，谓之亡天下。”周作人注解这段话说：“保存一姓的尊荣乃是朝廷里人们的事情，若守礼法重气节，使国家勿为外族所乘，则是人人皆应有的责任。”但周作人为此文的目的并非辨“亡国”与“亡天下”，而在要说明文人的责任。周作人认为不能光把这句“天下兴亡，匹夫有责”的话“当符似的地贴在门口，当作咒似地念在嘴里”，而是要“实行”“行动”，而不是“议论”，实行也并不是大家都上前线，而是要“武人不谈文，文人不谈武”，要各自明白自己对社会所负的责任。对于“捏笔杆子写文章的人”，周作人提了三点看法，一是自知。要“知之为知之，不知为不知”，不要“不知妄说，误人子弟”。二是尽心。“文字无灵，言论多难，计较成绩，

---

① 周作人：《关于家训》，《周作人散文全集》第7卷，第46页。

② 另一人为傅山，见周作人《关于家训》，《周作人散文全集》第7卷，第46页。

③ 周作人：《〈朝鲜童话集〉序》，《周作人散文全集》第5卷，第782页。

④ 见《周作人散文全集》第6卷，第620页。

难免灰心，但当尽其在心，锲而不舍，岁记不足，以五年十年计之。”三是言行相顾。要“朴实的做，自己所说的话当能实践，自己所不能做的事可以不说，这样地办自然会使文章的虚华减少，看客掉头而去，但同时亦使实质增多，不误青年主顾耳”。在这三点中，第一点是周作人一直坚持并明确标榜的，第二点周作人没有太多标榜，但却是切切实实在做的工作，他在1928年和胡适通信中说对传统文化的发掘“功夫不会白费”，也知道在强调“革命”的二三十年代，这样的工作是难得大众认同的，与左翼的交恶就是明显的例子，但周作人还是把更多精力放在自己力所能及的工作中，如对外来文化、文学的译介都是他终身默默耕耘的工作，如对传统文化的选择、批判是他一生中的重要工作，而在三四十年代中对传统文学的甄别、选择是切实具体的工作，但这种工作价值被充分认可需要时间。如周作人赞赏陶渊明、诸葛亮等人“功竟在身后”一样，周作人也把自己工作的价值放在了身后的历史中。但对于第三点，周作人在三四十年也没能守住底线。做以上的分析，是想说明周作人在最初谈论顾炎武思想时，是持肯定发掘的态度。

而到四个月后的《关于傅青主》[①]一文中，周作人开始表现出对顾炎武思想“正统”性的不满，他的“思想还是正统派的，总不能出程朱陆王的范围”。顾炎武批评李贽“自古以来小人之无忌惮而败于叛圣人者莫甚于李贽，然虽奉严旨而其书之行于人间自若也”，周作人嘲讽说，“奇哉亭林先生乃赞成思想文字狱，以烧书为唯一的卫道手段乎？可惜还是在流行，此事盖至乾隆大禁毁明季之遗书而亭林之愿望始满足耳。”又说：“不佞于顾君的学问岂敢菲薄，不过说他没有什么思想，而且那种正统派的态度是要不得的东西，只能为圣王效驱除之用而已。”[②]在1936年的《〈常谈丛录〉之二》[③]中，周作人很看不起顾炎武在文章中赞女性“小脚”的趣味。到1937年的《谈笔记》[④]一文，周作人对顾炎武的《日知录》很有批评，虽然周作人也肯定《日知录》的文章“写得很干净”，也有“几条”有“他的见识与思想，朴实可喜，看似寻常而别人无能说者”，但是此书并没给周作人留下好印象，“我总感他的儒教徒气，我不非薄别人做儒家或法家道家，可是不可有宗教气而变成教徒”，周作人并

---

① 见《周作人散文全集》第6卷，第870页。

② 周作人：《妇人之笑》，《周作人散文全集》第7卷，第409—410页。

③ 见《周作人散文全集》第7卷，第353页。

④ 同上书，第588页。

举些例子来说明顾炎武的这种儒教“徒”的专断。可见顾炎武的笔记并不是周作人心目中好的笔记，其原因不在顾炎武的文，而在文章中的思想不为周作人认同。“讲到学问与诗文”，周作人认为顾炎武“要算一个人物了，可是读他们的笔记，便觉得可取的地方没有如预料的那么多”[①]。为什么大多正统的文人学士的笔记并不好读呢？周作人认为他们：“大抵各有他们的道统，或严肃的道学派或风流的才子派，虽自有其系统，而缺少温柔敦厚或淡泊宁静之趣，这在笔记文学中却是必要的，因此无论别的成绩如何，在这方面就难免很差了。”

后来，周作人在1943年的《汉文学的前途》[②]一文中论及顾炎武，但这次周作人又认可顾炎武的“文需有益于天下”之说，周作人认为文章应该“有益于将来，多一篇多一篇之益矣”。顾炎武说：“若夫怪力乱神之事，无稽之言，剿袭之说，谀佞之文，若此者有损于己，无益于人，多一篇多一篇之损矣。”对顾炎武的这种观点，周作人进一步生发说：“盖中国人如本其真诚为文，结果自然多是忧生悯乱之情，即使貌若闲适词近靡丽而其宗旨则一，是即是有益于世，谓之明道殆无不可矣。”同时，周作人又引顾炎武论钱谦益文章，强调为文的“真诚”，甚至说：“读中国古文学者固可以此为参考，即在将来为新文学运动者读之亦未为无益也。”在这里，周作人对顾炎武文学思想的评论，侧重在文章的社会功用，而这种功用首先要求作文者思想感情的“真诚”，其后文章要辞达。在1943年，以周作人所处的那样一种社会处境，而又不断通过顾炎武的思想和文学思想来谈文人的责任和文章的事，明知会有多数读者会对自己这种说法有许多质疑，但周作人仍在不断地言说，这的确是很耐人寻味的。

五　颜元：作“时文”的秘诀——无定见、说体面话

周作人把颜元（1635—1704，号习斋）的思想放在刘献廷、傅山思想一路，在周作人散文中，有《〈颜氏学记〉》[③]一文，专谈颜元的思想文章，感慨于颜元在清代一直到“五四”的被冷遇，周作人主要看取的是他对宋儒文章的批评。在《存学编》中颜元批评宋儒：“上者但学先儒讲著，稍涉文义，即欲承先启后；下者但问朝廷科甲，才能揣摩，皆骛富

① 周作人：《俞理初的诙谐》，《周作人散文全集》第8卷，第129—130页。

② 见《周作人散文全集》第8卷，第778页。

③ 见《周作人散文全集》第6卷，第190页。

贵利达。”这类宋儒，无论在北宋，还是南宋都不能对社会有益，只能是祸害国家，明代一些文人士子也是不务实事而囿于虚习，颜氏认为宋明这样士子之鄙皆是“科举俗学入人之蔽已深”的原因造成的。颜元提出“去四秽”，并列“时文”“僧”“道”“娼”，其中周作人最佩服颜元对“时文”的批评：“宋儒是圣学之时文。”为什么宋儒的“道学”会是“时文”呢？颜元解释说：“盖讲学诸公只好说体面话，非如三代圣贤一身之出处一言之抑扬皆有定见。”自己没有见识，又不肯放下圣人的架子，只好说空洞无物的“体面话”了。颜元在宋代大儒朱熹的文章中看出了这样的“圣学之时文”的文章，所举的例子是朱熹评杨时的前后不一，颜元嘲讽说：“朱子之论龟山，正如戏局断狱，亦不管圣贤成法，只是随口臧否，驳倒龟山以伸吾识，可也，救出龟山以全讲学体面，亦可也。”周作人从颜元对朱熹文章的批评中看出了作“时文”的秘诀，也揭开了“包括宋儒——及以后的一切思想文章”的“时文”作法，无论是古有的八股文，还是今有洋八股、党八股，反说可以表自己看法，正说也可以全讲学体面，无论是正说还是反说，皆在自己需要，其中显现出的是“无定见，说体面话”的特点。

颜元对偏重气节而轻事功的陋习的批判思想也为周作人看重。颜元有云：“吾读《甲申殉难录》，至‘愧无半策匡时难，惟馀一死报君恩’，未尝不泣下也，至览和靖祭伊川‘不背其师有之，有益于世则未’二语，又不觉废卷浩叹，为生民怆惶久之。”“惟馀一死报君恩”讲的是儒生气节，但颜元、周作人并不认同这样的气节，这是一种消极的、什么事都只以一死塞责的说法，这样的死对于国家社会没有任何益处，在这种说法中暗含的是以一己之性命为重而以万民生死为轻的思想，这样谬误的气节足以误国殃民，周作人认为要讲气节就是要更加努力做事，而不是一死了之。周作人在“惟馀一死报君恩”这样的气节论中，感觉到的却是“时文”气息、八股气息，“自己躲在安全地带，唱高调，叫人家牺牲，此与浸在温泉里一面吆喝‘冲上前去’亦何异哉。”这种对空言气节的批评我们在鲁迅小说《非攻》中也能看到。周作人对气节和事功的关系，在1945年的《道义之事功化》中又有详细论述。周作人认为颜元讲学最重实行，“推重立功在德与言之上”，强调做文章做学问者“对于国家人民有所尽力”，这种说法与顾炎武、傅山等人思想一致。而周作人所提倡的道义之事功化，“要以道义为宗旨，去求取功利上的实现，以名誉生命为资材，去博得国家人民的福利”的意思是一致的。周作人批评那些“握管著述，思以文字留赠后人，作启蒙发聩之用”的思想是与傅山所谓的

“驴鸣狗吠”一样不足可取。需要我们注意的是，周作人在这样的文章中明显是在强调为文的社会功利性，这与自己在二三十年代强调的文章思想明显有一定的出入，再加上1945年他的特殊身份，又去谈论这样的话题，其中的味道可能一言难尽，真是“流水斜阳太有情”！

六　蒋湘南：以时文为古文的桐城派

周作人接触蒋湘南（1795—1854，字子潇）大约是在1935年，在1935年11月作的《谈桐城派与随园》中周作人说自己最近得到一册蒋湘南著的《游艺录》，在1940年的《读书的经验》[①]中说在看见《游艺录》之前，自己不知道还有这么一个人，周作人也是在《谈桐城派与随园》中才开始谈论蒋湘南。周作人对蒋湘南有关经学儒术大问题的文章并不感兴趣，却感兴趣于蒋湘南论近人古文的文字，蒋湘南认为桐城派方苞、刘海峰、姚鼐都是根柢浅、未闻道者：

> 余初入京师，于陈石士先生座上得识上元管同异之，二君皆姚姬传门下都讲也，因闻古文绪论，谓古文以方望溪为大宗，方氏一传而为刘海峰，再传而为姚姬传，乃八家之正法也。余时于方姚二家之集已得读之，唯刘氏之文未见，虽心不然其说而口不能不唯唯。及购得海峰文集详绎之，其才气健于方姚而根柢之浅与二家同，盖皆未闻道也。夫文以载道，而道不可见，于日用饮食见之，就人情物理之变幻处阅历揣摩，而准之以圣经之权衡，自不为迂腐无用之言。今三家之文误以理学家语录中之言为道，于人情物理无一可推得去，是所谈者乃高头讲章中之道也，其所谓道者非也。八家者唐宋人之文，彼时无今代功令文之式样，故各成一家之法，自明代以八股文为取士之功令，其熟于八家古文者，即以八家之法就功令文之范，于是功令文中钩提伸缩顿宕诸法往往具八家遗意，传习既久，千面一孔，有今文无古文矣。豪杰之士欲为古文，自必力研古书，争胜负于韩柳欧苏之外，别辟一径而后可以成家，如乾隆中汪容甫、嘉庆中陈恭甫，皆所谓开径自行者也。今三家之文仍是千面一孔之功令文，特少对仗耳。以不对仗之功令文为古文，是其所谓法者非也。余持此论三十年，唯石屏朱丹木所见相同。[②]

---

① 见《周作人散文全集》第8卷，第476页。

② 周作人：《谈桐城派与随园》，《周作人散文全集》第6卷，第863页。

周作人很认同蒋湘南的八家以后的古文无非是不对仗的八股的看法，也佩服其对道的说法，“道不可见，于日用饮食见之”。在1945年的《古文与理学》[1] 一文中周作人再次引上文，认为对“现今作文的人也是很好的参考”，而蒋湘南对桐城古文的看法又源于钱大昕，钱大昕又源于王若霖对方苞文的批评，“灵皋以古文为时文，以时文为古文”，深中方苞文章之病，这样周作人梳理出了一条批评桐城文的线索，这一线索上的思想资源构成了周作人批评唐宋文、桐城文、土八股、洋八股、党八股、左翼文学等“载道”文章的理论基础。

七 毛奇龄：土洋党八股的祖宗——试帖诗

在《地方与文艺》一文中，周作人把近三百年来的文艺潮流分为两类，一类“如名士清谈，庄谐杂出，或清丽，或幽玄，或奔放，不必定含妙理而自觉可喜”，一类“如老吏断狱，‘下笔辛辣’，其特色不在词华，在其着眼的洞彻与措语的犀利”,[2] 周作人归毛奇龄（1623—1716，字大可）为第二类，“毛西河的批评正是深刻一派的代表”。虽然周作人认为“毛氏说话总有一种‘英气’，这很害事，原是很有理的一件事，这样地说便有棱角，虽间有谐趣而缺少重量”[3]，但让周作人钦佩毛奇龄的是其有关八股与试帖诗之关系的创见。在《关于试帖》中，周作人说自己久想研究八股文，怕难，材料多，篇幅长，一直未敢下手，现在想去找试帖看看，也因为“试帖比八股要古得多，而且他还是八股的祖宗”，这种看法就是受启发于毛奇龄的笔记《唐人试帖·序》。毛奇龄说：

> 且世亦知试文八比之何所昉乎？汉武以经义对策，而江都、平津、太子家令并起而应之，此试文所自始也，然而皆散文也。天下无散文而复其句、重其语、两叠其话言作对偶者，惟唐制试士改汉魏散诗而限以比语，有破题，有承题，有颔比颈比腹比后比，而后结以收之。六韵之首尾即起结也，其中四韵即八比也，然则试文之八比视此矣。今日为试文，亦日为八比，而试问八比之所自，则茫然不晓。是试文且不知，何论为诗。[4]

---

① 见《周作人散文全集》第9卷，第537页。

② 周作人：《地方与文艺》，《周作人散文全集》第3卷，第102页。

③ 周作人：《毛氏说〈诗〉》，《周作人散文全集》第7卷，第34页。

④ 周作人：《关于试帖》，《周作人散文全集》第7卷，第252页。

毛奇龄将唐代试帖诗之法比同于八股文之法，追出八股文渊源，此看法大为周作人赞赏，"这实在说得明白晓畅，所以后人无不信服，即使在别方面对于毛西河不以为然。"周作人还引纪昀、林辛山、梁章钜、刘熙载等人的说法来印证此说，并进一步说明这种试帖诗即是尊题之作，也即是"应官诗"。周作人再深挖一层，认为"这些应试诗文与中国戏剧有关系，民间的对联、谜语与诗钟也都与试贴相关"，"中国向来被称为文字之国，关于这一类的把戏的确是十分高明的，在平时大家尚且乐此不疲，何况又有名与利的诱惑，那里会不好思殚神地去做的呢。"由八股而上挖出试帖诗，再挖出中国传统的对联、谜语、诗钟、戏剧与八股的关系，真可见周作人对八股文文化根源发掘之深刻。周作人对自己的这种发见，表示出一丝很少见的得意，明确说在自己发见前是没有人指出的，可见周作人对这一认识非常看重。但周作人更严厉的批评还在后面，他说若是学者也有作这种"应官诗"技巧，"不但八股试贴得心应手，就是一切宣传文章也都不难做了，盖土洋党八股原是同一章法也。"这种话语中，周作人不光是捅破学人作八股文章的秘法，为土八股找到鼻祖，更重要的是，也让现代文学中的洋八股和党八股现出了原形。

八　龚自珍：自烧功令文

在周作人散文中，龚自珍（1792—1841，号定庵）是周作人在谈论蒋湘南时被捎带出来的，在《谈桐城派与随园》[①] 文中，周作人提及蒋湘南问学与龚自珍的事，蒋湘南佩服龚自珍读书宽博，"浏览释藏全书"，也佩服其思想的通达，如此，喜欢俞正燮、蒋湘南文章的周作人又找到了龚自珍。周作人后在多处地方说龚自珍、俞正燮、蒋湘南诸君在清代学术中有阔大思想，这种思想的阔大皆获益于对释道藏的涉猎，这些经学家能够读经不必"一家归依顶礼"，而是多开门窗，多放进一些风日来，这样的视野为周作人钦慕。

翻检《周作人散文全集》，周作人对龚自珍文章思想论述并不多，有一条涉及文章的却颇值得注意。在1940年作的《〈姚镜塘集〉》一文中，周作人特提到龚自珍《己亥杂诗》中说及自己问文于姚敬塘的事，注云：

> 抱功令文二千篇见归安姚先生学塽，先生初奖借之，忽正色曰，

① 见《周作人散文全集》第6卷，第867页。

我文着墨不着笔，汝文笔墨兼用。乃自烧功令文。[1]

此一事件周作人并没再详细生发，但周作人所摘引的这一条说明龚自珍晚年对文章所持的看法正与桐城派文以载道的观点相对，周作人后于1950年又作一短文《苏轼的坦白》，提到苏轼晚年对自己功令时文的严厉批判，我们看到龚自珍自烧功令文章的做法与苏轼的反省完全一样。苏轼晚年对自己一生功令文章的否定自是一则非常重要的材料，为周作人看重，同样龚自珍自烧自己两千篇功令文章的举动也让周作人钦佩，他们正是通过自己切身的体验感知功令文章的无价值才有如此的举动。在对文章这样的看法上，周作人把龚自珍、蒋湘南、俞正燮的笔记放在一起，同时在传统文学中寻找这种对载道、功令时文的批判资源时，也在时刻提醒自己警惕笔下的功令时文。

九　刘玉书：论鬼的通达态度

在周作人谈鬼的文章中，刘玉书的笔记为周作人多次引述。周作人非常钦佩刘玉书在谈论鬼时的通达态度，如其言：

鬼神奇迹不止匹夫匹妇言之凿凿，士绅亦尝及之。唯余风尘斯世未能一见，殊不可解。或因才不足以为恶，故无鬼物侵陵，德不足以为善，亦无神灵呵护。平庸坦率，无所短长，眼界固宜如此。

又言：

言有鬼言无鬼，两意原不相背，何必致疑。盖有鬼者指古人论鬼神之理言，无鬼者指今人论鬼神之事言。

又言：

余家世不谈鬼狐妖怪事，故幼儿辈曾不畏鬼，非不畏，不知其可畏也。

再言：

---

① 周作人：《〈姚镜塘集〉》，《周作人散文全集》第8卷，第286页。

> 信祭鬼神宜诚敬，不信鬼神能监察人事。信西方有人其号为佛，不信佛与我有何干涉。信圣贤教人以伦常，不信圣贤教人以诗文。信医药可治病，不信灵丹可长生。信择地以安亲，不信风水能福子孙。信相法可辨贤愚邪正，不信面目能见富贵功名。信死亡之气疬疫之气触人成疾，不信殃煞扑人疫鬼祟人。信阴阳和燥湿通蓄泄有时为养，不信精气闭涸人事断绝为道。信活泼为生机，不信枯寂为保固。信祭祀祖先为报本追远，不信冥中必待人间财物为用。似此之类不一而足，忆及者志之，是非亦不问人，亦不期人必宜如此。①

周作人认为刘玉书论“鬼”的态度“清朗明达”，虽然所依据也不过只是“懂得人情物理”，但这种常识对那些信鬼神、讲因果报应的士子来说又恰是卓识。反过来，正是从人情物理出发，在对待鬼的态度上刘玉书的态度就变得明达起来。

周作人对刘玉书论古今说鬼之异同的辨析也非常喜欢。刘玉书说：

> 说鬼者代不乏人，其善说者唯左氏晦翁东坡及国朝蒲留仙纪晓岚耳，第考其旨趣颇不相类。盖左氏因事以及鬼，其意不在鬼。晦翁说之以理，略其情状。东坡晚年厌闻时事，强人说鬼，以鬼自晦者也。蒲留仙文致多辞，殊生鬼趣，以鬼为戏者也。唯晓岚旁征远引，劝善警恶，所谓以鬼道设教，以补礼法所不足，王法所不及者，可谓善矣，第搢绅先生夙为人望，斯言一出，只恐释黄巫觋九幽十八狱之说借此得为口实矣。②

刘玉书不满意于以鬼道设教，对古今说鬼的故事多从人情物理角度看取，在常识中多有识见，态度明达，周作人说他虽然本系儒家，但“至少总是一个不夹杂道士气的儒家”，这让周作人很认同他对鬼故事的态度。后在《柿子的种子》中，周作人又引刘玉书说，边塞人“平生不言妖异，亦未闻因妖异偾事者”，在《谈鬼论》中引刘玉书言说他是“性不见鬼”③。周作人对刘玉书对鬼态度的引述，也是在表述自己对鬼的态度，在周作人这里，他既关心对“鬼”本身的看法，也关心对“鬼的故事”

---

① 周作人：《刘青园〈常谈〉》，《周作人散文全集》第6卷，第695页。

② 周作人：《柿子的种子》，《周作人散文全集》第6卷，第712页。

③ 周作人：《谈鬼论》，《周作人散文全集》第7卷，第280—281页。

的讲述，前者在思想，后者在文章趣味，从对刘玉书的笔记的引述中，我们也可看出周作人对鬼与鬼故事的明达思想。

十　王士祯：姑妄言之的谈鬼为文

周作人对王士祯（1634—1711，号渔洋山人）的思想多取批评态度，说过“与傅颜诸君比较，相去何其远耶”[①] 的话。周作人对王士祯的这种不屑一顾，是因为周作人在王士祯的笔记中查到两件事，这让周作人对王士祯的思想嗤之以鼻：一件事是，康熙初废止考试八股文，是王士祯在礼部的主张致使八股考试后来又成了清后来取士的方式；另一件事是，清代曾有一时期女子不缠足，也是在王士祯等人的提倡下又开始了女性的缠足。前一事件导致后来中国士子没有了自己的思想生命，中国的文事武备暗暗地吃了它没影子的亏；后一件事让中国所有女性为缠出男性喜欢的小脚而吃尽了苦头。这两件事正是周作人最为反对的，周作人直接说王士祯“无识”，不光是其思想不入周作人眼，而他的这种思想本身就是周作人严厉批判的对象。而且周作人认为像王士祯这样思想的文人和学者还大有人在，在当时中国青年中爱好细足的人还大有人在，因此周作人更加认同传统中那为数不多的几个为女性开脱的人，如李贽、俞正燮、李元复等。

虽然对王士祯的思想大为不满，但对于王士祯的笔记，周作人认为在自己所读的清人笔记中还是属于“佳作”之类的[②]，王士祯的《带经堂诗话》“文笔颇佳”[③]，对其《金陵游记》也多好感，“文雅洁，少嫌其欠腴”[④]，《香祖笔记》中有其论文诗处也很为周作人喜爱[⑤]。而最让周作人喜欢的是王士祯在《聊斋志异》上面的一首题诗：“姑妄言之姑听之，豆棚瓜架雨如丝。料应厌作人间语，爱听秋坟鬼唱诗。”这是一首周作人在自己散文中多次提到的诗，周作人有多篇谈鬼的文章，他认为鬼后有人，而王士祯的这种“姑妄言之姑听之”的态度正是一种对鬼旷达态度的体现，这种态度同于苏轼、蒲松龄等人谈鬼、做鬼文章的态度。但王士祯的这种态度并不彻底，在《香祖笔记》中对有关张天翁的故事他又有严厉

① 周作人：《关于傅青主》，《周作人散文全集》第6卷，第871页。

② 见周作人《本色》，《周作人散文全集》第6卷，第881页。

③ 周作人：《读〈带经堂诗话〉》，《周作人散文全集》第8卷，第92页。

④ 见周作人《〈金陵游记〉》，《周作人散文全集》第8卷，第218页。

⑤ 见周作人《〈香祖笔记〉》，《周作人散文全集》第8卷，第228页。

批评，是把童话故事和经史学问搞混了，难有彻底旷达态度[①]。在对待《如梦录》中的古今小说时，王士祯认为“其文不雅驯”，而周作人认为王士祯：“不知其可贵重即在不雅驯处，盖民间生活本不会如文人学士所期望的那么风雅，其不能中意自是难怪，而如实的记叙下来，却又可以别有雅趣，但此则又为他们所不及知者耳。”[②] 周作人正是把民间文学作品和经史之作分开来对待，在经史之学问中坚持批评神鬼荒诞不经思想对大众的愚弄，但在文学作品中又坚持保护文学的想象力，文学故事的鄙俚荒诞和人情物理。

十一 纪昀：鬼故事的材料

周作人写过“街头终日听谈鬼”[③] 的诗句，写有《谈鬼论》《说鬼》《鬼的生长》等论“鬼”文章，在这些文章中周作人多借用清人纪昀（1724—1805，字晓岚）谈鬼的笔记。周作人认为“鬼后有人”，“我们听人说鬼实即等于听其谈心矣。”[④] 正是因为“鬼后有人”，周作人“对于旧生活里的迷信且大有同情焉”，同时也以此表达自己“渐益宽容”的人生态度。如此认识，让周作人在引述纪昀鬼故事时关注的是鬼故事后的寻常人情[⑤]，但对鬼的故事本身来说，周作人取的是文艺的和历史的兴趣。“我所要求的是一篇好故事，意思并不要十分新奇，结构也无须怎么复杂，可是文章要写得好，简洁而有力。其内容本来并不以鬼为限，自宇宙以至苍蝇都可以，而鬼自然也就是其中之一。其体裁是，我觉得志怪比传奇为佳，举个例来说，与其取《聊斋志异》的长篇还不如《阅微草堂笔记》的小文……”[⑥] 周作人谈鬼和鬼的故事，一面看重的鬼后的寻常人情，一面看重的是讲鬼“故事”中的意趣，还有是“为的可以认识人里边的鬼”。认识“人里边的鬼”，周作人的文章中也就有了对愚儒思想的针砭，如周作人引纪昀叙罗两峰能视鬼事，分析说“罗两峰为袁子才的门人，想随园著作中必有说及其能见鬼事”，周作人考究各类著述中对鬼的不同描述，说“盖说者大抵是读书人，所依据的与其说是所见无宁是

---

① 周作人：《张天翁》，《周作人散文全集》第8卷，第256页。

② 周作人：《〈如梦录〉》，《周作人散文全集》第8卷，第283页。

③ 王仲三：《周作人诗全编笺注》，学林出版社1995年版，第280页。

④ 周作人：《鬼的生长》，《周作人散文全集》第6卷，第288页。

⑤ 同上书，第289页。

⑥ 周作人：《谈鬼论》，《周作人散文全集》第7卷，第282页。

其所信”。[1] 在周作人眼中，这类强调鬼的真实或是因果报应的文章，实是缺少鬼味与谐趣，既无补于鬼学，亦不足以充鬼话。因此周作人认为，纪昀的鬼故事笔记，“文笔固颇干净，惟其假狐鬼说教，不足为训”[2]，讲鬼的文章要有作者的趣味与识见[3]，所以他对纪昀对鬼、鬼故事的态度很不以为然，纪昀的鬼故事更多是周作人考察鬼话的资料，而要是作为他所欣赏的笔记来说，《阅微草堂笔记》中“没有发见一篇文章是想要抄引的”[4]。

十二　孙彦清：民俗学资料

周作人对清人笔记的选择除过从思想文章两方面进行评判选择外，也有将其作为自己谈论文章思想的资料而多次被摘引的，对孙彦清和汪日桢的笔记多是这样的情形。在周作人散文中，孙彦清的《寄龛全集》就多被提及，但周作人对其笔记并“不满意”，他说：

> 我最怕读逆妇变猪或雷击不孝子的记事，这并不因为我是赞许忤逆，我感觉这种文章恶劣无聊，意思更是卑陋，无足取耳。冥报之说大抵如他们所说以补王法之不及，政治腐败，福淫祸善，乃以生前死后弥缝之，此其一；而文人心地褊窄，见不惬意者即欲正两观之诛，或为法所不问，亦其力所不及，则以阴谴处之，聊以快意，此又其二。所求于读书人者，直谅多闻，乃能立说著书，启示后人，今若此岂能望其为我们的益友乎。我读前人笔记，见多记这种事，不大喜欢，就只能拿来当作文章的资料，多有不敬的地方，实亦是不得已也。《寄龛甲乙丙丁志》中讲阴谴的地方颇多，与普通笔记无大区别，其最特别的是关于雷的纪事及说明。[5]

周作人认为“阴谴”之说全无是非之心，对于人心世道很有妨害，“若是读书人著书立说，将以信今传后，而所言如此，岂不可长太息乎”。这种陈腐的思想故事，周作人在阅读清人笔记时多有发现，追根溯源，传

---

① 周作人：《谈鬼论》，《周作人散文全集》第7卷，第286页。

② 周作人：《犄轩语》，《周作人散文全集》第8卷，第170页。

③ 参见周作人《〈耳食录〉》，《周作人散文全集》第8卷，第272页。

④ 周作人：《关于日本的落语》，《周作人散文全集》第14卷，第228页。

⑤ 周作人：《关于雷公》，《周作人散文全集》第7卷，第214—215页。

统文章中也多有如是记述，因此周作人感叹说一千九百多年前的王充就有对这种思想的批评，近两千年来仍不能破人们如此思想，这不得不让人甚为感伤。孙彦清笔记中也多谈鬼神因果，但周作人认为孙彦清“不免用心太过，即是希望有功于世道，坐次落入恶趣，成为宣传之书”[①]，“好言报应轮回，记落雷或桥坏伤人，必归诸冥罚或前生事以至劫数，嫌其有道士气，此为读书人之大病”……[②]

在对孙彦清思想批判之余，周作人从民俗学角度看取孙彦清笔记中对鬼神、雷击、阴谴、因果等的记述，认为其不失为最为珍奇的民俗研究资料。周作人说：“四志有一特色，即附带说记的民俗资料颇不少，普通文人著作一心在于载道翼教，对于社会间琐屑事情都觉得不值得记录，孙君却时时谈及绍兴民间的风俗名物，虽多极简略，亦是难得而可贵也。”[③]因此周作人散文中多摘引孙文，或关系鬼事的，如谈鬼的气味，鬼的形状，送鬼，鬼书，鬼附体等；或关于俗语的，或如骨牌俗称，龙舟竖老龙头，越中货郎担，越中俗顽童骑猫狗等，[④] 周作人认为这些都是民俗研究的好材料。对其中有些条目周作人又有发挥，如提到孙彦清文章中说的万民伞时，周作人表示出对万民伞上“多人署名”的不快和不信，类似于伞的还有多人署名的文件，因为这从不知哪里来的万民的姓名却很容易被人利用成新的行专断的手段[⑤]；在讲孙彦清提到的测字时，周作人说“读书人捧牢书本，只知道说那一套正宗的空话，对于眼前的人情物理全不了解，误了多少大事，连测字看相的江湖术士还不如，此种惭愧我辈不可不知也。”[⑥] 这种论述真有醍醐灌顶的效用。

---

① 周作人:《〈右台仙馆笔记〉》,《周作人散文全集》第 8 卷，第 349 页。

② 周作人:《〈寄龛四志〉》,《周作人散文全集》第 9 卷，第 312—313 页。

③ 同上书，第 313 页。

④ 这些内容可见周作人文章《〈寄龛四志〉》(1944)、《溺鬼》(1942)、《骑猫狗》(1942)、《关于测字》(1945) 等。

⑤ 参见周作人《再论万民伞》,《周作人散文全集》第 7 卷，第 265 页。

⑥ 周作人:《关于测字》,《周作人散文全集》第 9 卷，第 421 页。

第七章

周作人眼中的传统文章体式

1922 年，胡适撰写《五十年来中国之文学》，其中有章节历数 1917 年《新青年》提倡文学革命以来“白话文学的成绩”，白话的散文、诗歌、小说、戏剧等文体都取得耀眼的成绩，其中“散文方面最可注意的发展乃是周作人等提倡的小品散文”[①]。1933 年，鲁迅在《小品文的危机》中又对新文学各类文体取得的成绩进行了分别评价，“散文小品文的成功，几乎在小说戏剧和诗歌之上”。而在 1926 年，周作人对“五四”以后散文小品的判断是，“现今的散文小品并非五四以后的新出产品，实在是‘古已有之’，不过现今重新发达起来罢了。”[②] 如果说新文学中的白话诗歌、小说、戏剧在文体上的发展主要是努力借鉴西方文学的结果，那么正如周作人说的，“现代的散文在新文学中受外国的影响最少，这与其说是文学革命的，还不如说是文艺复兴的产物”[③]。在胡适等多强调新文学取得的成绩时，周作人更注意的是新文学对传统文学资源的现代转化，这种关注体现在周作人散文创作中，是其对传统文学的重新梳理和发掘，重构了中国传统文学秩序。这种重构体现在，对传统作家作品的重新解读，对传统文学观念的辨析，对传统文章体式的发掘等。对文学史的重构周作人在《中国新文学的源流》中有明确表述，对文学观念的辨析也多有人研究，笔者欲就周作人对传统文章体式的理解、接受及转化进行一番考察。

---

① 胡适：《五十年来中国之文学》，《胡适文集》第 4 卷，人民文学出版社 1998 年版，第 363 页。

② 周作人：《与俞平伯书二通》，《周作人散文全集》第 4 卷，第 622 页。

③ 周作人：《〈陶庵梦忆〉序》，《周作人散文全集》第 4 卷，第 832 页。

第一节 周作人的文学观、语言观、文体观

周作人在1907年《文章之力》中谈论文章时强调文章的移情启智作用[①]，在1908年《论文章之意义暨其使命因及中国近时论文之失》中针对中国传统文学中“载道”“致用”的唯实利思想造成“中国之思想，类皆拘囚蜷屈，莫得自展”的状况，提出自己要“务取新宗”，这“新宗”源于西方近现代文学思想中对文章的定义。在西方各家文章思想中，周作人最认同美国人宏德（Hunt）的文学理论：“文章者，人生思想之形现，出自意象、感情、风味（Taste），笔为文书，脱离学术，遍及都凡，皆得领解（Intelligible），又生兴趣（Interesting）者也。”[②] 对宏德的这一文学理论看法，周作人强调了四点，一是文章的文字性（必得“笔为文书”，与章太炎观点相同）；二是要“表扬真美，以普及凡众之人心”；三是“文章者，人生思想之形现”；四是文章要“具神思（Ideal）能感兴（Impassioned）有美致（Artistic）”。可以说，周作人最初的文章观是中西多种文章观的一种杂糅，在这种观念中既有章太炎宽泛的文章观，也有对文章启蒙功利的认同，在强调文章的思想性质时，也强调文章的艺术美质。周作人虽然对这种看法后来进行了调整，但在当时这种中西综合的文章观对当时占主导正统地位的“文以载道”文章观是一种反叛，只是清末民初的时代背景中，这样的思考还很难得到同时代人的回应与重视。

到“五四”新文学运动中，周作人对旧文学发难、影响最大的文章是《人的文学》[③]，“人的文学”此后成了新文学与旧文学区分的标准。这里的“人”，并“不是世间所谓‘天地之性最贵’”，也不是“圆颅方趾”的人，而是“从动物进化过来的人”，兼具“兽性和神性”的人性。“人的文学”所要表现的人道主义并不是所谓的“悲天悯人”或“博施济众”的慈善主义，而是一种“个人主义的人间本位主义”。周作人最初提倡的新文学观既受到了西方人文主义思想、达尔文进化论思想的影响，还

① 周作人说：“盖文章为物，务移人情，其与读者交以神明，相喻于感情最深之地，印象所留，至为深久，莫能漶灭。”见《周作人散文全集》第1卷，第72页。

② 周作人：《论文章之意义暨其使命因及中国近时论文之失》，《周作人散文全集》第1卷，第96页。

③ 见《周作人散文全集》第2卷，第85页。

受到现代生物学、人道主义、启蒙思想等的影响，是一种杂糅的文学观。另外，我们从周作人的论述中也能看到他在论述新文学时并没有完全斩断其与传统文学的关系，虽然在提倡新文学、批判旧文学的运动中，周作人主要是要通过对传统文学的批判来构建新文学，但是在批判建构中他对传统文学又留有余地。周作人说，“新旧这名称，本来很不妥当，其实‘太阳底下何尝有新的东西’？思想道理，只有是非，并无新旧。要说是新，也单是新发见的新，不是新发明的新。”“譬如现在说的‘人的文学’，这一句话，岂不也像时髦。却不知世上生了人，便同时生了人道。无奈世人无知，偏不肯体人类的意志，走这正路，却迷入兽道鬼道里去，旁皇了多年，才得出来。”① 周作人的学养贯通古今中西，在20世纪中国文学的现代转变中，这样的学养能够让其借用西方现代的思想看出传统文学中的弊端，但同时也能让他看出传统文学中可用来建构现代新文学的重要资源。因此在建构他心目中的新文学中，除却借鉴外来文学资源，对中国传统文学，周作人既有对其中部分持之以恒的批判，也有对其中部分持之以恒的选择重构，对传统文学的这种批判选择，构成了他建构他心目中文学的重要文学资源。

《人的文学》发表之后，周作人很快又发表了《平民的文学》②，对自己的文学观念再次进行了说明，包括文学所涉及的对象和文学语言两方面的问题。周作人认为文学应属于全体人类，而不应该属于某一部分人，自己提的“平民文学”是与“贵族的文学”相对应的文学，前者是对所有人看的，后者只是给少数人看的，而不是说“平民文学”就是给排除贵族以外的平民看的，两者都是说“文学的精神的区别”，是指“普遍与否，真挚与否”。这种“平民文学”，周作人认为是要用“真挚”“普遍”的文体写“真挚”“普遍”的“思想与事实”的文学。由此我们看到，“平民文学”并不是与贵族相对的属于部分平民阶层的文学，而是“人的文学”另一种提法，这种文学观念中自然也把贵族当“人”来看。这样的文学观念和后来革命文学、左翼文学所提的“阶级的文学”有区别的，因此30年代周作人与左翼文学的交恶似乎不可避免。同时，在对待文学语言的问题上，周作人并没像胡适、陈独秀等人那样决绝以文言白话为标准来区分新旧文学，而是说“古文多是贵族的文学，白话多是平民的文学”，是“多是”而不是绝对“是”，因此周作人在总体上认同新文学白

① 周作人:《人的文学》,《周作人散文全集》第2卷，第85—86页。

② 周作人:《平民的文学》,《周作人散文全集》第2卷，第102页。

话的价值意义时又反省说，“白话也未尝不可雕琢，造成一种部分的修饰的享乐的游戏的文学”，这种白话文学“仍然是贵族的文学”。我们可以感觉到周作人在对这种白话文中“贵族”倾向的警惕中暗含着另一层意思，就是说文言文学中也会有部分的“平民的文学”，只是在“五四”时期为白话新文学争合法地位的时期，这种意思会显得不合时宜，因此周作人并没有直接的论述，但是周作人却由此认为单从文字的白话或文言形式上，并不能定出平民的文学与贵族的文学的区别。

但20年代中期一些偏向于社会革命的文艺家，如郭沫若、成仿吾、蒋光慈等人，把“五四”时期提出的“平民的文学”很快变成了“被压迫者”的文学，变成了无产阶级革命的文学，也就是变成了部分人的文学。面对这种情况，周作人在1925年写给钱玄同的信中说：

> 近来很流行“民众”这个字，容易生出许多误解，譬如说“民众的言语”，大家便以为这是限于“小百姓”嘴里所说的话，他们语汇以外的字都是不对的，都不适用。其实这民众一个字乃是全称，并不单指那一部分，你我当然也在其内，——所谓平民、国民等等名词，含义也当如此。以前绅士们关了门做文章，把引车卖浆之徒推出去，这是我们所反对的，觉得不足为法。现在这班“之徒”擂鼓似地打门，打了几年把这扇牢门总算打开了，那么这问题也就解决，大家只要开着门去做文章便好了；倘若那些新贵人依照古法关起门来，定出他们的新义法，那么这与桐城选学何择？①

这里的“新贵们”所提倡的文学就是部分人的文学，这部分人的文学所属的阵营虽然是同“以前绅士们”的文学所属阵营不同，但在周作人看来，也是“关了门做文章”，与桐城选学旧文学没有本质的区别。

在批评“五四”新文学中的偏颇走向时，周作人也明确表达了自己文学语言观，这种能够表现现代人的情思的文学语言应是一种“以白话（即口语）为基础，加入古文（词及成语，并不是成段的文章）方言及外来语，组织适宜，具有论理之精密与艺术之美”的语言，“这种理想的言语倘若成就，我想凡受过义务教育的人民都不难了解”。② 周作人的这种文学语言观中有白话也有文言，还强调外来语，这是一种包容了各种语言

---

① 周作人：《理想的国语》，《周作人散文全集》第4卷，第288—289页。

② 同上。

的语言。不同于“五四”时期，1925年白话文已经完全站稳脚跟，周作人认为对现代文学中文言部分认同的问题就可以讨论了，因此在1926年作的《国语文学谈》中，周作人明确认为只要是华语写的一切文章都可以算是国语文学，“古文与白话文都是汉文的一种文章语，并不是绝对不同的东西”，“五四前后，古文还坐着正统宝座的时候，我们的恶骂力攻都是对的，到了已经逊位列入齐民，如还是不承认他是华语文学的一分子，正如中华民国人民还说满洲一族是别国人”……“讲国语文学的人不能对于古文有所歧视，因为它是古代的文章语，是现代文章语的先人，虽然中间世系有点断缺了，这个系属与趋势总还是暗地里接续着，白话文学的流派绝不是与古文对抗从别个源头发生出来的。”① 1927年的《死文学与活文学》中周作人又说：“古文是死的，白话文是活的，是从比较来的。不见得古文都是死的，也有活的；不见得白话文都是活的，也有死的。”因此对待古文白话“得拿平等的眼光看他，不能断定所有古文都是死的，所有的白话文都是活的”，“无论作那种文学，总得由自己心得作出来，写出来，才有活气，不然，专一摹仿旁人，结果是死的东西”。②在周作人眼里，古文之所以缺乏文学价值是因为古文“模拟的毛病”使古文失去了生命，而不在文言或是白话上。

由于周作人认为新文学是要用“真挚”“普遍”的文体写“真挚”“普遍”的“思想与事实”，从文学精神上讲是面对全人类的，在语言上是包容文言的新白话，因此在文体上也是极自由的，“没有什么文体”③。以《语丝》为例，1925年孙伏园在给周作人的信中就说道，“《语丝》并不是在初出时有若何的规定，非怎样怎样的文体便不登载”，“我们最尊重的是文体的自由，并没有如何规定的”，“至于有些人以为某种文体才合于《语丝》，《语丝》不应登载某种文体，都是无理的误会。”④ 对此周作人的回应说：“我始终相信《语丝》没有什么文体”，“我们的目的只在让我们可以随便说话”，《语丝》“是我们这一班不伦不类的人借此发表不伦不类的文章与思想的东西，不伦不类是《语丝》的总评，倘若要给他下一个评语。”⑤ 孙伏园和周作人两者都是在强调《语丝》“文体的自

① 周作人：《国语文学谈》，《周作人散文全集》第4卷，第484—485页。

② 周作人：《死文学与活文学》，《周作人散文全集》第5卷，第103—104页。

③ 周作人：《答伏园“论〈语丝〉的文体”》，《周作人散文全集》第4卷，第337页。

④ 孙伏园：《〈语丝〉的文体》，载于《语丝》第五十二期，1925年11月9日。

⑤ 周作人：《答伏园“论〈语丝〉的文体”》，《周作人散文全集》第4卷，第338页。

由”，用自由的文体说自己的话，“不说别人的话”，而这“不说别人的话”成了周作人给《语丝》写的广告中所说的《语丝》的第一大特点[①]。这“自由的文体”和“不说别人的话”两者相辅相成，后者不光是在意思上不说别人的话，也包括在说话方式上，行文方式的自由，而构词造句到文章体式的自由形成才能保证所说的话是自己的意思。

《人的文学》和《平民的文学》是“五四”新文学运动中两篇非常重要并产生了极大影响的文章，通过对这两篇文章的分析，我们可以看到周作人对待传统文学的态度是与陈独秀、胡适等人或郭沫若、成仿吾等人有很大不同的，他持有的是一种开放的态度，同时周作人对待《语丝》文体的态度也让我们感觉到周作人对古文文体也会留有很大余地，到后来周作人有意识进入传统文学中进行仔细甄别、选择资源来构建自己文学思想时，对传统文章之体式的批判与选择也成了其重要的工作，周作人一面对赋得之文文体进行了坚持不懈的批判，一面又不断寻找可以建构新散文文体的即兴之文文体。

第二节　赋得之文：古文、八股文、策论、试帖、宣传等

虽然周作人对传统文学“载道”思想的批判早在1908年的《论文章之意义暨其使命因及中国近时论文之失》中就有明确论述，但真正把传统文章作为研究对象，从文体层面进行批判或是发掘，是要到“五四”新文学运动落潮的20年代中期以后，此时白话文章已经站稳脚跟，需要重新梳理传统文章思想，以此来探寻现代新文学的发展路向，因为“白话文学的流派绝不是与古文对抗从别个源头发生出来的”[②]，同时文坛中无论是文学复古的倾向还是白话文学中“赋得之文”的重新露头，都让周作人开始有意识的探究传统文学中“赋得之文”的文体并进行批判。

一

周作人早期论及古文先是在1925年作的《古文秘诀》中，周作人发现徐渭批汤显祖《感士不遇赋》说：“不过以古字易今字，以奇语易今

① 参见周作人《北京的一种古怪周刊〈语丝〉的广告》，《周作人散文全集》第4卷，第481页。

② 周作人：《国语文学谈》，《周作人散文全集》第4卷，第485页。

语，如论道理却不过只有些子。”[①] 由此周作人得出“以古字易今字”而“道理不打紧”的作古文秘法，并进而发见“做古文的都是在作文章而不是说话”，因为是在用古字“做”文章，这类文章“古奥不通”没了自己的生命。周作人虽如此批评前人作古文，但仍对古文仍留有一定余地，如在《国语文学谈》（1926）、《死文学与活文学》（1927）中说“不能对于古文有所歧视”“不见得古文都是死的，也有活的”。但是周作人看到现实中出现的古文却是死了，这是因为现实生活中的古文模拟前人古文做出来的文章，由于词不能达意，古文被做死了，周作人在《古文之末路》（1925）、《古文与写信》（1925）中特列几篇今人模拟古文的书信来说明这一问题。

20 年代末，周作人渐感到革命文学对“言志”新文学的挤压，1928 年的《文学的贵族性》就是对其的反应。文章针对革命文学提的“第四阶级文学，或无产阶级文学，或是平民文学”，周作人明确说自己“不敢赞同”，他认为文学“单表现一种苦闷，一处理想，表现的手段与方法完成后，就算尽了它本身的能事，并不想到实行，或解决或完成其理想”，而革命文学拿文学来做革命的工具，是和“念咒的妖法，或者和宗教上之祈求降福一样”，这样的文学就是“文以载道”的文学，与桐城文相同，“而且提倡革命文学的人，想着从那革命文学上引起世人都来革命，是则无异乎以前的旧派人物以读了四书五经，诸子百家等的古书来治国平天下的梦想”。[②] 周作人对革命文学的批评非常严厉，但随着社会形势的发展，革命文学对革命的呼唤扩大了革命文学的文学观念，而认同周作人看法的人是少数，周作人看法难引起大家的重视，因此周作人随后在重构中国文学史框架的《中国新文学源流》中，明确以“言志”和“载道”来作为自己描述中国文学的标准，在为“言志”一脉找到晚明小品与“五四”新文学的关系时，也找出了“载道”一脉中的“八股文”[③] 作为自己集中火力批判的对象。

---

① 周作人：《古文秘诀》，《周作人散文全集》第 4 卷，第 108 页。

② 周作人：《文学的贵族性》，《周作人散文全集》第 5 卷，第 417 页。

③ “八股文，又名制义或制艺，这是从其应用上说的，因它是当时士子应制举考应试之作，故名。又称经义或四书文，这是从其命题范围和性质上说的，因它是以儒家经书为题，要求阐释以‘四书’（《论语》《孟子》《大学》《中庸》）为主的经文义理，故名。另外，又称为时文或时艺，这是与唐宋以来的‘古文’相对而言，表示为时下流行的文体。八股文，则是就其文体结构特点而言的俗称。”见褚斌杰著《中国古代文体概论》，北京大学出版社 1990 年版，第 472 页。

1930年3月到6月，周作人受到左翼文学的集中批评[①]，5月19日周作人发表《论八股文》，提议应该研究八股文，原因是“因为八股是中国文学史上承前启后的一个大关键，假如想要研究或了解本国文学而不先明白八股文这东西，结果将一无所得，既不能通旧的传统之极致，亦遂不能知新的反动之起源。”“八股算是已经死了，不过，它正如童话里的妖怪，被英雄剁做几块，它老人家整个是不活了，那一块一块的却都活着，从那妖形妖势上面看来，可以证明老妖的不死。”[②] 这“新的反动”指什么，“不死”的八股活在哪里，周作人一直到文章结束也没有明说，但这样的说法不免让人思味文辞背后的讽刺，实际上这样一篇让左翼批评者摸不着头脑的文章，却正是一篇真正“回敬”左翼批评的文章，“周作人突如其来论起了八股，其针对当下文坛的批评意味其实要大于历史梳理的兴趣”。[③] 周作人采用追根溯源的方式考究八股形式的渊源，从中国汉字的字形音调上考察到对联、灯谜、诗钟的游戏，再到律诗、骈文，再到唐宋八大家化骈为散，至宋代出成篇八股文，再至清大成，实行散文的骈文化，由此梳理出八股从字形音到句的对仗、再到成篇的发展过程；从音乐的角度考察出八股在中国人读诗、读古文、读八股时感觉如戏迷唱戏麻醉于音乐里一样，是“完全忘记了这些狗屁不通的文句”；从其做法上考察八股文是按题选谱填词。这些考察的结果是八股文重声调音律而轻文义，这样的文章只会造成中国人的奴隶根性，“自己没有思想，没有话说，非等候上头的吩咐不能有所行动”，这样奉命说话或是“代圣贤立言”的文章就是“赋得”的文章。严重的是，这样的八股文“就是在今日也还完全支配着中国的人心”，八股精神甚至“在那些不曾见过八股的人们心里还是活着”，中国的土八股、洋八股、党八股“夺舍投胎地复活着”，这实际上是指出了左翼文学所承续的八股精神。

这篇《论八股文》的主要内容后来作为附录收在周作人两年后的著名演讲“中国新文学的源流”《清代文学的反动上——八股文》[④] 一节中，在演讲中周作人还考察了八股文在宋、明、清的形式，八股文的来

① 自1930年3月24日黎锦明发表《致周作人先生函》开始，到6月4日、5日傅非白发表《鲁迅与周作人》为止，《新晨报副刊》共刊出针对周作人的批评四十余篇。

② 周作人：《论八股文》，《周作人散文全集》第5卷，第658页。

③ 关于周作人对左翼文学的批评，丁文的《周作人与1930年左翼文学批评的对峙与对话》有非常详细深入的论述，见《中国现代文学研究丛刊》2009年第5期。

④ 见《周作人散文全集》第6卷，第73页。

源，八股文的作法及各种限制，八股文中的音乐游戏，并又找出了和八股文相连的试贴诗与诗钟，最后周作人再次强调了这类文学的性质：“载道”，做法上的“赋得”，其结果是“这种有定制的文章，使得作者完全失去其自由，妨碍了真正文学的产生，也给了中国社会许多很坏的影响，至今还不能完全去掉”。这篇文章对八股文的论证更加严密，材料更加充实，然不同于《论八股文》一文的是，周作人在考察了清代文学的整体情况后，认为清代主要的文章馀留是古文和八股，而“八股文和桐城派的古文很相近”，“桐城派是以散文作八股的”，这样周作人在作文章的精神沟通了宋明以来的八股文和清代桐城派古文，让周作人把对“赋得之文”的考究批判逐渐具体瞄上了桐城古文及唐宋文。

《清代文学的反动上——八股文》后紧接的就是《清代文学的反动下——桐城派古文》[①]，文中周作人考辨桐城派谱系，认为桐城派古文主要还是“承接着唐宋八大家的系统下来的”。桐城派诸人的志愿是要“学行继程朱之后，文章在韩欧之间”，标榜“文即是道”。但周作人认为实际情况是他们只认可八大家的古文，而在学行方面其所知很有限，甚至其认为“只要文章作得好，则‘道’也即跟着好起来”，因此周作人痛批其思想根柢之浅。

虽然周作人在给胡适的信中说《中国新文学的源流》“大旨是表彰公安竟陵派”[②]，从演讲题目上看周作人也应是重在谈“新文学的源流”，而且在谈八股文时周作人也说“不看清楚清代的文学情形，则新文学运动所以起来的原因也将弄不清楚，要说明便也没有根据”，但从演讲内容的分配上看，周作人对“言志”派文学的论述远少于对“载道”派八股文、桐城派古文的批判。在“中国新文学的源流”中，周作人以“言志”“载道”为标准重构中国文学史脉络并带出晚明小品是中国新文学运动发生的源流的观点后，就把主要的精力放在对八股文和桐城派古文的批判上。在这里特别需要注意的是，周作人在批桐城古文的末尾，突然带出鲁迅在《北斗》杂志上的一句话“由革命文学到遵命文学”，说当时的文坛将要由以前的革命文学变成遵命文学了，而周作人认为：“凡是载道的文学，都得算作遵命文学，无论其为清代八股，或桐城派的文章，通是。”“五四”新文学是对清代八股、桐城文的反动，这自是说 30 年底的遵命文学就是对新文学的反动。周作人的话语说得还比较委婉，而废名在给《周

① 见《周作人散文全集》第 6 卷，第 84 页。

② 周作人：《与胡适书》，《周作人散文全集》第 6 卷，第 108 页。

作人散文钞》所作的序中一笔捅破了周作人的意图："方中国的普罗文学运动闹得像煞有介事的时候，一般人都仿佛一个新的东西出来了，仓皇失措，岂明先生却承认它是载道派，中国的载道派却向来是表现着十足的八股精神。"[①] 在这样的理解上，我们感觉到周作人在30年代初所作《中国新文学的源流》，看似是学术考辨，实是充满着强烈的现实感和针对性。在1932年身处左翼文学围攻的环境中，周作人浓墨重彩地敷衍出新文学之"源"的晚明小品，却把更多的笔触放在"载道"的八股文、桐城派古文的批判上，是对于当下文坛变迁的直接回应。丁文认为周作人"在当时背景下重提八股文，并非是从明末以来的文学史中清点出新文学的道路，而是为1930年的左翼文学寻根问祖、找寻其'载道'源头……"[②] 高恒文也说："《中国新文学的源流》不是一本学术著作，而是周作人的文学观的一种特殊表达方式，是批判左翼文学观和回击左翼对他的批判的一篇特殊的文学批评。"[③] 通过上文的分析，我们可以看到周作人的《论八股文》和《中国新文学的源流》的出炉，一方面是对自己心目中新文章文体的思考外，另一方面，也是更主要的，是迫于来自现实左翼文学的围攻，而在此后周作人竟有十多年的时间，在传统文学中寻找批判八股文、古文的资源，通过这种"挖根式"的批判来与左翼"载道"的文学观进行论争。

二

对八股文的批判中，周作人多次引用傅山在《书成化弘治文后》中一段话："仔细想来，便此技到绝顶要他何用？文事武备暗暗底吃了他没影子亏，要将此事算接孔孟之脉，真恶心杀，真恶心杀。"[④] "文事武备"怎么就"暗暗底吃了"八股文"没影子亏"，实是需要详细说明。

周作人注意到，颜元在《性理书评》中说过"宋儒是圣学之时文也"的话，何以道学会是时文，颜元说："盖讲学诸公只好说体面话，非如三代圣贤一身之出处一言之抑扬皆有定见。"[⑤] 颜元举的例子是朱熹批评杨

---

① 孙郁黄乔生编：《其人其书回望周作人》，河南大学出版社2004年版，第88页。

② 丁文：《周作人与1930年左翼文学批评的对峙与对话》，《中国现代文学研究丛刊》2009年第5期。

③ 高恒文：《京派文人：学院派的风采》，上海教育出版社2000年版，第151页。

④ 周作人：《〈颜氏学记〉》，《周作人散文全集》第6卷，第191页。

⑤ 同上书，第192页。

时前后说法的不一。周作人认为颜元的批语道出了一切作时文文章的秘诀，亦即“无定见，说体面话”，而今人的土八股、洋八股还是党八股之文都可做此解释。先贤的文章中自然生命的脉搏在其中，而练习作这样文章的结果则是渐渐扼杀了学习者的自然性灵和思想，实现了统治者控制读书人思想的效果。清初廖燕（1644—1705）在《明太祖论》中就说有这种意思：

> 吾以为明太祖以制义取士与秦焚书之术无异，特明巧而秦拙耳，其欲愚天下之心则一也。

又说：

> 且彼乌知诗书之愚天下更甚也哉。诗书者为聪明才辨之所自出，而亦为耗其聪明才辨之具，况吾有爵禄以持其后，后有所图而前有所耗，人日腐其心以趋吾法，不知为法所愚，天下之人无不尽愚于法之中，而吾可高拱而无为矣，尚安事焚之而杀之也哉。

又云：

> 明制，士惟习四子书，兼通一经，试以八股，号为制义，中式者录之。士以为爵禄所在，日夜竭精敝神以攻其业，自四书一经外咸束高阁，虽图史满前皆不暇目，以为妨吾之所为，于是天下之书不焚而自焚矣。非焚也，人不复读，与焚无异也。①

周作人深有感触地说：“读了此文，深知道治天下愚黔首的法子是考八股第一，读经次之，焚书坑儒最下。盖考八股则必读经，此外之书皆不复读，即不焚而自焚，又人人皆作八股以求功名，思想自然统一醇正，尚安事杀之坑之哉。”② 虽然讲破承起讲的土八股已经为新党所推倒，这种八股文的形式是没了，但其精神不死，因为周作人看到推倒了土八股的新党又在“改作洋八股及其他”了。

为此，周作人在1934年重新规定自己所说的“古文”，不光是“昭

---

① 周作人：《关于焚书坑儒》，《周作人散文全集》第6卷，第766—767页。

② 同上书，第767页。

明太子以及唐宋八大家”或是明清的八股文，不光是以“五四”新文学运动为界，而是“不限于他们，是指古今中外的人们所作的古文，那么这里边包括现代活人在内，对于这些活人所写的古文我仍然要不客气的说”，“这个年头儿，大家都知道，正是古文反动的时期。”[①] 这里“活人”所作的古文，就是“五四”以后所作的古文，是今人作的，更要注意的是这种古文不光是用文言作的，也有用白话文作成的，不光是文体上的古文，更是文学精神上的古文。这样的“活人”作的古文，不能不让周作人对其充满了十分的警惕。到 1935 年作《杨柳》，他对自己的看法进行了修订，在肯定秦汉古文时，批评唐宋古文在模仿秦汉古文中失了自己的生命，虽然“不值得怎么读，可是很不幸的是却易于学，易于模拟”[②]，其结果是后来对唐宋的模仿是更失了精神。这样周作人把自己直接批判的对象又由桐城派上溯到以韩愈为代表的八家古文，为此，周作人花费更大的力气进入传统文学中考究“赋得之文”。

周作人首先痛批韩愈“器识文章都无可取”，尤其指出其文章是“策士之文”，又借谢章铤之言认为桐城派古文的根柢在于八大家时文，八大家之文和桐城派古文在文学精神上都是“偏重音调气势”而不重文章自身思想[③]，“八家以后的古文无非是不对仗的八股”[④]，这样周作人把八家文、桐城文与八股文三者在文学精神上贯通了起来。

在不断深究中，周作人又在传统文学中找到了带有八股气的两种文体——策论和试贴。周作人说土八股的真姓名“即是经义，以做成散文赋似的八对股得名”，而“洋八股的本名就只是策论”，“前清从前考试取士用八股文，后来维新了要讲洋务的时候改用策论，二者同是制艺或功令文，而有新旧之别，亦即是土洋之异矣。”[⑤] 这里两者的相同在于“同是制艺或功令文”，不同在于“但做八股文使人庸腐，做策论则使人谬妄，其一重在模拟服从，其一则重在胡说乱道也。专做八股文的结果只学会按谱填词，应拍起舞，里边全没有思想，其做八股文而能胡说乱道者仍靠兼做策论之力也。八股文的题目只出在经书里，重要的实在还只是四书，策论范围便很大了，历史政治伦理哲学玄学是一类，经济兵制水利地理天文

---

① 周作人：《〈现代散文选〉序》，《周作人散文全集》第 6 卷，第 409 页。

② 周作人：《杨柳》，《周作人散文全集》第 6 卷，第 579 页。

③ 周作人：《谈韩退之与桐城派》，《周作人散文全集》第 6 卷，第 537 页。

④ 周作人：《谈桐城派与随园》，《周作人散文全集》第 6 卷，第 863 页。

⑤ 周作人：《谈策论》，《周作人散文全集》第 7 卷，第 40 页。

这样的文学在周作人看来就如同是官吏的舞文作弊[1]，说好说歹，全在所尊的政治之“命”，而不在论者的思想认识。而周作人对“宣传”文的批判是要来牵出遵命文学，实际也是更直接地把矛头指向了左翼文学。

从迫于左翼文学的围攻与压力，周作人进入传统文学中寻找批判左翼“载道”文学的资源，在批驳桐城派古文并找到其鼻祖韩愈为代表的八家古文，再把古文和八股文联系在一起批判后，周作人又找到了八股的变种策论和试贴诗，进行了多次的解剖批驳，在进行了这样“挖根式”的批判后，周作人又回到当下文学中找到了八股的新变种——“宣传”“遵命文学”，最终形成了一个完整严密的批判左翼文学“载道”文学观的框架。

第三节 即兴之文：小品文、序跋、家训、尺牍、笔记等

面对传统文章体式，周作人一面批评“赋得之文”，一面也在构建自己心目中的传统“即兴之文”。在对“即兴之文”文体的选择上，周作人主要选择的是传统文学中非正统的文章体式，在这样的文章体式中作者不准备载圣贤大道，只是将这种非正统的文章体式作为自己做正统文章后闲暇中的自娱自乐，但在周作人看来这样的文体中却灌注了作者生命气息，以这样的眼光看取传统文章体式，周作人描绘出了一幅与别人不一样的传统文章图像。

周作人早在1919年的《平民的文学》中就注意到，“白话也未尝不可雕琢，造成一种部分的修饰的享乐的游戏的文学”，这样的白话文学“仍然是贵族的文学”[2]，在这样的警惕中，周作人也注意着传统文学中可为“五四”新文学发展提供借鉴的文学资源。周作人首先注意到的是明末江浙一带文学发展中“飘逸与深刻”的两种潮流，认为这些潮流中的“文人无意的向着现代语这方向进行”，“王季重张宗子的短文承了语录的

---

① 周作人说自己小时候看闲书时，有一说官吏的舞文作弊，假如要叫被告赢，官吏便斥原告曰，两人争吵而你单来告状，显见是你不安分，健讼该办。要叫原告胜只须说，原告不告别人而单告你，显见得是你不安分。见周作人《遵命文学》，《周作人散文全集》第7卷，第379页。

② 周作人：《平民的文学》，《周作人散文全集》第2卷，第103页。

流，由学术转到文艺里去，要是不被间断，可以造成近体散文的开始了。”[①] 到1926年，周作人开始说新散文“这与其说是文学革命的还不如说是文艺复兴的产物”[②]，并为现代散文的源流梳理出了一条由“板桥冬心溯而上之这班明朝文人再上连东坡山谷等”[③] 的线索，并发见了后来被极力倡扬的公安三袁，后周作人开始用“小品”之名来命名这些人的散文作品。

“小品”一词本是佛教用语，是相对于“大品”佛经而言的。晚明学者借用“小品”一词命名篇幅短小的艺术性散文，晚明小品成了代表一个时代的自觉文体。周作人并没有对“小品文”做什么界定，只是把传统文学中称为小品的文章进行了介绍和论述，我们在周作人论述这些“小品”文章的散文中可以约略感知道周作人看取的小品文文体。张岱、王思任的作品是周作人最初发见的小品，张岱小品综合公安、竟陵派文学特点，从“学术转到文艺里”兼具思想与文章之美。公安派文章“清新流丽”，但“过于空疏浮滑，清楚而不深厚”，竟陵派以“奇僻”补救，“有许多很好玩”的文章，也“有些则很难看得懂”，张岱的文章合两派之长处纠两者之偏，这便是“知识与趣味的两重的统治”的“雅致”。后来周作人把集公安竟陵派大成的张岱文章从文体上称为“新俳文”，认为有新气象，因为：

> 他的目的是写正经文章，但是结果很有点俳谐，你当他作俳谐文去看，然而内容还是正经的，而且又夹着悲哀。写法有极新也有极旧的地方，大抵是以写出意思来为目的，并没有一定的例规，口不择言，亦言不择事，此二语作好意讲，仿佛可以说出这特质来，如此便与日本俳谐师所说俳言俗语颇相近了。[④]

而“王季重文殊有趣”[⑤]，如《游西山诸名胜记》《游满井记》《游杭州诸胜记》《先后游吾越诸胜记》，“他所独有的特点大约可以说是谑罢。

① 周作人：《地方与文艺》，《周作人散文全集》第3卷，第102页。

② 周作人：《〈陶庵梦忆〉序》，《周作人散文全集》第4卷，第832页。

③ 周作人：《与俞平伯书二通》，《周作人散文全集》第4卷，第622页。

④ 周作人：《再谈俳文》，《周作人散文全集》第7卷，第783页。

⑤ 周作人：《与俞平伯书二通》，《周作人散文全集》第4卷，第622页。

以诙谐手法写文章，到谑庵的境界，的确是大成就，值得我辈的赞叹……"[①]。在文章"谑"的背后，周作人认同的是其与"载道家者流总是无缘"[②] 的态度，是这种"谑"中对正统思想的反抗。这种对王思任文章"谑"的喜好也可以作为理解周作人是对徐渭、金圣叹、李渔等人文章喜好的原因，这种喜好影响了周作人文章的创作风格，如他写的《碰伤》《金鱼》一类文章，就有这种"谑"的味道。

在发见张岱、王思任的文章后，周作人才开始阅读梳理明代散文，从中推出了公安三袁的小品。在把袁宏道的《黄明文隽》、袁中道的《珂雪斋集》、袁宗道的《白苏斋集》与唐宋文比较后，周作人觉得后者虽然也有过些"性灵流露"的文章，但这些文章作者都自认为这样的文章是"游戏"之作，他们的"正经"文章还是"照着规矩去做的古文"，然而前者——公安"三袁"——他们"能够无视古文的正统，以抒情的态度作一切的文章"[③] 却是为他人所不及处。晚明公安派首先举起反叛唐宋以来"载道"文学的旗帜，并提出"独抒性灵，不拘格套"的文学主张，"因为他们是反对前后七子的复古运动的，所以他们极力地反对摹仿"，不光是反对模仿古文文体，也反对模仿古人意见[④]，这种反叛姿态让周作人觉得明朝小品文虽然是不革命，"然而原来是反抗的"[⑤]。

考察周作人对公安竟陵派、张岱、王思任文章不同层面的喜欢，可以显示出周作人对晚明小品文体选择时的大致标准。首先是它的反抗与反动，小品文文体是对传统正统文章体式的反动，以自娱和娱人的审美功能为目的；其次是它的"独抒性灵、不拘格套"，周作人并不单纯喜爱清浅流丽的小品，而是这样的文章更适宜作者真实"性灵"的自然"流露"，这就需要这样一种自由的文章体式，创作形式上不必循规蹈矩，在手法与技巧上可以别开生面，在长短、深浅、雅俗等方面少有束缚，这样的自由倒使小品这一文体没了具体样式，如周作人说《语丝》的文体特点是"没有什么文体"一样。

由于是强调文学精神，而不是具体的文体，在公安竟陵派、张岱、王思任等的晚明小品外，周作人认为历代的序跋也是小品中一类。序和跋的

---

① 周作人：《〈文饭小品〉》，《周作人散文全集》第 6 卷，第 361 页。

② 同上书，第 367 页。

③ 周作人：《〈杂拌儿〉跋》，《周作人散文全集》第 5 卷，第 455 页。

④ 周作人：《中国文学的变迁》，《周作人散文全集》第 6 卷，第 69 页。

⑤ 周作人：《〈燕知草〉跋》，《周作人散文全集》第 5 卷，第 519 页。

性质相近，它们都是对某部著作或某一诗文进行说明的文字，字数多少是不足为凭的，周作人说自己“写序跋或题跋都是同样的乱说”，只为“表示个人的私意我见”[①]，并且他所做的序跋多以不切题为宗旨。这一“以不切题为宗旨”的说法最先出现在1934年为李长之文学论文集写的序言中，周作人说：“李君的书是批评论文集，我这样的乱说一番，未免有点文不对题。但是我早同李君说过，我写序跋是以不切题为宗旨的。”[②]“不切题”的反面是“切题”，即“赋得”，而“切题”正是古文的做法，“不切题”，则文字质朴简短，不刻意讲究结构，意思自由不受拘束，达到平淡自然的境地。这种不切题，不光是在周作人的题跋中，也在大量题跋外的文章中，而在传统文章中看去，这类文体就又有家训、日记、信、尺牍、笔记等。

公安派小品并不完全是周作人心仪的文章，其不够“耐读”、缺乏“知识”，“以流丽取胜”，又“过在轻纤”，30年代中期周作人对传统文章的选择目标已经转向了六朝文章和清代笔记。在六朝文章中，他最喜欢的是颜子推的《颜氏家训》，因其“理性通达，感情温厚，气象冲和，文词渊雅”[③]。而对家训这样的文体，周作人说“家训这东西我最喜欢读，因为在一切著述中这总是比较诚实，虽然有些道学家的也会益发虚假得讨厌。”[④]因此他看重《后汉书》中马援《戒兄子严敦书》、谢在航《五杂组》、陶渊明《与子俨等疏》，尤其是颜子推《颜氏家训》，还有傅山《家训》冯班《家戒》等作品的是写作者的诚实态度，这种态度也逐渐化为自己为文所追求的态度，“我常想，一个人做文章，要时刻注意，这是给自己的子女去看去做的，这样写出来的无论平和或激烈，那才够得上算诚实，说话负责任。”[⑤]

日记也是周作人很早就注意的文体，他认为有趣的地方是“因为比别的文章更鲜明的表出作者的个性”。在他看来，“诗文小说戏曲都是做给第三者看的，所以艺术虽然更加精练，也就多有做作的痕迹。信札只是写给第二个人，日记则是给自己看的，（写了日记预备将来石印出书的算

① 周作人：《〈苦雨斋序跋文〉自序》，《周作人散文全集》第6卷，第229页。

② 周作人：《论救救孩子》，《周作人散文全集》第6卷，第415页。这种说法后又见于周作人《赋得猫》（1937）、《〈郑子瑜选集〉序》（1960）。

③ 周作人：《文坛之外》，《周作人散文全集》第9卷，第374页。

④ 周作人：《关于家训》，《周作人散文全集》第7卷，第44页。

⑤ 同上书，第45页。

作例外)，自然是更真实更天然的了。”[①] 对日记体的文章，周作人专门介绍过钱鹤岑《望杏楼志痛编补》中的《乩坛日记》，周作人说此书是自己读过的最为悲哀的书之一。[②] 周作人并不以其父扶乩为迷信而痛批作者，而是在这种记录中感到了人间最令人心痛的生人的喜惧哀乐[③]。叶绍袁的《甲行日注》[④] 里所记的是明遗民的生活，“所表现出来的情意自然更为纯粹”，深有黍离麦秀之感，周作人在文章中大量摘引日记内容，以保证日记的本色，评语简短，却显出周作人的看取倾向：真诚、质朴、简洁。

信最突出的特点是它的实用性和内容的广泛性。信所涉及的内容几乎无所限定，在写法上，也最为灵活的，可叙事，可说理，可言情，可长也可短，完全看作者的需要而定，只要能够清楚畅快完全地表达自己的心声，这种表达更带有个人的以至私人的色彩，同时我们可以从书信中比较多地看到真实的生活记录和思想感情的表达。周作人把信归入尺牍，为此他还专门区别过“书”与“信”的不同。在周作人看来，“书即是韩愈以来各文集中所录的那些东西”，“大抵书乃是古文之一种，可以收入正集者，其用处在于说大话，以铿锵典雅之文词，讲正大堂皇的道理”；而信从文体讲就是尺牍，“原是不拟发表的私书，文章也只是寥寥数句，或通情愫，或叙事实，而片言只语中反有足以窥见性情之处，此其特色也。”[⑤] 除过文体的简短外，最根本的是这种文体有作者的真性情，由于是不拟发表的，如同上文的日记体，便“真实更天然”了。因此周作人强调自己在《周作人书信》集中的文章，虽然并不比书更有价值，“只是比书更老实点，因为是随便写的”，“稍稍有点感情有点事实”，而这种态度也是周作人看取传统文章书信的标准。

对尺牍类作品，周作人说“第一总叫人想到苏东坡黄山谷”[⑥]，尺牍类的文章在苏轼看来是“不是正经文章”，周作人说这些“只是他随便一写的东西，如书信题跋之类，在他本认为不甚重要，不是想要传留给后人的，因而写的时候，态度便是自然，而他所有的好文章，就全在这一部分里面。”[⑦] 但是我们并不能就单从形式就可以判定类似尺牍的文章就一定

---

① 周作人：《日记与尺牍》，《周作人散文全集》第 4 卷，第 90 页。

② 参见周作人《鬼的生长》，《周作人散文全集》第 6 卷，第 288 页。

③ 同上。

④ 周作人：《〈甲行日注〉》，《周作人散文全集》第 6 卷，第 297 页。

⑤ 周作人：《〈周作人书信〉序信》，《周作人散文全集》第 6 卷，第 156 页。

⑥ 周作人：《关于尺牍》，《周作人散文全集》第 7 卷，第 256 页。

⑦ 周作人：《中国文学的变迁》，《周作人散文全集》第 6 卷，第 66 页。

为周作人喜欢，周作人在这些文体中更看重的是作文章的自然和真诚。周作人对《五老小简》中不同作品有过比较，《五老小简》二卷五部，上卷之一为苏轼，二为孙仲益，下卷之一为卢柳南，二为方秋崖，三为赵清旷，陈仁锡在《尺牍奇赏》前言中说："尺牍唯苏黄二公最佳，自然大雅。孙内简便不免有小家子气，馀更自郐而下矣。从王稚登吴从先下去，便自生出秋水轩一路，正是不足怪也。"周作人认为："在孙与王吴之间，正好把卢方赵放进去，前后联成一气。"在这种脉络中，周作人举例比较说，苏轼之作"随手写来，并不做作，而文情俱佳"，而孙仲益"偶能得其妙趣，但是多修饰，便是毛病"，而到卢柳南、方秋崖、赵清旷的尺牍，"看上去都很漂亮，实在是不大高明，其毛病是，总说一句，尺牍又变成古文了"。对这种尺牍变古文，周作人专门做了解释：

> 尺牍向来不列入文章之内，虽然"书"是在内，所以一个人的尺牍常比"书"要写得好，因为这是随意抒写，不加造作，也没有畴范，一切都是自然流露。但是如上文所说，自欧苏以后尺牍有专本，也可以收入文集了，于是这也成为文章，写尺牍的人虽不把他与"书"混同，却也换了方法去写，结果成了一种新式古文，这就有点不行了。桐城派的人说做古文忌用尺牍语，却不知写尺牍也正忌做古文，因为二者正是针锋相对地不同。上边卢的一篇却是八大家手笔，或者可以说是王半山的一路罢？方赵则是六朝谢启之化骈为散者，颇适宜于枯窘及典制题，不过情趣索然，这正是副启又变做正启之故也。①

尺牍类作品，在苏轼为真情之制，而在后者变成了模仿，其虽有词藻胜出，但是情谊反微，后者自然不入周作人之眼了，袁枚的文章不为周作人所喜也可为一注解。②

另外，周作人喜欢李贽的《答以女人学道为见短书》《复焦弱候》《与耿楚侗》等尺牍，觉得其文与普通尺牍又很有不同，"第一是这几乎都是书而非札，长篇大页的发议论，非苏黄所有，但是却又写得那么自然，别无古文气味，所以还是尺牍的一种新体。第二，那种嬉笑怒骂也是

---

① 周作人：《〈五老小简〉》，《周作人散文全集》第6卷，第255—256页。

② 周作人不喜欢袁枚文章，可见周作人《王韬的酒色烟》《笠翁与随园》等文中的论述。

少见。”[①] 可见，周作人喜欢尺牍，并不是刻意强调尺牍这种文体，只是认为这种文体更适宜于表达作者的真性情。同样在苏黄之后的尺牍中周作人最为欣赏袁中郎作品，袁作虽赶不上苏黄，但比孙仲益要强，最重要的是袁宏道之作是“反抗正统的‘赋得’的文学”，但就是如此喜欢中，周作人也明确说“公安派反抗正统派的复古运动，自然更引起我们的同感，但关系也至此为止”，并非就是全部接受公安派文章了[②]。在编选《中国新文学大系散文一集》时，周作人说自己选择文章的标准是“文章好意思好”，“不论长短都要”，“我并不一定喜欢所谓小品文，小品文这名字我也很不赞成，我觉得文就是文，没有大品小品之分。”[③] 可见周作人选择的标准并不刻意以某种形式文体为所取倾向，但这种“文章好思想好”中却包含的是对正统文学“载道”思想“赋得”方式的“反抗”。

除过上文中提到的各位尺牍名家，从晚明到清朝，周作人所喜欢的尺牍作者还有金圣叹、毛奇龄、李渔、袁枚、郑燮等人。其中郑燮《板桥家书》最为特别，他认为在乾嘉大经师郝懿行、王鸣盛的信札中可看到《板桥家书》的痕迹，这让周作人感到很有意思。但周作人马上又说，“这种新体尺牍我总怀疑是否适于实用，盖偶一为之固然觉得很新鲜，篇篇如此不但显得单调，而且也不一定文情都相合，便容易有做作的毛病了。板桥的十六通家书，我不能说他假，也不相信他全是真的，里边有许多我想是他自己写下来，如随笔一般，也同样的可以看见他的文章思想，是很好的作品，却不见得是一封封的寄给他舍弟的罢。”[④] 周作人批判为文的虚假，同时也避免为文体所束缚，虽然他喜欢尺牍类文体，但实质是喜欢这种文体中的思想情感的真诚，和对思想情感的自由表达，一旦这种文体是刻意所为，文章的思想情感是刻意所写，这样的文章立刻会为周作人所厌恶。因此，周作人在提陶渊明、颜子推、李贽、郑燮等人的文章、文体时都强调文章中思想情感和文体的相得益彰，并不单纯地推举某种文

① 周作人：《关于尺牍》，《周作人散文全集》第 7 卷，第 258 页。

② 周作人：《重刊〈袁中郎集〉序》，《周作人散文全集》第 6 卷，第 406 页。

③ 周作人：《〈中国新文学大系散文一集〉编选感想》，《周作人散文全集》第 6 卷，第 540 页。

④ 周作人：《关于尺牍》，《周作人散文全集》第 7 卷，第 261 页。这种意思周作人在《〈五老小简〉》一文中也说过，不过引的是晚明谢肇淛的一段话：“近时文人墨客，有以浅近之情事而敷以深远之华，以寒暄之套习而饰以绮绘之语，甚者词藻胜而谆切之谊反微，刻画多而往复之意弥远。此在笔端游戏，偶一为之可也，而动成卷帙，其丽不亿，始读之若可喜，而十篇以上稍不耐观，百篇以上无不呕哕矣。而啖名俗子裒然千金享之，吾不知其解也。”见周作人《〈五老小简〉》，《周作人散文全集》第 6 卷，第 257 页。

体，某种文体并不能成为周作人认可的固定的文章体式，而且一再地强调古人文体的不可模仿，“学我者病，来者方多”，画虎不成反成为一条黄狗也。

因此，清许思湄（字葭村）著的《秋水轩尺牍》虽在民间和读书人中产生过很大影响，并在30年代多家书局重印，但在周作人看来这却是“在现代化的中国说起来恐怕要算是一件腐化的事”，因为书中不光多愚论，就是文体上也“显然觉得庸熟了”，多了修饰，少的正是周作人强调的真性情，其虽也是影响大的尺牍文类，却不为周作人所喜欢。[①] “他们所谈的事大抵不出谋馆纳宠求子这些，他们本是读书人之习幕者，不会讲出什么新道理来，值得现代读者倾听。”[②]

笔记，“是一种随笔而录、杂谈琐语性质的散文，它的特点是内容广泛，遇有可写，随笔而书，可长可短，不拘形式。”[③] 无论记人、记物、记事，虽不免零星枝节，但由于作者不刻意为文，只是信手拈来，记写随意，了无拘束，反而有性情，有意境，亦庄亦谐，别有情趣，多为后人喜读不倦。周作人在1935年前主要谈论的文体是小品文，而从1935年左右开始，周作人花大量时间阅读清人笔记。作为一种周作人所喜爱的文体，周作人对其的评论零星地见于周作人散文中。这种转向是因为周作人不满意于晚明小品单纯的“轻巧纤丽”，这种转向中自有周作人的认识在其中。1937年《谈笔记》中，周作人说到自己看笔记的法门：“以前看笔记可以谓是从小说引申，现在是仿佛从尺牍推广。”周作人最推崇的尺牍作者是苏轼和黄庭坚，“他们两位的尺牍实在与其题跋是一条根子的”，而在周作人看来“笔记多半——不，有好些的多是题跋的性质或态度”，因此周作人是“把看题跋的眼光移了去看笔记”，“把好些笔记的既定价值颠倒错乱一下”，不取笔记中的传奇志怪，也不取其中的杂考、杂品，要的却是杂说、杂事。按周作人的说法，“我这里所要的不是故事，只是散文小篇，是的，或者就无妨成为小品文”，在思想方面“姑妄言之的谈狐鬼原也无妨，只苦于世上没有多少这种高明人”；在内容方面，不取专讲

---

① 见周作人《关于尺牍》，《周作人散文全集》第7卷，第261—264页。对于《秋水轩尺牍》这种评论，见于周作人《〈周作人书信〉序信》，《周作人散文全集》第6卷，第156页。

② 周作人：《再谈尺牍》，《周作人散文全集》第7卷，第625页。另，赵树功在《中国尺牍文学史》中也对《秋水轩尺牍》评价很低，说它“实是一本庸俗之作，其内容不外庆吊、叙候、辞谢、应酬，虚浮粉饰过多有伤本真”，“看不出属于自我的东西”。（见赵树功著《中国尺牍文学史》，河北人民出版社1999年版，第577页。）

③ 参见褚斌杰《中国古代文体概论》，北京大学出版社1990年版，第462页。

典章掌故的一类，“无论人家怎么看重，认为笔记中的正宗”，或者其自有其他用处，“和我都是没有什么情分”；在艺术方面，也不崇尚轻松漂亮一路如明张大复《梅花草堂笔谈》，清张潮《幽梦影》、史震林《西青散记》等人似的笔记，因为“我看笔记也要他文字好，朴素通达便好，并不喜欢浓艳波俏，或顾影弄姿，有名士美人习气”。在这样对前人笔记一番评说后，周作人才说自己所喜欢的笔记是“要在文词可观之外再加思想宽大，见识明达，趣味渊雅，懂得人情物理，对于人生与自然能巨细都谈，虫鱼之微小，谣俗之琐屑，与生死大事同样的看待，却又当作家常话的说给大家听，庶乎其可矣。”① 这实际是周作人对心目中整体散文的一种构象，笔记在这里只是这种散文中的一种，小品文，尺牍，或是书、信、题跋序等都可以以这种标准来定位，因此在周作人心目中这些文体并不是完全独立的，在文学精神是一脉相通的，这一构象便成了周作人自己散文创作追求的目标。

周作人对中国文学传统的建构和对传统文章体式的选择，都有现实针对性。1926 年周作人提出现代散文是“文艺复兴”产物的说法后始集中谈论晚明小品，为中国新文学寻找源流，在发掘出晚明小品文对“载道”正统文学的反抗性时，周作人也意识到晚明小品根柢之疏浅和发展流弊。但在现实文坛，一面有载道文学——无论是左翼文学还是民族主义文学——对新散文发展构成的威胁，一面有新散文如晚明“公安派”一样产生的流弊。因此，周作人既要面对前者的挤压，强调晚明小品对正统文学的反抗性，也要注意新散文自身发展中出现的新问题，指出晚明小品的流弊，对其不做过高评价。这样的态度造成周作人行文的晦涩，让一些读者产生误解，无论是倡晚明小品的读者，还是批晚明小品的读者。后来，周作人在传统文学中进一步发见了六朝文章和清人笔记，其在一定程度上也是纠正了晚明小品为新文学源流的偏颇。从 30 年代初开始，周作人大量介绍论述六朝人的文章思想，构建自己心目中为秦汉、唐宋文章皆不能及的六朝文章“气象”；30 年代中期开始，周作人大量阅读清代有思想、有学养根基学人的笔记，耗费十数年光阴，一点一滴去做，日积月累，发掘出大量思想厚重又有人情物理的文字，其成为周作人三四十年代散文写作的重要资源。比较有关晚明小品和六朝文章、清人笔记的论述，周作人对后者论述的分量明显大于对前者晚明小品的论述。可以说，就文章而言，周作人心目中钦慕的并非晚明小品，而是六朝文章，就思想来论，清

① 周作人：《谈笔记》，《周作人散文全集》第 7 卷，第 587 页。

代学人非正统文章中流露出来的思想才是周作人所看重的。在文体方面，周作人所写散文中类似晚明小品那样清浅流丽的散文数量并不多，而笔记、尺牍、书信、序跋、家训、日记等传统文体在周作人散文中呈现出独特面貌，以至其最具中国传统笔记特性的抄书体散文被讥讽为是“掉书袋”之作。正是如此，周作人创造出了“这风致是属于中国文学的，是那样地旧又这样地新”的散文[①]，舒芜赞赏其抄书体是“刊落浮华，枯淡瘦劲，而腴润自在其中，文境更高”[②]，陈平原也认为此类文章是藏学问于随笔，体现现代人眼光与趣味[③]，黄开发认为周作人“把自己的意见和情感浸入学问和材料之中，追求枯淡、朴拙的效果”，创作出了“成为高度民族化的独立制作”[④]。

20世纪文学史的发展方向并不完全与周作人所设想的一样，“五四”新文学所批判的“载道”文学在此后半个多世纪的发展后在“文革”时代出现了极致的“革命样板戏”，不可不谓“载道”传统根深蒂固[⑤]，周作人构建的“言志”的新散文发展图景并没成为现实，这其中的变迁和原因一言难尽。21世纪，周作人面对的诸多文学问题仍没有解决，甚至不被注意，这需要进一步做大量的研究工作。

---

① 参见［日］木山英雄《周作人——文学与思想》，《文学复古与文学革命——木山英雄中国现代文学思想论集》，赵京华译，北京大学出版社2004年版。

② 见舒芜《周作人概观》（载于《中国社会科学》1986年第4期、第5期），《周作人后期散文的审美世界》（载于《中国现代文学研究丛刊》1987年第1期）。

③ 参见陈平原的《古典散文的现代阐释》，载于《中山大学学报》（社会科学版）2004年第6期。

④ 黄开发主编：《中国散文通史 现代卷》（上），安徽教育出版社2013年版，第185页。

⑤ 有关“载道”文学传统在新文学发展中的体现，参见谈蓓芳《中国20世纪文学的发展与古代文学的影响——以文学与政治的关系为中心》一文，及其著《中国文学古今演变论考》，上海古籍出版社2006年版。

主要参考文献

周作人著，黄开发编：《知堂书信》，华夏出版社 1994 年版。

周作人著，王仲三笺注：《周作人诗全编笺注》，学林出版社 1995 年版。

周作人：《周作人日记》（上、中、下），大象出版社 1996 年版。

周作人、俞平伯：《周作人俞平伯往来书札影真》，北京图书馆出版社 1999 年版。

周作人著，止庵校订：《周作人自编文集》（36 集），河北教育出版社 2002 年版。

周作人著，鲍耀明编：《周作人与鲍耀明通信集 1960—1966》，河南大学出版社 2004 年版。

周作人著，钟叔河编订：《周作人散文全集》（14 卷），广西师范大学出版社 2009 年版。

鄢琨编制：《周作人散文全集索引》，广西师范大学出版社 2009 年版。

张菊香、张铁荣编：《周作人研究资料》（上、下），天津人民出版社 1986 年版。

赵京华：《寻找精神家园——周作人的文化思想和审美追求》，中国人民大学出版社 1989 年版。

钱理群：《周作人传》，北京十月文艺出版社 1990 年版。

钱理群：《周作人论》，上海人民出版社 1991 年版。

刘绪源：《解读周作人》，上海文艺出版社 1994 年版。

黄开发：《人在路途——周作人的思想与文体》，人民文学出版社 1999 年版。

舒芜：《周作人的是非功过》（增订本），辽宁教育出版社 2000 年版。

程光炜编：《周作人评说八十年》，中国华侨出版社 2000 年版。

［英］大卫·卜立德：《一个中国人的文学观——周作人的文学思想》，陈广宏译，复旦大学出版社 2001 年版。

止庵：《苦雨斋识小》，东方出版社 2002 年版。

倪墨炎：《苦雨斋主人周作人》，上海人民出版社2003年版。
孙郁：《周作人和他的苦雨斋》，人民文学出版社2003年版。
［日］木山英雄：《文学复古与文学革命》，赵京华译，北京大学出版社2004年版。
钱理群：《周作人研究二十一讲》，中华书局2004年版。
孙郁、黄乔生编：《回望周作人·知堂先生》，河南大学出版社2004年版。
孙郁、黄乔生编：《回望周作人·周氏兄弟》，河南大学出版社2004年版。
孙郁、黄乔生编：《回望周作人·国难声中》，河南大学出版社2004年版。
孙郁、黄乔生编：《回望周作人·致周作人》，河南大学出版社2004年版。
孙郁、黄乔生编：《回望周作人·其文其书》，河南大学出版社2004年版。
孙郁、黄乔生编：《回望周作人·是非之间》，河南大学出版社2004年版。
孙郁、黄乔生编：《回望周作人·研究述评》，河南大学出版社2004年版。
孙郁、黄乔生编：《回望周作人·资料索引》，河南大学出版社2004年版。
［美］耿德华：《被冷落的缪斯——中国沦陷区文学史（1937—1945）》，张泉译，新星出版社2006年版。
哈迎飞：《半是儒家半释家——周作人思想研究》，人民文学出版社2007年版。
顾琅川：《周氏兄弟与浙东文化》，人民出版社2008年版。
［日］木山英雄：《北京苦住庵记：中日战争时代的周作人》，赵京华译，三联书店2008年版。
止庵：《周作人传》，山东画报出版社2009年版。
张先飞：《人的发现 五四文学现代人道主义思潮源流》，人民出版社2009年版。
陈子展：《中国近代文学之变迁》，中华书局1929年版。
郭绍虞：《中国古典文学理论批评史》，人民文学出版社1959年版。
林毓生：《中国意识的危机——“五四”时期激烈的反传统主义》（增订

再版本)，穆善培译，贵州人民出版社 1988 年版。
梁启超：《中国近三百年学术史》，东方出版社 1996 年版。
王瑶主编：《中国文学研究现代化进程》，北京大学出版社 1996 年版。
钱穆：《中国近三百年学术史》，商务印书馆 1997 年版。
陈万雄：《五四新文化的源流》，生活·读书·新知三联书店 1997 年版。
林毓生：《中国传统的创造性转化》，三联书店 1998 年版。
陈平原：《散文小说志》，上海人民出版社 1998 年版。
陈平原：《中国现代学术之建立——以章太炎、胡适之为中心》，北京大学出版社 1998 年版。
关爱和：《古典主义的终结 桐城派与“五四”新文学》，上海文艺出版社 1998 年版。
(清) 姚鼐纂集：《古文辞类纂》，上海古籍出版社 1998 年版。
舒芜：《回归五四》，辽宁教育出版社 1999 年版。
王元化：《九十年代反思录》，上海古籍出版社 2000 年版。
陈平原主编：《中国散文选》，百花文艺出版社 2000 年版。
[德] 顾彬、梅绮雯、陶德文、司马涛：《中国古典散文》，周克骏、李双志译，华东师范大学出版社 2000 年版。
陈平原主编：《中国文学研究现代化进程二编》，北京大学出版社 2002 年版。
戴燕：《文学史的权力》，北京大学出版社 2002 年版。
褚斌杰：《中国古代文体概论》(增订本)，北京大学出版社 2003 年版。
罗根泽：《中国文学批评史》，上海书店出版社 2003 年版。
余英时：《文史传统与文化重建》，生活·读书·新知三联书店 2004 年版。
陈平原：《从文人之文到学者之文》，生活·读书·新知三联书店 2004 年版。
周荷初：《晚明小品与现代散文》，湖南人民出版社 2004 年版。
谈蓓芳：《中国文学古今演变论考》，上海古籍出版社 2006 年版。
宁俊红：《20 世纪中国古代文学研究史 散文卷》，东方出版中心 2006 年版。
谭家健：《中国古代散文史稿》，重庆出版社 2006 年版。
黄念然：《中国古代文论研究的现代转型》，中国社会科学出版社 2006 年版。
方孝岳：《中国文学批评 中国散文概论》，三联书店 2007 年版。
钱基博：《现代中国文学史》，上海书店出版社 2007 年版。

（清）曾国藩选编，梅季注译：《经史百家简编》，广西人民出版社 2007 年版。
陈来：《宋明理学》（第二版），华东师范大学出版社 2008 年版。
郭绍虞：《中国文学批评史》，百花文艺出版社 2008 年版。
陈雪虎：《“文”的再认识：章太炎文论初探》，北京大学出版社 2008 年版。
陈来：《传统与现代——人文主义的视界》，生活·读书·新知三联书店 2009 年版。
汪成发：《在言志与载道之间——论周作人的文学选择》，南京大学出版社 2013 年版。
高恒文：《周作人与周门弟子》，大象出版社 2014 年版。
［英］苏文瑜：《周作人：中国现代性的另类选择》，康凌泽，复旦大学出版社 2013 年版。
黄开发：《周作人精神肖像》，辽宁人民出版社 2015 年版。
黄开发：《周作人研究历史与现状》，辽宁人民出版社 2015 年版。
（注：单篇论文见文中引述，此处不再列出）

后　记

本书是在我博士论文的基础上修改而成的。从 2009 年底开始认真阅读周作人的著作并着手写作论文，转眼已过七年。由于自己的懒散，书稿的出版之事就拖下了，然而事情总要有阶段性的结束，自己才能开始新的思考，去年开始大力修改的书稿，现在终于要出版了。

晚清至“五四”，中国文学由古典向现代转型。激进的革命、政治思潮占据了 20 世纪的大部分，而随着世纪末以来国学、新儒学、文化保守主义、现代性讨论等在中国的兴起，“文化断裂说”的蔓延，“五四”新文化运动和新文学运动被认为是全盘反传统、从而造成中国文化断裂、现代性被压抑的思想根源，这些认识部分程度地模糊和消解了新文学运动划时代的价值和意义。另一方面，今论中国现代文学，论者又多重外来资源之影响，而对中国传统文学资源现代转化后的被倚重的情况考察得不甚清晰。“五四”时期传统与现代、中学与西学的学术母题仍为新世纪中国文学研究需面对的问题。2004 年王富仁先生提出“新国学”概念，将现代文化纳入到传统“国学”学术框架中，用新的学术思维和眼光解决传统文化与现代文化之间截然断层和紧张对立的问题，以后钱理群、温如敏、严家炎、杨义、陈平原、赵园、李怡、刘勇、陈方竞等学者都表示了不同程度的认同态度。在这样的背景下，对“五四”新文学运动前后学人用现代意识发掘传统文学资源、重造中国文学传统，并以此建设现代中国文学的论题，亟需重新考辨研究。

“五四”新文化运动中，兼融传统文化和现代思想的新文学运动代表性人物周作人，在传统与现代、中学与西学的冲突中，在中国传统文学内部发现并重构出了非正统的中国文学传统，将新文学建基于再发明的这一文学传统之上。就这一问题，目前学界还未对周作人对中国文学传统重构的问题做专门整体性梳理和研究，因此未能廓清周作人在不同历史时期对不同历史时段传统文学发掘的动态性，未能深入考辨周作人所择取不同历史时段传统文学之间的内在关系。这种状况制约着我们较完整地呈现周作人是如何进入传统文学，传统文学如何被取舍和重构，传统文学又是如何进入现代并焕发出生机等现代性问题；也难以深层触及周作人所建构的中国现代文学所具有的本土性特性。也由于学科划分，周作人研究主要在中国现代文学专业内进行，这一论题的深入研究需要研究者兼具古代文学根基和现代文学修养、具有中国文学古今通变的文学史、学术史视野和理论驾驭能力，这在很大程度上增加了本题研究难度。我选择周作人对中国传统文学的发现与转化为研究对象，预想在“新国学”学术视阈中，考辨中国古代文学在现代转型中如何被取舍、重构和激活，从而成为建设中国现代文学本土性资源的问题，由此一点观察中国文学现代转型情状，思考“五四”反传统文学与当前弘扬传统文学的内在联系。然而由于本人学术根底和见识所限，本书尚未能全面地完成这一研究目标并解决上述问题，而主要对周作人在不同时期对中国传统文学的重新发现做了整体梳理，考辨了周作人在传统文学内部发现和建构非正统文学传统的叙述策略，部分程度地廓清传统文学在被周作人重新选择和阐释后进入现代的中国文学，从而使其具有的创造性转化的特质。其余问题要在我所主持的教育部规划项目《周作人对中国传统文学的发现与转化》中去解决了。

西北师范大学读博三年，现离开已有五年，回首当年博士学位论文的选题，深感导师邵宁宁先生为我选题的用心良苦和他学术眼界的前瞻。由于我硕士期间读的是中国现当代文学，对中国古典文学非常生疏，老师让我选周作人对古代文学的建构，也是希望我能以此研究来打下一点古代文学的根基，并在大家的视界中思考现代文学与传统文学的关系。后来读王富仁先生的《“新国学”论纲》，才明白这些问题的重要性。论文写作过程艰辛，主要是选题难，最令人沮丧的是多次深夜中停滞的写作状态让我怀疑自己完成论文的能力，我甚至怯懦地向老师不止一次地提出延期毕业的想法，是邵老师一次次的鼓励和指导最终让我按期完成了论文初稿。毕业这几年，无论是学业和生活上，老师不断给我创造机会，想起临毕业老师说的“你现在正处在爬坡阶段”，想起老师爱人王晶波老师关切的面容……这些年来，除了感激，心中也多有愧，为自己的不才。

三年师大学习生活，得众多老师关心，我至今感动于论文答辩当日清早程金城老师在车内打盹的情景。兰大到师大常要一个小时的车程，他怕堵车耽误我们的答辩，提前两小时出发，结果提前一小时就到师大了，快八点时我到教学楼下，程老师揉着惺忪的眼睛，说自己在车内睡着了……师大张明廉先生是我的硕士生导师，是他把我带到了学术研究的道路，毕业论文的写作中他也给了我很多建议，无论是学业还是在生活上，我总是能感到老师在背后关注的眼光。我也感谢赵逵夫、王建疆、霍旭东、尹占华、李占鹏、郝润华、伏俊琏、张兵等诸位先生对我毕业论文的指导。论文也得到北京师范大学童庆炳先生、中国社会科学院文学研究所赵京华先生、北京师范大学郭英德先生的审阅，他们都对我论文提出了非常宝贵的修改建议，在此深表感谢。童庆炳先生去年已逝世，在此谨表怀思。如果没有各位老师的关爱，自己就难以在为学、为人的道路上顺利前行。

感谢老同学王圣、建强、继红、赵鲲诸兄对我论文的阅读与指点，感谢老同学维君和兴芬两口子一直对我生活的关心。

本书的出版得到天水师范学院校级重点学科“中国现当代文学”的经费资助，在此对学科负责人马超先生表示感谢。我也非常感谢中国社会科学出版社的曲弘梅女士，她慧眼相中我的书稿，她还为书稿推荐了慈明亮先生做责任编辑。慈先生研究周作人文论，他非常认真地阅读了该书稿，对我的研究提了一些非常重要的建议，并对现在的书名提出了建议，我钦佩他为学的严谨性。与他无论是的学术层面的交流，还是编辑方面的商讨，都让我感到愉悦，如他说的“谈艺‘印须我友’，自此学问之路不再孤单”，我在此诚挚地说声谢谢！

郭文元

2016. 7. 23 天水